백년법

2

HYAKUNENHO 2

© Muneki Yamada 2012

First published in Japan in 2012 by KADOKAWA CORPORATION, Tokyo

Korean translation rights arranged with KADOKAWA CORPORATION, Tokyo

through Eric Yang Agency Inc, Seoul

백년법

百年法

야마다 무네키 **지음** | **최고은** 옮김

2

애플북스

기다리던 한국 독자와의 만남

드디어 한국 독자들에게도 《백년법》을 선보인다 생각하니 마치 꿈을 꾸는 것 같습니다. 사실 이 소설은 한국은 물론 일본에서조차 빛을 보지 못했을지도 모르기 때문입니다.

'인간의 불로화 기술이 보급된 세계. 하지만 모든 인간이 영원히 살아서는 사회를 유지할 수 없다. 따라서 불로화 시술을 받은 이는 법으로 정해진 기한이 지나면 죽어야 한다.'

이 설정을 생각해낸 건 10년도 더 된 일입니다. 착상이 떠오른 순간 재미있는 작품이 되리라고 생각했습니다. 바로 플롯을 짜려 했지만 생각처럼 쉽지가 않았습니다. 설정은 재미있지만 그 재미를 잘 끌어내는 스토리가 떠오르지 않았죠. 초조해하다 점점 체념하기 시작했습니다. 그리고 집필을 시작할 용기도 내지 못하고 우물쭈물

하는 사이에 비슷한 설정의 만화가 먼저 세상에 나왔습니다.

치명적이라고 생각했습니다. '백년법'의 가장 큰 매력은 설정의 참신함이었습니다. 선행 작품이 나왔으니 그 매력은 거의 사라진 것이나 마찬가지였습니다. '이런 상황에서는 작품을 쓴들 의미가 없다.' 저는 집필을 완전히 단념했습니다.

하지만 그로부터 꽤 시간이 흐른 뒤에 담당 편집자와 만난 자리에서 이런 질문을 받았습니다.

"SF작품을 써보실 생각은 없으십니까?"

저는 주저하면서 '백년법' 이야기를 꺼냈습니다. 이런 아이디어가 있었지만 설정이 비슷한 만화가 나왔기 때문에 집필을 포기했다고요. 편집자는 낯빛을 바꾸며 말했습니다.

"그런 건 신경 쓰지 마시고 일단 쓰십시오. 묻어두기에는 아깝습니다. 쓰세요."

그 기세에 밀려 쓰겠다고 약속은 했지만, 금방 후회했습니다. 분명 이미 나온 작품이 있다는 게 집필을 단념한 이유 중 하나였지만, 따지고 보면 자신의 실력 부족으로 내던진 것이나 마찬가지였던 소재였습니다. 그러나 프로 작가인 만큼 약속했으니 쓰는 수밖에 없었습니다. 스스로를 채찍질하며 간신히 초고를 완성한 건 편집자에게 약속한 지 무려 3년 반이라는 세월이 지난 뒤였습니다.

만일 편집자가 SF를 쓸 생각이 없느냐고 묻지 않았더라면 이 소설은 지금도 제 머릿속에 묻힌 상태였을 겁니다. 여러 우연이 겹쳐, 편집자의 권유와 열정 덕에 비로소 세상 빛을 볼 수 있었습니다. 예상을 뛰어넘은 반응과 높은 평가를 받는 영광도 누렸습니다. 그리고 지금은 언어의 벽을 뛰어넘어 한국에 소개됩니다. 마치 꿈을 꾸는 듯한 제 마음을 아실지 모르겠습니다.

매년 셀 수 없을 정도로 많은 소설들이 전 세계에서 발표됩니다. 아무리 애서가라 해도 볼 수 있는 건 그 가운데 정말 일부에 지나지 않습니다. 사람과 사람의 만남처럼, 작품과의 만남도 때로는 기적이 되고 운명이 됩니다. 지금 이 책을 펼친 여러분과의, 바다를 뛰어넘은 만남 또한 그러하기를 진심으로 바랍니다.

2014년 5월 12일

후쿠오카의 자택에서

야마다 무네키

CONTENTS

주요 등장인물

가토 다로 | 공화국병원 종양과 의사

아나타 도진 | 폭탄 테러를 저지른 것으로 추정되는 테러리스트

선생님 | 거부자 마을의 지도자

가이 | 거부자 마을 'C1'의 주민

효도 가쓰라 | 내무성 경찰국 국장

초 | 거부자 마을 'C5'의 지도자

기타자와 | 대통령 직속 특수부대 '센추리온' 대령

부데 | 거부자 네트워크 거점을 장악한 유력인사

가가와 데쓰오 | 내무성 경찰국 대테러 특수부 부장

사쿠라다 | 내무성 경찰국 과학수사부 주임기술관

다케스에 | 내무성 경찰국 대테러 특수부 차장

후카마치 신타로 | 내무성 차관

니시나 겐 | 전 메이쇼 대학 학생

사카자키 다카요 | 겐의 어머니인 니시나 란코의 친구

우시지마 료이치 | 일본공화국 대통령

가와카미 유키미 | 니시나 란코의 친구인 가와카미 미나의 딸

유사 아키히토 | 일본공화국 총리

다치바나 케이 | 내무성 생존제한법 특별준비실 전 팀원

나기 사다카즈 | 대통령 비서실장

아라카와 신 | 신시대당 대표

마무라 사키코 | 거부자 마을 주민

가리야 다네히코 | 의사, 대통령 주치의

3부

생존제한법
LIFE LIMIT LAW

불로화 시술을 받은 국민은
시술 후 100년이 지난 시점부터
생존권을 비롯한 기본 인권을
모두 포기해야 한다.

2장 ㅣ 낯선 풍경

1

동이 트기 시작하자 어디가 동쪽인지 대충 방향을 파악할 수 있었다.

가토 다로는 썰렁한 침대에서 몸을 일으켰다. 오랫동안 같은 자세였던 탓에 어깨와 등이 결렸다. 몸을 움직이니 뼈 소리가 났다. 근육통을 참으며 넓고 휑한 방을 가로질러 창가로 다가갔다. 시시각각 밝아오는 하늘을 배경으로 크고 작은 산봉우리가 검은 그림자처럼 우뚝 서 있었다. 창문의 얼룩이 심했다. 열리기는 할까? 걸쇠를 올리고 열어봤다. 딸깍, 소리가 나며 살짝 움직였다. 두 손으로 체중을 실어 힘을 더 주자 그제야 활짝 열렸다.

열린 창문을 통해 신선한 공기와 함께 낮고 굵은 진동이 밀려왔다. 숨을 깊이 들이마시자 짙은 오존이 느껴졌다. 근처에 강이 흐르는 모양이었다. 소리로 미루어 수심은 얕지만 물살은 센 것 같았다.

군데군데 수면 위로 울퉁불퉁한 바위가 머리를 내민 모습이 눈에 선했다. 끊임없이 밀려와 하얗게 부서지는 물방울들. 분명 민물고기도 헤엄치고 있으리라. 하지만 소리만 들릴 뿐 육안으로 확인할 수 있는 범위 안에는 보이지 않았다.

앞산을 자세히 보자 나무 하나하나의 모습이 선명하게 보였다. 이렇게 가까웠던가, 뜻밖의 사실에 은근히 놀랐다.

산기슭에는 잡초가 무성한 공터가 펼쳐져 있었다. 야간 조명탑이 두 개 있는 걸 보면 원래 야구 경기장으로 쓰였던 곳일지도 모른다.

창문 밖으로 얼굴을 내밀어 아래를 보았다.

생각보다 바닥이 가까웠다. 이곳은 2층. 고개를 꺾어 위를 확인하니 3층짜리 낡은 철근콘크리트 건물이었다. 왠지 모를 그리움이 느껴지는 풍경이다. 혹시나 해서 다시 고개를 돌려 실내를 둘러보았다. 바깥이 밝아지자 실내 모습도 구석구석까지 눈에 들어왔다.

왜 좀 더 일찍 알아채지 못했을까.

서쪽 벽에 커다란 칠판이 걸려 있었다. 북쪽 벽 양쪽 끝에는 미닫이 출입문 두 개가 있고, 그 사이에는 유리창이 있었다. 문 너머는 복도이리라.

학교 교실이다. 하지만 책걸상은 없었다. 나무판자로 된 방 한가운데에 녹슨 철제 침대가 덩그러니 놓여 있을 뿐이었다. 자세히 보니 체육시간에 쓰는 매트가 깔려 있었다.

발소리가 들렸다.

이쪽으로 다가오고 있다.

남자가 나타났다.

창문 너머로 실내를 들여다보더니, 가토와 눈이 마주치자 살짝 놀란 표정을 지었다. 그러고는 씩 웃더니 앞문을 열고 안으로 들어왔다.

"좋은 아침입니다, 박사님."

어젯밤에 본 남자였다.

뻣뻣한 검은 머리를 한 갈래로 묶었고, 목덜미와 팔뚝은 탄탄한 근육질이었다. 까무잡잡한 피부와 어우러져 야성미를 자아냈다. 입고 있는 반팔 셔츠와 작업복 바지는 꽤 낡아 보였다.

하지만 이 남자에게서 보이는 가장 큰 특징은 눈가의 잔주름이었다. 노화한 것이다. 그런 외모 때문인지 남자에게서 정체 모를 위압감이 느껴졌다.

"편히 주무셨습니까?"

어울리지 않게도 남자의 목소리는 더없이 밝고 온화했다.

"잠이 오겠나?"

가토는 짐짓 허세를 부리며 침대에 털썩 앉았다. 심장은 정직해서 당장이라도 튀어나올 듯 쿵쾅거렸다.

남자는 문 쪽에 서서 말했다.

"어젯밤의 무례는 사과드리겠습니다. 그럴 수밖에 없는 사정이 있었습니다."

가토는 남자를 힐끗 보았다.

"의료차량을 돌려주게. 그리고 당장 날 보내줘."

"물론입니다. 하지만……."

"이상한 조건 붙이지 말고 내놓으라고!"

어젯밤부터 쌓였던 울분을 토해내듯 버럭 외쳤지만 이내 아차

하는 마음이 들었다. 어젯밤 자신을 겨눴던 총구가 뇌리를 스쳐지나갔기 때문이다.

"박사님께 부탁이 있습니다."

가토는 말없이 남자를 바라보았다.

"환자를 봐주셨으면 합니다."

'그럼 병원에 가든지.'라는 말이 목구멍까지 올라왔지만 꾹 삼켰다. 죽고 살기는 이 남자에 달려 있다. 괜히 화를 돋워서 좋을 것이 없었다. 그리고 병원에 가고 싶어도 못 가는 환자가 전국 방방곡곡에 수없이 많았다.

"돈이 없나?"

"돈이 문제가 아니라 이 나라 의료 서비스를 받을 자격이 없습니다."

"불법 이민자인가?"

"아뇨, 틀림없는 공화국 국민……이었습니다."

그 말을 들으니 감이 왔다.

"거부자로군."

"역시, 눈치가 빠르시군요."

"그렇다고 왜 이런 짓을 벌인 거지? 이곳에도 의사 한 명쯤은……."

"없습니다, 한 명도."

"……."

"그렇다고 병원에서 일하는 의사에게 왕진을 부탁할 수도 없죠. 환자는 거부자니까요."

"그래서 의료차량을 몰고 지나가는 의사를 납치한 건가? 일석이

조로군, 꿩이 알을 물고 찾아온 셈이니까. 난…….”

가토는 간신히 이성을 되찾아 입을 다물었다. 한번 말을 쏟아내면 멈출 수 없을 것 같았다. 지금 자신의 정신상태는 정상이 아니다. 그도 그럴 법했다. 총으로 위협을 받아 낯선 곳으로 끌려온 데다, 공포와 불안에 사로잡혀 한숨도 자지 못했으니 말이다. 뭐가 뭔지 도무지 알 수 없었다.

“의료차량은 어디에 있나? 설마 부수지는 않았겠지?”

“잘 보관하고 있습니다.”

조금이나마 마음이 놓였다. 만에 하나라도 차량이 파손된다면 시말서 한 장으로 끝나지 않을 터였다.

“그 장비로 환자를 진찰해주시겠습니까?”

보아하니 남자는 가토를 인질이 아닌 의사로서 대하는 듯했다. 그렇게 생각하니 얼마간 마음이 편해졌다. 일방적인 약자가 아니었다. 그에게도 꺼낼 수 있는 패가 있었다.

“거부자를 진료하는 건 의료법으로 금지되어 있네. 법을 어기면 의사 면허를 박탈당해.”

“단, 신체적으로 위해를 입거나 폭력을 동원해 강제했을 경우에는 예외로 한다. 분명 그런 대법원 판례가 있었죠.”

“자세히도 알아봤군.”

반쯤은 진심이었다.

“한마디로 자네는 날 협박해 거부자를 치료하게 하려는 건가?”

“협박하는 게 아닙니다. 박사님도 이렇게 하는 게 마음 편하시지 않겠습니까?”

“허튼 소리. 총으로 협박을 받으며 치료를 하란 말인가?”

"물론 실제로 그런 무식한 짓은 안 합니다. 그냥 시늉이죠."

"하지만 어젯밤에는 총구를 들이대지 않았나."

"그렇게 하지 않았으면 박사님이 같이 와주셨겠습니까? 하지만 그때 저희가 들고 있던 총에는 총알이 없었습니다. 혹여나 방아쇠가 당겨져도 박사님을 다치게 하고 싶지 않았거든요."

"지금 그 얘기를 나한테 믿으라는 건가?"

"믿지 않으셔도 어쩔 수 없지만 사실입니다."

남자의 말은 사실이리라. 가토의 직감이 그렇게 말했다. 그리고 그런 생각을 하는 자기 모습이 낯설었다. 어째서 자신을 납치한 이 남자를 믿는 걸까. 아, 이게 스톡홀름 증후군이라는 건가? 무의식적으로 이 남자를 제 편으로 만들고 싶은 건가? 잘 보이려는 건가? 목숨을 건지기 위해.

"이런 짓까지 해가면서 구하려는 환자가 대체 누군가? 무척 중요한 사람인 모양이지?"

"중요하다는 말이 지위가 높다, 태생이 귀하다는 뜻이라면 대답은 '아니오'입니다. 하지만 무척 소중한 사람이라는 건 분명합니다."

"자네 애인인가?"

"환자는 남자분입니다."

"남자라고 애인이 되지 말라는 법은 없잖나."

남자는 순간 말문이 막힌 듯했다.

"아⋯⋯, 제가 말을 잘못했군요. 그런 사이는 아닙니다. 방금 소중한 사람이라 표현한 건, 저뿐 아니라 이곳에 사는 모든 사람에게 소중한 분이란 뜻이었습니다."

"자네들의 교주인가?"

"그런 건······."

"여긴 대체 어딘가? 무슨 마을이지?"

"지도상에는 존재하지 않는 마을입니다."

"존재하지 않는다고? 그게 무슨······."

남자는 슬며시 오른손을 들어 손바닥을 보였다. 가토는 순간 입을 다물었다.

남자는 여전히 온화한 표정으로 말했다.

"이야기가 깁니다. 먼저 아침부터 드시죠, 차린 건 없지만."

어제부터 아무것도 먹지 못했다. 쌓였던 감정을 말로 토해내서인지 공복감이 드는 것도 사실이었다. 하지만 그 사실을 인정해야 할지 망설여졌다. 허세라고 하면 할 말 없었지만 그래도 오기가 났다. 오기를 부릴 정도로는 평정심을 되찾았다는 뜻이기도 하다.

배에서 꼬르륵 소리가 났다.

그 소리를 긍정의 뜻으로 받아들였는지 남자는 웃음을 지으며 말했다.

"금방 가져오겠습니다."

남자가 나가고 홀로 남겨진 가토는 분한 마음에 도망칠까 생각했지만, 눈앞에 총구가 어른거리는 바람에 바로 생각을 접었다. 설령 총알이 장전되지 않았더라도 의료차량이 어디에 있는지 모르는 상황이었다. 안다고 해도 과연 움직일까? 움직이더라도 어느 길로 어떻게 가야 돌아갈 수 있는 걸까? 창문 너머로 끝없이 이어진 산줄기가 보였다. 아마 이곳은 깊은 산중이리라······.

불현듯 떠오른 생각에 가토는 주머니를 뒤졌다. 아이즈만 있으면 외부와 연락을 취할 수 있다. 여기서 탈출할 수 있을지도 모른다. 어젯밤의 고장도 일시적인 현상일지 모른다.

그러나…….

"없잖아."

아이즈뿐 아니라 그립도 없었다. 남자의 일당이 어느샌가 가져간 모양이다. 쯧 하고 혀를 찼다. 신사적인 태도로 나오더니 할 짓은 다 하는군. 섣불리 마음을 열어서는 안 되겠어.

"박사님."

문 너머에서 남자의 목소리가 들렸다.

"문 좀 열어주시겠습니까?"

가토는 조심스레 문을 열었다.

"죄송합니다. 손을 쓸 수가 없어서."

남자는 양손에 음식이 담긴 쟁반을 들고 있었다. 쌀밥과 생선구이, 야채절임에 맑은 장국까지 보였다. 각 쟁반에 젓가락이 한 쌍씩 놓여 있는 걸로 봐서는 두 사람 차림인 듯했다. 가토의 생각을 읽었는지 남자는 웃으며 말했다.

"저도 같이 먹으려고요. 혼자 먹으면 맛없잖습니까."

남자의 웃는 얼굴은 사람의 마음을 잡아끄는 매력이 있었다.

뜻하지 않게 기선을 제압당한 가토는 거절할 구실도 찾지 못한 채 바닥에 쟁반을 내려놓고 남자와 마주앉았다.

남자는 두 손을 모으고 나서 젓가락을 들었다. 평소에는 그냥 먹지만, 오늘은 남자를 따라 두 손을 모았다. 로마에서는 로마법을 따르라지 않았나. 경우가 딱 맞지는 않지만.

가토는 먼저 장국으로 목을 축이고 밥과 야채절임을 먹었다. 시장이 반찬이라 유난히 맛있었다. 민물고기인 듯한 생선구이도 씹다

보니 점점 깊은 맛이 느껴졌다. 눈 깜짝할 새에 한 공기를 깨끗이 비우고 입가심으로 물을 마셨다.

"한 공기 더 드시겠습니까?"

남자는 아직 먹는 중이었다. 우걱우걱 먼저 먹어버린 자신의 모습이 부끄러워서 일부러 무뚝뚝하게 대꾸했다.

"됐네. 전통적인 밥상이군. 이 근방에서는 요새도 이렇게 먹나?"

"구할 수 있는 게 이것밖에 없거든요."

남자의 먹는 모습은 차분했다. 민물고기도 깔끔하게 뼈를 발라 냈다. 야성미 넘치는 모습과는 어울리지 않았다. 순간 이 남자를 인질로 삼아 의료차량이 있는 곳까지 데려가라고 할까 하는 망상을 잠깐 했지만, 곧 비현실적임을 깨닫고 속으로 고개를 절레절레 저었다. 아직 정신상태가 정상이 아닌 모양이다. 무기도 없이 이 남자와 맞붙어 이길 수 있을 리가 없었다. 아니, 설령 총을 들었더라도 이길 수 있을 것 같지 않았다.

"여긴 학교로군."

"네, 초등학교였습니다."

남자가 장국을 마시며 대답했다.

"폐교됐나?"

"학교뿐 아니라 이 마을 전체가 버려졌습니다, 24년 전에."

"24년 전……, 그때 무슨 일이 있었지?"

남자는 젓가락을 내려놓았다.

"그건 마을을 안내하며 말씀드리겠습니다."

"안내해주려고? 고맙군."

"박사님은 이 마을의 VIP니까요."

비아냥거리는 투로 말했지만 남자는 장난스레 대꾸했다.

하지만 VIP라는 소리를 들으니 기분은 나쁘지 않았다. 마음이 더욱 편안해지는 효과를 가져온 건 분명했다.

그렇게 생각한 순간, 불현듯 오한이 들었다. 설마 거기까지 계산하고 한 말인가?

"하나만 물어보지."

"말씀하십시오."

"이 마을 사람들은 모두 거부자인가?"

"대부분은 그렇습니다."

"이른바 거부자 마을이로군."

남자가 고개를 끄덕였다.

"그럼 자네도?"

"저는 아닙니다. 애초에 HAVI를 받지 않았으니 백년법 적용대상자가 아니죠."

"역시 그랬군……."

하나만 물어본다고 했지만 의사로서 밀려드는 호기심을 이길 수가 없었다.

"그럼 지금은 몇 살인가?"

"내년이면 마흔입니다."

실제 나이 74세인 가토에 비하면 어린아이나 마찬가지였다. 겉모습만 봐서는 실감이 들지 않았지만.

"왜 HAVI를 받지 않았나? 아니, 거부자도 아닌 자네가 왜 그들을 위해 이렇게까지 발 벗고 나서는 거지? 목적이 뭔가?"

"대답하기 곤란한 질문이군요."

남자는 진심으로 난처한 표정을 지었다. 정말 미워할 수 없는 매력을 지닌 남자였다. 이 표정도 계산된 것이라면 배우 뺨치는 연기 실력을 갖고 있다고 해야 하리라.

"딱히 이렇다 할 이유나 목적은 없습니다. 그냥 어쩌다 보니 이렇게 됐죠."

남자는 어깨를 으쓱하며 씁쓸하게 웃었다.

"나도 어쩌다 보니 납치한 건가?"

"전 예비하셨다고 생각합니다."

"신이?"

"운명이요."

"그거나 저거나."

"전혀 다릅니다."

따끔하게 쏘아주고 싶었지만 무슨 말을 어떻게 해야 할지 생각이 나지 않았다.

그때 한 가지 의문이 떠올랐다.

"자네들은 어젯밤 날 기다린 건가?"

"그렇습니다."

"어떻게 내가 그 길을 지나가는 줄 알았지?"

"그러니까 예비하셨다고 하지 않았습니까."

"헛소리 작작……."

갑자기 말을 멈춘 가토를 남자는 의아스레 바라보았다.

"왜 그러십니까?"

식사를 해서인지 장운동이 활발해졌다.

"여기, 화장실 있나?"

"아, 밖으로 나가서 오른쪽으로 가면 나옵니다. 볼일을 보시고 변기 옆에 있는 통에 담긴 물로 흘려보내시면 됩니다."

가토는 서둘러 복도로 나가 오른쪽으로 갔다. 남자 화장실과 여자 화장실이 보였다. 남자 화장실로 들어가자 그 남자 말대로 물이 담긴 나무통이 보였다. 바가지로 퍼서 물을 내리는 구조였다. 선반에 휴지 한 롤이 있었다. 뜯지 않은 새것이었지만 꽤 오래된 것 같았다. 고마운 마음으로 잘 썼다.

볼일을 보고 세면대의 수도꼭지를 돌렸지만 물이 한 방울도 나오지 않았다. 포기하고 교실로 돌아갔는데 남자가 보이지 않았다. 먹은 그릇도 함께 사라졌다. 지금이라면 도망칠 수 있지 않을까.

"우리 마을의 수세식 화장실 이용 소감은 어떠십니까?"

등 뒤에서 들린 남자의 목소리에 심장이 덜컹 내려앉았다. 가토는 태연한 척 돌아봤다.

"너무 고전적인 것도 생각해볼 일이야."

"죄송하지만 이곳에서는 저게 최선입니다."

남자는 송구스러운 표정으로 사과했다.

"물은 안 나오나?"

"기초 설비는 마을이 버려졌을 때 모두 중단됐습니다. 강 상류에서 새로 끌어온 수도가 하나 있긴 하지만, 공동 수도꼭지에 연결되어 있어서 여기까지는 오지 않습니다."

"참고로 묻는 건데…… 오물 처리는 어떻게 하나?"

"일부는 밭에 거름으로 쓰고 나머지는 강에 버립니다. 물고기들이 깨끗하게 먹어주죠."

"그럼 아까 그 생선구이도……."

"냄새만 안 나면 되죠."

가토의 표정이 어지간히 우스웠는지 남자는 껄껄 웃었다.

순간 발끈했지만 남자의 웃는 모습을 보니 덩달아 웃음이 나왔다.

웃음이 멎은 순간, 가토의 내면에서 뭔가 변화가 느껴졌다.

"재촉하는 것 같지만……."

남자의 눈동자에 감출 수 없는 근심의 빛이 어른거렸다.

"곧바로 환자를 봐주시겠습니까?"

"그렇게 상태가 안 좋나?"

"제 눈에는 그렇게 보입니다."

"그럼 왜 어젯밤에 데려오지 않았지?"

"부탁드렸으면 진찰해주셨겠습니까?"

아마 그러지 못했을 것이다. 그 상황에서는 진찰해도 적절한 처치를 할 수 있었을지 의심스러웠다.

"증상이 어떤가?"

"봐주시는 겁니까?"

"먼저 증상을 말해보게. 듣고 나서 결정하겠네."

"처음에는 온몸에 심한 피로감을 느꼈다고 들었습니다. 원래 건강한 분이었는데 팔다리를 가누지 못할 정도로 힘을 쓰지 못하셨습니다. 그런 상태가 한 달쯤 지속된 뒤에 복부 통증을 호소했고, 기침이 멈추지 않았습니다. 그러다 각혈, 하혈까지 시작됐고요. 급격히 야위고 안색도 누래져서 요 며칠은 계속 주무시기만 합니다. 그리고……."

남자는 말을 흐렸다.

"배에 커다란 덩어리가 여러 개 만져집니다."

SMOC다.

가토는 확신했다.

그것도 말기.

의료차량의 종합진단장치로 검사해볼 필요도 없었다.

"박사님, 어떤 것 같습니까?"

남자의 얼굴에서 밝은 분위기가 사라졌다. 소중한 사람을 잃을지도 모른다는 불안에 사로잡힌 표정이었다.

이 역시 연기일까.

"치료해도 그 환자를 살리지 못한다면 날 어쩔 작정인가?"

"그 고갯길까지 다시 모셔다 드리겠습니다. 약속드립니다."

연기라 해도 상관없다.

가토는 결심을 굳혔다.

지금부터는 의사로서 행동하자.

"오늘 외래진료가 있네."

남자는 말없이 고개를 끄덕였다.

"그리고 내가 담당하는 입원환자의 상태도 마음에 걸리고. 다들 생명과 직결되는 병과 싸우고 있어."

"네."

"그들 말고도 날 기다리는 환자가 많아. 하루라도 빨리 병원으로 돌아가 환자들을 돌봐야 해."

"압니다."

"솔직히 지금 들은 증상만으로도 대충 무슨 병인지 짐작이 가네. 허나 자네는 수긍하지 않겠지."

"……"

"환자를 의료차량으로 데려오게. 어쨌든 진료는 그 안에서 해야 하니까. 환자가 거동하기 힘든 상태면 내가 차를 몰고 그 집 앞으로 가겠네."

"진료해주시는 겁니까?"

"어쩌겠나. 자네가 폭력으로 날 위협하는데."

"박사님, 감사합니다."

남자의 눈가에 눈물이 맺혔다.

"너무 기대하진 말게."

가토가 남자를 쏘아보며 말했다.

"난 신이 아니니까."

2

"들어오십시오."

공화국경찰 국장 효도 가쓰라의 말에 회의실 문을 열고 나타난 이는 머리부터 발끝까지 시커먼 제복을 입은 거구의 남자였다.

잘 단련된 육체에 사각턱이 눈에 띄는 기다란 얼굴, 짧게 자른 머리. 한눈에 군인임을 알 수 있었지만 공화국 방위대는 아니었다. 제복이 달랐다. 계급장이나 훈장 같은 것도 없었고, 유일하게 은색 독수리 모양의 장식이 왼쪽 가슴에 달려 있었다.

남자는 효도 국장 옆에 섰다.

두 눈 사이의 간격이 넓고 외꺼풀인 작은 눈이 날카로운 빛을 쏘아 보내고 있었다.

남자는 미동도 하지 않고 말했다.

"기타자와라고 하네. 잘 부탁하네."

"센추리온……?"

가가와 데쓰오는 놀라움을 감추지 못했다.

옆자리의 다케스에도 "처음 봅니다." 하고 중얼거렸다.

"대령님, 이리 오십시오."

남자는 효도의 말을 따라 자리에 앉았다. 마주 본 순간 탁자 맞은편에서 풍압 같은 것이 느껴졌다.

가가와는 효도를 보며 물었다.

"그럼 이번 임무는 센추리온에서 담당하는 겁니까?"

효도는 선 채로 말했다.

"대통령이 직접 지시하신 일이네. 테러리스트들의 뿌리를 확실히 뽑아버리기 위해 센추리온의 투입을 허가하셨어. 뭐 하나, 자네들도 자기소개를 해야지."

가가와는 자리에서 일어났다. 한 발 늦게 다케스에도 일어났다. 차려 자세로 뻣뻣하게 고개를 숙였다.

"대테러 특수부 부장 가가와입니다."

"차장 다케스에입니다."

기타자와는 사각턱을 까닥할 뿐이었다.

"그럼 난 이만 실례하겠네. 대령님은 바쁘신 몸이니 신속하게 끝마치도록."

효도는 대령에게 잘 보이려는 듯 그렇게 말하더니 경례를 하고 밖으로 나갔다.

"그럼 이번 임무에 대해 다케스에 차장이 설명해 드리겠습니다."

"요점만 간략하게 말하게."

기타자와가 싸늘하게 대답했다.

가가와는 다케스에를 보며 고개를 끄덕였다.

다케스에는 패널을 조작해 회의실의 대형 모니터에 위성사진을 띄웠다.

"지금 보시는 사진은 중국 정찰위성이 촬영한 겁니다. 장소는 중부산악지대의……."

"요점만 간략하게 말하라고 했을 텐데?"

기타자와가 갑자기 말을 끊었다.

"그런 정보는 이미 받아봤어. 시간 낭비하지 말고 요점만 말해."

다케스에는 당혹스런 표정으로 물었다.

"모든 정보를 보셨다는 말씀이십니까?"

"자네들이 효도 국장에게 보고한 정보는 모두 우리 쪽에도 넘어왔어."

"……."

"궁극적으로 달성해야 할 목표가 뭔가? 먼저 그걸 명확히 말해보게. 필요하다면 질문을 할 테니. 위성사진과 그 밖의 데이터는 지금 센추리온의 작전입안 담당자가 분석 중이야. 자네들 도움은 필요 없네."

다케스에는 말문이 막힌 모양이었다.

"알겠습니다."

가가와가 대신 대답했다.

"목표는 테러리스트 아나타 도진. 목적은 아나타 도진의 체포 및 그 조직의 괴멸입니다."

"체포? 생포하라는 건가?"

"어렵습니까?"

가가와는 천하의 센추리온에게도 불가능한 일이 있느냐는 뉘앙스를 넌지시 풍겼다.

"제거하는 데 비하면 난이도는 높은 편이지."

기타자와는 순순히 인정했다.

"왜 타깃을 살려둬야 하지?"

"테러 사건과 조직의 전모를 밝히기 위해서입니다."

"밝혀서 어쩌려고?"

"앞으로 테러 대책을 세우는 데 도움이 될지도 모릅니다."

가가와의 말에 기타자와는 코웃음을 쳤다.

"태평한 소리로군."

"지금 뭐라고 하셨습니까?"

다케스에가 험악한 표정을 지었지만 기타자와는 아랑곳하지 않고 말을 이었다.

"다른 테러리스트들은 제거해도 좋다는 뜻인가?"

"아무리 그래도 전원 사살하는 건……."

기타자와는 눈살을 찌푸리며 말했다.

"내가 들었던 것과는 얘기가 다르군. 그곳에 있는 건 모두 거부자 아닌가. 그들은 공화국 국민도 아니거니와 인간도 아니야. 간단한 방법을 택해도 별 문제는 없을 텐데."

"물론 거부자를 사살해도 문제는 없지만, 생포하여 터미널 센터로 보내는 게 더욱 이상적이고 인도적인 조치라 생각합니다."

기타자와는 팔짱을 끼더니 들으란 듯이 한숨을 내쉬었다.

가가와는 개의치 않고 말을 이었다.

"그리고 현시점에서는 조직원들이 모두 거부자란 확증은 없습니다. 또한 미성년자도 여럿 있는 것으로 확인됐습니다. 미성년자는 HAVI를 받지 않았을 테니 거부자라고 할 수 없죠."

"하지만 테러 조직의 조직원인 건 분명하지 않나. 어린애라도 총을 쏘거나 폭발 스위치를 누를 수 있네."

"어쩌면 테러리스트에게 납치된 아이들일지도 모릅니다. 그렇다면 아이들을 구출하는 게 저희 임무입니다. 죽이는 게 아니라."

"아이들이 그 조직에 납치됐다는 구체적인 정보라도 있나?"

"없습니다만 그럴 가능성도 있다는 말입니다."

"자네가 추측하는 가능성의 범위는 아주 넓군."

기타자와가 비아냥거리듯 말했다.

"그곳에는 몇 명이나 있나?"

"아이들 말씀이십니까?"

"조직원이 총 몇 명이냔 말일세."

"당초에는 5백 명 이상으로 추측했지만, 위성사진을 바탕으로 분석한 결과 최대 2백 명 안팎이라고 결론을 내렸습니다."

"한곳에 모여 있는 건 확실한가?"

"위성사진상으로는 다른 마을은 확인되지 않았습니다. 적어도 반경 10킬로미터 안으로는."

"무장상태에 대해 묻겠네. 사전에 보고한 데이터와 달라진 점은 있나?"

"없습니다."

"그러면 거부자인지 아닌지 일일이 확인해 대응하기는 현실적으로 어렵네. 저항하는 자들은 모두 사살하는 수밖에 없어. 설령 어린애라도."

"천하의 센추리온도 불가능하다는 말씀이십니까?"

"가가와 부장, 우리는 지금 소풍 가는 게 아니라 전쟁을 하러 가는 거야."

기타자와는 더 말할 필요도 없다는 듯 대꾸했다.

"작전은 우리에게 일임하게. 알겠나?"

"그렇지만 대령님……."

"아마추어의 참견만큼 위험하고 해로운 건 없지. 다시 한 번 말해두겠는데, 이건 테러리스트와의 전쟁이야. 자네들이 하는 술래잡기하고는 차원이 달라."

"우리 수사가 술래잡기란 말입니까!"

벌떡 일어나려던 다케스에를 가가와가 억지로 붙들어 앉혔다.

"내 얘긴 끝났네. 유익한 브리핑이었어."

"대령님."

말을 마치고 자리에서 일어나 나가려던 기타자와를 가가와가 불러 세웠다.

"작전은 센추리온에 일임하겠지만, 작전 실행 시에는 저희도 상황실에 동석해도 되겠습니까?"

"자네들이 동석한다고 별 도움이 되지는 않을 텐데."

"숙적 아나타 도진의 마지막 순간을 지켜보지 못한다면 저희 입장은 뭐가 되겠습니까."

"쓸데없는 데 집착하는군."

"방해하지는 않겠습니다. 저희 체면을 좀 세워달라는 겁니다. 제가 눈에 거슬리시겠지만, 부탁드립니다."

"뭐, 좋네. 센추리온의 진짜 실력을 두 눈에 똑똑히 새겨두도록."

기타자와는 거만하게 대답하더니 밖으로 나갔다.

문이 닫히자마자 다케스에가 분통을 터뜨렸다.

"뭐라는 겁니까! 우리가 협조 요청을 한 건 공화국 방위대인데 왜 센추리온이 나대는 겁니까?"

"한가한 모양이지."

하지만 가가와 역시 내심 의아하게 생각했다.

일반 국민이라면 몰라도 정부 관계자 중에 센추리온의 이름을 모르는 이는 없었다. 하지만 이 대통령 직속 특수부대가 어느 정도의 규모이고, 어떠한 장비와 대원들로 구성되었으며, 어떠한 실적을 쌓았는지 그 실체는 베일에 싸여 있었다. 대통령이 직접 S급 국가기밀로 지정하여 국회 보고 의무도 면제했기 때문이다.

애초에 설립 목적부터가 석연치 않았다. 이미 공화국 방위대가 특수부대로서 존재하고 그조차 거의 활약할 기회가 없는데도 막대한 비용을 들여 새로 특수부대를 창설할 당위성이 과연 있는 것일까.

센추리온의 존재 이유는 대통령 직속이라는 점밖에 없었다. 한마디로 그들은 우시지마 대통령의 사병이었다.

'그런 조직이 왜 갑자기 전면에 나선 거지…….'

실체를 알 수 없기 때문에 센추리온이라는 이름이 더욱 불길하게 메아리치고, 상하 양원 의원들과 관료들에게 무언의 압력으로 작용하는 게 아닐까? 이를테면 센추리온의 주요 전투력은 거액을 주고 스카우트한 아시아 각국의 전직 군인들이다. 센추리온은 한마디로 외인부대이며, 그런 까닭에 일본인에게 주저하지 않고 총구를 겨눈다는 소문이 기정사실인 양 나돌고 있었다. 또는 공화국 방위대에 소속되었던 정예 중에 생존가능기한이 닥친 이들이 특수부대 입대를 조건으로 면제권을 받았다는 소문도 꾸준히 돌았다. 그 때문에 그들이 선택할 수 있는 길은 대통령에게 충성을 바치거나 죽음밖에 없다는 것이었다.

"부장님도 참, 아무리 대통령 직속 부대라지만 그렇게 비굴해지실 필요 뭐 있습니까?"

다케스에는 아직도 화가 가라앉지 않은 모양이었다.

"사소한 일에 연연하지 마. 작전을 처음부터 끝까지 지켜보는 게 얼마나 중요한지 아나? 뭔가 실수라도 했을 때 우리한테 책임을 떠넘기면 어쩌려고."

"아, 그렇지……."

"어디 한번 구경이나 해보자고. 센추리온의 진정한 실력이란 걸."

거기까지 말하고 가가와는 생각에 잠겼다.

이번 센추리온 건도 그렇지만, 얼마 전 무장경찰대가 국장 직속으로 편입된 일이나 그와 더불어 다테미야 가즈히로가 복귀한 일 등, 요즈음 효도 국장의 주변이 심히 수상쩍게 돌아가는 건 어찌된 일일까? 대체 우리 대장은 무슨 꿍꿍이인지.

"그나저나 센추리온의 상황실은 어딥니까?"

가가와는 천천히 고개를 돌려 다케스에를 보았다.

"어디긴 어디야, 대통령 직속인데 거기밖에 더 있나."

"설마……, 대통령 관저 말씀이십니까?"

가가와는 고개를 끄덕였다.

"아마 그 지하겠지."

"그럼 우리도 펠리스 후지에……."

가가와는 다케스에의 어깨에 손을 올리고 말했다.

"기대되지?"

다케스에의 얼굴이 창백해졌다.

3

가토 다로는 남자와 함께 1층으로 내려갔다. 폐교된 지 오래됐다고 들었지만 줄곧 방치된 건 아닌 모양이었다. 계단도 먼지가 쌓이고 바닥이 벗겨지기는 했지만 계속 사용된 흔적이 보였다.

학교 1층, 과거에는 교무실로 사용되었음직한 방에 남자 네 명이 있었다. 어젯밤 가토를 위협했던 총이 벽에 세워져 있었다. 식사를 하던 그들은 가토와 남자를 보자마자 황급히 일어났다. 그리고 조용히 남자의 말을 기다렸다.

"걱정 마. 박사님이 흔쾌히 승낙해주셨어."

그 말에 네 남자는 마주 보며 웃음을 지었다.

그중 한 명이 말했다.

"그럼 제가 선생님께 말씀드리겠습니다."

"그래줘. 금방 모시러 갈 테니 채비하고."

"알겠습니다."

"아, 그리고 그 일은 선생님께 말씀드리지 마."

남자가 쐐기를 박듯 말했다.

"C1건 말씀이시죠? 알겠습니다."

남자는 가토에게도 꾸벅 목례를 하고 서둘러 나갔다.

가토는 착잡한 심정으로 그 뒷모습을 바라보며 말했다.

"큰 기대는 말게. 힘닿는 데까지는 애써보겠지만 한계가 있으니까. 꽤 심각한 상황이라 봐야 해. 자네도 짐작은 했겠지만."

남자는 비장한 표정으로 고개를 끄덕였다. 하지만 나머지 세 명은 아직도 희망을 버리지 못한 표정이었다. 가토의 말이 들리지 않는 것인지, 들었지만 이해하지 못하는 것인지 알 수 없었다. 아니면 이해하고 싶지 않은 것일까.

"준비를 해야 하네. 의료차량은 어디 있나?"

"이쪽으로 오십시오."

남자는 가토를 데리고 학교 뒤편으로 갔다. 가는 길에 마을의 풍경이 슬쩍 보였는데, 24년 전에 버려졌다고는 믿기지 않을 정도였다. 나무 사이로 보이는 가옥은 낡기는 했지만 방치된 느낌은 들지 않았다. 분명히 사람이 살며 생활한다는 느낌이 들었다.

"지금 이 마을 주민은 몇 명이나 되나?"

"57명입니다."

"그 가운데 거부자는 몇 명인가?"

"51명입니다."

"거부자도 아닌데 여기서 사는 사람이 자네 말고도 또 있단 말인가?"

학교 뒤편에는 주차장 비슷한 공터가 있었다. 교직원 주차장이었을까? 바닥에는 아스팔트가 깔려 있었지만, 바닥에서 솟아오른 잡초들이 여기저기 무성해서 마치 혈관이 튀어나온 듯한 광경을 연출했다.

의료차량은 그 한가운데에 우두커니 서 있었다. 지키는 이 하나 없이 밤이슬을 고스란히 맞은 듯했다. 그렇게 무방비로 내버려진 모습에 맥이 다 빠졌다.

"이 마을에 차도둑은 없으니까요."

남자가 말했다.

"고장 난 데가 없어야 할 텐데."

가토는 차량 뒤쪽 진료실에 올라타 먼저 배터리를 점검했다. 의료차량은 핵 배터리 연료를 사용하고 있다. 핵 배터리는 반영구적으로 쓸 수 있다는 장점이 있지만 출력이 약하다는 단점도 있다. 그런 까닭에 핵 배터리에서 공급되는 전력을 2차 배터리에 일단 비축한 뒤에 기기를 작동할 때 그 전력을 사용하는 2단 방식이 채택됐다. 기기를 너무 오래 써서 2차 배터리의 축전량이 떨어져도 시간만 지나면 핵 배터리에서 전력을 보충해 다시 작동하는 시스템이었다. 산간벽지의 순회를 전제로 설계된 의료차량답게 다소의 악조건 속에서도 임무를 수행할 수 있는 성능과 내구성을 겸비하고 있었다.

점검 결과 배터리 상태는 양호했다. 언제든 종합진단장치와 그 밖의 의료기기를 사용할 수 있었다.

가토는 차량 밖으로 나가 말했다.

"별 문제 없네. 환자가 있는 데까지 차를 몰고 갈까?"

"아뇨, 길이 좁아서 이렇게 큰 차는 선생님 집까지 못 갑니다."

"아까도 선생님이라고 하던데, 그 환자가 교사인가?"

"비슷합니다."

"제대로 거동조차 못한다면서 여기까지 어떻게 데려오려고?"

"차로 이동할 겁니다. 소형차라 집 앞까지 갈 수 있거든요."

"차가 있나?"

"마을 공용차가 한 대 있습니다. 말이 자동차지 오토캡슐이죠."

"캡슐?"

이런 산골, 게다가 거부자 마을에서 캡슐을 보게 될 줄이야.

"낡은 국산차를 수동으로 조작할 수 있게 개조했습니다."

하지만 캡슐이 움직이려면 전력이 필요하다. 이곳에 고가의 핵 배터리가 있을 리 없었다. 의구심에 못 이겨 남자에게 물었다.

"강 상류의 댐에 있는 낡은 발전기를 수리해서 쓰고 있습니다."

"마을까지 전기가 들어오나?"

"아뇨."

남자의 말로는 마을이 버려졌을 때 전선도 철거된 데다 시설이 낡아서인지 전압도 불안정해서 발전소에 가서 직접 배터리에 충전하는 것밖에 발전기를 활용할 방법이 없다고 했다. 게다가 발전소까지 가는 길은 험해서 내구성이 약한 도시형 캡슐을 타고 갈 수도 없었다. 한마디로 캡슐을 충전하려면 다른 배터리를 발전소까지 가져가 충전한 다음에 그걸 가지고 다시 캡슐에 전기를 주입하는, 품이 두 배로 드는 번거로운 방법을 써야 했다.

"충전한 지 얼마 안 됐으니 오늘 하루 움직이는 데는 문제없을 겁니다."

주민들은 대부분 구식 배터리를 집에 구비하고 있는데, 사흘에 한 번꼴로 이처럼 발전소까지 걸어가 충전해 생활용으로 이용한다고 했다. 물이 아니라 전기를 길러 가는 셈이었다.

"그나저나."

남자가 진지한 목소리로 말했다.

"선생님 앞에서는 박사님도 거부자인 척해주시면 안 되겠습니까?"

"왜 그래야 하지?"

"이곳은 원래 외부인들에게 알려져서는 안 되는 곳입니다. 거부자가 아닌 사람을 이곳에 들인 걸 선생님이 아시면 불안해하실 것 같아서……."

하지만 남자의 말투는 뭔가 석연치 않았다.

"자네 속내는 그게 아니지?"

가토의 지적에 남자는 웬일로 멋쩍은 표정을 지었다.

"본인 때문에 자네들이 날 납치해왔다는 사실을 선생님이 알게 되면 입장이 난처해지니까, 그래서 그런 거 아닌가?"

남자는 단념한 듯 힘주어 고개를 끄덕였다. 고개를 숙인 건지도 모른다.

"죄송합니다. 박사님 말이 맞습니다. 저희가 그런 짓을 저지른 걸 아시면 선생님은 절대로 치료를 받으려 하지 않으실 겁니다. 그런 분입니다."

"거부자가 의료차량을 몰고 이곳까지 찾아온다는 것도 말이 안 되는 소리 같은데."

"C1에서 오셨다고 해주십시오."

"C1? 그러고 보니 아까도 그 얘기를 하던데, 그게 뭔가?"

"자세히 설명할 시간은 없지만 C1에서 파견됐다고 하시면 선생님도 믿으실 겁니다."

"잘은 모르겠지만 그걸로 넘어갈 수 있다면 그러지."

"감사합니다."

그때 학교 안에 있던 세 남자가 나왔다. 식사를 마친 모양이었다. 저마다 총을 들고 있었다.

남자는 세 남자를 정식으로 소개했다.

"일손이 필요하시면 이 친구들을 부르십시오."

"나 혼자면 됐네. 그런 위협적인 걸 들고 얼씬대면 오히려 정신이 산만해져. 설령 총알이 없더라도."

남자는 총을 힐끗 보더니 말했다.

"알겠습니다. 그럼 여기는 박사님께 맡기고 저희는 선생님을 모셔오겠습니다."

그 말을 들은 세 남자는 일제히 불안한 표정을 지었다. 그중 하나가 남자에게 귓속말로 뭐라고 속삭였다. 감시하지 않아도 괜찮은가, 도망치는 게 아니냐, 그런 내용이리라.

"가자."

남자의 태도는 확고했다.

셋은 아직 수긍이 가지 않는 눈치였지만 남자의 명령을 거스를 생각은 없는 것 같았다.

"그럼 다녀오겠습니다."

"환자를 데려오는 데 얼마나 걸리나?"

"20분이면 됩니다."

"그때까지 준비해두지."

"부탁드립니다. 가자."

남자들은 훈련된 병사처럼 내달렸다. 이곳에서의 생활로 다리

힘이 단련되었는지 몸놀림이 놀랍도록 날래서 달리는 모습이 마치 축지법을 쓰는 듯했다. 특히 리더로 보이는 그 남자. 노화가 시작되면 몸이 뜻대로 움직이지 않는다는 게 현대의학의 상식이지만 남자에게는 해당되지 않는 이야기였다. 그를 예외로 봐야 할까? 아니면 마흔 살은 생각만큼 노화의 영향을 받지 않는 나이인 걸까?

"슬슬 시작해볼까."

가토는 다시 진료실로 들어갔다. 먼저 종합진단장치를 가동시키고 자동확인기능을 켰다. 조정은 5분 만에 끝났다. 그 동안에 차트보드의 아이디데이터 읽기 기능을 테스트하려다 갑자기 동작을 멈췄다.

"그러고 보니⋯⋯."

진료할 환자는 거부자였다. 아이디카드는 없을 테고, 가지고 있더라도 무효화 처리되어 데이터에 접속할 수 없을 터였다. 과거 병력이나 개인정보를 참고하지 못하면 진단의 정밀도가 떨어진다.

애초에 진단결과는 이미 나온 것이나 다름없었다. 종합진단장치로 다시 검사하는 건 남자들을 납득시키기 위한 통과의례에 불과했다. 아마 아이디카드의 데이터가 없더라도 최종진단이 달라지는 일은 없으리라. SMOC 확진을 받으면 의사가 할 수 있는 일이라곤 고통을 덜어주는 처치뿐이다. 의료차량에도 진통제는 있지만 수량은 한정되어 있었다.

"⋯⋯."

가토는 문득 자신이 도망칠 궁리를 전혀 하지 않고 있다는 사실을 깨달았다. 감시하는 이는 아무도 없었다. 마음만 먹으면 도망칠 수 있지 않은가. 의료차량만 움직일 수 있다면.

심장 박동이 빨라졌다.

진료실에서 운전석으로 이동했다. 하지만 사전에 아이즈를 압수했으니 차도 움직이지 않도록 손봐뒀을지도 모른다. 환자의 집까지 못 간다고 했던 건 길이 좁아서가 아니라 차가 움직이지 않는다는 사실을 감추려던 게 아닐까······.

하지만 막상 살펴보니 구동계가 비상 모드로 바뀌어 있었다. 원래는 등록한 사람만 운전할 수 있지만, 이 모드에서는 메인스위치만 켜면 누구나 운전할 수 있었다.

그제야 생각이 났다.

어젯밤 납치됐을 때 그 남자가 자신도 운전할 수 있게 변환하라고 협박해서 통상 모드에서 바꾸어 놓았다. 그렇다면······.

가토는 메인스위치를 켰다.

계기판에 불이 들어왔다.

모두 정상.

움직일 수 있다.

'도망칠까.'

하지만 어디로 어떻게 가야 할지 몰랐다. 좁은 길로 들어갔다 오도 가도 못하게 되면 방법이 없다. 이번에는 봐주지 않겠다며 총알을 장전할지도 모른다.

'겁먹었군······.'

하지만 그 이유만은 아니라고 생각했다.

의사답게 행동하기로 했다. 눈앞의 환자를 나 몰라라 하는 건 의사로서 할 짓이 아니다. 게다가 환자는 SMOC일 가능성이 컸다. SMOC는 가토의 숙적이었다. 지는 싸움인 줄 알지만 붙어보지도 않고 꽁무니를 뺄 수는 없었다.

"나도 참 멍청하군."

가토는 구동계의 메인스위치를 끄고 진료실로 돌아갔다.

15분쯤 지났을까, 남자가 생각보다 일찍 돌아왔다.

"박사님."

부르는 소리에 밖으로 나오자 남자가 혼자 서 있었다.

"준비 다 됐네. 환자는?"

"저기 모셔왔습니다."

남자는 곤혹스런 표정으로 뒤를 가리켰다.

무당벌레처럼 생긴 노란 캡슐의 걸윙도어가 활짝 열렸다. 가장 오래된 타입의 국산차였다. 옛날 생각이 났다.

차 안에서 한 남자가 천천히 나왔다. 왜소한 몸에 낡은 작업복을 걸치고 있었다. 머리는 멋을 낸 듯 잘 정돈되어 있었지만 얼굴은 흙빛이었다. 눈가는 거무튀튀하게 퀭했고 뺨도 홀쭉했다. 왠지 도노 마코토의 마지막 모습이 떠올랐다. 쌍꺼풀 진 또렷한 눈과 오똑한 코가 특히 그랬다. 발병하기 전에는 분명 미남이었으리라. 남자는 캡슐에 기대어 간신히 서 있었다. 보는 사람까지 숨이 가빠지게 만드는 모습이었다.

"거동도 못 한다더니……."

"남의 신세 지기 싫다며 꼭 직접 걸어가겠다고 하셔서……."

캡슐에 기대어 선 남자는 가쁜 숨을 내쉬며 가토를 매섭게 쏘아봤다.

아니, 쏘아본 게 아니었다.

그렇게라도 기력을 짜내지 않으면 몸을 가누지도 못하는 것이다.

"선생님!"

남자가 더는 못 견디겠다는 듯 달려가 손을 내밀었다.

"환자 취급 마!"

'선생님'이라 불린 남자는 버럭 소리치며 뿌리쳤다. 목소리는 생각보다 힘찼지만 이내 콜록콜록 기침을 했다. 금방이라도 쓰러질 것 같은 모습이었다. 남자가 '선생님'을 부축하며 등을 문질렀다. '선생님'은 그마저 거부하려 했다.

"선생님, 좀 가만히 계십시오."

남자가 '선생님'을 억지로 안아 들었다. 연이은 기침으로 체력이 소진된 모양인지 '선생님'은 저항하지 않았다. 멍한 눈으로 남자의 손에 몸을 맡길 뿐이었다. 거친 숨소리 사이로 쌕쌕거리는 소리가 들렸다. 절대 안정을 취해야 하는 상태이기에 직접 움직이는 것 자체가 무모한 짓이었지만 여기까지 왔으니 어쩔 수 없었다.

"박사님, 부탁드립니다."

"안으로 모시게."

그때 학교에서 본 네 남자가 돌아왔다. 캡슐을 타지 않고 걸어온 모양이었다. 숨이 찬 듯 헐떡이고 있었다.

'아니!'

그 네 명뿐이 아니었다.

남녀 여럿이 줄줄이 뒤를 따랐다. 옷차림이나 머리모양, 신발은 제각각이었지만 모두 까무잡잡하게 탄 얼굴이었다. 이 마을 주민들일까? 그렇다면 이들 대부분은 거부자이리라. 물론 겉보기에는 같은 사람이었다. 하지만 이들은 당국에 붙잡히면 즉시 터미널 센터로 보내질 사람들이었다. 법적으로 살아 있는 게 허용되지 않는 사람들, 살아갈 권리가 없는 이들이다. 놀랍게도 아이들의 모습도 보였다. 저 아이들은 거부자가 아니겠지.

"모두 선생님이 걱정돼 여기까지 왔습니다."

남자는 선생님을 안은 채 몰려든 사람들에게 말했다.

"걱정 말아요. 여기 계신 박사님이 진찰해주실 테니."

말이 끝나기가 무섭게 마을 사람들이 가토에게 머리를 조아렸다. 기도하듯 두 손을 모은 여자도 있었다.

"부탁드립니다. 선생님을 살려주십시오!"

"선생님을 살려주십시오!"

"박사님!"

마을 사람들은 저마다 간절히 호소했다.

가토는 가슴이 갑갑해졌다. 불가능했다. 그에게 그런 능력은 없었다. 이 병에는 이길 수 없다고 외치고 싶은 충동에 휩싸였다.

"환자를 진료실로 모셔오게."

가토는 남자를 데리고 진료실로 들어갔다.

남자는 '선생님'을 진찰대에 조심스레 눕혔다.

"끝날 때까지 밖에서 기다리게."

"부탁드립니다."

남자는 공손하게 고개를 숙이고 밖으로 나갔다.

문이 닫혔다.

바깥의 북적거리는 소리도 순식간에 사라졌다.

가토는 종합진단장치의 오퍼레이터 자리에 앉았다.

"가토라고 합니다. 지금부터 이 장비로 환자분 상태를 검사할 겁니다. 들리십니까?"

"어처구니가 없군."

'선생님'은 눈을 가늘게 뜨고 힘없는 목소리로 말했다.

"난 이미 죽어가는 몸. 이제 와서 이런 검사를 한들 무슨 소용이 있겠는가. 그렇지 않나?"

가토는 키보드를 두드리며 말했다.

"그럼 왜 여기까지 오셨습니까? 그런 몸으로 무리해서."

"C1에서 일부러 의사를 보내줬는데 거절할 수도 없지 않나. 외교적 결례니까. 뭐, 어차피 저 녀석들이 C1에 부탁했겠지만. 괜찮다고 하는데 왜 쓸데없는 짓을 하는지."

'선생님'은 다시 콜록거리며 기침을 했다.

그나저나 이곳 주민들은 왜 이런 말본새 고약한 남자를 그렇게까지 떠받드는 것일까.

"그 뒤로 …… 괜찮았나?"

"무슨 말씀이십니까?"

"C1 말이야. 아무리 그래도 걱정이 안 되겠나. C1이 잘못되면 이 주변은 모두 영향을 받을 텐데."

무슨 소리인지 도통 알아들을 수가 없었다.

걱정된다는 말은 진심이겠지.

정체가 들통 나기 전에 이쯤에서 이 이야기는 끝내야겠다고 생각했다.

"검사를 시작할 테니 검사를 받는 동안에는 말씀을 삼가해주십시오."

키보드로 검사 시작 명령을 내렸다.

아치가 '선생님'의 몸 위를 천천히 왕복하며 검사를 마쳤다.

"끝났습니다."

"이제 말해도 되나?"

"네."

'선생님'은 몸을 일으키려 했다.

"또 녀석의 신세를 지긴 싫어."

떨리는 손으로 상반신을 받쳤다.

가토는 순간적으로 그를 부축했다.

'선생님'은 뿌리치지 않고 "미안하군." 하고 말했다.

"내 상태는 어떤가?"

"검사결과가 나오려면 조금 더 있어야 합니다."

'선생님'의 얼굴이 고통으로 일그러졌다.

그 남자 앞에서는 결코 보이지 않았던 표정이다.

"많이 아프십니까?"

"온몸에 안 아픈 데가 없군."

"진통제를 놔드릴까요?"

"그걸 맞으면 잠이 오나?"

"네. 어떡할까요?"

"부탁하네."

가토는 차량에 상비된 진통제를 '선생님'의 오른팔 정맥에 주사했다. 즉시 효과를 보려면 이 방법이 제일이었다.

모니터에 검사결과가 떴다.

예상대로였다.

SMOC 말기.

남은 시간은 앞으로 2주일.

가토의 표정 변화를 재빨리 알아챈 '선생님'이 물었다.

"결과가 나왔나?"

"네."

"말해주게."

"혼자 들으시겠습니까?"

"내 몸이야."

이 환자에게 잔재주는 통하지 않는다.

가토는 검사결과를 사실대로 말했다.

'선생님'은 조금 아련한 표정으로 고개를 두 번 끄덕였다.

"대충 짐작은 하고 있었어."

"죄송합니다."

'선생님'의 얼굴에 고요한 미소가 번졌다.

"살 만큼 살았다고 생각했는데, 막상 죽는다는 소리를 들으니……, 사람 마음이 참 간사하군."

약기운이 돌기 시작한 모양이었다.

'선생님'의 눈이 몽롱해지며 몸이 갸우뚱거렸다.

"잠깐 쉬십시오."

가토는 그의 등을 받치며 조심스레 진찰대에 눕혔다. '선생님'은 완전히 눈을 감고 쌔근쌔근 숨소리를 내기 시작했다.

가토는 자리에서 일어나 진료실의 자동문을 열었다.

아까와 같은 자세로 기다리는 마을 사람들의 모습이 보였다.

"박사님."

금방이라도 아우성칠 듯한 마을 사람들을 보고 가토는 쉿 하고 입을 막았다.

"조용히 하세요."

그리고 남자를 진료실로 불렀다. 자동문이 닫히기를 기다렸다 조심스레 말문을 열었다.

"검사는 끝났네. 아까 진통제를 놨으니 한동안 주무실 거야."

"상태는 어떻습니까?"

가토는 남자의 얼굴을 똑바로 볼 수가 없었다.

차트 보드를 떼어내 남자에게 내밀었다.

남자는 뚫어져라 차트를 보았다.

"다섯 곳의 장기에 암세포가 퍼졌어. 돌발성 다장기암이야. 검사 결과 앞으로 남은 시간은 2주. 기적적으로 버틴다 해도 한 달도 못 견딜 거야."

"선생님께 그 사실을……"

"말했네. 환자 본인이 그걸 원했어."

남자는 가토에게 보드를 돌려주고 뭐라 말할 수 없는 눈빛으로 잠든 '선생님'을 바라보았다.

"날 원망 말게. 최첨단 의료기술로도 이 병에는 속수무책이야. 의료차량에 탑재된 장비만으로는 진통제로 고통을 덜어주는 게 고작이야."

남자는 입을 꾹 다물고 고개를 끄덕였다.

가토는 괴로운 마음을 떨쳐버리려 다시 보드를 보았다.

'뭐지?'

화면 오른쪽 상단.

오렌지색 S가 깜빡거렸다.

그랬군.

차트 보드가 계속 아이디카드를 탐색하다 지금 새로운 아이디카드를 찾아낸 것이다.

그렇다면.

이 남자의 아이디카드일 수밖에 없다.

차트 보드는 이 남자의 아이디를 찾아내 접속 허가를 기다리고 있었다. 접속하면 이 남자의 모든 것을 알 수 있다.

"선생님을 댁까지 모셔다 드리겠습니다."

가토는 저도 모르게 숨을 들이마시며 남자의 얼굴을 보았다.

남자는 심상치 않은 기운을 느꼈는지 동작을 멈췄다.

"왜 그러십니까?"

"아닐세."

식은땀이 흘러내렸다.

"밖에서 기다리는 사람들에게는 뭐라고 할 작정인가?"

"사실대로 말해야죠. 이 마을에서는 그래야 합니다."

가토는 부자연스러워 보이지 않도록 깜빡거리는 S를 두 번 터치하고 나서 보드를 뒤집었다. 아이디카드에 접속하는 걸 허가했으니 이제 알아서 정보를 읽겠지.

"그러는 게 좋겠어."

남자는 '선생님'을 안아 들고 진료실 밖으로 나갔다.

밖에선 웅성거리는 소리가 들리더니 이내 비명이 터져 나왔다.

주민들을 진정시키는 남자의 목소리가 들렸다. 지금은 진통제를 맞고 잠드신 거다, '선생님'의 상태는 나중에 정식으로 설명하겠다, 지금은 '선생님'을 댁까지 모셔다 드리자.

문이 자동으로 닫혔다.

가토는 안도의 한숨을 내쉬었다.

엎어놓았던 보드를 다시 뒤집었다.

화면에 남자의 모든 정보가 나열되어 있었다. 물론 그의 본명도.

"니시나 겐이라……."

4

"곧 R포인트에 도착합니다."

"정찰 포트에서 데이터를 수신했습니다. 현재 날씨는 맑음. 안개 없음. 바람은 북서쪽에서 3미터. 조건은 레벨A."

"영상분석 완료. 목표물은 그 자리에 있습니다."

속속 새로운 정보가 전달됐다.

대통령 관저, 팰리스 후지의 지하 3층.

방공호 내부에 있는 상황실.

정면에는 영화관을 방불케 하는 대형 화면이 있었고, 그곳에 비친 건 고도 1만 피트 상공에서 내려다본 지표였다. 수송기 Z1440의 특수 카메라로 촬영한 실시간 영상이었다. 새벽 2시라 원래는 캄캄한 어둠만 보이겠지만 마치 대낮처럼 지형이 또렷하게 보였다. 이따금 하얀 구름이 흘러갔다.

대형 화면 앞에는 여섯 명의 오퍼레이터들이 각각 모니터를 바라보고 앉아 있었다. 시시각각 변하는 상황을 파악하여 즉시 분석하는 것이 그들의 임무였다. 조금 떨어진 곳에서 기타자와 대령이 작전을 지휘했다. 거대한 바움쿠헨 같은 책상에 앉아 상황을 지켜보던 그의 암벽같이 떡 벌어진 등이 휙 움직이는가 싶더니 이내 두 눈 간격이 넓은 작은 눈이 이쪽을 돌아보았다.

의자에 앉아 있던 가가와 데쓰오는 순간 흠칫했다. 옆자리의 다케스에도 마찬가지였다. 하지만 기타자와는 그들에게 눈길조차 주지 않고 다시 고개를 돌렸다.

"그대로 대기해."

기타자와가 탁 트인 목소리로 지시하자 오퍼레이터 한 명이 분주하게 키보드를 두드리며 명령을 복창했다. 현장 지휘관에게 전달하는 것이리라.

다케스에는 가가와에게 귓속말로 속삭였다.

"기다리는 걸까요?"

가가와와 다케스에의 오른쪽에는 널찍한 등받이에 팔걸이가 달린 검은 가죽 의자가 12개나 늘어서 있었다. 하지만 지금은 모두 비어 있었다. 이곳에서 작전을 지켜보기로 한 건 그들만이 아니었던 것이다.

"누가 올까요? 의자를 엄청 갖다놨는데."

그때 푸슉 하는 소리를 내며 문이 열렸다.

기타자와가 재빨리 일어나 몸을 돌리더니 바람을 가르는 소리가 날 정도로 절도 있게 거수경례를 했다. 가가와도 들어온 사람을 보자마자 황급히 일어나 경례를 했다. 다케스에는 어안이 벙벙해져 가가와에게 뒤통수를 얻어맞고 나서야 겨우 제정신을 찾았다.

"경례는 됐네, 작전 중이니까."

귀에 익은 굵직한 목소리. 언론을 통해서만 보았던 얼굴이 지금 눈앞에 있었다. 숨이 멎을 정도의 압도적인 존재감은 기타자와에

비할 바가 아니었다. 일국의 최고권력자에게만 허락된 투명한 의장을 걸치고 있었다.

공화국 대통령 우시지마 료이치.

그는 가가와와 다케스에를 보고 이맛살을 찌푸렸다.

무언의 추궁.

가가와는 손끝까지 긴장에 찬 상태로 말했다.

"공화국경찰 대테러 특수부 부장 가가와입니다."

"차장 다케스에입니다."

"오, 자네들이로군. 얘기는 들었네."

우시지마 대통령은 그렇게만 말하더니 가가와에 대한 관심을 잃은 듯 열린 문 너머를 향해 말했다.

"뭐하고 있나. 어서 들어오게."

먼저 모습을 드러낸 건 훤칠한 키에 창백한 얼굴의 여윈 남자였다. 좌우 눈동자 모양이 다른 독특한 외모. 하지만 그 눈에는 보는 이를 몸서리치게 하는 냉철함이 깃들어 있었다.

공화국 총리 유사 아키히토였다.

처음 총리로 임명되었을 때는 왠지 못미더운 인상이라 어차피 우시지마 대통령의 꼭두각시이려니 했지만 40년 넘게 총리 자리에 있으면서 그에 걸맞은 연륜을 갖춘 느낌이었다.

이어서 들어온 건 각료, 상하 양원의 의장을 비롯한 유력 국회의원들이었다. 가게야마 장관의 모습도 보였다. 그리고 마지막으로 대통령 비서실장인 나기 사다카즈. 모두 국회에 출석하듯 정장을 빼입었다.

'이게 대체……'

대통령 관저의 지하니까 어쩌면 우시지마 대통령을 만날 수도 있겠다는 생각은 했다. 하지만 유사 총리와 양원 의장까지 나타나다니. 게다가 이 한밤중에. 제아무리 가가와라도 어안이 벙벙할 따름이었다.

다케스에가 경례를 붙인 채 기어들어가는 목소리로 말했다.

"부, 부장님……, 이게 어찌된 일입니까?"

"난들 알아?"

"저희가 올 곳이 아닌데요."

지금 이 좁은 상황실에 모인 이들이야말로 현재 공화국을 움직이는 실세라 해도 과언이 아니었다. 그 대단한 인물들이 의아스런 눈으로 가가와와 다케스에를 훑어보았다. 그럴 법도 했다. 굼벵이와 촌뜨기 같은 두 사내가 방 한쪽에서 뻣뻣하게 경례를 붙이고 있으니 말이다.

우시지마가 분위기를 알아챈 듯 설명했다.

"아, 그 친구들은 경찰 관계자네. 대테러 특수부 소속인데, 아나타 도진을 지금까지 추적해왔다는군. 그 마지막 순간을 꼭 지켜보고 싶다고 해서 특별히 허락했지."

가가와와 다케스에가 정식으로 자기소개를 하자 가게야마 장관이 떨떠름한 표정으로 그들을 노려봤다. 왜 너희 같은 것들이 이 자리에 있느냐며 당장이라도 험한 소리를 퍼부을 것 같았다.

"자, 편히들 앉게. 기타자와 대령, 작전은 어떻게 진행되고 있나?"

우시지마는 가까운 의자에 앉으며 말했다.

"각하가 명령만 하시면 언제든 실행 가능합니다."

유사 총리는 대통령의 옆자리에, 의원들도 차례로 자리를 잡았다. 가가와와 다케스에도 다시 자리에 앉았다.

모두 자리에 앉자 우시지마 대통령이 조용하지만 위엄에 찬 목소리로 명령을 내렸다.

"시작하게."

"네. 오퍼레이션 블랙 보텍스."

기타자와가 다시 몸을 돌려 책상에 앉았다.

"작전 개시."

"오퍼레이션 BV, 개시."

그 순간부터 상황실의 분위기가 확 달라졌다.

대형 화면에 흘러나오던 영상이 바뀌었다. 수송기 내부로 추정되는 영상이었다.

수많은 대원들이 보였다. 프로텍터나 예비탄창의 최종 점검은 끝났는지 미동도 없이 정렬하고 있었다. 달걀을 거꾸로 세워놓은 듯한 검은 헬멧이 대원들의 머리를 감싸고 있었다. 얼굴까지 완전히 가려서 표정은 알 수 없었다. 흘끗 봐서는 알 수 없었지만, 헬멧 전후좌우에 카메라가 내장되어 있어서 아이즈처럼 영상 정보를 뇌에 투사하는 기능을 갖췄다. 이 영상도 아마 대원이 쓴 헬멧 카메라 중 하나가 포착한 것이리라. 검은 바탕에 파랑색과 회색이 섞인 야간용 위장도색 전투복을 입었고, 등에는 강하 시 사용하는 '잠자리 날개'란 별칭이 붙은 자세제어장치를 맸다. 두 손으로 쥐고 가슴에 대고 있는 건 급습용 머신 건 AG777. 총신이 짧고 콤팩트하지만 살상력은 어마어마했다.

'이것이 센추리온……'

얼굴 없는 검은 형체의 무리는 보는 사람을 소름끼치게 만들었다.

가가와 다케스에는 사전에 '검은 소용돌이' 작전에 대해서 간략한 브리핑을 들었다.

개요는 다음과 같다.

실행부대는 특수부대 센추리온의 공수팀 80명. 목표물에서 10킬로미터 떨어진 지점까지 수송기 Z1440으로 이동하여 고도 1만 피트에서 강하. 고도 6천 피트까지 자유낙하하다가 자세제어장치를 켜고 좌우로 네 개의 '잠자리 날개'를 펼친다. 장치는 대원들의 뇌와 접속되어 전진하고 싶은 방향으로 날개가 자동 조정되며, 날개 전체를 미세하게 진동함으로써 일정한 부력을 얻을 수 있다. 이 날개로 활공하며 목표물에 접근한 뒤 지표 근처에서 선회하여 착지한다. 이때 자세제어장치의 하향 노즐을 분사해 착지 시 충격을 완화한다. 약 8초간의 분사가 끝나면 날개는 장치와 함께 등에서 떨어진다. 장비를 벗어버린 대원들은 재빨리 목표물을 에워싸고 단숨에 제압한다.

말은 쉽지만 잠자리 날개만 해도 자유자재로 조작하려면 고도의 기술이 필요했다. 잠자리 날개는 패러슈트 강하에 비해 공중을 자유자재로 이동할 수 있다는 이점이 있었지만, 활공시의 가속도를 유지한 상태로 착지하게 되기 때문에 그 속도로 지면과 부딪치면 온몸이 산산조각이 난다. 그런 사태를 막기 위해 착지 직전에 공기를 분사해 속도를 줄이지만, 분사 시에 조금이라도 균형이 무너지면 공중에서 한 바퀴 돌아 감속은커녕 오히려 가속도가 붙어 머리부터 땅바닥에 곤두박질친다. 0.1초의 방심이 죽음과 직결되는 것이다.

화면이 움직였다.

수송기의 해치가 천천히 열렸다.

검은 허공이 아가리를 벌렸다.

선두에 선 대원이 주저 없이 몸을 던졌다. 다른 대원들도 그 뒤를 따랐다. 거의 1초에 두 명씩 캄캄한 어둠으로 뛰어들었다. 마지막으로 카메라 영상을 담당한 대원도 다이빙했다.

다시 화면이 전환됐다.

수송기에서 보낸 특수 카메라 영상이었다.

거의 일직선으로 강하하는 대원들의 모습이 보였다. 마치 깊은 바닷속을 유영하는 물뱀 같았다.

예정고도에 이르렀는지 먼저 뛰어내린 대원의 등에서 잠자리 날개가 솟아나 방향을 크게 바꿨다. 뒤따르는 대원들도 차례차례 날개를 펼치고 아름다운 곡선을 그렸다. 날개를 얻은 물뱀은 자유자재로 몸을 꿈틀거리며 공중을 헤엄쳤다. 그 힘찬 모습은 마치 하늘을 누비는 용 같았다.

"굉장하네요……."

다케스에의 감탄에 가가와도 고개를 끄덕였다.

"목표물 확인!"

오퍼레이터가 목청을 높였다.

"선회합니다."

용들은 둥글게 호를 그리더니 이내 하늘에 녹아들듯 흩어져 각자 선회를 시작했다. 저 검은 소용돌이 밑에 아나타 도진의 영원왕국이 있다. 오랜 숙적이 드디어 최후를 맞이하려는 순간이었다. 가가와는 주먹을 꼭 쥐었다.

'아니?'

대형 화면 옆에 한 남자가 조용히 서 있는 게 보였다. 작전 개시 전에는 못 봤던 얼굴이다. 관저의 직원인 듯한 남자는 카메라를 들고 있었다. 그 렌즈는 마른침을 삼키며 작전의 진행상황을 지켜보는 대통령과 총리의 모습을 담고 있었다. 아마 언론발표용 사진을 촬영하는 것이리라.

'이제야 영문을 알겠군.'

가가와는 그제야 상황을 파악했다.

이따금 풍문으로 우시지마 대통령의 실각을 노리는 음모에 대해 들은 적이 있지만 구체적인 움직임이 있었던 건 아니었다. 하지만 소문이 돈다는 건 어딘가에 그걸 바라는 이들이 있다는 뜻이다.

이 작전의 진행상황이 언론에 보도되면 대통령 반대파들은 앞으로 뭔가 일을 벌이려 할 때마다 센추리온의 존재를 떠올리게 되리라. 베일에 가려졌던 센추리온의 모습을 공표함으로써 대통령은 자신의 힘을 과시하고 반대파의 전의를 꺾으려는 것이다.

하지만 거꾸로 생각하면 이렇게 노골적인 협박을 해야 할 정도로 반대파의 존재가 무시할 수 없는 수준까지 커진 것이다. 대통령은 내심 가슴을 졸이고 있는 게 아닐까? 굳건한 반석 위에 놓인 것처럼 보였던 우시지마 대통령 체제에 균열이 생기기 시작한 것일까?

가가와는 화면에 얼굴을 고정한 채 힐끗 대통령과 측근들의 눈치를 살폈다. 모두 뚫어져라 화면을 바라보고 있었다. 가가와의 눈길을 느꼈는지 대통령 옆자리의 유사 총리가 눈만 움직여 가가와를 보았다. 가가와는 후다닥 눈을 돌렸다. 오싹한 한기에 소름이 돋았다.

아무래도 시대는 보이지 않는 곳에서부터 움직이기 시작하는 모양이었다. 아나타 도진의 파멸은 그 신호탄에 지나지 않을지도 모른다. 과연 이 끝에는 무엇이 기다리고 있을까…….

"적의 반응이 없습니다. 기습 성공입니다."

"좋아."

기타자와가 다음 지시를 내렸다.

"돌격하라."

몇 초 뒤 검은 소용돌이가 흩어졌다.

이내 소용돌이는 돌풍이 되어 소리 없이 땅을 덮쳤다.

5

노면에서 전해지는 진동을 보니 도로 상태가 그리 좋지 않음을 알 수 있었다. 경사나 커브도 몸으로 느낄 수 있었지만, 유감스럽게도 주위에 어떤 풍경이 펼쳐지는지는 알 수 없었다. 애당초 보인다 해도 나무나 흙, 돌 중 하나겠지만.

그 마을과 바깥세상을 잇는 유일한 길. 물론 지도에서는 찾을 수 없는 길이었다. 이 길을 지나는 건 두 번째였지만, 처음 지날 때의 기억은 하나도 나지 않았다. 어젯밤 일인데도 벌써 한 달은 더 지난 일처럼 느껴졌다.

"이 안대는 언제까지 써야 하나?"

"제가 벗으시라고 할 때까지 쓰고 계십시오."

"자네들 이야기는 아무한테도 안 할 거야. 일정보다 늦어진 건 아이즈가 고장 나서 산속에서 헤맸기 때문이라고 둘러댈 테니까……."

"박사님을 믿습니다만 이것만큼은……."

말은 그렇게 했지만 가토가 마음만 먹으면 눈을 가린 안대를 벗어버릴 수 있었다. 결박당한 것도 아니었고, 남자는 의료차량의 운전대를 잡고 있으니 섣불리 움직일 수 없을 터였다. 어젯밤과 달리 이 차에는 남자와 가토, 단둘이 타고 있었다.

"시장하지 않으십니까?"

"차내에 비상식량이 있어. 자네가 떠나면 마음 편히 먹으려고."

"아까 점심 준비를 해놨는데요. 또 생선이지만."

가토는 쓴웃음을 지었다.

"매력적인 제안이지만 되도록 빨리 병원에 들어가 봐야 해서. 행방불명이네, 실종이네 일이 커지면 자네들한테도 좋을 게 없잖나."

차가 기우뚱거렸다. 나무나 바위를 넘은 것일까? 타이어는 못으로 된 산도 넘을 수 있도록 특수 처리가 되어 있었고 차체도 튼튼했지만 초정밀 의료기기가 탑재된 만큼 조금 걱정이 됐다.

"앞으로 얼마나 더 가야 하나?"

"30분쯤 걸릴 겁니다."

"돌아가는 길은 어떡할 건가? 설마 다시 이 차로 바래다달라고 하진 않겠지?"

남자가 웃으며 대답했다.

"부모님이 주신 다리가 있잖습니까."

"달려서 가려고?"

"걸어야죠."

"그래도 차로 한 시간 반 거리인데."

"길이 험해서 차보다는 걷는 게 낫습니다. 반나절이면 도착합니다."

가토는 어처구니없다는 듯 고개를 저었다.

"자네는 정말 HAVI를 받지 않았나? 겉보기에는 노화한 것 같지 않은데."

남자는 대답하지 않았다. 어떤 표정을 짓고 있는지 안대를 벗고 확인하고 싶은 충동에 휩싸였지만 꾹 참았다.

"전에도 물어봤지만, 왜 HAVI를 받지 않았나?"

"어쩌다 보니 그렇게 됐다고 말씀드렸던 것 같은데요."

"자세한 사정을 묻는 거야."

"그게 왜 궁금하십니까?"

"자네 같은 선택을 하는 사람은 거의 없으니까."

잠깐의 침묵 뒤에 남자가 말문을 열었다.

"사소한 이유가 하나둘 쌓여서 이렇게 된 거라서 역시 어쩌다 보니 이렇게 됐다는 말씀밖에 못 드리겠네요."

"자네도 참 고집이 세군."

"얼버무리려는 게 아닙니다."

말은 그렇게 했지만 가토는 왠지 수긍할 수 있었다. 인생을 좌우하는 중요한 결단이 항상 충격적인 사건을 통해 내려진다는 법은 없다. 날마다 일어나는 대수롭지 않은 일들이나 접했던 말들이 어느샌가 인간이 나아갈 방향을 제시한다. 훗날 돌이켜봐도 무엇 하나를 콕 집어 원인이라 말하기는 어렵다. 삶이란 그런 것이 아닐까.

"늙는다는 건 어떤 기분인가?"

다시 침묵이 흘렀다.

이번 침묵은 조금 길었다.

"아마 박사님처럼 HAVI를 받은 사람들과는 시간의 흐름이 다를 겁니다. 제 1년은 다른 사람들의 10년, 그 이상일지도 모르죠."

"지금이라도 HAVI를 받을 생각은 없나?"

"그러게요……."

긍정하는 것처럼도, 부정하는 것처럼도 들리는 뉘앙스였다. 다음 말을 잠시 기다렸지만 돌아온 대답은 없었다.

"그러고 보니 마을을 안내해준다고 하더니, 결국 못 보고 가는 군. VIP라고 추어올리더니."

"차 돌릴까요?"

"농담이야."

가토는 자신이 형식적이지만 눈을 가리고 있는데도 불안을 느끼지 않고 있다는 사실을 발견했다. 이 남자에게 마음을 연 것이다. 최악의 형태로 만난 지 채 하루도 지나지 않았는데. 볼수록 희한한 남자였다.

"괜찮다면 이야기해주게. 24년 전에 그 마을에서 무슨 일이 있었는지."

"그 마을은 일찍이 수몰됐던 마을입니다."

"홍수였나?"

"하늘에 구멍이 뚫린 것처럼 폭우가 쏟아졌다고 들었습니다. 엎친 데 덮친 격으로 강 상류에 있는 댐에서 수문을 개방해 대량의 물을 방류했죠."

"댐? 그 낡은 발전기가 있는 곳 말인가?"

"수력발전소 폐쇄는 이미 결정된 사항이었지만 당시에는 아직 가동되고 있었다는군요."

"마을이 수몰될 줄 알면서도 물을 방류했다면 정말 끔찍한 이야기로군."

"만에 하나라도 댐이 무너지면 마을은 물론 강 하류의 도시까지 막대한 피해를 입게 되니까요. 고뇌 끝에 내린 결단이었겠지만 마을 주민들은 대피할 시간조차 없었습니다. 억수처럼 쏟아지는 비에 강에서 흘러넘친 탁류까지 가세해 눈 깜짝할 새에 마을은 물밑으로 가라앉았다는군요. 탈출하려고 해도 마을에서 나가는 도로는 모두 산사태로 막혀버린 탓에 그럴 수 없었죠. 학교나 산으로 대피한 일부 주민들을 제외하고 대다수의 사람들은 그때 목숨을 잃었습니다. 살아남은 주민들은 백 명도 채 되지 않았을 겁니다."

"도시를 지키기 위해 그 마을을 희생시킨 건가."

그만한 대참사라면 당연히 언론에서도 보도했을 것이다. 가토도 보고 들었을 텐데 아무리 기억을 더듬어도 생각이 나지 않았다. 그렇게 말하자 남자가 대답했다.

"집중호우 피해는 보도되었지만 댐 방류건은 나가지 않았을 겁니다."

"정부에서 정보를 통제했군."

지금 정부라면 그러고도 남았다.

"그 뒤에 살아남은 사람들은 헬기로 구조됐지만 그들은 다시 마을로 돌아올 수 없었습니다."

"주민들이 스스로 마을을 버린 게 아니었나?"

"정부는 거액을 들여 마을을 재건하기보다 방치하는 길을 택했습니다. 살아남은 주민들에게는 다른 곳에 새 보금자리를 마련해줬지만 마을 자체를 재건하는 데 비하면 훨씬 싸게 먹혔겠죠."

"주민들은 받아들였나?"

"받아들일 수밖에 없었습니다."

"……."

"그래서 물이 빠진 뒤에도 마을을 찾는 이가 없었고, 끊어진 길도 그대로 방치됐습니다. 이내 사람들의 기억에서도 지도에서도 사라진 거죠."

"원래 이름은 뭐였나?"

"시마 마을이라는 이름이었습니다."

"시마 마을……, 그 마을이 어쩌다 거부자 마을이 되었지?"

남자는 잠시 주저하듯 뜸을 들였다.

"어디서부터 이야기해야 할지 모르겠군요."

그때 가토의 뇌리에 떠오른 건 '선생님'이었다. 아직 약에 취해 잠들어 있으리라.

"하나 물어봐도 되나?"

남자는 거부하지 않았다.

"그 '선생님' 말인데, 말본새도 고약하고 아무리 봐도 성인군자는 아닌 것 같던데 왜 다들 그렇게 떠받드나?"

"그 마을이 지금처럼 사람이 살 수 있는 환경이 된 건 선생님 공이 크기 때문입니다."

"선생님은 그 마을과 무슨 관계인가?"

"시마 마을 출신입니다."

"헬기로 구조된 생존자 중 한 명인가?"

"아뇨. 그때는 대학에서 교편을 잡고 계셨을 때라 그 마을에는 살지 않으셨습니다."

"대학 교수라 '선생님'이라 부르는 거로군."

"농학을 전공하셨죠. 성인군자는 아니지만 곧은 성정에 불의를 참지 못하는 분이십니다. 상대가 얼마나 대단한 사람이든 상관없이 잘못된 건 잘못이라 주장하시죠. 선생님 말씀은 거의 정론이라 그만큼 적도 많았죠."

선생님에 대해 이야기하는 남자의 목소리는 한없이 따스했다.

"잘 아는군."

"그런 선생님의 모습을 곁에서 지켜봤으니까요."

"그럼 자네는……."

"제자였습니다. 대학 졸업 후에도 선생님 연구실에 남아 가르침을 받았죠."

'그렇게 된 일이었군.' 이 남자와 '선생님'에게서 느껴지는 진솔한 신뢰관계는 스승과 제자라는 관계에서 비롯된 것이었다.

"하지만 당시 선생님은 백년법으로 정해진 생존가능기한을 5년 남긴 상태였습니다. 그 때문에 제가 선생님의 지도를 받았던 기간도 그리 길지 않았죠. 게다가 선생님은 남은 기간이 3년이 되었을 무렵 갑자기 학교를 그만두셨습니다. 남은 시간과 지금까지 모은 재산으로 전 세계를 여행한다고 하셨죠."

드문 일은 아니었다. 생존가능기한이 가까워지면 그때까지 하고 싶어도 못 했던 일을 시작하는 사람들도 많다고 들었다. 그립에 충전된 돈도 생전에 누군가에게 양도하지 않으면 국고로 환수된다.

"첫 목적지 겸 출발지로 정하신 곳이 당신의 고향인 시마 마을이었습니다."

"자신의 뿌리를 찾아간 거로군."

"아무도 없는 줄은 알지만 태어난 고향을 다시 한 번 두 눈으로 보고 그 땅을 밟고 싶으셨던 거죠."

그 심정이 이해가 갔다. 종착지가 가까워지면 출발점을 돌이켜 보고 싶은 법이니까.

"시마 마을로 들어가는 길은 여전히 막혀 있어서 무척 고생하신 모양이지만, 마침내 마을에 도착했습니다. 버려진 지 벌써 8년이나 지났으니 아무도 없는 폐허가 펼쳐져 있으리라 생각했는데, 뜻밖에도 사람이 살고 있었던 겁니다."

가토는 안대를 한 것도 잊고 남자의 목소리가 들리는 쪽으로 고개를 돌렸다.

"겨우 다섯 명이었지만요."

"거부자들이었군."

"네. 그리고 그 다섯 명은 수해에서 살아남은 시마 마을의 주민이기도 했습니다. 그들도 마을로 돌아왔을 때는 거부자가 아니었죠. 길지는 않아도 시간은 남아 있었고 선생님과 마찬가지로 죽기 전에 다시 고향땅을 밟고 싶다는 일념뿐이었습니다. 하지만 실제로 고향을 찾아 그 무참한 모습을 직접 보고 나자 다른 생각이 스멀스멀 들기 시작했습니다. 이 마을을 예전 모습으로 되돌리고 싶다는 강렬한 욕망이."

"그래서 이곳에 정착한 건가?"

"필요한 물품을 조금씩 사들여 사람이 살 만한 환경으로 만들려 애쓰다 보니 눈 깜짝할 새에 몇 달이 지나 생존가능기한을 맞이한 겁니다. 하지만 이제 막 재건을 시작한 마을을 또다시 버릴 수는 없었죠. 터미널 센터 출두일을 하루 이틀 미루다 보니……."

"어느샌가 거부자 마을이 되어버렸군."

남자가 고개를 끄덕이는 기척이 느껴졌다. 가토가 안대를 쓰고 있다는 사실을 깜빡한 모양이었다.

"선생님이 시마 마을을 찾은 건 그 다섯 명이 이곳에 정착한 지 2년째 되던 해였습니다. 재건의 길을 가기로 결심은 했지만 그들의 생활은 비참했습니다. 식량도 그립을 쓸 수 있을 때 비축해둔 것과 강에서 잡은 물고기로 간신히 연명하는 처지였죠. 터미널 센터에 가지 않더라도 머지않아 모두 굶어 죽었을 겁니다. 실상을 목격한 선생님은 그 자리에서 결심했습니다. 세계 일주를 취소하고 이 마을의 재건에 모든 걸 바치자고."

남자의 목소리가 밝아졌다.

"선생님은 아직 그립을 사용할 수 있었고, 세계 일주를 위해 모아둔 돈도 넉넉히 남아 있었죠. 선생님은 우선 식량을 충분히 조달해 그들이 건강을 되찾게 도왔습니다. 안타깝게도 그중 한 명은 회복하지 못하고 세상을 떠났다고 들었지만, 나머지 사람들은 중노동을 견딜 수 있을 만큼 기운을 차렸답니다. 그러자 선생님은 식량 자급자족을 목표로 농기구를 사다가 곡물과 채소를 재배하기 시작했습니다. 그 분야의 전문가였으니까요."

"잘 풀렸나?"

"시행착오도 겪었지만 강제이주 당했던 주민들도 하나둘 돌아와서 일손이 늘어난 덕에 간신히 목표량을 채울 수 있었습니다."

"그리고 '선생님'은 생존가능기한이 지난 뒤에도 거부자로서 그 마을에 남았군."

"예상보다 주민들이 늘어나서 재건까지는 아니더라도 공동체라 부를 정도까지는 회복됐습니다. 하지만 아직 한참 부족해서 무슨 일이 생기면 금방 산산조각이 날 게 뻔했죠. 무엇보다 주민의 대부분은 거부자, 법적 존재근거를 잃고 정신적으로도 불안정한 사람들이 많았으니까요."

그럴 법도 했다. 공적으로 거부자라는 신분은 없었다. 그들은 살아 있으면 안 될 존재였다. 마음이 편할 리가 없다.

"갓 태어난 연약한 공동체를 이끌어가려면 누구나 수긍할 수 있는 강력한 지도자가 필요합니다. 그럴 만한 재목은 결국 선생님밖에 없었죠. 선생님 본인도 느끼고 있었을 겁니다. 주민들의 기대에 부응하기 위해 거부자가 되어 마을에 남으셨죠."

"지금 있는 사람들은 모두 시마 마을의 주민이었나?"

"대부분은 그렇지만 아닌 사람도 있습니다."

"그들은 그 마을을 어떻게 알고 찾아왔나?"

"저도 잘은 모르지만 거부자 사회에도 비밀 정보망 같은 게 있답니다. 그런 정보망으로 소식을 듣고 찾아오는 경우도 있다고 들었습니다."

일부러 애매모호하게 말하는 게 느껴졌다. 눈이 보이지 않아서인지 목소리의 미묘한 변화를 평소보다 민감하게 알아챌 수 있었다. 그다지 언급하고 싶지 않은 화제인 모양이었다.

"어린애들도 있던데."

"법적으로는 거부자지만 육체는 여전히 젊습니다. 남녀가 한곳에 모이면 서로 끌리는 게 당연지사죠. 같이 살다 보면 자연스레 아이도 생기고요. 특히 거부자들은 언제 단속에 걸려 죽을지도 모른다는 의식을 항상 가지고 있기 때문에 더욱 그런 감정이 생기기 쉬운지도 모릅니다."

"의사도, 의료기구도 없는 곳에서 용케도 아이를 낳아 키웠군. 고생이 이만저만이 아니었겠어."

"출산 경험이 있는 여자도 있어서 서로 도와 어려움을 헤쳐나갔죠. 하지만……."

남자의 목소리가 무거워졌다.

"어렵게 세상에 나왔는데 금방 죽거나, 아이는 살았지만 산모는 상태가 악화되어 목숨을 잃은 일도 있었습니다."

그곳에서 살아가는 건 역시 쉬운 일이 아니리라. 그래도 마을 사람들은 살아가고 있다. 가토는 그 사실에서 인간의 끈질긴 생명력을 느꼈다.

"아무것도 없던 불모지에 사람이 모여들고 새 생명이 태어났다, 마치 한 나라의 건국신화를 듣는 기분이군."

"네. 한 나라를 세우는 일이나 다름없죠."

"자네는 어쩌다 그 일에 동참하게 된 건가? 선생님과 자네가 사제관계이긴 하지만, 자네는 시마 마을 출신도 아니고 거부자도 아닌데. 그 마을에 들어가야만 하는 이유도 없었을 테고."

"어쩌다 보니……란 대답은 이제 통하지 않겠죠?"

"말하고 싶지 않나?"

"잘 설명할 자신이 없습니다."

"어설퍼도 괜찮아."

남자는 단념한 듯 이야기를 시작했다.

"계기는 농약이었습니다."

"농약?"

생각지도 못한 답이었다.

"무슨 소리야?"

"병충해를 막기 위해 농작물에 뿌리는 약 말입니다."

"그건 나도 아는데……."

선생님이 마을에 들어오신 지 5년쯤 지났을 무렵이었습니다. 그해는 전국적으로 유난히 장마가 길었습니다. 기온도 낮았고 안개 같은 비가 쏟아졌다 그치기를 반복했죠."

"그게 농약과 무슨 상관이 있나?"

"도열병이 돌았습니다."

"도열병?"

처음 듣는 병명이었다. 가토는 인간의 질병에는 전문가였지만 식물의 질병에는 문외한이나 다름없었다.

"벼농사를 짓는 사람들은 도열병이라는 말만 들어도 모두 두려움에 떱니다."

"도열병이 그렇게 무서운 병인가?"

"최악의 경우에는 일 년 농사를 망치게 되니까요. 이 나라에서 쌀을 구하지 못하게 되는 겁니다."

"그래도 병충해에 강한 품종 같은 게 있을 거 아닌가."

"그런 품종을 개발해도 효과는 10년도 못 갑니다. 발원균이 스스로 변이해 더욱 강해지니까요."

"……."

"도열병이 유행하면 농부들은 그에 대비해 농약을 대량으로 사들입니다. 약을 치면 수확량은 확보할 수 있으니까요. 그해에도 도열병 방제제가 눈 깜짝할 사이에 동이 났습니다. 그런 때에 일하던 회사에 선생님이 연락을 하셨죠. 방제제를 구할 수 없겠느냐고."

"회사라면 대학 연구소인가?"

"아뇨. 선생님이 대학을 떠나셨을 때 저도 연구실을 나와 어느 농약회사 연구소에 취직했습니다. 그때도 선생님이 도와주셨죠."

"그래서 농약이 계기라고 했군."

"마을에서 벼농사가 겨우 자리를 잡으려던 시기였습니다. 식량은 자급자족할 수밖에 없었으니 주민들의 사활이 걸린 문제였죠. 운이 나쁘면 굶어죽는 사람이 생길 수도 있었고요. 선생님은 무척 절박하셨습니다."

"연락을 받고 놀랐겠군."

"놀랄 수밖에요. 선생님의 생존가능기한은 이미 지난 지 오래라 돌아가신 줄 알았습니다. 하지만 사정을 들어보니 힘들 때 절 찾아주셨다는 사실이 왠지 기쁘더군요. 믿음이 없는 사람에게는 그런 부탁을 하지 않을 테니까요."

"그래서 자네는 '선생님'에게 농약을 줬나?"

"직장이 연구소니 테스트용 농약은 차고 넘쳤죠. 한두 부대 없어져도 아무도 모릅니다. 그래서 방제제와 살충제를 가지고 선생님을 뵈러 갔습니다."

"그 마을로?"

"그럴 리가요. 남들 눈에 띄지 않는 곳에서 뵈었죠."

남자는 한숨을 내쉬었다, 당시의 기억을 떠올리려는 듯.

"5년 만이었습니다. 돌아가신 줄만 알았던 선생님을 다시 뵈어서 정말 기뻤죠. 눈물이 다 나더군요. 하지만 선생님은 원체 질질

짜는 걸 싫어하시는 분이라 표정 하나 바꾸지 않으셨죠. 정말 여전하시다고 생각했습니다."

남자의 웃음소리는 따스했다. '선생님'에 대해 이야기할 때면 그의 목소리에서는 천진난만한 기운마저 느껴졌다.

"그때 선생님은 당신이 하시는 일을 말씀해주셨습니다. 폐허로 변한 고향을 되살리겠다는 계획을요. 당국에 신고 당할 위험을 무릅쓰면서까지 방제제를 구해야 했던 이유도. 선생님 이야기를 듣는 동안 피가 끓는 듯 강렬한 충동에 휩싸였습니다. 그 이유가 뭔지는 잘 모르겠지만 선생님을 붙잡고 조른 끝에 그길로 함께 마을로 내려갔습니다."

"그랬군."

"마을과 주민들이 사는 모습을 보고서야 제가 느꼈던 충동의 정체를 똑똑히 깨달았죠."

"그게 뭔가?"

"아까 박사님이 말씀하신 건국입니다. 한 나라를 세우는 일에 저도 동참하고 싶었죠. 진짜 하고 싶은 일을 찾았다고 생각했습니다."

"그럼 자네는 그길로 마을에 정착한 건가?"

"아닙니다. 제가 회사를 관두고 시마 마을로 이주한 건 그로부터 3년 뒤였습니다."

"3년이나 걸렸다고? 왜 그렇게 기다렸나?"

"자금을 모으기 위해서였죠. 나라를 세우는 데는 외부에서 구할 수밖에 없는 물품이 많이 필요하니까요. 흉년에 대비해 식량도 비축해야 하고요. 하지만 마을 주민들은 모두 거부자들입니다. 물건을 구입할 수 있는 사람은 저밖에 없었죠. 그러니까 벌 수 있을 때

한 푼이라도 더 벌어놔야 한다고 생각했습니다."

"가슴은 뜨거웠지만 냉철한 이성은 잃지 않았던 게로군."

"하지만 저는 남들과 달리 늙는 몸이라 시간을 너무 끌 수는 없었습니다. 그만큼 나라를 세우는 데 쏟을 시간이 줄어드니까요. 그래서 처음부터 3년 기한을 정해놨습니다."

"HAVI를 받을 생각은 하지 않았나?"

"솔직히 그런 생각도 하긴 했습니다. 그래도 역시……."

"자네가 그렇게까지 HAVI를 싫어하는 이유를 모르겠군."

"싫어하는 게 아니라 납득이 가지 않는 것뿐입니다."

"뭐가 말인가?"

"자기가 죽을 날이 법으로 정해지는 게요."

"하지만 영원히 살 수도 없는 노릇이지 않나."

"그건 그렇죠."

목소리에서 석연치 않은 기운이 느껴졌다. 자신의 답에 확고한 믿음을 가진 건 아닌 모양이었다.

"그래도 법으로 사람을 죽이는 건 잘못됐다고 생각합니다. 그래서 전 HAVI를 받지 않았죠."

"후회는 없다는 건가?"

"없습니다."

가토는 뭔가 묘하게 마음에 걸리는 게 느껴졌다. 나라를 세우는 데 짧은 인생을 걸고 도전한다. 그뿐이라면 미담이라 할 수 있을지도 모른다. 하지만 잊어서는 안 될 사실이 있다. 거부자는 박해받는 이들이 아니라 범죄자다. 범죄자들의 나라가 영원토록 이어질 수 있을까? 그런 일이 용인될 수 있을까?

"그 마을의 존재가 우연히 발각되어 신고 당할지도 모른다는 생각은 안 해봤나?"

"실제로 그럴 뻔한 적이 있었습니다. 산속에서 조난을 당해 헤매다 우연히 마을에 들어온 사람이 있었죠."

"그 사람은 어떻게 됐나?"

"무사히 집으로 돌아갔습니다."

"신고하지 않았나?"

"신고하는 대신 2년 뒤에 마을로 찾아와 주민이 됐습니다. 거부자가 된 거죠."

"아하."

마을의 존재를 알고 있으면 생존가능기한이 와도 그곳에서 살 수 있다. 미래의 보금자리를 제 손으로 부수는 얼간이는 없을 터였다. 그런 의미로는 HAVI를 받은 사람들은 모두 잠재적 거부자인 동시에 마을 주민 후보이기도 했다. 가토 역시 예외는 아니었다.

"하지만 당국에 발각되면 절대로 눈감아주지 않을 텐데."

"다 같이 터미널 센터로 강제 이송되어 죽게 되겠죠. 그리고 마을은 다시 폐허로 돌아갈 테고요."

"그럴 가능성은 생각하지 않는 건가?"

"진작 발견됐어도 이상하지 않았을 텐데 잘 버텨왔습니다. 현 정부에는 전국 방방곡곡까지 감시할 여력이 없는 건지도 모르죠."

"국가권력을 우습게 보지 않는 게 좋아."

"여기서부터는 말씀하지 마십시오. 혀를 깨물 수 있으니까요."

남자의 말대로 진동이 격해졌다. 경사가 급한 오르막길인지 등받이에 몸이 달라붙었다. 꽤 긴 언덕이었다. 다시 차체가 덜컹거리더니 공중에 붕 뜨는 느낌이 들었다. 다음 순간 경사가 사라지고 차가 멈췄다. 이내 차는 다시 달리기 시작했다. 하지만 길이 확연히 달랐다. 방금 전까지 느껴졌던 진동은 온데간데없었다. 포장도로였다.

"거의 다 온 모양이군."

"네, 고생 많으셨습니다."

"그러고 보니 서로 통성명도 안 했군. 늦었지만 난 가토 다로라고 하네. 의사지. 자네는…… 이름을 밝혀선 안 되겠지?"

"제 이름은 이미 아시잖습니까."

간담이 서늘해졌다.

"말해준 적이 없는 것 같은데."

"제 아이디카드를 읽으셨잖습니까."

얼굴이 화끈거리며 식은땀이 흘렀다.

"알고 있었나? 그런데 왜 아무 말도 안 했나?"

"말하기가 좀 그렇더라고요."

"자네는 정말 사람이 좋은 건지 고약한 건지 도통 모르겠군."

"전 나쁜 놈입니다. 박사님을 납치했으니까요."

차는 경사가 완만한 내리막길을 내려갔다.

"아이디카드를 보셨으면 저희가 왜 박사님을 기다렸는지도 아셨겠군요."

"노지마 진료소의 진료기록을 보고 놀랐네. '선생님'의 증상을 말하고 약을 처방받으려던 거였지?"

"진찰을 해도 멀쩡했으니 거기 선생님은 정신적인 원인일 거라고 하셨죠."

"그곳에서 가까운 시일 내로 의료차량이 들른다는 이야기를 들었던 거군."

"의료차량의 장비로 검사를 받으면 어떤 병이든 단번에 알아낼 수 있으니 정 마음에 걸리면 검사를 받으라고 하시더군요."

"그래서 자네는 차량과 의사를 납치할 계획을 세운 거고. 무모하기 짝이 없어."

"맞습니다. 박사님께는 정말 죄송할 따름입니다."

"자네 데이터는 진료실의 차트 보드에 남아 있네. 지울 테면 지우게."

"박사님이 지워주시겠습니까?"

"뭐라고?"

"박사님을 믿습니다."

"너무 조심성 없는 거 아닌가?"

"그런가요?"

"마을의 안전을 생각하면 자네가 보는 앞에서 데이터를 지우게 하든지 아니면 보드를 부숴버려야 하는 거 아닌가?"

"정말 마을의 안전을 최우선으로 생각했다면 박사님을 살려 보내지 않았겠죠."

가토는 말문이 막혔다.

차가 멈췄다.

"이제 안대를 벗으셔도 됩니다."

가토는 안대를 벗었다.

낯익은 고갯길이었다.

이 길을 따라가면 고속도로가 나온다.

"그리고 이것도 돌려드리겠습니다."

남자는 아이즈와 그립을 내밀었다.

"역시 자네들이⋯⋯."

가토는 그립만 받아들고 아이즈는 밀쳐냈다.

"망가진 걸 어디다 쓰라고⋯⋯."

"제대로 작동할 겁니다."

"하지만 어젯밤에는 갑자기 시야가 흐려지면서⋯⋯."

가토는 숨을 삼키며 남자의 얼굴을 빤히 들여다봤다.

"설마 전파방해기를 썼나?"

남자는 긍정하듯 쓴웃음을 지었다.

"그런 걸 용케 구했군."

"만들었습니다. 그런 쪽으로 빠삭한 마을 사람이 있거든요."

가토는 아이즈를 귀에 걸려다 멈칫했다. 지금 접속하면 안위를 걱정하는 메시지가 쏟아지리라.

남자는 운전석 문을 열고 내렸다.

가토는 운전석으로 이동해 운전대를 잡았다.

그제야 마을을 빠져나왔다는 실감이 났다.

"박사님."

차 밖에 선 남자가 가토를 불렀다.

잠시 주저한 끝에 가토는 남자를 보며 말했다.

"마지막으로 한 번 더 말해두는데⋯⋯."

"네."

"'선생님'에게 처방한 진통제는 2주 치야. 그리고 정량의 세 배를 투약하면 고통 없이⋯⋯, 그러니까 내 말은, 만일 환자가 고통을 이기지 못하고 편하게 보내달라고 하면⋯⋯."

가토는 거기서 말을 멈추고 남자의 눈을 보았다.

남자는 비장한 결의가 담긴 눈으로 고개를 끄덕였다.

"무슨 말씀인지 압니다. 하나에서 열까지 신세만 지는군요. 이 은혜는 잊지 않겠습니다."

"젠……."

남자의 얼굴에 미소가 번졌다.

"그렇게 불러주시는 겁니까?"

"정말 날 믿나?"

"믿습니다."

"자네를 신고할지도 몰라. 수배되면 아이디카드는 못 쓰게 되네."

"선생님을 생각해 차에 실은 진통제를 모두 주신 분을 못 믿으면 누굴 믿겠습니까."

"안대를 씌워놓고 잘도 그런 말을 하는군."

"아, 그런가요?"

니시나 겐은 환하게 웃었다.

가토도 웃음을 흘렸다.

잠시 침묵이 흘렀다.

"이만 가보겠네."

"건강하십시오, 가토 박사님."

"자네도, 니시나 겐."

니시나 겐이 문을 닫았다.

가토는 창문을 내리고 말했다.

"아침밥, 맛있었네."

니시나 겐은 멋쩍게 웃었다.

가토는 액셀을 밟았다.

가속을 느끼며 깊은 숨을 내쉬었다.

백미러를 보자 남자의 모습은 이미 사라지고 없었다.

6

엄밀히 따지자면 외부와 시마 마을을 잇는 길은 두 개였다.

하나는 20세기 말에 산을 깎아 정비한 새 길로, 2차선 도로였지만 24년 전의 폭우로 무너져 이용이 불가능했다.

나머지 하나는 시마 마을이 말 그대로 마을이었던 시절부터 이용되던 옛길로, 좁은 비포장도로인 데다 멀리 돌아가기 때문에 새 길이 뚫린 뒤로는 지나는 사람도 줄어 금방 잊혔다.

이 옛길도 폭우로 피해를 입었지만 새 길처럼 도로 자체가 없어진 게 아니라 무너진 토사와 나무가 길을 막은 정도였다. 선생님과 다른 주민들이 자력으로 마을을 찾을 수 있었던 건 이 옛길의 존재를 기억하고 있어서였다.

옛길을 막고 있던 토사와 나무들은 새 주민들이 치웠지만 노면은 여전히 비포장 상태였기 때문에 비가 내리면 질척한 진흙탕이 됐다. 설령 날이 좋을 때라 하더라도 노면 상태가 좋다고는 할 수 없었다. 곳곳에 굵은 나무뿌리며 돌덩이가 있어서 내구성이 좋지 않은 차는 도중에 고장이 날 정도였다. 이 길을 별 탈 없이 달린 의료차량은 대단하다 할 수 있다.

니시나 겐은 셀 수 없을 만큼 자주 이 길을 지나다녔지만 평소에는 걸어 다니지 이번처럼 차를 타는 경우는 거의 없었다. 중고 캡슐을 구입하던 날, 빌린 4륜구동 트럭에 캡슐을 싣고 온 후로는 한 번도 없었다.

이미 날이 저물어 발밑이 잘 보이지 않았지만 이 길을 속속들이 알고 있는 겐에게는 별 문제가 아니었다. 어디에 나무뿌리가 있으며, 어디가 움푹 팼는지 몸이 기억하고 있었다.

도중에 몇 차례 길을 벗어나 무성하게 자란 풀고사리를 헤치고 들어갔다. 놓아둔 덫을 확인하기 위해서였다. 마을에서 자급할 수 있는 동물성 단백질은 민물고기 정도였다. 선생님의 지도 아래 닭이나 돼지, 젖소 사육을 시도해보기도 했지만, 모두 병으로 오래가지 못했다. 남은 건 먹이를 구하러 밭으로 내려온 새나 사슴을 잡든지, 산속에 덫을 놓는 수밖에 없었다.

'멧돼지라도 걸렸으면 좋을 텐데…….'

온몸에 암세포가 퍼졌으니 고기는 힘들더라도 수프로 만들면 받아넘기실 수 있을지도 모른다. 선생님을 위해 영양가 있는 동물을 가져가고 싶었지만 안타깝게도 기대는 모두 빗나갔다.

이 길을 지나 마을로 돌아갈 때면 겐이 항상 발길을 멈추는 곳이 있었다. 시마 마을이 한눈에 보이는 유일한 장소였다. 맑은 공기를 폐 속 깊이 들이마시며 붉은 낙조 아래 고요히 자리한 마을을 바라보고 있노라면 깊은 감회가 가슴에 밀려들었다. 배터리 전기가 귀해서 불을 켜놓고 있는 집은 얼마 없었다. 대신 가느다란 연기가 집집마다 피어올랐다. 음식을 하거나 목욕물을 덥히는 것이다. 수몰 후에 버려진 주택을 수리해 사용한 집이 대부분이었지만 폐허의 흔적은 어디서도 찾아볼 수 없었다.

'용케도 이렇게 잘 살아남았군……'

겐이 처음 마을을 찾았을 때는 전체적으로 스산한 분위기였다. 남은 집들은 거의 뼈대만 남아 집이라 해도 비바람을 피하는 정도지 인간다운 생활공간과는 거리가 멀었다.

큰 변화가 찾아온 건 6년 전 한 남자가 마을에 들어오고서부터였다. 원래 시마 마을 주민이었던 그는 고향 친구에게 이곳이 거부자 마을이 되었다는 이야기를 들었다고 했다. 지금은 다이쿠라는 별명으로 불리는 그는 일평생 목수의 길을 걸어온 남자였다.

다이쿠는 처음 마을에 올 때 자기 전 재산이라며 건축 공구 일체를 들고 왔다. 이것만 있으면 어디서든 살아갈 수 있다는 신념을 갖고 있었다.

"목수인 내가 할 수 있는 일은 이것밖에 없으니까."

다이쿠는 손재주가 좋은 마을 남자들을 조수로 삼아 마을 집들을 하나씩 수리했다. 목재는 산에서 얼마든지 구할 수 있었지만 못이나 볼트 종류는 따로 구해야 했다. 공구를 수리하거나 교환해야 할 경우도 있었다. 그때는 겐이 나섰다. 도시에 나가 부품을 사서 마을로 가지고 돌아왔다.

마을의 인상이 확 달라지는 데는 3년도 채 걸리지 않았다. 다이쿠는 집수리에만 만족하지 않고 야트막한 언덕에 통나무집까지 지었다. 자기가 살려고 짓는 줄 알았는데 뜻밖에도 선생님에게 집을 바쳤다. 남의 호의를 순순히 받아들이지 못하는 성격인 선생님은 다이쿠의 말에 한참을 망설였지만, 모든 주민들이 고개를 숙이며 애원하는 통에 계속 고집을 부릴 수도 없었다. 그때부터 언덕의 통나무집은 선생님 집이 되었다.

다이쿠 덕에 마을 집들은 평범한 집과 거의 비슷해졌지만, 결정적인 차이가 하나 있었다. 바로 창문이었다.

수몰된 뒤 오랫동안 방치된 탓에 대부분의 집들은 창문이 깨져 있었다. 아무리 겐이라도 도시에서 창유리를 사서 마을까지 운반하기란 어려웠다. 그래서 집집마다 널빤지로 창문을 달아 밤에는 닫아놓고, 아침에는 활짝 열고 받침목으로 받쳐 차양처럼 사용했다. 이 역시 다이쿠의 장인정신이 빚어낸 기술로 겉보기에도 근사했다. 벌레가 들어오는 것만 참으면 나름대로 운치가 있었다.

집수리를 마친 다이쿠는 그 뒤로도 유지보수에 힘을 쏟는 한편, 주민의 요청을 받아 식탁과 의자 같은 가구나 목욕통, 농기구 등을 만들었다.

다이쿠가 딱히 특별한 건 아니었다. 그저 생업이 목수였기 때문에 주택 수리에 나섰을 뿐 다른 마을 사람들도 모두 자기 능력을 살려 조금이라도 마을에 보탬이 되려 노력했다. 전문적인 기술이나 지식이 있는 이들은 그것을 제공했고, 체력에 자신이 있는 이들은 힘쓰는 일을 도맡았으며, 손재주가 좋은 이들은 바느질을 맡았다. 다들 육체적으로는 젊으니 마음만 먹으면 무슨 일이든 도움이 됐다. 저마다 잘하는 일에 매진했고 못하는 일은 남의 도움을 받았다. 식량도 공평하게 분배됐다. 이 공동체는 그렇게 서로 부족한 부분을 메우고 도와가며 운영됐다. 그들이 살아갈 길은 그것밖에 없었다. 그런 의식을 주민들 머릿속에 심어준 것은 공사 구분 없이 공동체를 위해 모든 것을 바친 선생님의 모습이었다. 하지만 그 정신적 지주의 생명의 불꽃이 지금 꺼져가고 있었다.

선생님의 통나무집은 좁은 언덕길 끝에 있었다. 겐이 도착했을 무렵에는 벌써 어둠이 짙게 깔렸지만 선생님의 방에는 작은 불빛이 켜져 있었다. 선생님이 병석에 누운 뒤로 이곳의 배터리는 주민들이 매일 교대로 댐까지 걸어가 충전해왔다. 누가 시켜서가 아니라 다들 자발적으로 나선 일이었다.

선생님은 눈을 감고 자리에 누워 있었다.

"좀 어떠셔?"

"계속 주무셔."

마무라 사키코가 속삭이듯 대답했다. 선생님이 쓰러진 뒤로 줄곧 옆에서 간병해온 사키코는 마을에서 유일하게 간호사 자격증이 있는 여자였다. 처음 마을에 왔을 때는 통통했지만 이곳 생활이 몸에 배면서 늘씬해졌다. 의료차량에 같이 오지 않은 건 그동안 집 청소를 했기 때문이었다.

"아직도? 원래 진통제 맞으면 이래?"

"응, 처음에는. 다음부터는 조금씩 내성이 생겨서 효과도 떨어질 거야."

선생님 머리맡에는 가토가 두고 간 진통제 상자가 놓여 있었다. 머지않아 정량의 세 배를 투약해야 할지도 모른다. 그때는 겐이 결단을 내려야 하리라.

"사키코 씨도 좀 자. 선생님은 내가 돌볼 테니까."

"겐이야말로 피곤하면서. 넌 우리랑 다르잖아. 시한폭탄을 안고 있는 것이나 마찬가지니까 쉴 때는 쉬어야 해."

이럴 때는 영락없는 간호사였다.

"노화가 그렇게 무서운 일이야?"

"당연하지!"

겐은 쉿 하고 입에 손가락을 댔다.

사키코도 황급히 입을 다물었다. 그녀는 선생님이 깨지 않은 걸 확인하고 나서 다시 겐을 보았다.

"잠깐 얘기 좀 해."

"뭔데?"

"밖으로 나가자."

사키코는 겐의 팔을 잡아끌어 밖으로 나왔다. 밖에는 전원풍의 울타리로 에워싸인 작은 정원이 있었다. 겐은 울타리에 기대 마을을 바라보았다. 언덕이라 한눈에 훤히 보였다. 옆에 선 사키코도 울타리에 팔을 올려놓았다. 그녀는 겐과 같은 방향을 바라보며 말문을 열었다.

"전부터 물어보려고 했는데."

"새삼스럽게 뭔데?"

"왜 HAVI를 안 받는 거야?"

무거운 어조였다.

"지금 현재는 받을 생각 없어."

"선생님이 돌아가신 뒤에 이 마을을 이끌어갈 사람은 너밖에 없어. 하지만 HAVI를 받지 않으면 너도 금세 늙어서……."

"앞으로 10년, 20년은 끄떡없어."

"그 뒤에는?"

"그때까지는 날 대신할 사람이 나타나겠지."

"만일 안 나타나면?"

"그럼 사키코 씨가 해야지."

"농담하지 말고……."

겐은 진지한 표정으로 말했다.

"농담 아니야. 방법이 그것밖에 없으면 그래야지."

사키코는 화가 난 나머지 말문이 막힌 듯했다.

겐은 웃음을 터뜨렸다.

"뭐가 웃겨? 난 정말 걱정돼서 하는 소리란 말이야."

"이 마을도 많이 달라졌구나 싶어서."

"무슨 뜻이야?"

"그렇잖아. 예전에는 하루하루 먹고사는 데 급급했는데, 지금은 20년 뒤 일을 걱정하잖아."

사키코는 어안이 벙벙한 듯 눈을 깜빡였다.

그러더니 천천히 고개를 끄덕였다.

잠깐의 침묵 끝에 그녀도 웃음을 터뜨렸다.

얼굴에 웃음기가 가득 번져 있었다.

"듣고 보니 그러네."

샘솟듯 울려 퍼지는 벌레소리가 두 사람을 에워쌌다.

"겐은 몰라도 우린 거부자잖아. 원래는 벌써 죽었어야 하는 사람들이란 말이야. 지금 이렇게 살아 있는 것만으로도 감사해야 하는데 20년 뒤 일을 걱정해도 소용없겠지. 어떻게든 되겠지."

말을 마친 사키코는 묘하게 요염한 한숨을 내쉬었다.

"있잖아."

목소리가 한결 부드러워졌다.

"선생님은 옛날부터 저러셨어?"

"뭐가?"

"말은 걸게 하시지만 어린애 같은 구석이 있잖아. 올곧지만 곁

에서 보기엔 왠지 위태위태해서 이 사람은 내가 보살펴줘야겠다는 생각이 들게 하는…….'

"맞아. 그런 점은 예전이나 지금이나 똑같아."

"그렇구나."

말투에서 한없는 친애의 정이 느껴졌다. 감이 왔다. 하지만 입 밖으로 내지는 않았다. 애초에 남자의 감은 믿을 게 못 됐다. 그에 비해 여자의 감은 무시무시하다. 그 사실을 증명하듯 사키코가 말했다.

"뭐야?"

"뭐가?"

"뭔가 할 말이 있는 눈친데?"

겐은 코를 긁적였다.

"그럴 거면 처음부터 티를 내지 말든지. 하고 싶은 말 있음 똑바로 해."

겐은 저항을 포기했다.

"있잖아."

"응."

"이런 말 하면 화낼지도 모르지만……."

사키코가 숨을 삼켰다.

"혹시 사키코 씨하고 선생님……."

사키코의 얼굴에 화악, 열기가 오르는 게 느껴졌다.

"아니, 됐으니까 잊어버려."

"있잖아."

사키코가 크게 숨을 들이마셨다.

"선생님은 이 마을의 지도자로 모두의 기대를 짊어지고 여기까지 오셨잖아. 그 기대에 부응해 마을을 하나로 단결시켰고. 어떤 고난에 부딪쳐도, 병에 걸려도, 마을 사람들 앞에서는 절대로 약한 소리를 하지 않으셨어. 하지만 선생님 같은 사람도 막상 몸이 아프면 마음이 약해지게 마련이야. 다른 사람에게 매달리고 싶어질 때가 있을 거 아냐. 그런 때 받아주는 여자 하나는 있어도 되잖아. 내가할 수 있는 일은 그것밖에 없으니까!"

그렇게 쏘아붙이더니 사키코는 겐을 노려봤다. 그 눈에서 보는 사람이 주눅들 정도로 강렬한 빛이 발산되고 있었다.

겐은 저도 모르게 눈을 돌렸다.

"그랬구나."

"싫어?"

"뭐가?"

"선생님이 나랑 그런 사이가 되는 게."

"내가 이러쿵저러쿵 할 일이 아니잖아. 선생님과 사키코 씨, 두 사람 문제니까."

"고마워."

발소리가 들렸다.

언덕길을 뛰어 올라오고 있었다.

남자.

남자는 울타리에 기대어선 겐을 보고 달려왔다.

"역시 여기 있었군."

사토루였다. 마을에 들어오기 전에는 취미로 사냥을 하던 남자로, 가토 박사를 납치할 때 썼던 총은 그의 것이었다. 주로 유해한

동물의 퇴치나 경비를 담당했다. 예전에는 산에 올라 멧돼지나 사
슴을 사냥해 주민들에게 고기를 제공하기도 했지만, 요즘에는 남은
총알이 얼마 없어서 거의 사용하지 않고 있다. 겐도 총알을 구할 방
법은 없었다.

"잠깐 이리 와봐."

안절부절못하는 표정이었다.

"무슨 일이야?"

"가이라는 사람 알지? C1의."

"가이……, 그 머리 큰 가이 말하는 거지?"

"그래, 그 남자!"

"그 사람이 왜?"

"지금 와 있어."

"여기?"

"영빈관에. 좌우지간 따라와. 잘은 모르지만 C1에서 뭔가 큰일
이 난 모양이야."

"알았어."

겐이 말하기 전에 사키코가 먼저 선수를 쳤다.

"선생님은 내가 잘 돌볼게."

"부탁해."

겐은 사토루와 함께 언덕길을 뛰어 내려갔다.

거부자 마을은 이곳 말고도 또 있다. 반경 100킬로미터 안에만
시마 마을을 포함해 적어도 다섯 개의 마을이 있었다. 실제 숫자는
그 갑절은 되리라.

마을의 유형은 크게 두 가지로 나뉘었다. 시마 마을처럼 자연재

해를 입거나 인구감소로 유령 마을이 된 곳을 이용해 만든 유형과 불모지를 개척해 모든 것을 처음부터 새로 만들어낸 유형이었다.

C1은 후자를 대표하는 마을로 가장 규모가 크고 설비도 잘 되어 있었다. 심지어 공장이나 병원도 있었다.

"니시나 겐, 오랜만이군."

가이는 학교 1층, 가토가 묵었던 방에 있었다. 창문이 하나도 깨지지 않고 멀쩡한 곳은 여기뿐이었다. 외부에서 손님이 찾아왔을 때는 반드시 이곳에 묵기 때문에 마을 사람들은 반 농담으로 영빈관이라 불렀다.

"오랜만입니다."

두 남자는 악수와 포옹을 나눴다. 거부자 마을의 대표자들이 만날 때 하는 인사였다.

"선생님은 좀 어떠신가?"

"그리 좋지 않습니다."

"이제 곧 자네가 나서야겠군."

가이는 키도 작고 체격도 왜소하지만 머리는 유난히 컸다. 20대에 HAVI를 받았다는데, 탈색한 것도 아니면서 머리카락은 반쯤 새었다. 그늘이 느껴지는 조그만 눈에 콩알만 한 렌즈가 달린 안경을 썼다.

"그나저나 대체 그 꼴이 뭡니까?"

C1에서 만났을 때는 항상 낙낙한 새하얀 옷을 걸치고 있었는데 지금은 낡은 작업복 차림이었다. 산길에서 여러 번 넘어졌는지 흙투성이였다. 꼬질꼬질하게 때가 탄 얼굴에도 피로한 빛이 역력했다. 안경도 더러웠다.

"혼자 오셨습니까?"

"그래."

의외였다. 평소에는 경호원을 셋씩이나 대동하고 다녔기 때문이다.

"좌우지간 앉으십시오."

가이는 매트를 깐 침대에 앉더니 허리를 꼿꼿이 펴고 두 손을 무릎에 올렸다. 위엄을 지키려는 걸까.

"가이 씨를 혼자 연락책으로 여기까지 보내다니, 대체 얼마나 중요한 일이길래……."

다섯 개의 거부자 마을은 서로의 존재를 알고는 있지만, 마을 간에 거리가 떨어져 있는 까닭에 긴밀하게 연락을 주고받지는 않았다. 급하게 물자가 부족할 때나 사람을 보내 도움을 요청하는 정도였다.

이 경우, 상대방이 도와줄 여력이 있어야 한다는 게 전제였다. 그런 거부자 마을은 C1 외에는 없었다. 한마디로 물자 원조는 다른 마을이 C1에 도움을 요청하면, C1이 그에 응하는 형태로 이루어졌다. 도움을 주는 쪽과 도움을 받는 쪽이 고착화되면 자연스레 권력 관계가 생겨나게 마련이어서 C1의 발언권이 커지게 되었다. 거부자 마을 사이에 문제가 생겼을 때는 C1이 심판자가 되었고 마을은 그 결과에 따를 의무를 가진다는 규정도 생겼다.

"아니, 난 연락책으로 C4에 온 게 아니야."

C4는 시마 마을을 부르는 이름으로 C1에서 멋대로 붙인 이름이다. 이런 독선적인 면 때문에 C1은 미움을 샀다.

"그럼 무슨 일로……."

"도망쳐온 거야."

그는 태연한 표정으로 말했다.

거짓말이나 농담 같지는 않았다.

C1의 실질적인 2인자가 마을을 버리고 도망쳤다고? 아닌 게 아니라 최근에 C1에 관한 걱정스러운 정보를 여럿 듣기는 했다. 그렇더라도 심상치 않은 사태였다.

"C1에 무슨 일이 생긴 겁니까?"

가이의 조그만 눈에 눈물이 고였다. 창백한 얼굴이 붉게 달아올랐다.

"가이 씨?"

"죽었어."

"죽었다고요?"

"그래, 모두 죽었어."

7

영상이 다시 헬멧 카메라로 전환됐다. 앞서가는 대원들의 뒷모습이 보였다. 잠자리 날개를 펼치고 활공하고 있었다. 그 아래로 보이는 지표에는 건물들이 모여 있었다. 같은 모양의 건물들이 질서정연하게 늘어서 있다. 그 수는 대략 40채. 조금 떨어진 곳에 보이는 정사각형의 커다란 지붕은 집회장일까. 옆에는 직사각형 모양의 건물 세 채가 보였다. 아마 공장이겠지. 테러에 사용한 폭탄은 이곳에서 만들어졌으리라. 부지 둘레에는 농장이 펼쳐져 있었다. 제법

넓어 보였다. 이것이 아나타 도진의 영원왕국. 그 규모에 새삼 놀랐다. 이런 산속에 용케도 이런 공동체를 만들어내다니. 지금까지 적발한 거부자 마을 중에서 최대 규모였다.

대원들이 용수철처럼 흩어진 뒤 서로 간격을 유지했다. 착지자세에 들어간 것이다. 몸을 웅크리더니 두 다리를 앞으로 뻗어 자세를 바꿨다. 잠자리 날개도 진행 방향과 수직으로 움직여 공기저항을 최대로 했다. 지표면이 성큼 다가왔다. 무시무시한 스피드. 이대로 떨어지면 충돌한다. 먼지가 피어올랐다. 고도는 거의 없었다. 괜찮은 건가? 착지. 다음 순간, 대원들은 이미 달리고 있었다. 벗어던진 잠자리 날개가 바닥에 뒹굴고 있었다.

"저게 인간인가."

가가와 데쓰오는 나지막이 신음을 흘렸다.

아무리 속도를 줄였다 해도 일반 군인들이 저 속도로 착지했다면 무사하지 못했으리라. 그런데 그들은 착지하자마자 낙하 속도를 그대로 가지고 질주했다. 영상으로 봐서는 실패한 대원은 하나도 없었다. 센추리온은 미국이나 중국의 특수부대에 필적하는 실력을 갖춘 건가.

대원들은 넷씩 팀을 이루어 흩어졌다. 상대의 저항은 없었다. 대원들의 존재를 알아챈 낌새도 없었다.

영상을 담당한 팀이 첫 건물에 도착했다. 소박한 목조 건물. 오두막이란 표현이 어울릴지도 모른다. 문과 유리창이 하나씩 달려 있었다. 창문으로 건물 내부를 살폈다. 수신호를 보내자 문을 부수고 단숨에 진입했다.

안에는 허름한 침대 여섯 개가 놓여 있을 뿐 사람의 모습은 보이지 않았다. 침대 밑에도 잡동사니가 굴러다닐 뿐이었다. 완전히 텅비어 있었다.

곧바로 밖으로 나갔다.

다른 팀들도 건물 내부를 조사했지만 결과는 마찬가지였던 모양이다. 대원들의 움직임에서 당혹스러움이 묻어났다.

"어떻게 된 건가?"

그때까지 침묵을 지켰던 기타자와가 물었다.

"아무도 없다고 합니다."

오퍼레이터가 대답했다.

"수색해. 한곳에 모여 있을지도 모른다. 방심하지 마."

기타자와는 홱 돌아보더니 가가와에게 싸늘한 눈길을 보냈다. 대테러 특수부에서 정보가 새어나간 게 아니냐는 표정이었다. 가가와는 모른 척 화면을 보았다.

대원들은 부지 안을 수색했다. 아직 한 명의 거부자도 찾지 못했다. 이대로는 센추리온뿐 아니라 우시지마 대통령도 체면을 구기게 될 뿐 아니라, 반대파의 기선을 제압하는 효과도 물거품이 된다. 가가와는 대통령이 어떤 표정을 하고 있는지 궁금했지만 차마 무서워서 고개를 돌릴 수가 없었다.

카메라는 커다란 정사각형 지붕 밑에 있었다. 예상대로 집회장인 모양이었다. 하지만 지붕만 있을 뿐 벽이 없이 뻥 뚫려 있었다. 지면은 잘 다져놓았는지 풀 한 포기 자라지 않았다. 주변보다 한 단 높은 곳은 연단일까? 아나타 도진은 이곳에 서서 연설을 했던 걸까?

화면이 움직였다.

대원들이 달리고 있었다.

"도주로로 추정되는 길을 발견. 추적하겠습니다."

대원들은 집회장에서 나와 농장을 가로질렀다. 가시철조망을 쳐 놓은 높다란 울타리가 부지를 에워싸고 있었다.

그중 한 곳을 뚫어 통로를 만들어 놓았다. 통나무를 뗏목처럼 엮어서 만든 문을 열자 울창한 숲이 입을 벌린 듯 기다리고 있었다. 좁고 경사가 완만한 오르막길이 보였다. 계단인 듯 일정한 간격으로 통나무를 대어놓았다. 나무들이 가로막아 앞은 보이지 않았다. 함정일 위험도 있었기에 우선 한 팀만 진입해 들어갔다. 잠시 후 두 번째 팀이 뒤따랐다. 그리고 다음으로 영상 담당 팀이 들어갔다. 주위는 울창한 삼림지대라 매복하기에 둘도 없이 좋은 환경이었다. 센추리온 팀은 움직일 타이밍과 나아갈 거리를 불규칙적으로 바꿔가며 신속히 이동했다. 일정한 리듬을 유지하지 않는 건 상대가 움직임을 예측할 가능성을 차단하기 위해서이리라.

선두 팀이 몸을 낮추고 총을 들었다.

뭔가 발견한 것이다.

"찾았나?"

하지만 아무 일도 일어나지 않았다. 모두 돌이 되어버린 것처럼 꿈쩍도 하지 않았다. 이내 선두에 선 대원이 벌떡 일어났다. 총구를 앞으로 겨눈 채 앞으로 한 발짝, 한 발짝 내딛었다. 그 뒷모습에서 조금씩 힘이 빠지는 게 느껴졌다. 돌아보며 안쪽을 가리켰다. 고개를 저었다. 다른 대원들도 그것을 본 모양이었다. 서로 얼굴을 마주 볼 뿐 다음 행동을 옮기지 않았다. 동요한 것이다, 천하의 센추리온이.

"뭐라고요? 다시 말해주십시오."

오퍼레이터가 마이크에 대고 외쳤다.

"무슨 일이지?"

기타자와도 짜증스런 기색이 역력했다.

오퍼레이터는 말을 잇지 못했다.

"무슨 일이냐고!"

대령의 호통에 오퍼레이터가 창백한 얼굴로 돌아봤다.

영상.

무수한 나무들이 화면을 가득 채웠다. 그 대부분의 나무에 하나씩, 커다란 물체가, 가느다란 밧줄 같은 것에 매달려 있었다. 바람이 불어서일까? 계속 흔들리고 있었다.

"설마……."

카메라가 줌업했다.

그것의 정체가 또렷하게 보였다.

인간.

나무란 나무에 모두 사람이 매달려 있었다. 남자, 여자, 시커멓게 부은 얼굴, 금방이라도 툭 떨어질 듯한 눈알, 입술 사이로 나온 혀, 그리고 비정상적으로 늘어난 목. 까마귀가 파먹은 것인지 눈알이 없는 시체도 있었다. 죽은 지 못해도 열흘은 지난 듯했다.

상황실이 정적에 휩싸였다.

"생존자를 수색하라. 방침을 변경한다. 발견하면 가급적 생포하라."

기타자와의 목소리가 낮게 울려 퍼졌다.

"기타자와 대령, 이게 대체 어떻게 된 일인가?"

기타자와는 벌떡 일어나 우시지마 대통령 앞에서 차려 자세를 취했다.

"예상치 못한 사태입니다. 아나타 도진 조직에 무슨 일이 일어난 건 분명합니다만, 자세한 내막은 모르겠습니다. 내부 분열인지, 아니면⋯⋯."

"으악!"

순간 비명이 터져 나왔다. 대통령과 함께 추이를 지켜보던 관료 중 하나였다. 영상을 지켜보고 있던 가가와는 숨이 멎는 것 같았다. 매달린 시체 중 하나에서 몸통이 떨어져 나가고 머리만 허공에 붕 떠서는 산발을 한 채로 빙글빙글 돌며 수풀 위로 떨어진 것이다. 픽, 둔탁한 소리가 귓가에 들린 것 같았다.

아마 목을 맸을 때의 충격으로 이미 경추가 빠져 있던 것이리라. 머리 근육조직의 부패가 진행되면서 버티지 못하고 몸통이 떨어져 나간 것이다.

그 진동에 영향을 받았는지 다른 시체들도 연쇄적으로 목이 끊어져 허공을 갈랐다. 몸이 힘없이 떨어졌다. 떨어질 때마다 대원들은 흠칫 뒷걸음질하며 총을 들었다. 뒤돌아 도망치려는 대원도 있었다. 살육을 수도 없이 경험했을 센추리온이 겁에 질려 있었다.

"네놈들이 그러고도 센추리온이냐!"

기타자와가 버럭 호통을 쳤다.

"대원들에게 전달해. 대통령 각하가 보고 계신다. 꼴사나운 행동은 삼가라고!"

대령의 목소리를 들었는지 대원들의 행동거지에 다시 각이 잡혔다. 일단 냉정함을 되찾자 금방 다시 행동에 나섰다. 팀을 재편성해 좁은 언덕길을 오르기 시작했다. 시체의 수는 계속 늘어났다. 온통 죽음으로 물든 숲. 이따금 목이 끊어져 몸통이 떨어지는 일이 벌어졌다. 대원들은 순간적으로 총을 겨눴지만 생존자가 없다는 사실을 깨닫고는 아무 일도 없었던 듯 걸음을 재촉했다.

대원들의 전진 속도가 빨라졌다.

"민가로 보이는 건물 발견!"

언덕길 끝에 평지가 펼쳐져 있었다. 외쪽지붕을 얹은 가옥이 나왔다. 이 집은 지붕에 위장 도색을 해놔서 위성사진에서도 확인하지 못했던 모양이다. 언덕 아래 늘어선 집들과 달리 상당히 널찍했고 만듦새도 꽤 신경 쓴 것 같았다. 발전기와 물탱크까지 있었다.

센추리온은 눈 깜짝할 새에 집을 포위했다. 물 만난 고기처럼 돌입태세를 취했다. 순식간에 정면 현관을 부수고 진입했다. 촬영 담당 대원도 뒤를 따랐다.

처음 나온 방에는 의자와 탁자가 놓여 있을 뿐 사람은 보이지 않았다. 안쪽에 방이 하나 더 있었다. 문을 열고 진입했다. 순간 대원들의 긴장감이 누그러졌다.

침실이었다.

커다란 침대 위에 벌거벗은 남녀가 누워 있었다. 여자는 긴 머리에 골격이 큰 편이었다. 콧대가 부자연스럽게 높은 건 성형을 했기 때문이리라. 가슴 위에 손을 모으고 편안하게 눈을 감고 있었다. 좁은 이마에 새겨진 총알자국만 아니면 깊게 잠든 것처럼 보였다.

남자는 덩치가 크고 살집이 올라 있었다. 오른손에 쥔 권총을 관자놀이에 댄 자세로 숨져 있었다. 눈은 까뒤집힌 채로 코에서는 피가 흘렀으며 입은 절규하듯 벌어져 있었다. 보기 싫게 튀어나온 배에 거무튀튀한 배꼽이 꼴사나웠다.

'저자가 아나타 도진이란 말인가……'

바깥의 시체들에 비하면 이 남녀 시체는 보존상태가 좋은 편이었다. 집 안에 있어 비바람의 영향을 받지 않아서일까, 아니면 사망 시간에 차이가 있어서일까? 자세한 건 조사해봐야 알 수 있으리라.

'이 얼굴……'

한 대원이 남자의 손에서 조심스레 권총을 뺐다. 그 총을 보고 가가와는 비명을 지를 뻔했다.

33식.

과거 공화국경찰이 사용했던 제식권총이다. 가가와도 18년 전까지 같은 총을 사용했으니 잘못 볼 리가 없었다.

"부장님."

다케스에가 가가와의 귓가에 속삭였다. 그 역시 알아챈 모양이었다. 가가와는 조용히 고개를 저었다. 지금은 아무 말도 마. 다케스에도 고개를 끄덕였다.

'역시 저 남자는……'

남자의 참혹한 얼굴이 화면에 비쳤다. 가가와는 열심히 기억 속 이미지와 그 얼굴을 대조해보았다. 아무리 HAVI를 받았더라도 40년이 넘게 지나면 인상이 바뀌게 마련이다. 게다가 눈을 까뒤집고 있어서 생전의 얼굴을 유추할 수 없었다. 그 때문에 확신은 서지 않았지만, 저 총이 33식이라면 틀림없었다.

옛 상사인 도게 기타로였다.

"보기 좋게 허탕을 쳤군."

우시지마가 말했다.

목소리에서 깊은 분노가 느껴졌다. 동석한 이들도 몸을 움츠린

채 고개를 푹 숙이고 있었고, 기타자와 대령의 이마에는 땀방울이
맺혔다.

"하지만 아나타 도진은 죽었습니다. 각하가 이기셨습니다. 축하
드립니다."

유사 총리의 중후한 목소리가 긴장감으로 무겁게 내리눌리던 분
위기를 깨뜨렸다. 관료와 유력 의원들도 잇달아 찬사를 보냈지만
대통령은 불만을 감추려 하지 않았다.

그럴 만도 했다. 대통령의 진정한 목표는 아나타 도진이 아니었
다. 센추리온의 실력을 만천하에 과시함으로써 반 대통령파를 위협
하려던 것이다. 그런데 그 센추리온이 한 명도 사살하지 못하고, 한
방울의 피도 흘리지 않고, 오히려 목매단 시체에 벌벌 떠는 추태를
보였으니 오판이란 한마디로 끝날 일이 아니었다.

어지간히 분통이 터졌는지 우시지마 대통령은 아무 말 없이 자
리를 박차고 일어나 상황실을 나갔다. 나기 비서실장이 바로 뒤를
따랐다. 다른 이들도 황급히 자리에서 일어났지만 이미 문은 닫힌
뒤였다.

대통령이 떠나고 나서도 분위기는 여전히 으스스한 열기를 머금
은 채 무겁게 가라앉아 있었다. 모두 아는 것이다. 이 작전의 목적
이 보여주기라는 사실을. 그리고 그 목적이 달성되지 않은 이상, 작
전은 아직 끝나지 않았다는 사실을. 머지않아 새로운 목표물을 찾
아내면 그때야말로 센추리온의 잔혹함을 유감없이 발휘하리라.

기타자와 대령은 우두커니 선 의원들을 무시하고 사령 데스크로
돌아가 큰 소리로 외쳤다.

"시체 회수반, 서둘러!"

상공에서 대기하던 대형 수송헬기가 아나타 도진의 영원왕국에 착륙하기 위해 강하했다. 시체의 DNA를 조사해 거부자임이 밝혀지면 즉각 소각 처분된다. 재도 남기지 않고.

3장 | 영원의 경계

1

통나무집.

좌우로 활짝 열린 널문으로 오후의 햇살이 쏟아졌다. 집 안에 있는 탁자와 침대는 모두 다이쿠의 작품이었지만 침대에 깔린 매트리스는 마무라 사키코가 바느질해 만든 것이었다. 그 위에 누운 선생님의 얼굴은 무심할 정도로 편안해 보였다. 이야기를 끝까지 들은 선생님이 눈을 게슴츠레 떴다.

"가이는 어쩌고 있나?"

푹 자고 난 후라 다소 체력을 회복했는지 목소리에서 힘이 느껴졌다. 하지만 표면적인 것에 지나지 않았고, 깊은 울림은 느껴지지 않았다.

"아직 학교에 있습니다."

침대 옆 의자에 앉아 있던 니시나 겐은 선생님의 얼굴을 바라보며 대답했다.

"쌓였던 피로가 몰려왔는지 열이 나서 누워 있습니다. 인사드리는 게 늦어질 것 같다고 죄송하답니다."

"인사는 무슨. 쓸데없는 걸 신경……."

선생님은 말하다 말고 얼굴을 찡그렸다. 입에서 신음이 새어나왔다.

"아프세요?"

"멍청한 놈, 그걸 말이라고……."

"진통제 드릴까요?"

선생님은 고개를 저었다. 그리고 거친 숨을 내쉬며 말했다.

"가이의 말을 믿어도 되겠나?"

"제 생각엔 믿어도 될 것 같습니다. 그런 거짓말을 할 이유가 없으니까요. 거짓말을 할 거라면 집단자살 같은 황당무계한 이야기를 꺼내지 않아도 얼마든지 둘러댈 방법이 있으니까요. 가이는 영리한 사람입니다."

"그래도 설마 C1에서……."

"가이는 영원한 삶에 너무 집착하다 임계점을 넘어버렸다고 표현하더군요."

"임계점……."

"무슨 뜻인지 아십니까?"

선생님은 눈을 감고 고개를 끄덕였다.

"앞으로 어떡할 건가?"

"C2, C3, C5 세 마을은 아직 C1의 소식을 모릅니다. 먼저 그쪽과 연락을 취해 사실을 전하고 앞으로의 일을 의논할 자리를 만들어야 합니다. 지금까지는 C1의 중개로 연계했습니다만, 앞으로는 새로운 공존의 형태를 구축해야겠죠."

선생님이 눈을 떴다. 웃고 있었다. 젠의 눈에는 그렇게 보였다.

"네가 최선이라고 생각한 방식으로 진행해. 앞으로는 네가 이 마을을 이끌어가거라. 이제 일일이 내 의견을 물을 필요가 없다. 다 귀찮구나."

"……."

"왜 그러냐?"

"자신이 없어요."

젠은 솔직히 털어놓았다.

"전 HAVI를 받지 않았습니다. 거부자 마을에서는 이질적인 존재죠. 그런 절 믿지 못하겠다는 주민도 있습니다. 마을을 이끌어가는 건……."

선생님이 고개를 들고 눈을 떴다.

"네가 못하면 누가 하겠냐. 다이쿠? 사토루? 모두 자기 역할을 맡아 훌륭하게 해내고 있어. 하지만 그것과는 다른 문제야. 사람들을 하나로 뭉치게 하려면 다른 뭔가가 필요해. 너에겐 그런 재능이 있어. HAVI 같은 건 아무래도 상관없어."

다 죽어가는 사람이라고는 믿기지 않을 정도로 성난 목소리. 옛날에도 이 목소리로 귀에 딱지가 앉도록 혼이 났다.

"아니면 나더러 이 꼴로 또 나서라는 거냐."

방금 전까지의 박력은 물거품처럼 사라지며 힘없이 고개를 떨구었다. 호흡에 불길한 잡음이 섞이기 시작했다.

"다들 불러와. 오늘 은퇴할 테니까. 앞으로 이 마을의 지도자는 겐이라고 발표하겠다."

선생님이 숨을 크게 들이마셨다. 순간 얼굴이 굳어졌다.

"선생님!"

"사, 사키코⋯⋯."

고통스럽게 신음하면서도 선생님은 그 이름을 불렀다. 밖에서 대기하고 있던 사키코가 당황한 얼굴로 들어와 선생님의 손을 덥석 잡았다. 그리고 땀이 흥건한 이마에 뺨을 갖다 댔다.

"여기 있어요. 저 여기 있어요."

겐은 안중에도 없었다. 자신의 존재를 확실히 전하고 선생님의 마음을 조금이라도 편하게 해주는 것 말고는 아무 관심조차 없다는 투였다.

"많이 아프세요?"

"그래, 아프군."

"약 드릴까요?"

"아니, 이대로가 좋아."

"그래도⋯⋯."

"이대로 있어."

"네⋯⋯."

사키코는 선생님과 달라붙은 채 겐을 힐끗 돌아보며 고개를 끄덕였다. 겐은 두 사람을 두고 통나무집을 나왔다.

어떤 감정이 가슴속에서 솟아오르며 모든 신경을 지배했다.

고독.

선생님이 병으로 쓰러진 뒤로 실질적인 지도자 역할을 해왔던 건 사실이었다. 하지만 어디까지나 선생님의 대리로서 일했을 뿐이었다. 선생님을 대신해 지도자가 됐을 때 짊어져야 할 책임의 무게는 상상을 초월했다. 앞으로는 다른 이의 지시를 받을 수도 없다. 자신의 결단이 곧 이 마을의 최종 결단이 된다. 그 얼마나 무서운 일인가.

"겐!"

어깨가 떡 벌어지고 얼굴이 까무잡잡한 남자가 좁은 언덕길을 뛰어 올라왔다. 만타라 불리는 그는 당근이 든 바구니를 들고 있었다. 색이 짙고 알이 굵었다. 오늘 아침 딴 것이리라. 처음 재배를 시작했을 때는 나뭇가지처럼 얇은 것만 열렸다. 이만큼 실한 당근을 수확하게 된 것도 온갖 시행착오 끝에 일궈낸 성과였다.

"선생님은 좀 어떠셔?"

"일어나시긴 했는데 별로 좋지 않아. 그거, 선생님 드리려고?"

겐은 바구니에 담긴 당근을 보며 말했다.

"응, 맞아."

만타는 내딛으려던 걸음을 멈추고 말했다.

"그런데 말이야."

그답지 않은 진중한 표정이었다.

"선생님, 돌아가시겠지?"

"그렇겠지."

"선생님이 돌아가시면 겐이 선생님 대신 맡아줄 거지?"

겐은 바로 대답하지 않았다.

만타가 조급해진 마음으로 물었다.

"설마 마을을 떠나려는 건 아니지?"

"그건 아닌데……, 내가 선생님 대신이라도 괜찮겠어?"

"당연하지. 너 말고 누가 있어!"

"너도 있잖아. 다들 널 얼마나 믿는데."

"바보 같은 소리. 난 안 돼. 힘만 세고 머리가 안 돌아가는데. 나 같은 놈이 지도자가 되면 선생님이 어렵게 일궈온 마을을 엉망진창으로 만들어버릴 거야."

"난 거부자가 아니야. 다른 사람들과 똑같지 않다고."

"그런 걸로 뭐라고 하는 놈이 있어? 다들 겐이 있어줘서 얼마나 마음 든든해하는지 몰라? 저거 보라고."

만타는 팔을 뻗어 시마 마을을 가리켰다.

"다이쿠가 목수 일을 할 수 있는 것도, 새 작물 종자를 얻을 수 있는 것도 다 네 덕이야. 다른 거부자 마을 중에 이런 데가 또 있을 것 같아?"

"……."

"겐, 부탁이야. 우릴 버리지 마."

만타는 눈물을 글썽이며 애원했다.

겐은 말없이 고개를 끄덕였다.

"약속한 거다, 꼭 지켜."

마지막으로 위협하듯 말하더니 만타는 언덕길을 내려갔다.

겐은 그 뒷모습을 바라보며 선생님이 사키코를 택한 이유를 뼈저리게 느꼈다. 이런 무거운 믿음을 한몸에 짊어지고 중책을 다하려면 마음 둘 곳이 필요했다. 하지만 지금 그에게는 누가 있단 말인가.

머릿속에 떠오르는 여자는 하나밖에 없었다.

2

가가와 데쓰오는 어느샌가 그를 생각하고 있었다.

도게 기타로.

빈말이라도 본받을 만한 경찰이라 할 수 없는 남자였다. 제멋대로에다 사람도 험하게 다뤄서 걸핏하면 폭력을 휘두르며 일도 제대로 하지 않았다. 지금 생각해보면 그런 인간이 용케 A과 형사로 일했구나 싶었다.

그래도 가가와는 그를 끝까지 미워할 수 없었다. 자신에게 없는 것을 가졌다고 생각했기 때문이다.

'그래도 설마 우리가 쫓던 테러리스트 아나타 도진이 그 사람이었다니⋯⋯.'

도게의 부하로 일한 건 40년도 더 지난 옛날이고 기간도 얼마 되지 않았는데도, 천하의 A과에 배속되어 처음 모신 상사였기 때문인지 믿기지 않을 정도로 오래 기억에 남았다. 애당초 공화국경찰의 조직 개편 끝에 A과는 사라졌지만.

실종됐다는 소식을 들었을 때는 놀랐지만 도게라면 그럴 법도 하다고 마음 한구석으로는 납득했다. 백년법 첫해 대상자라는 사실을 안 건 그로부터 얼마간 시간이 지난 어느 날이었다. 다들 경찰 중에서 거부자가 나왔다는 사실은 쉬쉬했지만, 아니나 다를까 어디선가 정보가 새서 여론의 뭇매를 맞았다. 실종된 뒤의 행적은 전혀 파악할 수 없었기에 벌써 죽은 게 아니냐는 희망사항에 가까운 억측이 나돌기도 했다. 과학수사부의 니시노 주임이 도게의 연락을 받은 건 그 무렵이었다.

'난 살아 있어. 아나타 도진이 살려줬어.'

분명히 본인의 목소리였다고 했다.

하지만 경찰 고위층은 그러한 사실을 인정하려 하지 않고 오히려 니시노를 좌천시켰다. 그 뒤로 이 이야기는 경찰 내부에서 금기시됐다.

당연히 테러리스트로 수많은 폭탄 테러에 관여한 아나타 도진이 경찰 출신이라는 사실을 공표할 수는 없었다. 아무리 정보를 은폐해도 반드시 어딘가에서 새어나가 사태를 더욱 악화시킬 뿐이지만, 그런 상식도 경직된 조직에는 통하지 않는 것 같았다. 뭐, 솔직히 그런 건 상관없었다.

가가와는 도무지 이해할 수 없는 게 있었다.

분명 도게 기타로는 종잡을 수 없는 성격에 무슨 짓을 저지를지 알 수 없는 사내였다. 갖가지 일들을 겪으며 사람이 변했을 가능성도 있었다. 거부자가 된 것도 크게 영향을 미쳤을 것이다.

아무리 그렇다 해도.

전형적인 아웃사이더였던 그가 조직적인 테러를 지휘했다는 사실에서 의구심을 떨쳐버릴 수가 없었다. 아무리 세월이 흘렀더라도 애초부터 없었던 소질이 개화할 리도 없었다.

생각할 수 있는 건 촉매가 존재했을 가능성이다. 그 남자를 영원 왕국의 교주이자 테러리스트의 리더로 바꾸어버릴 정도의 강력한 촉매가.

마음에 걸리는 게 하나 더 있었다.

도게 기타로는 니시노와 통화했을 때 '아나타 도진이 살려줬다'고 했다.

하지만 막상 뚜껑을 열어보니 그가 바로 아나타 도진이었다.

대체 어떻게 된 일일까.

그를 살려줬다는 아나타 도진은 어디로 가버린 걸까? 애초에 그를 살려준 건 대체 누구였을까?

어쩌면 그 인물이야말로 도게 기타로를 아나타 도진으로 바꾼 촉매가 아닐까?

그렇다면 영원왕국이 파멸했다고 마음을 놓을 수는 없다. 이 사태를 촉발시킨 인물이 살아 있다면, 제2, 제3의 아나타 도진이 탄생하지 않는다는 보장도 없었다.

데스크의 내선전화 벨소리에 가가와는 현실로 되돌아왔다.

과학수사부의 사쿠라다 주임이었다.

"데이터가 모두 모였습니다. 정식 보고서는 나중에 제출하겠지만, 먼저 가가와 부장님께 알려드리려고요."

"고마워요. 그럼 권총 자살한 남자는……."

"부장님 말대로 전직 A과 형사인 도게 기타로입니다. DNA가 완벽하게 일치했습니다."

"여자는?"

"가나이 사토라고, 거부자가 되기 전에는 윤락업소에서 일했던 기록이 남아 있더군요."

"마지막 여자가 매춘부라, 그 사람답군."

"네……?"

"아니, 혼잣말이네. 또 뭔가 밝혀진 점은 없나?"

잠시 침묵이 흘렀다.

"부장님은 타깃M을 아십니까?"

"당연히……."

공화국경찰에는 특히 중요한 범죄자를 수사 타깃으로 삼을 때 일반적인 수배번호가 아니라 알파벳을 붙여 구별했다.

"실은 부지 안의 건물에서 타깃M의 DNA가 검출됐습니다."

타깃M의 생존가능기한은 이미 지났다. 살아 있으면 거부자일 테니 거부자 마을에 숨어 있어도 이상할 건 없었다. 하지만 하필이면 그곳이 아나타 도진의 영원왕국이라는 점이 단순한 우연의 일치일까?

"틀림없나?"

과학수사 전문가에게 해서는 안 될 질문이었지만, 사쿠라다 주임기술관은 딱히 기분 상한 기색 없이 대답했다.

"검출 밀도로 보아 그곳에서 생활했던 건 확실합니다."

"잠깐만. 그럼 그 목매단 시체 중에 타깃M의 시체가 있었나?"

"바로 그겁니다."

사쿠라다의 목소리가 커졌다.

"모든 시신의 DNA를 조회해봤지만 타깃M과 일치하는 건 없었습니다."

"……."

"타깃M은 분명히 영원왕국에 있었습니다. 하지만 시신은 발견되지 않았죠."

"한마디로 타깃M은……."

"네. 아직 어딘가에 살아 있을 가능성이 있습니다."

3

학교를 찾아가자 가이는 복도에 나와 창밖을 바라보고 있었다. 겐을 보더니 가볍게 고개를 끄덕였다.

"이제 일어나도 괜찮은 겁니까?"

"이곳은 밥도 맛있군. 덕분에 기력이 돌아왔어."

아닌 게 아니라 어젯밤보다 안색은 좋아졌지만, 이틀 동안 쉬지 않고 걸은 피로가 그리 쉽게 풀릴 리 없었다.

"무리하면 안 됩니다. 에리는 어디 있습니까?"

오늘 아침부터 가이를 보살피도록 에리를 배정했다. 마무라 사키코는 지원자를 모아 간호 지식과 기술을 전수했는데, 에리 역시 사키코의 제자인 견습 간호사였다.

"집에 다녀온다며 나갔어."

"에리도 참, 중요한 손님을 혼자 두다니. 나중에 제가 따끔하게 혼낼게요."

"상관없어. 나도 혼자가 편하니까."

가이는 창밖을 바라보며 말했다.

"한동안 안 본 사이에 C4도 많이 발전했군."

겐은 그 옆으로 다가갔다.

오후의 햇살 아래 펼쳐진 평화로운 광경에 눈을 가늘게 떴다. 다이쿠가 잘 정비한 집들. 통나무로 보강한 길. 열심히 논밭의 잡초를 뽑고 있는 건 주로 여자들이었다. 남자들은 짐을 지고 줄줄이 가고 있었다. 배터리를 충전하러 댐에 갔던 이들이 돌아온 것이리라.

"공동체로서의 기능은 C1보다 앞섰을지도 모르겠군."

"가이 씨한테 그런 말을 들을 줄은 몰랐습니다."

작은 렌즈 너머의 눈이 젠을 쏘아봤다.

"비꼬는 건가?"

"C1보다 앞섰다는 말을 들으면 자연스레 그런 말이 나오지 않겠습니까?"

"자네들은 C1에 환상을 품고 있어."

"가이 씨가 그렇게 만든 거 아닙니까?"

가이는 한숨을 내쉬었다.

"오늘은 유난히 말에서 가시가 느껴지는군. C1이 소멸한 지금 난 단순한 난민이라는 건가."

"가이 씨답지 않은 말투로군요."

"나도 결국은 조직의 권위를 등에 업지 않으면 제대로 말도 못하는 재수 없는 인간이었던 게지."

"저는 지금도 가이 씨와 그 지성을 존경합니다."

가이는 고요한 눈빛으로 젠을 보았다.

"정말이지 자네한테는 한시도 마음을 놓을 수가 없군. 비터의 말대로야."

비터는 C1의 지도자였다. 가이 역시 그렇지만 비터도 본명은 아니었다. 거부자가 본명을 말하는 일은 거의 없었다. 사키코나 사토루, 만타도 가명이었다.

"전 비터를 만나본 적이 없습니다. C1을 찾았을 때는 항상 가이 씨가 맞아주셨으니까요."

"우리가 회견을 하는 동안 비터는 항상 옆방에서 회견 내용을 모두 파악했어."

"벽에 카메라가 달려 있었죠."

가이가 씩 웃었다.

"알고 있었군."

"하지만 그것만으로 비터가 절 잘 알고 있었을 리는 없을 텐데요. 가까이서 얼굴을 마주한 당신이 훨씬……."

"아니."

가이는 젠의 말을 잘랐다.

"비터는 그전부터 자네를 알고 있었던 것 같았어."

"……."

"처음 자네를 봤을 때 자기 눈을 의심했다더군. 이름을 듣고 확신이 들자 저도 모르게 웃음을 흘렸지."

"웃었다고요?"

"운명이란 걸 믿고 싶어졌다고도 했어. 정말 짚이는 데가 없나?"

젠은 기억을 더듬었다.

짚이는 데라면…….

"하나만 묻겠습니다. 대답하기 곤란한 일일지도 모르지만……."

"뭔가?"

"C1에서는 자신들의 마을을 '영원왕국'이라 부르며, 비터는 '아나타 도진'으로 폭탄 테러를 지휘했다는 소문이 있던데, 사실입니까?"

가이의 눈에서 빛이 사라지고 공허한 기운이 스며들었다. 감정을 의도적으로 감추려는 것이다. 그와 오랫동안 알고 지낸 젠은 금방 알아챌 수 있었다.

"그 소문은 어디서 들었나?"

"C2의 테라마가 그러더군요."

가이는 땅이 꺼져라 한숨을 내쉬었다.

"입이 싼 놈이군. 그런 놈이 리더니까 C2에는 다툼이 끊이지 않는 거야."

"소문이 사실입니까?"

"자네와 상관있는 일인가?"

"오래 전 일입니다만, 저도 아나타 도진을 자칭하는 남자를 만난 적이 있습니다."

표정을 살폈지만 놀란 기색은 없었다.

"비터와 만난 적이 없는데 어떻게 저에 대해 이것저것 아는가 싶어서요. 어쩌면 그때 만난 사람이……."

"비터였을지도 모른다고? 맞아, 그럴 가능성이 커."

가이는 예상 외로 순순히 인정했다.

"그렇다 해도 여전히 잘 모르겠습니다. 왜 비터가 저를……."

"나도 자세한 사정은 모르지만 아무래도 자네 아버지와 뭔가 인연이 있었던 모양이야."

"저희 아버지하고요?"

"뭔가 들은 게 없나?"

"저에겐 아버지에 대한 기억이 없습니다. 어머니에게 들은 이야기밖에……."

"무슨 이야기를 들었나?"

입 밖으로 내려던 찰나, 어머니와 함께 보낸 마지막 며칠 동안의 기억이 놀라울 정도로 선명하게 되살아났다. 눈시울이 뜨거워져서 짐짓 냉담한 태도로 말했다.

"제 아버지는 아나타 도진과 전혀 상관없는 사람은 아니었습니다."

젠은 실제로 일어난 폭탄 테러 사건과 아버지가 어떻게 관련되었는지 간략하게 설명했다.

"아나타 도진이라는 사람은 처음부터 세상에 없었다, 오래 전에 형장의 이슬로 사라진 남자가 만들어낸 환상에 지나지 않는다고 어머니에게 들었습니다."

가이는 힘주어 고개를 끄덕였다.

"자네 어머니는 사려 깊은 분이셨군."

젠은 어머니에 관한 화제를 피하듯 말을 돌렸다.

"비터는 왜 아나타 도진을 사칭한 겁니까?"

"별 뜻은 없었을 거야. 우리 공화국에서 폭탄 테러 하면 아나타 도진 아니겠나."

시치미를 떼는 것 같았다.

"테러의 목적은 백년법의 폐지를 주장하기 위해서였다고 들었습니다만."

어느샌가 말투가 심문조가 되었지만 가이는 개의치 않고 대답했다.

"이 법만 없어지면 거부자들은 인간으로 복권될 수 있으니까. 적발되어 처리될 불안에서도 벗어날 수 있지. 백년법이 존재하는 한 거부자들에게 평온한 나날은 돌아오지 않아. 그렇다면 어떤 수단을 동원해서라도 백년법을 폐지시키는 수밖에 없다, 그런 논리였지."

"폭탄을 터뜨려 사람을 죽이면 백년법을 폐지할 수 있다, 진심으로 그렇게 생각하신 겁니까?"

당신처럼 똑똑한 사람이? 그런 뉘앙스를 담아 말했다.

"C1의 단합을 위해서는 원대한 목표가 필요했어. 설령 실현될 가능성이 희박하더라도."

"원대한 목표가 필요할 정도로 C1의 내부 결속이 약해져 있었다는 뜻입니까?"

"자네한테는 당할 수가 없군."

가이는 쓴웃음을 지었다.

하지만 겐이 침묵을 지키자 웃음을 거두며 말을 이었다.

"알았네. 솔직하게 말하지. 자네 말이 맞아. C1은 와해 직전이었어."

"그럴 리가요."

"사실이야. C1은 비터를 비롯해 오래 전부터 거부자로 살아온 이들이 많았지. 거부자들은 항상 적발의 불안과 공포에서 벗어날 수 없어. 마음의 평온을 얻지 못하지. 거부자라는 사실만으로도 엄청난 스트레스를 받는 거야. 그 스트레스에 오랫동안 노출되었던 탓인지 C1에는 마음의 병을 앓는 이들이 많았어. 백년법 폐지를 외치며 점점 과격한 테러를 저질렀던 것도 구성원들에게 미래를 바라보게 함으로써 조직의 안정을 꾀하기 위해서였지. 별 효과는 없었지만."

가이는 아련한 기억 속으로 빠지는 듯한 눈빛을 지었다.

"결국 뭘 해도 소용없었어. 육체적으로는 젊었지만 C1 자체의 수명이 다한 거였지. 다들 어렴풋이 알아채고 있었어. 자신들에게는 미래도, 희망도 없다는 걸. 이제 남은 건 자연에 녹아 사라지는 길뿐이었지."

"자연에 녹아 사라진다고요?"

"그래. 말 그대로 녹아 사라졌어."

가이는 천천히 숨을 내쉬었다. 눈을 깜빡거리는 횟수가 늘어났다. 감정을 제어하기 힘들어진 것이다.

"한 달 전이었어."

겐은 숨을 삼키며 가이의 말에 귀를 기울였다.

"C1에서 생활하던 한 여자가 마을 뒤편 숲에서 목을 매어 자살했어."

가이는 무표정한 얼굴로 겐을 올려다보며 물었다.

"만일 C4에서 그런 일이 일어난다면 어떻겠나?"

"온 마을이 발칵 뒤집히겠죠."

가이는 동의하듯 고개를 끄덕였다.

"하지만 C1에서는 아무 소동도 일어나지 않았어. 나뭇가지에 목을 맨 무참한 시체를 보고도 사람들은 비명조차 지르지 않았지. 슬픔에 울부짖는 이도 없었고. 오히려 안도한 표정을 지었어. 드디어 시작됐군, 그런 혼잣말이 들렸어."

"시작됐다……, 뭐가 시작됐다는 겁니까?"

"사람들은 시신을 나무에서 내려 매장하려 하지도 않았어. 그때 누가 그런 얘기를 꺼냈으면 오히려 성을 내며 말렸겠지. 마치 그러는 게 당연하다는 듯 그 상태로 시체를 놔뒀어. 누가 꺼낸 말인지는 모르겠지만 그 여자의 시체는 이브라 불리게 됐지. 알겠나? C1은 이미 미쳐 있던 거야."

겐은 으스스한 한기를 느꼈다.

"사흘 뒤, 두 번째 시체가 발견됐어. 남자였지. 이브가 매달린 옆 나무에서 똑같이 목을 맸어. 그리고 이때도 시신은 그대로 방치됐지. 그 이튿날 아침에는 세 남녀가 이브 근처에서 목을 맸어. 이제 시체는 다섯으로 늘어났지. 그 다음날은 다섯 명, 다음날은 일곱 명⋯⋯. 스스로 목숨을 끊는 이들이 날마다 늘어갔어. 하지만 그 지경이 됐는데도 비정상적이라고 생각한 이가 아무도 없었지. C1에서는 매일같이 사람이 사라지는데, 나를 포함한 아무도 말리려 들지 않았어. 조용히 자기 차례가 돌아오기를 기다렸지. 그건 마치⋯⋯."

가이는 거기서 말을 끊었다.

"모래시계의 떨어지는 모래를 보는 것 같았지."

"그렇게⋯⋯ 자연에 녹아 사라진 겁니까?"

"비터와 그 아내, 그리고 나를 제외한 모든 사람이 자살하기까지 한 달도 채 걸리지 않았어."

"비터는 어떻게 됐습니까?"

"아내와 함께 권총 자살했어."

"⋯⋯."

"그 소리에 제정신이 돌아왔어. 만사휴의였지만."

가이의 얼굴에 소름 끼치는 미소가 번졌다.

"C1은 깨끗이 녹아 사라졌어. 한여름의 얼음처럼. 남은 건 목맨 시체로 뒤덮인 숲과 숨 막히는 썩은 내, 무시무시한 정적뿐이었지."

겐은 고개를 저었다.

"모르겠습니다. C1 사람들에게 무슨 일이 일어난 겁니까?"

"어제도 말했을 텐데."

"영원한 삶에 너무 집착했다⋯⋯."

"우린 알지 못했어. 영원한 삶과 그 대척점에 있는 죽음 사이에는 종이 한 장의 차이밖에 없다는 걸. 스스로도 알아채지 못하는 사이에 그 경계선을 넘어간 거야. 생과 사의 경계를 잃은 자에게 영원한 삶이란 죽음과 동일한 의미지."

오랜 침묵이 흘렀다.

"우리는 백년법에 따라 죽었어야 했어."

가이는 고단한 표정으로 중얼거렸다.

"이 마을에서도 같은 일이 일어날까요?"

"그건 모르지. 개인적으로는 희망적으로 보고 있네. 이 마을은 아직 젊고, 자네가 있으니까."

"제가 무슨……."

"자네는 HAVI를 받지 않았잖나."

"그래서요?"

"한마디로 자네는 늙어가는 육체를 가지고 있어. 나날이 늙어가는 자네 모습을 보며 이곳 사람들은 인간 존재의 유한성을 확인하겠지. 역설적이지만 그게 영원한 삶에 대한 집착을 막아줄지도 몰라."

"그렇다면 전 HAVI를 받으면 안 되겠군요."

가이는 갑자기 슬픈 표정을 지었다.

"겐, 부탁이니 내 말을 진심으로 받아들이지 말게. 난 내가 하는 말을 믿지 않아. 정말 제정신을 되찾았는지조차 의심스러워. 어쩌면 미친 건 나 혼자일지도 몰라."

"가이……."

가이는 안타깝게 웃었다.

"잠깐 눈 좀 붙여야겠어."

"죄송합니다. 피곤하신데 오래 붙잡아서."

가이는 창문 앞을 떠나 휘청거리며 교실로 돌아갔다.

겐은 창밖을 보았다.

시마 마을.

이곳도 녹아 사라지는 날이 올까.

4

그 가게는 오래된 주택가의 좁은 골목 끝에 있었다. 겉보기에는 낡은 단독주택으로, 눈에 띄는 간판도 없었다. 아이즈의 내비게이션이 없었다면 약속 시간인 저녁 8시까지 도착하지 못했으리라.

"가가와 씨 되시죠? 기다리고 있었습니다."

환한 현관에서 그를 맞이한 건 요리복 차림의 조그마한 여자였다. 행동거지는 차분했지만 웃는 얼굴이 소녀처럼 사랑스러웠다.

여자의 안내로 슬리퍼로 갈아 신고 뒤뜰 쪽에 있는 방으로 갔다. 다른 직원들의 모습은 보이지 않았다.

두 사람이 대화를 즐기며 식사를 하기에 알맞은 넓이의 방이었다. 아담한 식당이라고 할까. 한가운데에는 원목 재질의 두툼한 탁자가 놓여 있었고 꽃병에는 소박한 빛깔의 생화가 꽂혀 있었다. 주연은 자기가 아니라 음식이라는 듯.

"아직 안 왔나?"

"조금 늦을 테니 먼저 시작하라고 하셨습니다. 마실 것을 먼저 가져올까요?"

"부탁하네."

이내 여자가 가져온 건 요즘은 거의 볼 수 없는 갈색 병맥주였다. 가가와 데쓰오는 혼자 맥주로 목을 축이며 실내를 구경했다. 회벽에는 바다를 모티프로 삼은 석판화가 걸려 있었다. 분명 지난 세기에 활약했던 작가의 작품이었다. 그러고 보니 현관에 걸린 그림도 20세기를 대표하는 작품이었다. 맥주부터 인테리어 취향까지 20세기의 기운이 짙게 감돌고 있었다. 집 자체도 낡은 집을 개조한 것 같던데, 어쩌면 지난 세기에 지은 집일지도 모른다.

"미안. 기다렸지?"

가가와는 자리에서 일어나 상대와 악수를 나눴다.

"무리한 부탁을 해서 미안해. 내무성 차관님이면 눈코 뜰 새 없이 바쁘실 텐데."

가가와는 짐짓 정중하게 말했다.

"왜 이래. 대테러 특수부 부장인 자네가 그러니까 비꼬는 걸로 들리잖아."

"비꼬는 건데."

후카마치 신타로는 웃음을 터뜨렸다.

"앉자고."

후카마치는 문 너머에서 대기하던 여자 셰프에게 말했다.

"그럼 부탁해."

어리광까지 느껴지는 친근한 말투였다. 어지간히 자주 드나드는 모양이었다.

후카마치는 잔에 맥주를 따르고 먼저 재회를 축하하며 건배를 권했다.

"엄청나게 출세했군. 내무성 차관이라니, 우리 동기들 중에서는 톱이잖아. 나는 감히 쳐다볼 수도 없는 분이 됐어."

가가와의 찬사에 후카마치는 썩 싫지 않은 표정이었다. 여전히 겸손이란 걸 모르는 사내였다. 가가와는 후카마치의 이런 점이 좋았다.

"이 가게 분위기 괜찮네. 단골집이야?"

"긴히 할 이야기가 있다고 해서 여기로 잡았어. 여기서 한 이야기는 바깥으로 새어나갈 걱정 없거든. 내가 보증해."

"셰프하고도 가까워 보이던데, 오래 알고 지낸 사이야? 아니, 별 뜻은 아니고……"

"그런 사이는 아니지만 오래 알고 지낸 건 맞아. 우리 어머니거든."

"어, 어머니?"

놀란 나머지 목소리가 뒤집어졌다.

"그렇게 놀랄 일이야?"

HAVI의 보급으로 어머니가 아들보다 젊어 보이는 일은 그리 드물지 않았지만, 성인이 된 뒤로도 계속 연락하고 지내는 경우는 별로 없었다.

"평생 요리인으로 살았던 어머니가 생존기한을 10년 남겨두었을 때, 마지막으로 당신의 이상을 실현하고자 오픈한 게 바로 이 가게야. 낡은 주택을 개조해 가정적인 분위기로 만들었고, 손님은 하루에 한 팀만 받아. 메뉴도 셰프 추천 코스 하나뿐이고. 처음에 가게를 냈을 때 오랜만에 연락을 받았고, 그 뒤로 남의 눈에 띄어서는 안 될 사람과 비밀 이야기를 할 때 이곳을 찾아."

첫 번째 음식이 나왔다. 어패류로 만든 창작요리인 것 같았다. 셰프가 간략하게 음식을 설명했다. 후카마치의 어머니가 아니라 이 가게의 오너셰프로서의 태도였다.

곧바로 젓가락을 들어 입안에 넣자 지금까지 맛보지 못했던 맛이 느껴졌다.

"맛있네."

후카마치도 흡족한 표정으로 음식을 먹었지만 딱히 그에 대한 감상은 없었다.

"소문 들었어. 아나타 도진의 숨통을 드디어 끊었다면서?"

"실은 그 일로 보자고 했어."

"뭐야, 자랑하려고 날 보자고 한 거야?"

"자랑할 거리도 못 돼."

"센추리온은 어땠어? 작전 실황을 지켜봤을 거 아냐. 소문대로야?"

뜻밖의 말이었다. 방위대나 경찰 관계자라면 몰라도 내무성 차관인 후카마치가 가장 먼저 센추리온에 관심을 보이다니.

"가게야마 장관은 아무 이야기도 안 해?"

후카마치는 순간 눈길을 돌렸다.

"어……."

"우리가 본 건 80명의 공수부대원들이 수송기에서 적지 한복판으로 뛰어내리는 모습뿐이었어. 그걸로도 엄청난 실력자임을 알 수 있었지만, 실제 전투장면은 못 봤어."

"안 보여주던가?"

"아니, 전투 자체가 일어나지 않았거든."

"아나타 도진의 영원왕국을 괴멸시켰다면서?"

"정말 모르는 거야?"

"뭘?"

"센추리온이 진입했을 때 아나타 도진은 이미 스스로 목숨을 끊었고, 그의 왕국도 소멸한 상태였어. 주민들도 모두 자살했고. 그곳에서 찾은 건 산더미 같은 시체뿐이었지. 말 그대로 시체의 산이었어."

후카마치가 젓가락을 내려놓았다.

"그게 사실이야?"

목소리에서 밝은 기운이 사라졌다.

"효도 국장에게는 이미 보고했어. 차관인 자네는 이미 아는 줄 알았는데."

"내가 들은 건 센추리온이 아나타 도진의 영원왕국을 괴멸시켰다는 사실뿐이야. 자세한 최종 보고는 영상자료와 함께 제출하겠다고 하더니, 그것도 아직……."

"그럼 아나타 도진의 정체에 대해서도 모르겠군."

후카마치는 입을 꾹 다물고 고개를 끄덕였다.

"본명은 도게 기타로. 그가 아나타 도진이었다는 건 시설 안에 남겨진 수많은 물증을 통해 이미 증명됐어. 게다가 이 남자는 거부자가 되기 전에 경찰이었어."

후카마치는 크게 놀란 듯 눈을 휘둥그레 추켜올렸다.

"그런 중요한 사실을……."

"보아하니 갖가지 정보가 효도 국장 선에서 멈춰 있는 모양이군."

후카마치는 표정을 구기며 말했다.

"외압이 들어온 게지."

"외압……?"

눈빛에 적의가 번득였다.

"펠리스 후지. 거기밖에 더 있겠어?"

"대통령의 지시라고?"

"예전부터 효도 국장은 자신이 대통령 파임을 숨기지 않았어. 별종인 줄은 알았지만 이렇게까지 노골적으로 처신할 줄이야."

노크 소리와 함께 다음 음식이 나왔다. 야채 수프. 두 남자는 하던 이야기를 중단하고 수프를 맛봤다. 몸속까지 따뜻해지는 정감 있는 맛이었다. 가가와는 어머니의 맛이구나 생각했다.

후카마치도 수프를 떠먹고는 있었지만 맛을 음미하는 표정은 아니었다.

"그 일로 날 불렀나?"

"아니, 여기까지는 자네도 아는 줄 알았지."

"또 뭔데?"

짜증과 분노가 섞인 목소리였다. 부하를 야단칠 때도 분명 이런 목소리이리라.

"그게, 국장한테도 아직 보고하지 않은 건이야."

후카마치는 수프를 비우고 냅킨으로 입을 닦았다. 잠시 침묵을 지키며 감정을 가라앉히려는 것이다. 그리고 준비가 다 되었다는 듯 고개를 끄덕였다.

"말해봐."

"아나타 도진의 영원왕국에 한 중요범죄자가 머물고 있었다는 사실이 밝혀졌어. DNA가 검출됐거든. 하지만 시체는 찾지 못했어.

아마 아직 살아 있는 것 같아."

"중요범죄자?"

"타깃M."

"타깃M이라면, 설마…….."

"그래. 자네 대선배지."

후카마치가 천천히 숨을 들이마셨다.

"전 내무성 관료, 미츠타니 고키치."

"기억해? 벌써 40년 전 일이지만, 백년법 시행 찬반을 둘러싼 국민투표를 앞두고 M문서라는 게 세상을 떠들썩하게 했잖아. 그 정보의 출처가 그가 쓴 논문이라는 걸 나에게 가르쳐준 게 바로 자네였고."

"그래, 그런 일도 있었지."

"난 신이 나서 그 이야기를 상사에게 했어. M문서에 대해 관심이 많은 것 같아서 비위를 맞추려던 거였지. 몇 년 뒤, 그 상사는 행방불명됐어. 그때 내 상사가 도게 기타로야. 훗날 아나타 도진이라 불린 인물이지. 그리고 그 아나타 도진의 영원왕국에 M문서의 작성자인 미츠타니 고키치가 있었어."

후카마치는 말없이 가가와를 바라보았다.

"실은 도게 기타로가 실종되기 전에 한때 미츠타니 고키치의 행방을 쫓았던 흔적을 찾았어. 내가 그 정보를 알려준 직후였지."

"왜 미츠타니 고키치를…….."

"나도 잘 모르겠어. 도게는 백년법 첫해 적용대상자였어. 그 사실과 연관이 있을지도 모르지. 이유야 어찌됐든 도게 기타로가 미츠타니 고키치와 접촉을 꾀한 건 사실이야. 그리고 아마도 마침내 접촉에 성공했고. 만일 내가 그 이야기를 하지 않았다면 도게는 미츠타니와 만나지 않았을지도 몰라."

"무슨 말을 하려는 거야?"

"도게는 남의 위에 설 만한 그릇이 아니었어. 그런 사내가 테러 조직을 지휘했다는 게 믿기지 않아."

"하지만 실제로 도게는 아나타 도진으로 테러를 자행했어."

"그건 도게의 힘이 아니야. 분명히 말하자면 그는 꼭두각시에 불과했어. 내 눈에는 보여."

"뒤에서 조종한 게 미츠타니 고키치란 말이야?"

"상황을 보면 그 가능성을 떠올리지 않을 수가 없어."

"대체 무엇 때문에?"

"모르겠어."

"책임을 느끼는 건가? 자네가 두 사람을 만나게 한 것 같아서?"

"도게가 미츠타니를 만나지 않았다면 아나타 도진이 되지는 않았을 거야. 폭탄 테러도 일어나지 않았을지도 모르고. 내가 경솔하게 그딴 소리를 해서……."

"……."

무거운 침묵을 깨듯 메인디시가 나왔다. 얼마나 공들인 음식이 나올지 기대했는데 멘치가스(소고기나 돼지고기 간 것을 뭉쳐서 튀긴 음식-옮긴이)였다. 하지만 눈물이 날 정도로 맛있는 멘치가스였다. 소박하지만 깊은 맛을 곱씹고 있으려니 위로 받는 듯한 기분이 들었다.

후카마치도 어린애 같은 얼굴로 멘치가스를 우물거렸다. 분명 그가 좋아하는 음식이리라.

"나한테 부탁할 일이라는 건 뭐야?"

"지금 미츠타니 고키치에 대해 재조사를 하고 있어."

"내무성에서 보존하고 있는 미츠타니의 데이터는 아이디카드 위조 혐의로 수배됐을 때 모두 제출한 걸로 아는데?"

"그건 나도 봤어. 미츠타니 보고서도 다시 읽어봤고."

후카마치의 표정에 비릿한 미소가 번졌다.

"미츠타니 보고서라, 그립군."

"만일 백년법이 사라지고 사실상 불로불사 사회가 도래하면 어떻게 될까? 국민들은 영원한 삶을 견디지 못하고 정신적 혼란을 겪을 것이며, 사회가 어지러워져 국가 기능은 마비되며, 이내 러시아, 중국, 한국에 분할 흡수되어 일본공화국은 세계지도에서 사라지게 된다."

"그랬지."

"지금도 내무성에서 읽히고 있나?"

"백년법이 시행된 지 벌써 몇 년인데. 이제는 과거의 유산이 되었지."

"미츠타니는 그 논문을 널리 퍼뜨려 국민들에게 경각심을 불러일으키려 했지만, 그의 바람과는 달리 극비문서로 지정됐지. 묵살이나 다름없었어. 미츠타니는 이 처분에 항의하며 사표를 냈고."

"그 이상 알고 싶은 게 뭔데?"

가가와는 멘치가스를 삼키며 말했다.

"미츠타니가 아나타 도진의 영원왕국에 숨어 있던 이유."

"잊었어? 아이디카드 전자화 정책에 관여한 미츠타니는 아이디 시스템을 속속들이 파악하고 있어. 그로부터 수차례 시스템이 갱신됐지만 근본적으로 바뀐 건 아니잖아. 지금도 마음만 먹으면 고스트 아이디를 직접 만들 수 있을걸? 고스트 아이디만 있으면 일반적인 사회생활도 가능하고. 지명수배되기는 했지만 요즘 세상에 그깟 지명수배로 붙잡히는 범죄자가 어디 있어. 한마디로 미츠타니가 거부자 마을에서 불편을 감수할 필요는 전혀 없어. 오히려 마을 전체가 적발됐을 때 휘말릴 위험이 더 크지. 그런 빤한 사실조차 모를 인물은 아니잖아."

"아나타 도진은 백년법 폐지를 기치로 내걸었어. 그를 조종했던 게 미츠타니라면 그의 목적도 백년법 폐지였다고 생각하는 게 자연스럽겠지? 분명 그는 미츠타니 보고서에서 백년법의 필요성을 역설했지만 자신이 거부자가 된 지금은 사정이 다르지. 인간이란 제 목숨이 걸린 일에는 정의고 뭐고 개의치 않으니까."

"나도 그 생각은 했어. 백년법이 존재하는 한 항상 죽음의 위협에 벌벌 떨며 살아가야 하니까. 그래서 입장을 바꿔 백년법 폐지를 위해 움직였다. 그래, 논리적으로는 앞뒤가 맞아. 하지만 방식이 너무나 치졸하지 않아? 폭탄 테러로 백년법이 폐지될 리 없잖아. 그건 어린애도 아는 일이야. 치밀한 시뮬레이션 문서를 집필했던 전력이 있는 남자가 진심으로 백년법 폐지를 노리진 않았을 거야. 진짜로 폐지하려고 했다면 폭탄 테러가 아니라 다른 방법을 택했겠지."

후카마치는 가가와의 말에 수긍했다.

"다른 목적이 있었을 거야. 영원왕국에서 그는 무엇을 하려던 걸까?"

후카마치는 어깨를 으쓱했다.

"나야 모르지."

"상상할 수는 있잖아."

"어떻게?"

"같은 내무성 관료니까."

"아무리 그래도 사람마다 다르지."

"관료들만의 독특한 사고방식이 있잖아. 자네라면 심혈을 기울인 논문이 묵살되었을 때 느꼈을 그의 심정을 짐작할 수 있을 거아냐. 적어도 나보다는."

후카마치는 침묵했다.

눈길을 허공에 고정한 지 몇 분이 지났다.

후카마치는 천천히 숨을 내쉬며 말문을 열었다.

"관료의 참맛은 자신이 책정한 법안으로 나라를 움직이는 거지."

그는 혼잣말처럼 담담이 말을 이었다.

"기본적으로 관료들은 자기 능력이 뛰어나다고 생각해. 자기가 생각한 정책이 채용되지 않으면, 자기가 잘못한 게 아니라 그 중요성을 이해하지 못하는 정치가나 국민이 어리석다고 생각하는 경향이 있지."

"자네도 그래?"

가가와의 말에 후카마치는 불쾌한 표정을 지었다.

"재수 없게 들릴 줄은 알지만 솔직히 말해달래서 얘기한 것뿐이야."

"미안. 계속해."

"미츠타니 보고서는 M문서라는 이름으로 국민들에게 널리 알려졌어. 어떻게 보면 그의 바람은 이루어졌지만 가장 중요한 국민투표에서 백년법은 동결됐지."

"결과적으로 그의 논문은 국민들의 마음을 움직이지 못했다는 뜻이군."

"하지만 그는 실망하지 않았을 거야. 오히려 기뻐했을지도 모르지."

"자기 경고가 무시당했는데도?"

"국민들이 M문서의 내용을 진지하게 생각하고 백년법 시행을 받아들이면 공화국의 멸망은 막을 수 있겠지. 하지만 그래서는 M문서에서 예언한 내용이 진실이었는지 영원히 알 수 없을 테니까."

가가와는 후카마치의 말을 이해하려 온 신경을 집중했다.

"오히려 백년법이 폐지되어 불로불사 사회가 되고 그 결과 예언대로 공화국이 멸망하면……."

"자기 예언이 옳았다는 사실이 증명된다는 건가?"

"얄궂은 일이지만, 경고의 내용을 담은 예언이 가장 주목받는 건 참사를 미연에 방지했을 때가 아니라 예언된 참사가 실제로 일어났을 때니까."

"하지만 결국 5년 뒤에 백년법은 시행됐잖아. 공화국은 멸망하지 않았고. 그는 어떻게 생각했을까?"

후카마치는 끄응 하고 신음했다.

"백년법이 시행될 때 미츠타니 보고서가 인용되기도 했지만 어차피 첨부문서에 불과했어. 요즘 M문서는 화젯거리조차 되지 않아. 그는 미츠타니 보고서가 묵살됐을 때 사표를 낼 정도로 굴욕을 느꼈어. 그 원한을 이 정도로 잊지는 않았을 거야. 아니, 그보다 더……."

잠시 망설이듯 후카마치는 입을 다물었다.

"백년법이 시행됐을 때 자기 경고가 소용없어진 사실을 기뻐하기보다 자신이 옳았음을 증명할 기회가 영원히 사라졌다는 사실을 억울해했더라도, 난 그 심정을 이해할 수 있어."

"한마디로 미츠타니 고키치는 백년법이 사라지고 불로불사 사회가 도래하기를 바라고 있다, 그건 자기가 거부자이기 때문이 아니라 자기 경고대로 이 나라가 멸망하는 모습을 지켜보고 싶었기 때문이다, 자네 말은 이건가?"

"그렇다고 폭탄 테러로 백년법을 폐지할 수 있다고 진심으로 생각하지는 않았겠지만."

논의가 다시 원점으로 돌아갔다.

미츠타니 고키치의 진의가 백년법 폐지라 해도 폭탄 테러로는 실현할 수 없다는 점은 달라지지 않는다. 그가 도게 기타로를 아나타 도진으로 바꾸며 영원왕국을 구축했다면 대체 그 목적은 무엇일까?

후카마치가 고개를 들었다.

"왜?"

"아나타 도진의 영원왕국은 주민들이 모두 자살해 멸망했지?"

"그래, 멸망……."

순간 가가와는 온몸이 오싹해졌다.

그는 후카마치를 뚫어져라 바라보며 말을 이었다.

"설마……."

"그럴 가능성도 아예 없지는 않지."

"실험체로 삼은 거야? 영원왕국을?"

미츠타니는 거부자들을 모아 소규모의 불로불사 사회를 만들어 공동체의 동향과 그 앞날을 관찰하려고 했다. 그의 속셈대로 불로불사의 육체를 얻은 인간들은 그 삶을 견디지 못하고 스스로 멸망의 길을 택했다. 실험은 성공했고 부분적이긴 하지만 그의 가설이 옳았음이 증명됐다, 그렇게 가정하면 미츠타니의 시체를 찾지 못한 건 설명할 수 있다.

"하지만 자기 가설이 옳다는 걸 증명하겠다는 이유만으로 그런 짓까지……."

"그래, 상식을 벗어났지. 하지만 문제는 그게 아냐."

"……."

"미츠타니가 과연 실험만으로 만족할까?"

"진짜로 공화국의 멸망을……."

"어쩌면 아이디카드를 대량으로 위조해 뿌린 것도……."

갑자기 위가 묵직해진 건 멘치가스 때문은 아니리라.

5

도카이 주의 주도는 2062년까지 주부나고야 시였지만, 한국에서 도입한 리니아 철도의 도쿄, 오사카 노선의 개통을 계기로 북쪽으로 20킬로미터 떨어진 이노야마 시로 바뀌었다. 리니아의 주요 역이 어째서인지 주부나고야 시가 아니라 이노야마 시에 들어섰기 때문이다.

대외적으로는 비용 문제라고 발표했지만 그 말을 곧이곧대로 믿는 사람은 없었다. 이노야마는 대통령 비서실장인 나기 사다카즈의 고향이었다. 비서실장이 지위를 이용해 고향에 특혜를 줬다는 소문이 파다했다.

그 뒤로 공화국 부흥과 함께 이노야마도 발전을 거듭했지만, 다시 불황이 찾아오자 그 영향을 가장 먼저 받은 지역도 그곳이었다.

한 도시가 지역의 중심이 되려면 그에 걸맞은 이유와 시간, 역사가 필요한 법이다. 그런 요인을 무시하고 억지로 밀어붙이면 반드시 어딘가에서 균열이 생기게 마련이다. 경기가 좋을 때는 그 기세로 숨길 수 있었던 균열이 정체기에 들어서자마자 불거진 것도 어찌 보면 당연한 수순이었다.

RJR 자이라이 선을 타고 이노야마까지 온 니시나 겐은 벌써부터 거뭇거뭇해지기 시작한 역사에서 나와 중심가를 걷고 있었다. 아직 해가 중천이었지만 오가는 사람들은 많지 않았다. 왕복 8차선의 널찍한 도로는 서글프리만치 차들의 운행이 뜸했다. 길가에 늘어선 빌딩이나 가게도 빈 곳이 눈에 띄었다. 주도는 분명 이곳이었지만, 리니아 역이 없어도 끈질기게 살아남은 주부나고야의 활기에 비할 바가 아니었다.

중심가에서 인적 드문 골목으로 들어서자 정체되고 탁한 공기가 느껴졌다. 빌딩에 에워싸여 빛이 들어오지 않아서인지 끈적거리는 습기가 몸을 휘감았다. 산속에서 느끼던 습기와는 전혀 다른 느낌으로 그저 불쾌할 뿐이었다. 비도 내리지 않는데 바닥 여기저기에 고인 물에는 두터운 거품이 끼어 있었다.

웅덩이를 피해 잠시 걷다 보니 완만한 오르막길이 나왔다. 이 언덕 끝에 작은 신사가 있다고 들었지만 겐은 가본 적이 없었다.

오르막길에 들어선 지 얼마 지나지 않아 10미터 전방의 빌딩 그늘에서 갑자기 두 남자가 나타나 길을 막았다.

둘 다 건장한 체격에 무술 유단자인 분위기였다. 대충 걸친 화려한 정장을 보아하니 그쪽 사람인 것 같았다. 남자들은 주머니에 두 손을 넣은 채 버티고 서서는 날카로운 눈빛으로 쏘아보았다. 더는 다가오지 말라는 분명한 경고였다.

하지만 젠은 두 사람을 바라보며 천천히 다가갔다. 예상 밖의 일에 당황했는지 남자들이 서로 얼굴을 마주 봤다. 그리고 다시 젠을 노려보며 말했다.

"넌 뭐야?"

한 남자가 주머니에서 손을 빼고 성큼 다가왔다.

젠은 달려들어도 피할 수 있을 만큼의 거리를 두고서 걸음을 멈췄다.

"C5 분들이죠?"

순간 남자들이 동작을 멈췄다.

"C4에서 니시나 젠이 왔다고 초에게 전해주십시오."

남자들은 황당한 듯 입을 떡 벌리더니 물었다.

"C4……, 정말 C4에서 왔나?"

"초에게 긴히 드릴 말씀이 있습니다. 두 분과도 상관있는 이야기고요."

"아, 알았어. 잠깐 기다려."

한 남자가 빌딩 계단을 급히 올라갔다.

다른 남자는 위압적인 태도를 취해야 할지 고민 끝에 젠의 존재를 무시하기로 한 모양이었다. 팔짱을 끼고 빌딩 앞을 막아섰다.

C1을 중심으로 연계했던 거부자 마을 가운데 도시를 거점으로 삼은 건 이 C5뿐이었다. 리더는 초라 불리는 냉혹한 남자였다. C5는

거부자 마을이지만 대외적으로는 폭력조직, 그것도 꽤 고리타분한 폭력조직일 뿐이었다. 현시점의 거부자들은 모두 지난 세기에 성인이 된 이들이었다. 그런 이들이 모이면 자연스레 좋았던 옛날의 이미지에서 벗어나지 못하게 되는 모양이었다.

남자가 돌아왔다.

그는 젠에게 머리가 땅에 닿도록 공손한 자세를 취했다.

"안내하겠습니다. 이쪽으로 오시죠."

방금 전과는 태도가 180도 달라졌다. 젠을 무시했던 남자도 방침이 바뀌었음을 알고는 덩달아 고개를 숙였다.

젠은 남자들을 앞뒤에 세우고 비좁은 계단을 지나 5층으로 올라갔다. 응접실로 보이는 방이 나왔다.

초는 굳이 따지자면 체구가 작은 편이었지만, 번들거리는 검은 정장을 한 치의 틈도 없이 몸에 딱 맞게 빼입고 있었다. 단단히 고정한 올백머리는 총알이 날아와도 튕겨낼 것 같았다. 좌우로 경호원인 듯한 덩치들이 서 있었다.

초의 트레이드마크는 표주박 모양 얼굴에 유난히 큰 코였지만, 그 이상으로 젠의 눈길을 잡아끌었던 건 동그란 눈동자였다. 소름 끼칠 정도로 맑았기 때문이다. 마치 어린애처럼. 설령 사람을 죽일 때도 이 티 없는 눈동자에는 그늘 한 점 드리우지 않으리라.

초는 젠을 보더니 얇은 입술에 미소를 지었다.

"니시나 젠, 오랜만이군."

"오랜만입니다, 초."

먼저 거부자 마을 대표끼리 만났을 때 하는 인사를 나눴다.

"앉게."

겐은 등에 멘 배낭을 내려놓고 소파에 앉았다. 정면의 일인용 소파에 앉은 초가 팔걸이에 팔을 올리고 긴 다리를 꼬았다.

"우리 애들이 결례를 범했다면서? 설마 C4의 대표가 자네 같은 노화인간인 줄은 몰랐던 모양이야."

"전 괜찮습니다."

"나한테 할 얘기가 있다고?"

"소식이 두 개 있습니다. 하나는 앞으로 C4의 리더는 접니다."

초는 눈썹 하나 까딱하지 않고 물었다.

"선생님이 돌아가셨나?"

"그건 아니지만 상태가 좋지 않으셔서, 앞으로 얼마 남지 않으신 것 같습니다."

"알겠네. 다른 하나는?"

"C1이 소멸했습니다."

초는 바로 반응을 보이지 않고 천천히 눈을 깜빡이더니 물었다.

"적발된 건가?"

"그게 아니라 비터를 포함한 거의 모든 주민들이 자살했습니다."

겐은 가이에게 들은 이야기를 요약해 전했다.

이 말에는 초도 낯빛이 확 달라졌다.

"저도 직접 확인한 건 아니지만 가이가 거짓말을 하는 것 같지는 않습니다."

"뭔가 이상하지 않나? 왜 가이만 살아남은 거지?"

"그건 저도 잘 모르겠습니다. 가이한테 설명을 듣기는 했는데, 다소 추상적이라……."

초가 눈을 가늘게 떴다.

"뭔가 있어. C1이 지금 어떤 모습인지 확인해보는 게 좋겠어. 그 땅꼬마 말은 못 믿어."

"저도 C1에 한번 가볼 필요는 있다고 생각합니다. 하지만 가이는 혼자 도망쳐 왔습니다. 만일 C1이 건재하다면 가이에 대해 어떤 식으로든 연락이 왔을 겁니다. 하지만 사흘이 지나도록 아무 연락도 없었습니다. C5는 어떻습니까? 지난 일주일 동안 C1에서 연락을 받은 게 있습니까?"

초가 옆에 있던 남자를 힐끗 보았다. 남자가 초에게 귓속말로 뭐라고 속삭였다.

초는 다시 겐을 보며 대답했다.

"안 왔다는군."

"그렇다면 역시 C1은 소멸했다고 봐야겠군요."

"C1에서 무슨 일이 일어난 게 틀림없다고 해도 가이의 말만 곧이곧대로 믿는 건 너무 위험해. 자네는 사람을 너무 잘 믿어."

"아마 당신이 생각하는 만큼은 아닐 겁니다. 이래봬도 음험한 구석이 있거든요."

"그러시겠지."

초는 유쾌한 듯 웃으며 말을 이었다.

"그나저나 C1이 사라진 게 사실이라면 곤란하게 됐군."

"고스트 아이디 말이군요."

초가 떫은 표정을 지었다.

겐은 씩 웃으며 말했다.

"다들 아는 얘깁니다."

"누구한테 들었나?"

"C2의 테라마가 그러더군요."

그 말을 들은 초는 쯧 하고 혀를 찼다.

"입 싼 놈 같으니……."

C5가 거부자들의 집단이면서도 도시에서 활동할 수 있는 건 고스트 아이디를 가지고 있었기 때문이다. 테라마의 말로는 그 고스트 아이디를 C5에 공급하는 게 바로 C1이라고 했다. 가이가 위조에 필요한 지식과 기술을 가지고 있는 모양이었다. C5는 고스트 아이디의 대가로 필요한 물자를 C1에 보냈다. 약속한 물자에는 식량과 의약품뿐 아니라 총기 등도 포함되어 있다고 했다. 또한 C5로서는 만일의 경우 대피할 곳을 확보할 수 있어 일석이조였으리라.

"가이는 아직 고스트 아이디를 만들 수 있을 것 같나?"

"그건 본인에게 물어봐야 할 것 같습니다."

"새 기재가 필요하면 우리 쪽에서 구해보겠다고 전해주게."

"땅꼬마 말은 못 믿으시겠다면서요."

"녀석은 믿지 않지만 그놈이 만드는 고스트 아이디는 믿지."

"가이가 들으면 기뻐하겠군요."

"내가 땅꼬마라 불렀다고 고자질하진 마."

"할 겁니다. 전 음험하니까요."

"이봐……."

"농담입니다."

분위기가 누그러졌다.

겐은 진지한 목소리로 말했다.

"아무튼 C2, C3과도 연락해서 앞으로의 일을 상의해야 합니다. 귀찮으시겠지만 가까운 시일 안에 C4로 와주시겠습니까? 직접 오실 수 없으시면 대리인을 보내시고요. 정확한 날짜는 추후에 말씀 드리겠습니다."

초가 턱을 까닥했다.

"왜 우리가 가야 하지?"

"이 논의에는 가이가 꼭 참석해야 합니다. 하지만 여기까지 이동 하는 건 무리예요."

"어디 아픈가?"

"원래 몸이 튼튼한 사람은 아니었으니까요. 그리고 C2와 C3 사 람들이 도시로 오는 건 위험합니다. 그들은 고스트 아이디가 없으 니까요."

"우리를 비난하는 건가? 그들에게 고스트 아이디를 나눠주지 않 았다고."

"아뇨. 적발될 위험을 조금이라도 낮추기 위해 필요한 조치였다 고 생각합니다."

"잘 아는군. 그런데 놈들은 그것도 모르고 자기들 생각만 하지."

젠은 자리에서 일어났다.

"그럼 전 이만 가보겠습니다."

초가 뜻밖이라는 표정을 지었다.

"벌써 가려고? 오늘밤에는 주지육림을 보여주려고 했는데. 어차 피 여자 못 만난 지도 오래됐지?"

"걱정 마십시오. 이래봬도 인기남이거든요."

"그러시겠지."

초가 웃으며 일어났다.

두 남자는 악수를 나눴다.

"C4에 행운이 있길."

"C5에 행운이 있길."

겐은 형식적인 인사를 나눈 뒤 초의 사무실을 나와 이노야마 역으로 갔다.

시마 마을로 돌아가려면 여기서 자이라이 선을 타고 사가고원역에서 내려, 거기서부터 한참을 걸어 산을 넘어야 한다. 일찍 도착해도 한밤중이리라. 하지만 겐은 자이라이 선이 아니라 리니아 선의 도쿄행 승강장으로 갔다.

만나고 싶은 사람이 있었다.

*

도쿄에 내리면 항상 이런 생각이 든다. 이 도시는 이상한 열매 같다. 농익은 과육이 짓물러 녹아내리며 희미하게 썩은 내를 풍기기 시작했는데도 결코 떨어지지는 않는다. 이런 상태가 오래 지속될 리 없다는 걸 모두 알고 있었다. 머지않은 날에 뭔일인가 일어날 것이다. 일어나야 한다. 그것이 무엇인지, 언제 일어날지는 아무도 모른다. 그래도 마음 깊숙한 곳에서 그 순간을 기다리며 사람들은 하루하루를 보내고 있다.

특히 오늘은 아침 일찍 시마 마을을 나와 이노야마에 다녀온 탓에 더욱더 그런 생각이 강하게 드는 건지도 몰랐다. 존재가 허용되지 않는데도 무수히 존재하는 거부자 마을. 번영을 보장받았는데도 스러져가는 지방도시. 그리고 불길한 안정 상태 속에서 조용히 부패해가는 수도, 도쿄. 이제 해소할 길 없는 거대한 모순을 품은 공화국은 앞으로 어디를 향해 갈 것인가. 그 끝에는 무엇이 기다리고 있을까.

젠은 인파에서 빠져나와 거대한 광고판에 기대어 섰다. 광고판에는 웅장한 산맥이 찍혀 있었지만, 아이즈를 낀 사람들의 눈에는 개개인의 취향과 기호를 반영한 광고 영상이 보이도록 만들어져 있었다. 하지만 퇴근길의 사람들은 피곤에 찌든 뒷모습을 보이며 광고판 앞을 그저 스쳐 지나갔다.

이따금 젠의 얼굴을 보고 호기심을 보이는 이들도 있었다. HAVI를 받지 않고 나이를 먹은, 이른바 노화인간의 실물을 볼 수 있는 기회는 이제 거의 없다. 아주 드물게 HAVI를 받았지만 효과가 없는 재수 없는 사람이 있긴 했지만.

하지만 젠은 사람들이 노화한 얼굴에 관심을 가지는 건 단순히 신기하다는 이유만은 아닐 거라고 생각했다. 그를 보는 사람들의 눈빛에서 갈망하는 듯한 충동을 느낄 때가 있기 때문이다. 실제로 낯선 여자가 느닷없이 말을 걸었던 적도 있다. 노화는 천천히 죽어가는 거죠? 매일 조금씩 죽음을 향해 가고 있는 거죠? 그건 어떤 기분인가요? 젠은 딱히 생각해본 적 없다고 대답했다. 여자는 슬픈 표정을 지었다. 젠을 동정한다기보다는 본인이 숨 막혀 하는 것 같은 표정이었다.

젠은 케이스에서 아이즈를 꺼내 왼쪽 귀에 꽂았다. 순식간에 뇌세포와 접속해 스탠바이. 접속하고 싶은 상대의 이름을 머릿속에 떠올렸다.

'유키미…….'

차단되었을 가능성도 생각했지만 눈 깜짝할 사이에 연결됐다.

'겐?'

머릿속에 그리운 목소리가 울려 퍼졌다.

'잘 지냈어?'

'무슨 일이야?'

'지금 도쿄에 있어.'

'그래서……?'

'만나고 싶어서.'

'만나서 어쩌려고.'

'얼굴 보고 싶어.'

'참 제멋대로구나?'

대답할 수 없었다. 후회, 수치, 자기혐오. 갖가지 감정이 한꺼번에 솟아올랐다. 조금이라도 말로 떠올리면 아이즈를 통해 유키미에게 전해지리라.

'미안해.'

갑자기 아이즈를 뺐다. 세이프티 회로가 개선된 덕에 예전만큼은 아니지만 그래도 고통이 머릿속을 스치고 지나갔다. 무심코 얼굴을 찌푸렸지만 자신에 대한 벌로는 부족했다.

도쿄에 오는 게 아니었다. 그길로 시마 마을로 돌아갔어야 했다. 아무리 마음이 약해졌더라도 이제 와서 유키미에게 의지하려고 하다니 정말 미친 짓이었다.

역으로 발길을 돌렸을 때 케이스에 넣은 아이즈에서 소리가 났다. 데이터를 수신한 것이다.

귀에 끼우자 유키미의 목소리가 들렸다.

'지금 내비 데이터를 보냈으니 거기서 기다려. 일 끝나면 바로

갈 테니까.'

'유키미!'

소리쳤지만 이미 접속은 끊어져 있었다.

*

유키미가 보낸 내비게이션 데이터를 따라 지하철을 갈아타고 15분쯤 걷자 번화가 변두리에 있는 작은 바에 다다랐다.

네 명이 앉을 수 있는 좁은 테이블 두 개와 카운터 자리 여섯 석. 시간이 일러서인지 아직 손님은 없었다. 카운터 안에는 훤칠한 여자 바텐더가 서 있었다. C5의 초와 마찬가지로 올백머리를 헤어무스로 고정시켰다. 요즘 유행하는 스타일인 모양이다. 공들인 눈화장과 반지르르한 입술이 요염했고, 천박해 보이지 않게 적당히 강조한 가슴도 인상적이었다. 육감적인 가슴과는 대조적으로 허리는 꽉 졸라맨 듯 가냘팠다. 몸매는 완벽했지만, 가게 문을 열고 들어오는 겐을 보고도 인사 한마디 없었다. 도톰한 입술을 다문 채 미소를 지을 뿐이었다. 왠지 인간이 아닌 듯한 분위기였다. 안드로이드일까?

"저기, 들어가도 될까요?"

바텐더가 카운터 자리를 가리켰다.

겐이 의자에 앉자 여자는 말문을 열었다.

"주문은 무엇으로 하시겠습니까?"

분명 살아 있는 여자의 목소리였다.

"제가 술은 잘 몰라서요."

"그럼 추천 메뉴로 하시죠."

겐이 대답하기도 전에 여자는 칵테일을 만들기 시작했다. 천연스러운 얼굴로 절도 있게 셰이커를 흔들었다. 카운터에 놓인 잔에 칵테일을 따르더니 겐 앞에 내밀며 말했다.

"러블리 점핑 크래시 16세입니다."

겐은 저도 모르게 '네?' 하는 표정을 지었다.

바텐더는 그런 겐의 반응을 보고 신이 난 듯했다.

"재미있는 이름이네요. 러블리 점핑……."

"크래시 16세."

겐은 어떤 표정을 지어야 할지 모른 채 잔을 들어 한 모금 마셨다. 좋은 술과 나쁜 술을 구별하는 재주는 없었지만 나쁘진 않았다.

바텐더는 계속 겐의 얼굴을 빤히 보고 있었다. 손님을 대하는 태도는 아니었다. 불편한 걸 넘어 불쾌해지려고 했다.

"노화한 얼굴이 그렇게 신기합니까?"

겐의 말에 바텐더는 고개를 저으며 자애로운 미소를 지었다.

"많이 컸네."

겐은 술잔을 든 채 그녀를 바라보았다.

"나 모르겠니? 내가 얼마나 많이 놀아줬는데. 같이 목욕도 했잖아."

겐이 대답하지 않자 그녀는 갑자기 시원스럽게 표정을 바꾸며 말했다.

"하긴, 잊어버릴 수도 있지. 네가 서너 살 때였으니까. 정말 잘 컸구나, 히히."

뭔가 떠오르는 게 있었다. 기억 깊숙한 곳에서 뭔가가 반응했다. 이 웃음소리, 분명 어딘가에서 들은 적이 있었다.

"혹시……, 어머니 아시는 분입니까?"

바텐더는 고개를 끄덕였다.

"예전에 같은 직장에 다녔어. 짧은 기간이었지만 란코와 묘하게 죽이 잘 맞았지. 다른 직장으로 옮기고 난 뒤에도 이따금 만나서 같이 술잔도 기울였고."

여자는 말을 마치고 오른손을 내밀었다.

"난 사카자키 다카요라고 해. 잘 부탁해."

젠은 그녀의 손을 잡았다. 셰이커를 흔든 직후여서인지 겉은 차가웠지만 그 밑에서는 열기가 느껴지는 손이었다.

사카자키 다카요는 젠의 손을 꽉 잡았다.

"손이 딱딱하네."

"그런가요?"

손을 놓고 나서 젠은 자기 손을 물끄러미 바라보았다. 시마 마을에 가기 전에 비하면 손가락도 굵어지고 피부에도 굳은살이 박였다.

"유키미한테 이야기 들었어. 엄청난 일을 하고 있다며?"

젠은 대답을 흐렸다. 유키미가 어디까지 이야기했는지, 이 여자가 거부자 마을에 대해 어디까지 알고 있는지, 그게 확실치 않은 상황에서 섣불리 이야기를 꺼낼 수는 없었다.

"유키미는 이 가게에 자주 옵니까?"

"응. 와서 란코 이야기도 하고, 네 욕도 하고."

"제 욕을요?"

"여기서 무슨 소리를 듣는지 알면 아마 일주일은 충격에서 헤어나지 못할걸. 오늘은 마음 단단히 먹어야 할 거야."

설령 욕을 먹었더라도 유키미가 자기 이야기를 했다는 사실이

기뻤다.

사카자키가 뺨을 실룩거리더니 초점이 맞지 않는 눈으로 씩 웃었다. 아이즈로 교신을 할 때의 표정이었다.

그녀는 겐에게 미소를 지으며 말했다.

"유키미야. 요 앞인데, 긴장해서 못 들어오겠대."

"긴장했다고요……? 유키미가 왜…….'"

사카자키는 어처구니없다는 표정을 지었다.

"그걸 말이라고 해? 정말 바보구나. 유키미 말이 틀린 거 하나 없네."

대놓고 바보라는 말을 듣자 어째서인지 어머니의 얼굴이 머릿속에 떠올랐다.

겐은 술잔을 비웠다.

"왔네."

가게 문이 열렸다.

가와카미 유키미.

오피스룩인 검은 바지정장. 어깨에는 서류가방을 멨다. 완벽한 듯하면서도 어딘가 빈틈이 느껴지는 분위기도 여전했다. 방금 전 겐처럼 문가에 서서 꿈쩍도 하지 않았다. 얼굴이 굳어 있었다.

겐은 조심스레 미소를 지으며 오른손을 들었다.

"유키미."

유키미는 대답 없이 성큼성큼 들어와 겐의 옆자리에 털썩 앉았다. 서류가방을 옆에 놓고 카운터에 팔을 올리더니 다짜고짜 주문을 했다.

"그거 줘. 선더 바주카 암스트롱 매그넘……."

"이번에 새로 15호가 나왔는데."

"그럼 그걸로."

선더 바주카 어쩌고 저쩌고를 주문하고 나서도 유키미는 잔뜩 굳은 표정으로 계속 겐을 무시했다. 도저히 말을 걸 분위기가 아니었다. 손끝이라도 건드렸다간 즉시 밀쳐버릴 기세였다. 사카자키도 모른 척 칵테일을 만들 뿐이었다. 도와줄 생각은 전혀 없는 듯했다.

완성된 칵테일은 새까맸다. 유키미는 칵테일 잔을 집어 들자마자 단숨에 들이켜고 다시 카운터에 올려놓았다. 그러고는 후 하고 한숨을 쉬었다. 빈 잔을 보고 사카자키의 눈이 휘둥그레졌다.

"그래서."

유키미는 의자째 몸을 돌려 겐을 보았다.

"너, 아직도 거기 있니?"

날카로운 눈동자로 겐을 쏘아보더니 코를 벌름거리며 거친 숨을 내쉬었다.

겐은 간신히 눈을 맞추고 대답했다.

"응……."

"그리고 그 얼굴은 뭐니? 아직도 HAVI 안 받았어?"

"어떻게 알았어?"

"폭삭 늙었잖아."

목소리가 작아졌다.

유키미는 다시 카운터를 보더니 다른 칵테일을 주문했다. 이름이 하도 길어서 제대로 알아듣지도 못했다.

"겐은?"

사카자키의 물음에 겐은 같은 것을 주문했다.

이윽고 불그스름한 칵테일이 나왔다. 두 사람은 동시에 잔을 들고 마셨다. 사카자키는 그 모습을 물끄러미 바라보며 물었다.

"어때? 판타직 레드문 스페셜 3세의 맛은?"

"맛있네요."

젠은 어색하게 대답했다. 거짓말은 아니었다.

유키미가 잔을 든 채 감개무량한 표정으로 말했다.

"이거, 란코하고 처음 술 마셨을 때 나온 칵테일이었어."

"그랬구나."

젠은 사카자키를 보며 물었다.

"그때도 사카자키 씨가 만드셨나요?"

"아니. 내 남편, 그치?"

유키미가 고개를 끄덕였다.

"결혼하셨습니까?"

"응, 남편은 이제 없지만. 12년 전에 무라사키야마에서 떠났어."

무라사키야마.

그 말을 들을 때마다 목구멍 속에서 혐오스러운 덩어리가 튀어나올 것만 같았다. 황급히 붉은 칵테일을 들이켰다.

"아, 내 정신 좀 봐!"

사카자키가 어색하게 소리쳤다.

"담배 사다 놓는다는 걸 깜빡했네. 나가서 사올 테니까 둘이서 편하게 마시고 있어. 영업준비중 팻말 걸어놓고 갈 테니까, 편히 있어. 으히히."

뭐라 대꾸할 틈도 주지 않고 사카자키는 황급히 밖으로 뛰쳐나갔다. 즐거워 죽겠다는 표정이었다.

좁고 어스름한 가게 안에 유키미와 겐 단둘이 남았다.

단둘뿐이다.

뭔가 말을 해야겠다고 생각했지만 마땅한 말이 나오지 않았다.

시곗바늘이 움직일 때마다 어색한 분위기가 짙어졌다.

먼저 말문을 연 건 유키미였다.

"도쿄엔 왜 왔어?"

하지만 여전히 술잔에서 눈을 떼지 않았다.

"유키미 얼굴이 보고 싶어서."

"그게 다야?"

"그게 다냐니……."

"이제 만족했어?"

"잘 지내는 것 같아서 다행이야."

"……."

"요새는 무슨 일 해?"

"개인 고객의 재무 컨설팅. 한마디로 부자들 자산관리."

"여전히 잘나가네."

"날마다 토할 것 같지만."

"어……, 왜?"

유키미는 겐의 물음을 무시하고 말했다.

"다시 돌아올 생각 없어?"

"어려울 것 같아."

"뭐가 어려운데?"

"그 마을의 지도자랄까, 조직의 리더가 됐거든."

유키미는 겐의 얼굴을 들여다보았다.

"네가 왜?"

"그냥, 어쩌다 보니 그렇게 됐어."

"넌 거부자가 아니잖아."

"알아."

"네가 그렇게까지 깊이 관여할 일이야? 애초에 그거 범죄야. 법대로 하면 다 죽어야 하는 사람들이라고."

"하지만 살아 있어."

저도 모르게 목소리에 힘이 들어갔다.

"그리고 더 살고 싶어 해. 그런 사람들이 날 의지하고 있어. 난 그 사람들을 위해 할 수 있는 일이 있어. 그런데 버릴 수는 없잖아."

"네가 얼마나 착한지 알아. 하지만 지금 그 마음은 잘못됐어. 네 행동이 이 사회에 어떤 영향을 미칠지 생각해본 적 있니?"

"하지만 그 사람들은 아무에게도 피해를 주지 않았어. 식량도 자급자족한다고."

"상관없는 널 붙들고 있잖아."

"난 내 의지로 그 마을에 정착한 거야. 누가 강요해서가 아니라. 거부자든 뭐든 인간으로서 존재하고 있어. 웃기도 하고 울기도 하면서 살아가고 있다고. 생존가능기한이 지나면 더는 인간이 아니라니 그런 말도 안 되는 이야기가 어디 있어."

"세상 사람들이 모두 거부자가 되면 사회가 어떻게 될 것 같아? 그런 세상이 오래 지속되겠어? 무엇 때문에 백년법이라는 법이 생겼는데. 너는 한순간의 동정으로 사람을 구했으니 만족할지도 모르겠지만, 네 선의가 결과적으로 더 큰 비극을 낳게 된다고. 어때, 내 말이 틀려?"

"세상에 태어났으면 언젠가는 죽게 되어 있어. 그건 나도 알아. 하지만 아직 살고 싶어 하는 생명을, 그저 살아 있다는 이유만으로 없애는 건 역시 잘못됐다고 생각해."

"단순히 살아 있는 게 아니잖아. 규칙을 무시하는 행위야. 법을 어겼다고. 그들은 사회 전체를 위태롭게 하고 있어. 왜 그걸 모르니?"

"……."

"나도 앞으로 7년밖에 안 남았어. 하지만 난 거부자가 될 생각 없어. 규칙에 따라 죽을 거라고. 란코와 다카요의 남편처럼."

겐은 반박할 기운을 잃었다.

도저히 넘을 수 없는 벽이 둘 사이를 갈라놓고 있었다.

"겐, 너한테 남은 시간은 다른 사람들보다 훨씬 짧아. 그 짧은 시간에 넌 뭘 할 생각이니? 뭘 이루려는 거야?"

"나도 모르겠어."

"모른다고……?"

"나도 모르겠다고."

둘 사이에 여전히 벽이 우뚝 서 있었다.

두 사람을 비웃고 있었다.

이제 이해할 수 없는 건가.

서로 어루만질 수 없는 건가.

옛날처럼 순수하게 사랑할 순 없는 건가.

유키미가 결의에 찬 눈으로 칵테일 잔을 보았다.

"역시 이제 와서 만나는 게 아니었어."

"그런 것 같아."

괴로운 감정이 마음을 짓눌렀다. 이 자리에 있는 것 자체가 견디기 힘들었다. 유키미와 단둘이 있는 게 이렇게 괴로울 줄이야.

유키미가 자리에서 일어났다.

"가려고?"

돌아본 겐의 뺨을 유키미가 세차게 후려쳤다.

"왜 이런 이야기나 하고 있어야 하는데! 얼마 만에 만난 건데!"

유키미는 울고 있었다. 엉엉 우는 아이처럼 얼굴을 찡그린 채 떨고 있었다.

"겐! 날 만나러 온 거잖아. 그 먼 데서 일부러 여기까지 온 거잖아. 그럼 골치 아픈 소리 늘어놓기 전에 안아줘. 키스해. 이제 두 번 다시 너랑 헤어지지 않겠다, 아무 데도 안 간다, 거짓말이라도 좋으니까 그렇게 말해주란 말이야! 내가 얼마나, 얼마나 널 기다렸는데!"

단숨에 쏟아내더니, 유키미는 멍한 표정으로 거친 숨을 몰아쉬었다. 그리고 억지웃음을 지으며 헝클어진 머리를 넘겼다.

"내가 미쳤나. 무슨 말을 하는 거람. 설마 진짜로 받아들인 건 아니지? 농담이니까……."

유키미는 문 쪽을 보더니 침묵이 두려운 듯 쉼 없이 말을 이었다.

"다카요가 늦네. 설마 우리한테 신경 쓴다고 그런 건가? 뭐 마실래? 여기까지 왔으니까……."

순간, 겐이 일어나 카운터 안으로 들어가려던 유키미의 팔을 붙잡았다.

그리고 쉬지 않고 떠들던 유키미의 입술을 막았다.

6

    일본공화국은 홋카이도, 도호쿠, 호쿠리쿠, 기타칸토, 미나미칸토, 도카이, 긴키, 주코쿠, 시코쿠, 규슈, 오키나와의 11개 주로 이루어졌다. 각 주의 치안을 담당하는 건 주도에 설치된 경찰본부였다. 전국의 경찰본부를 총괄하는 동시에 수도 도쿄의 치안을 지키는 것이 내무성 경찰국, 이른바 공화국경찰이었다.

    공화국경찰은 지금은 내무성에 편입되었지만, 1945년까지는 보안성이라는 독립된 조직으로 존재했다. 강력한 경찰권을 등에 업고 한때 국민의 두려움을 사던 보안성은 전후, GHQ(연합국최고사령부)에 의해 축소되어 내무성 산하로 들어갔다.

    이런 역사적 배경에 더해 아직 내무성과 청사를 따로 쓴다는 이유로 경찰국은 독립자치의 기풍이 강했고 내무성에 대한 적개심도 뿌리깊이 남아 있었다. 그런 성격은 인사 관계에서 현저히 드러났는데, 경찰국장의 임명권은 내무성 차관에게 있는데도 실제로는 내부에서 사전에 정해진 이를 차관이 추인하는 형태를 취하고 있었다. 과거 딱 한 번, 경찰기구의 개혁을 도모한다는 명목으로 타국 출신의 내무성 요인을 국장에 앉힌 적이 있었지만, 극심한 반대에 부딪혀 채 반년도 채우지 못하고 물러났다.

    공화국경찰 청사 제1회의실에는 3개월에 한 번씩 각 주 경찰본부의 수장들이 모여 합동회의를 열었다. 커다란 원을 그리는 탁자 둘레에는 각 주의 경찰본부장들이 앉지만, 저마다 뒤에 부하직원을 네다섯 명씩 데리고 참석하기 때문에 참가자는 모두 60명이 넘었다.

    화상회의로 대체해도 되는 회의라 일부러 전국 각지에서 본부장들을 불러 모을 필요는 없었다. 참가자들의 교통비나 숙박비 지출이 없어지면 경비도 대폭 삭감할 수 있으리라. 솔직히 말해 회의 자체를 폐지해도 크게 문제될 건 없었다.

그런데도 아무도 그런 이야기를 꺼내지 않는 건 관할 구역에 큰 불상사가 없는 한 각 주의 본부장이나 수행 직원들에게 이 출장은 더할 나위 없는 유람이기 때문이었다. 한마디로 주목적은 회의가 아니라 회의가 끝나고 열리는 친목회라는 이름의 호화판 회식이었다.

하지만 이번에 여느 때처럼 유람 기분으로 회의에 참가한 이들은 크게 당황했으리라. 공화국경찰의 수장인 경찰국장 효도 가쓰라의 옆에 우는 아이도 입을 다문다는 센추리온의 기타자와 대령과 대테러 특수부의 가가와 부장이 동석했기 때문이다. 효도 국장이 두 사람을 소개했을 때, 회의실 안의 분위기가 예사롭지 않은 긴장에 휩싸인 것도 무리는 아니었다. 같은 공화국경찰의 대테러 특수부는 몰라도 대통령 직속 특수부대 센추리온의 대표가 왜 이 자리에 온 것인지 의아했으리라.

"자, 인사는 이쯤 마치고 본론으로 들어가지."

효도 국장이 다소 살집이 붙은 앳된 얼굴을 갸우뚱하며 말했다. 짙은 눈썹 밑에는 장난기가 감도는 눈이 반짝였고 윗입술은 두툼했지만 입가에는 살이 없었다. 자신만만하다기보다는 오만한 성격으로, '이제껏 내 마음대로 되지 않은 일은 하나도 없었다'고 호언장담했다는 소문이 완전히 거짓말은 아닐지도 몰랐다.

"이 두 분을 보고 자네들도 짐작했으리라 생각하지만, 오늘은 특별히 보고할 소식이 있네. 걱정 말게, 좋은 소식이니까."

효도 국장은 두 팔꿈치를 탁자 위에 올려놓으며 여유로운 미소를 지었다. 회의 참석자들은 굳은 표정으로 어색한 미소를 지었다.

"이중에는 이미 소문을 들은 사람도 있겠지만, 이번에 대테러 특수부와 센추리온이 공동작전을 펼쳐 테러리스트 아나타 도진과 그 조직을 완전히 괴멸시키는 데 성공했네."

말이 끝나자 숨을 삼키듯 찰나의 침묵이 흐른 뒤 우렁찬 박수 소리가 터져 나왔다. 참석자들은 사정을 듣고 안도한 듯 환한 미소를 지었다.

효도 국장이 두 손을 내밀며 정숙을 요청했다.

"대국민 발표를 준비하고 있지만, 그에 앞서 제군들에게 작전 진행 상황을 처음부터 끝까지 보여주려 하네. 우리가 역사적 승리를 거두는 순간을 두 눈에 똑똑히 새겨두게."

탁자로 둘러싸여 가운데가 텅 빈 중앙 공간에 커다란 영상이 나타났다. 어느 자리에서든 똑같이 보이는 전방위 입체 모니터였다. 작년에 도입한 최첨단 설비다.

화면에 뜬 영상은 수송기 안에서 대기하는 센추리온 공수부대의 모습이었다. 머리부터 발끝까지 시커먼 그들의 모습에 회의실이 술렁거렸다.

"여기서부터 제가 설명하겠습니다. 먼저 우리 대원들이 등에 짊어진 건 잠자리 날개라 불리는……."

기타자와 대령은 중후한 목소리로 대원들의 장비와 작전 개요를 설명하기 시작했다. 말투는 정중했지만, 그 목소리를 듣고 공포를 느끼는 이는 있어도 마음을 여는 이는 없으리라.

화면 속에서 수송기 해치가 열리며 허공이 입을 벌렸다.

"지금부터 수송기에서 강하합니다. 잘 보십시오."

기타자와의 말이 끝나자 센추리온 대원들이 줄줄이 뛰어내렸다. 대원의 헬멧에 장착된 카메라가 긴박감 넘치는 영상을 보여줬다. 그 카메라도 공중으로 뛰어내렸다.

물뱀처럼 대열을 이루며 자유낙하하는 모습이 나왔다. 이내 선두의 대원부터 차례대로 잠자리 날개를 펼치고 크게 방향을 전환했다. 대원들은 한 마리 용이 되어 활공했다.

회의실 여기저기서 감탄이 터져 나왔다. 기타자와의 옆모습을 힐끗 보니 경멸하는 듯한 미소를 짓고 있었다.

"표적을 확인하면 대형을 이루어 돌입태세를 취합니다. 착지 순간이 가장 위험하며……."

지표가 가까워졌다. 대원들이 자세를 전환하고 지면을 향해 공기를 분사했다. 참석자들이 숨을 삼켰다. 이런 속도로 착지할 수 있는 건가.

하지만 대원들은 다음 순간 이미 지면을 달리고 있었다. 참석자들은 말을 잇지 못했다. 흡사 마술을 본 듯한 표정이었다.

센추리온은 바람처럼 지면에 내려앉아 흩어졌다. 하지만 그곳은 가가와가 팰리스 후지에서 보았던 곳이 아니었다. 아나타 도진의 영원왕국이 아닌 다른 거부자 마을이었다.

하지만 기타자와는 태연히 말을 이었다.

"이곳이 아나타 도진의 영원왕국입니다. 그들은 폐허가 된 마을을 수리하여 이처럼 대규모 아지트를 건설했습니다."

촬영 담당 대원이 민가로 보이는 건물로 진입했다. 문을 걷어차고 자고 있던 남자에게 총알을 날렸다. 남자는 뭍에 올라온 물고기처럼 몸을 꿈틀거리더니 이내 축 늘어졌다. 다음 건물에는 남녀가 있었다. 깨어 있던 모양이지만 당황해하며 멍하니 있는 동안 둘 다 사살됐다.

카메라가 밖으로 나왔다.

"거부자들은 무장하고 있었습니다. 기습하지 않았다면 우리 측에도 희생자가 나왔을 것입니다."

기습을 눈치챈 한 남자가 길을 따라 달려왔다. 황급히 나왔는지 웃통을 벗고 있었다. 남자는 엽총을 들고 입을 크게 벌리며 뭐라고 외쳤다. 총을 겨누려던 순간 무수한 총알이 남자의 몸을 꿰뚫었다.

차례차례 인간이 사살되는 영상을 보며 가가와는 불쾌한 기분을 주체할 수가 없었다.

분명 그들은 거부자였다. 법적으로 살아 있으면 안 될 존재들이다. 적발되면 터미널 센터로 강제 이송되어 죽어야 할 이들이다. 그들을 사살하든, 노예로 삼든, 고문을 하든 누구도 처벌받지 않는다. 하지만 아무리 그래도 이건 정도가 심했다. 단순한 대량학살이었다.

그날 밤, 센추리온이 영원왕국에 진입했을 때 주민들은 모두 스스로 목숨을 끊은 뒤였지만, 막대한 서류와 데이터는 고스란히 남아 있었다. 그 자료들 중에서 대테러 특수부가 입수한 건 극히 일부에 지나지 않았다. 대부분의 자료는 지금도 센추리온의 수중에 있었다. 그런 탓에 영원왕국이 어떻게 운영·유지되었는지, 폭탄은 어떻게 제조되었는지, 테러를 계획하고 지휘한 것은 누구인지, 중요한 사실은 하나도 밝혀진 게 없었다.

가가와는 모든 자료의 인도를 요청하라고 수차례 효도 국장에게 탄원했지만, "센추리온에서도 분석작업에 들어갔으니 그 결과를 기다리는 수밖에. 우리가 아무리 뭐라 해도 작전에 직접 투입된 건 센추리온이야. 우선권은 그쪽에 있네." 하고 대답할 뿐이었다.

수사기관도 아닌 센추리온이 대체 무엇을 분석한다는 건가. 가가와의 의문은 이번 회의 출석 요청이 왔을 때 눈 녹듯 풀렸다.

센추리온은 영원왕국에서 찾은 자료들로 영원왕국과 관계를 맺은 다른 거부자 마을의 존재를 알아낸 것이다. 그 거부자 마을의 위치를 파악해 나중에 다시 급습했다고 했다. 그때 촬영한 게 지금 나오는 영상이었다. 한마디로 센추리온의 전투 장면을 기록하기 위해, 단지 그 이유만으로 이 거부자 마을을 표적으로 삼은 것이다.

'영원왕국과 동맹을 맺은 건 사실이니 테러조직의 일부로 봐도 문제는 없다'는 게 기타자와의 설명이었다. 하지만 이 거부자 마을이 실제로 테러에 관련되었다는 증거는 없었다.

영상이 계속해서 흘러나왔다. 센추리온은 기계처럼 정확하고 신속하게 거부자들을 찾아 사살했다.

화면이 전환됐다.

낯익은 장면이 보였다.

"우리는 마침내 아나타 도진의 은신처를 찾아냈습니다."

센추리온의 대원들이 외쪽지붕 건물을 포위했다. 그리고 단숨에 돌입했다. 어째서인지 카메라는 안으로 들어가지 않고 건물 밖에서 지켜보고 있었다. 그때와는 다른 카메라가 촬영한 영상을 이어붙인 것이다.

잠시 후, 화면이 전환됐다.

건물 내부의 모습이 나왔다.

화면 속에 머리에 총알구멍이 난 아나타 도진, 즉 도게 기타로의 얼굴이 보였다. 실제로는 이미 자살한 뒤였지만, 마치 센추리온에게 사살당한 것처럼 보이도록 짜깁기한 것이다.

"이 남자가 아나타 도진이라는 건 남아 있던 자료를 통해 확인했습니다."

동의를 구하는 기타자와의 눈빛에 가가와는 고개를 끄덕였다.

참석자들은 당혹스런 기색이 역력했다. 그토록 세상을 떠들썩하게 했던 남자의 최후라고 하기에는 너무나도 무참하고 허망했기 때문이었을까?

"그러고 보니 아나타 도진의 신원은⋯⋯."

가가와가 말문을 열자 효도 국장이 굳은 표정을 지었다.

"현재 조사 중입니다."

그 말에 안도하는 표정을 짓더니 이내 무서운 눈으로 노려봤다. 대본에 없는 말을 하지 말라는 뜻이리라. 물론 아나타 도진이 전직 경찰이었다는 사실은 보고했지만 대외적으로는 '불명'으로 처리할 작정인 것 같았다.

영상이 끝났다.

"이상이 대테러 특수부와 센추리온의 공동작전의 성과네."

효도 국장이 자랑스럽게 말하자 다시 우렁찬 박수 소리가 터져 나왔다. 국장은 박수가 멎기를 기다렸다 다시 말을 이었다.

"이번 작전의 성공은 자네들에게 센추리온의 힘이 공화국 치안 유지에 크게 공헌하리라는 확신을 주기에 충분했다고 생각하네. 앞으로도 센추리온과의 연계를 강화해 국민 생활을 지키는 데 힘쓰는 것이야말로 우리에게 주어진 임무다. 그렇지 않은가!"

모든 참석자들이 일어서서 박수를 쳤다. 그 무자비한 살육을 본 직후, 게다가 센추리온의 기타자와 대령을 앞에 두고 이의를 제기할 수 있는 이는 없으리라.

가가와도 자리에서 일어났다. 기타자와도 일어났다. 사전에 협의한 대로 가가와는 활짝 웃으며 기타자와와 악수를 나눴고 그 위에 효도 국장도 손을 얹었다.

우레와 같은 박수가 회의실을 뒤흔들었다.

이것은 의식이었다.

센추리온은 대통령의 명령으로만 움직인다. 그런 센추리온과 연계를 강화한다는 건, 공화국경찰이 앞으로 내무성이나 유사 총리가 아니라 대통령에게 충성을 맹세한다고 선언하는 것이나 다름없었다.

원래 내무성 내부에는 유사 총리가 내무성 출신이라는 이유로 총리 지지자가 많았다. 그런 까닭에 내무성에 대항의식을 가진 공화국경찰은 자연스레 대통령 지지 쪽으로 쏠릴 수밖에 없었다.

하지만 결국 공화국경찰은 내무성 소속이자 내무장관, 나아가 그 윗선인 유사 총리의 명령에 복종할 의무가 있다. 한편, 우시지마 대통령은 법적으로 공화국경찰에 대한 권한은 없다. 그렇기 때문에 아무리 심정적으로 대통령 쪽으로 마음이 기운다 해도 나서서 총리에게 반기를 드는 일은 지금까지 조심스럽게 피해왔다.

하지만 공화국경찰은 이 선언으로 가면을 벗어던졌다. 앞으로는 법적 권한이 없는 대통령이 센추리온을 통해 공화국경찰을 움직이게 되었다. 법치국가에서 넘어서는 안 될 선을 넘어버린 것이다.

우시지마 대통령과 유사 총리의 대립에 대해서는 지금까지 갖가지 소문이 무성했다. 하지만 표면상으로는 어디까지나 법을 동원한 권력투쟁에 머물렀다.

센추리온과 공화국경찰이 손을 잡았다는 건 이 권력투쟁의 무기가 법에서 폭력으로 이행하기 시작했음을 뜻했다. 그리고 이 움직임이 총리 파를 자극한 건 분명했다.

'앞으로 힘겨운 시대가 찾아올 것 같군.' 가가와는 그런 생각을 했다.

7

겐은 달렸다.

과거 학교 운동장이었던 광장. 무성했던 나무와 풀이 모조리 쓰러져 있었다. 거대한 힘에 짓눌린 듯한 모습이었다.

겐은 달렸다.

건물, 계단, 복도. 어마어마한 수의 발자국. 마을 사람들 것은 아니었다. 가이가 있던 방으로 갔다. 침대에 옆으로 엎어져 있었다. 이불 대신에 깔아놓은 매트도 바닥에 나뒹굴고 있었다.

"가이!"

목소리는 공허하게 울려 퍼졌다. 아무도 없었다. 가이도, 그를 돌보던 에리도.

겐은 달렸다.

길. 다함께 힘을 모아 산에서 통나무를 베어 보강한 길. 숨을 삼키며 우두커니 섰다. 갈라진 아스팔트 바닥 한 구석이 검붉게 물들어 있었다. 페인트 통을 엎은 듯이. 주저앉아 바닥을 자세히 살폈다. 이상한 냄새가 코를 찔렀다. 가운데 부분이 풀처럼 굳어 있었다.

발자국도 남아 있었다. 자세히 들여다보니 주변 바닥에도 황토색 발자국이 남아 있었다. 학교 복도와 계단에서 보았던 것과 같았다.

"대체 무슨 일이 일어난 거지?"

젠은 달렸다.

좁은 언덕길 군데군데에 검붉은 얼룩이 남아 있었다. 그 옆에서 뭔가가 반짝거렸다. 금속으로 된 조그만 통이었다. 한쪽만 뚫려 있었다. 코에 가져다 대자 화약 냄새가 났다. 탄피였다. 사토루의 총알은 아니다. 다시 바닥을 들여다보자 다른 탄피들도 눈에 들어왔다. 보이는 곳마다 떨어져 있었다. 터무니없는 숫자였다.

"대체…… 무슨 일이……."

젠은 달렸다.

언덕길을 달려 올라갔다.

통나무집. 선생님의 집.

'여긴 선생님 댁이야. 불평하는 놈은 가만 안 둬. 선생님도 마찬가지고.'

완성했을 때 흡족한 표정으로 씩 웃던 다이쿠. 공들여 만든 문. 통나무로 만든 튼튼한 문. 그 문은 활짝 열려 있었다.

"선생님……!"

밖에서 불렀지만 대답이 없었다.

입구에 섰다.

방으로 들어갔다.

다이쿠가 만든 가구들이 쓰러져 있었다.

안쪽 침실 문도 열려 있었다.

젠은 안으로 들어갔다.

'뒷일을 부탁한다. 겐, 너라면 할 수 있어.'

겐이 들었던 마지막 말. 그때 선생님이 누워 있던 침대와 사키코가 직접 만든 이불이 적갈색으로 물들어 있었다. 이불에서 흘러넘쳐 떨어진 피가 바닥에 고여 있었다. 침대 맞은편 벽에는 핏방울뿐 아니라 머리카락이 붙은 살점이 더덕더덕 붙어 있었다. 방 안 가득 역한 냄새가 진동했고, 아무도 없는 침대 주위로 탄피가 바닥에 수북이 쌓여 있었다.

4부

1장 | 서기 2098년

1

모든 공화국민에게 고함

백년법을 거부하라
생명의 존엄성을 짓밟는 백년법을 거부하라
오로지 가난한 이들만 살육하는 백년법을 거부하라
부자들을 봐주는 백년법을 거부하라

생존가능기한을 맞이한 이들이여
터미널 센터에 출두해서는 아니 된다
그것들은 이제 곧 지상에서 사라지리라
내가 모조리 파괴할 것이다

인간이여
살아가라
백년법을 거부하고 살아가라
목숨이 붙어 있는 한 살아가라
그것을 막을 권리는 아무에게도 없다

인간이여
살아가라
나는 그를 위해 일어서리라
나는 그를 위해 싸우리라

인간이여
살아가라
그리고 나를 따르라

내 이름은 아나타 도진

2

"비가 오는 모양이군."

유사 아키히토는 창가로 고개를 돌리며 말했다. 두꺼운 커튼에
가려 밖은 보이지 않았다.

"빗소리는 안 들리는데요?"

맞은편에 앉은 후카마치 신타로가 커피잔을 조용히 내려놓았다.

"냄새가 나."

유사는 등받이에 기댄 채 숨을 깊이 들이마셨다.

"빗방울이 땅을 적시기 시작했을 때의 냄새가 좋아. 그리운 기분이 들거든."

"총리님도 그런 향수를 느끼실 때가 있군요."

"나도 인간이야. 국민들은 피도 눈물도 없는 사이보그라 생각하는 모양이지만."

노크 소리가 들렸다.

요리복 차림의 여자가 들어와 빈 그릇을 챙겼다.

"오늘도 아주 맛있게 잘 먹었습니다."

여자는 유사를 바라보며 우아한 미소를 지었다.

"영광입니다."

"인사치레가 아니라 정말 관저보다 이곳이 더 편하군요."

"분에 넘치는 칭찬이십니다."

여느 때의 그녀라면 짧은 대화를 주고받은 뒤에 바로 물러났겠지만 오늘은 달랐다. 유사를 바라보며 꿈쩍도 하지 않았다.

소리 없는 긴장이 실내를 가득 채웠다.

"총리님, 결례를 무릅쓰고 한 말씀 드리겠습니다."

"어머니!"

후카마치가 말렸지만 여자는 낯빛 하나 달라지지 않았다. 강한 의지를 담은 눈빛으로 바라볼 따름이었다. 유사는 내심 그 위압감에 흠칫했지만 태연한 척 대답했다.

"말씀하시죠."

"여기 있는 제 아들, 후카마치 신타로는 총리님이야말로 이 나라를 올바른 방향으로 이끄실 분이라고 항상 입버릇처럼 말했습니다. 언제든 대의를 위해 몸을 바칠 각오가 되어 있다고요. 제 아들이라서 하는 말이 아니라 신타로는 쓸모 있는 아이입니다. 부디 이 나라를 위해 아들을 아낌없이 써주십시오."

그녀는 깍듯이 고개를 숙였다.

"어머니, 이제 그만하세요!"

후카마치는 얼굴을 붉히며 큰 소리로 말했다.

"커피 리필할 때 다시 부를게요. 아셨죠?"

지금부터 심각한 이야기를 할 테니 한동안 오지 말라는 뜻이었다. 그녀도 알아들은 듯 눈을 내리깔고 고개를 끄덕이고는 실례했다는 말을 남기고 나갔다. 문이 닫히자 후카마치는 겸연쩍은 표정으로 말했다.

"죄송합니다. 꼴사나운 모습을 보여드려서……."

"꼴사납긴. 누구나 꼭 입 밖으로 내야 하는 말 한두 개는 있는 법이지. 자네 어머니는 그중 하나를 나에게 전하신 거고."

후카마치 신타로의 어머니는 27일 뒤에 생존가능기한을 맞이한다. 유사가 이곳을 찾는 것도 오늘 밤이 마지막이리라.

"아들인 자네의 영달을 부탁하는 게 아니라 이 나라를 위해 아낌없이 써달라니, 아무나 할 수 있는 말은 아니지."

유사의 뇌리에 과거 그가 모셨던 사사하라의 모습이 떠올랐다. 입장은 다르지만 자신의 생을 마감할 결의를 한 사람의 눈빛이었다. 한 인간의 진가를 알 수 있는 건 바로 죽음이 가까워졌을 때일지도 모른다.

으스스한 느낌이 가슴을 스치고 지나갔다.

그러는 너는 어떠한가.

유사는 후카마치의 어머니보다 일찍 생존가능기한을 맞이했다. 규정대로라면 진작 이 세상을 떠났을 몸이다. 그런데 지금까지 목숨을 부지하고 있는 건 대통령 특례법으로 백년법 적용을 면제받았기 때문이다. 아까 그녀의 강한 눈빛에는 이 불공평한 현실에 대한 착잡한 감정, 노골적으로 표현하자면 원통함이 담겨 있었던 건 아닐까?

"후카마치."

"네."

"지금 자네의 솔직한 심정을 말해보게."

유사의 의도를 파악했는지 후카마치의 표정이 굳어졌다.

"자네 어머니는 앞으로 27일밖에 살지 못해. 하지만 백년법만 아니면 앞으로도 계속 살 수 있어. 자네는 언제든 어머니를 만날 수 있고 어머니가 해주신 음식을 먹을 수 있지. 이런 법만 없었으면, 그렇게 생각한 적은 없나?"

"없습니다."

곧바로 대답을 하고는 말을 이었다.

"물론 일반 국민이 같은 상황에 처했을 때 그런 감정을 느끼는 건 심정적으로 이해가 갑니다만, 그것과 이건 다른 문제입니다."

"그런가……?"

"총리님."

후카마치는 진지한 목소리로 말했다.

"총리님이 백년법으로 정해진 기한을 넘기고도 살아계신 건 국가에 대한 사명을 다하기 위해서입니다. 죄책감을 느끼실 필요는 전혀 없습니다."

유사는 저도 모르게 웃음을 흘렸다.

"자네는 내 마음을 읽는 재주가 있는 모양이군."

후카마치가 송구스런 표정으로 고개를 숙였다.

"주제넘은 발언이었습니다. 죄송합니다."

"내가 팰리스 후지에 불려가 대통령에게 직접 특례법 적용 통지를 받았을 때였네."

유사는 뜬금없이 화제를 바꿨다.

"작은 장난에 걸려들었어."

"장난……이라고요?"

"우시지마 대통령에게 한방 먹었지."

유사는 그때 일을 이야기했다.

"솔직히 말하면, 내일 죽어야 한다는 걸 알고 심하게 동요했네. 해야 할 일을 아직 다하지 못했다는 마음도 있었지만, 그 이상으로 죽음 자체가 두려웠어. 온몸이 덜덜 떨리고 눈물까지 나더군. 대통령은 그런 내 추태를 보고 흡족한 듯 웃었어."

그 웃음소리가 아직도 생생했다.

"그런 잔인한 짓을……."

유사는 눈을 가늘게 뜨며 말했다.

"생각해보면 대통령은 그때부터 망가지기 시작했는지도 몰라."

"네?"

유사는 자기 입에서 튀어나온 말에 당황했다. 아무것도 아니라고 고개를 저으며 말을 이었다.

"하지만 지금은 좋은 경험이라 생각하네. 생존가능기한이 지나 죽음을 맞이하는 사람들의 심정을 조금이나마 이해할 수 있었거든. 머리로 생각하는 것과 실제로 그 입장에 처하는 건 전혀 달라. 그 또한 머리로는 이해하고 있었는데 말이야. 물론 그렇다고 백년법을 없애야 한다는 건 아니지만."

후카마치는 말없이 눈을 내리깔았다.

빗줄기가 거세진 것 같았다.

"인간은 죽음의 공포에서 쉽게 벗어날 수 없습니다."

차분한 목소리였다.

"인간의 마음은 약합니다. 하지만 죽음을 두려워하는 그 나약함이야말로 인간 문명을 여기까지 발전시킨 원동력이라고 생각합니다. 인간이 인간일 수 있는 건 바로 그 나약함 때문입니다. 그래서……."

말끝이 떨렸다.

"그 약한 마음을 이용하려는 아나타 도진을 용서할 수 없습니다."

아나타 도진을 자칭하며 백년법 거부를 선동하는 메시지는 바이러스를 통해 아이즈에서 아이즈로 멋대로 송신되어 눈 깜짝할 새에 온 나라에 퍼졌다. 아나타 도진이 센추리온의 손에 사살됐다고 믿었던 사람들은, 처음에는 모방범의 소행일 가능성을 제기했지만 이내 아나타 도진이 건재함을 인정할 수밖에 없는 사건이 터졌다.

메시지의 예언대로 무라사키야마 터미널 센터가 폭파됐다. 출두자 여럿의 몸속에 이식된 강력한 폭탄이 시설 안에서 동시다발로 폭발했다. 이 자폭 테러로 대부분의 유서네이저가 가동 불능에 빠진 한편 시설도 심하게 파손되어 무라사키야마 터미널 센터는 현재도 폐쇄되어 있다.

시설의 노후화가 진행되기는 했지만 지명도로는 따라올 곳이 없었던 무라사키야마는 백년법의 상징적인 존재였다. 그 무라사키야마가 테러로 폐쇄되었다는 사실은 시대가 변했음을 국민에게 똑똑히 알리는 결과를 낳았다. 그 증거로 이 사건이 일어난 직후부터 거부자들이 급증했다. 아나타 도진의 부름에 응답하듯.

"아나타 도진의 정체는 아직 파악하지 못했나?"

"공화국경찰의 대테러 특수부를 중심으로 수사하고 있습니다만, 현재로서 눈에 띄는 성과는……."

"이번에도 태업하는 건 아니겠지?"

공화국경찰이 내무성 산하 조직이라는 사실은 이제 완전히 유명무실해진 상태였다. 본청의 명령을 무시하는 건 물론 보고서조차 제대로 올리지 않았다. 징벌이나 인사를 볼모로 위협해도 "공화국경찰을 적으로 돌리면 내전이 일어납니다."라며 효도 국장은 귓등으로도 듣지 않았다. 대통령이라는 절대 권력을 등에 업고 세게 나오는 것이다.

"그래도 수사는 제대로 하고 있을 겁니다."

"그렇게 생각하는 근거는?"

"대테러 특수부의 가가와 부장과는 개인적인 친분이 있어서 그를 통해 정보를 얻고 있습니다."

"대테러 특수부의 가가와라면……."

귀에 익은 이름이었다.

"아십니까?"

"3, 4년 전에 팰리스 후지에서 언뜻 본 적이 있네. 그래, 센추리온이 아나타 도진의 거점을 처음으로 습격했을 때였지. 생긴 것만 봐서는 딱히 능력 있는 것처럼 보이지는 않았지만 묘하게 인상에 남는 남자였어."

후카마치는 제 일인 양 고개를 끄덕였다.

"천재형은 아니고 눈에 띄지도 않지만 멘탈 면에서는 그보다 뛰어난 사람을 본 적이 없습니다. 한 마디 더 하자면, 현재 공화국경찰에서 제가 믿는 유일한 인물이기도 합니다. 가가와라면 머지않아 아나타 도진의 정체를 밝혀낼 겁니다."

후카마치는 호언장담했다. 아무 근거도 없이 이런 말을 할 남자는 아니었다. 정말 뭔가 알아낸 게 아닐까 싶었지만 구태여 묻지는 않았다. 때가 되면 알아서 말하겠지.

"공화국경찰은 드디어 보안성 부활을 꾀하는 움직임을 보이기 시작했더군."

"법안 준비를 진행 중인 건 사실입니다. 하지만 팰리스 후지로서는 보안성을 부활시키지 않고 현재의 공화국경찰로서 지휘하에 두고 싶은 눈치인데, 효도 국장이 거부했답니다."

"대통령 제안에 거부라. 배짱이 대단하군."

"거부할 수 있었던 이유는 크게 두 가지라고 봅니다. 하나는, 효도 국장의 생존가능기한이 아직 30년 이상 남아 있어서 대통령 특례법을 의식할 필요가 없다는 점입니다. 다른 하나는, 이제 대통령에게 공화국경찰은 꼭 쥐고 있어야 할 카드가 되었기 때문입니다. 효도 국장은 대통령의 약점을 꿰뚫어보고 자신에게 유리하도록 일을 진행시켰죠. 쉽게 볼 인물이 아닙니다."

효도 국장의 오만한 얼굴이 눈앞에 어른거렸다.

"그의 목적은 뭐지? 설마하니 보안성 부활이라는 목적만은 아닐 텐데."

"먼저 하원의원에서 보안장관으로, 그리고 총리 자리를 노리는 것이겠죠. 최종적으로는 우시지마 대통령과의 대결도 염두에 두고 있는지 모릅니다. 그렇다면 대통령이 지휘권을 쥐는 걸 꺼리는 것도 당연하고요."

"저쪽도 내부 분열이 없는 건 아니군."

한숨이 새어나왔다.

"하지만 지금 이 나라는 권력투쟁에 한눈을 팔 여유가 없네."

긴 불황은 끝날 기미가 없었고, 실업률은 14퍼센트 선을 넘었으며, 치안도 악화일로를 걷고 있었다. 처음에는 총리인 유사가 여론의 뭇매를 맞았지만, 정부 정책의 대부분을 펠리스 후지에서 입안했다는 사실이 널리 알려지자 화살은 우시지마 대통령에게 돌아갔다. 특히 '공화국 최후의 희망'이라 불리던 시절의 대통령을 모르는 신세대들은 공공연히 대통령을 비판했다.

펠리스 후지도 손 놓고 있지는 않았다. 민심의 동요를 막는다는 명목으로 통칭 '허위사실유포 금지법'을 제정해 공적인 자리에서 대통령을 비판하면 처벌했다. 하지만 이 조치로 말미암아 민심은 대통령에게서 더욱더 멀어져갈 뿐이었다.

이내 신세대가 중심이 되어 R스퀘어에서 우시지마 대통령 퇴진을 요구하는 집회가 열렸다. 물론 당국의 허가를 받은 집회는 아니었다. 출동한 공화국경찰의 무장경찰대가 시위대를 해산시키려 했지만, 시종일관 고압적인 태도는 불에 기름을 붓는 꼴이라 즉시 폭동으로 확산됐다. 진압을 위해 경찰 측이 발포를 했고 엄청난 수의

사상자가 나왔다. 이때 최전선에 섰던 게 센추리온이다. '2049년 위기'가 재현된 이 사태에 우시지마 대통령의 지지자들까지 비난의 목소리를 높였다.

이 사건 이후로 우시지마 대통령은 국민의 목소리에 귀를 막듯 모든 언론에서 모습을 감췄다. 국빈 응대도 유사 총리에게 일임한 채 팰리스 후지에 틀어박혔다. 대통령이 정신적으로 불안정하다는 소문까지 들렸다. 만일 이 소문이 사실이라면 위험하기 짝이 없는 상황이었다. 정신이 이상해진 독재자라니 상상조차 하기 싫었다.

"생존제한법 특별준비실에 몸담으셨을 때 총리님은 자주 이런 말씀을 하셨죠. 우리 공화국은 역사적인 전환점에 서 있다고."

"기억하는군."

"저는 지금이 그때보다 더 큰 전환점이라고 생각합니다."

"이제 대통령 특례법 폐지로 수습할 수 있는 단계는 지났어."

후카마치는 힘주어 고개를 끄덕였다.

"뭔가 방법을 생각해뒀나?"

"대통령 임기연장 발의를 거부해야 합니다. 이게 대통령을 합법적으로 실각시키는 가장 현실적인 수단입니다."

대통령의 남은 임기는 앞으로 4개월 남짓. 통상적으로는 한 달 전에 하원의회에서 임기연장이 발의되어 즉시 다수 찬성으로 의결된다. 만일 임기연장이 발의되지 않으면 의결도 할 수 없었다. 의결하지 않은 채 임기가 만료되면 공화국 헌법의 규정대로 우시지마 대통령은 자동적으로 퇴임하며 다시는 대통령직에 복귀할 수 없게 된다.

"반대통령 파의 기운이 높아진 지금이라면 충분히 가능합니다."

"하지만 대통령도 그 정도는 예상하고 있지 않겠나. 의회 공작이 사전에 유출되면 대통령이 무슨 짓을 저지를지 모르네. 숙청의 피바람이 불면 국내는 큰 혼란에 빠질 거야. 그걸 틈타 중국이나 한국, 러시아 군이 움직이면 일본공화국이란 나라는 세계지도에서 사라질 거고."

"그렇다고 이대로 공화국의 쇠망을 좌시할 수는 없습니다. 시대는 우시지마 대통령의 척결을 요구하고 있습니다."

유사는 탁자 위에 손을 올려놓고 눈을 감았다.

"총리님, 결단을 내리셔야 합니다."

후카마치의 목소리가 가슴을 옥죄었다.

하지만 유사는 대답하지 않았다.

정적.

빗소리.

유사는 눈을 떴다.

"대통령을 퇴진시켰다 치지."

"네."

"효도 국장의 꿍꿍이는 물거품이 되겠지. 그가 그걸 받아들일 것 같나?"

"그럼 어쩌겠습니까. 헌법상 저항할 수 없습니다."

"공화국경찰이 내무성을 무시하는 것도 법적으로는 허용할 수 없는 행위 아닌가?"

후카마치는 말문이 막힌 듯했다.

"법이 효력을 발휘하는 건 당사자에게 법을 존중할 의지가 있을 경우일 뿐이야. 과신해선 안 돼. 특히 효도 국장에게는 공화국경찰

뿐 아니라 센추리온도 있어. 그가 그 무력을 동원하고픈 유혹을 이기고 얌전히 항복할 인물일까?"

"설마…… 쿠데타를."

"그렇게 되면 효도 국장의 말대로 내전이 일어나는 거지. 내전은 공화국에 결정적 균열을 초래해 외국 세력에게 개입할 빌미를 줄 테지. 아니, 효도는 사태가 불리해지면 자기가 먼저 중국에 도움을 요청하고도 남을 인물이야."

"그렇다면 총리님은 이 사태를 어떻게 헤쳐나가야 한다고 생각하십니까?"

"대통령을 만나보려고 하네."

후카마치가 놀란 표정을 지었다.

"이제 와서 대통령을 만난다고 뭐가 달라집니까?"

"자발적으로 퇴진하라고 말해봐야지. 조건을 내걸면 가급적 수용하는 쪽으로 하고. 종신 명예대통령처럼 이름뿐인 지위를 만들어 해결하는 것도 좋겠지. 어쨌든 겉으로나마 평화롭게 퇴진하는 게 우리 공화국에게 최선의 길이야. 그 점을 설득해야지."

"그래도……."

"자네 생각은 아네."

대통령의 눈에는 명확한 배신으로 비치리라. 그 자리에서 면제권을 박탈하면 다시는 관저로 돌아올 수 없다. 그대로 어느 터미널 센터로 강제 이송되어 유서네이저에서 한 줌의 재로 변하리라.

"너무 무모합니다. 총리님에게 무슨 일이라도 생기면 공화국은 대통령 파의 뜻대로 굴러갈 겁니다. 효도는 쾌재를 부르겠죠."

"지금까지도 대통령은 마음만 먹으면 언제든 나를 제거할 수 있었어. 그런데도 지금껏 살려놨지."

후카마치는 고개를 저었다.

"총리님답지 않습니다. 상황을 너무 낙관적으로 보고 계십니다."

"낙관적으로 보는 건 아니야. 하지만 지금 이 나라에는 비생산적인 권력투쟁으로 시간과 인재를 낭비할 여력이 남아 있지 않아. 내 목숨 하나로 피해갈 수 있다면 정말 싸게 먹히는 거지. 그리고……"

유사는 목소리를 낮췄다.

"우시지마 대통령을 그 자리에 올려놓은 건 나야. 그 책임을 져야지."

"총리님……"

유사는 후련한 미소를 지었다.

"사사하라 차관님은 자결하시기 직전에 이렇게 말씀하셨어. 가능성이 아주 조금밖에 없더라도 그걸 믿어야 할 때가 있다. 그것이 대의다."

후카마치는 눈도 깜빡이지 않고 유사를 바라보았다.

유사는 웃음기를 거두고 말했다.

"나한테 무슨 일이 생기면 뒷일을 부탁하네."

3

대테러 특수부의 반장회의는 매일 오후 9시부터 시작됐다. 부장 가가와, 차장 다케스에를 비롯한 12명의 책임자, 즉 반장들이 한자리에 모여 지난 24시간 동안 거둔 성과를 보고했다. 새롭게 밝혀진 사실에 따라서 수사방침을 변경하기도 했으며, 그럴 경우는 반장이 일선 수사관들에게 변경사항을 전달했다.

"다들 모였나?"

반장회의의 진행방식은 수사부마다 다르지만 가가와는 스스로 사회를 봤다. 가만히 앉아 거만하게 듣기만 하는 건 성미에 맞지 않았기 때문이다.

"그럼 시작하지."

이 회의에 참석한 14명이 특수부의 고정 멤버였다. 각 반의 실무 팀은 반장이 독자적으로 스카우트해 꾸렸다. 원하는 인재가 이미 다른 수사를 담당하는 경우도 많았지만, 그때는 수사부의 등급에 따라 우선권이 정해졌다.

이를테면 B등급의 수사부에서 활약하는 우수한 수사관에게 A등급의 수사부가 눈독을 들여 양도를 요청했을 경우 B등급의 수사부는 그 요청을 거부할 수 없었다. 같은 등급인 경우는 교섭하여 수사관을 맞교환할 수도 있었다. 중요 사건에 유연하게 대처하기 위해 효도 국장이 야심차게 도입한 제도였지만 수사부 간의 반목이 심해지는 등 폐해도 많았다. 하지만 지금 공화국경찰 내부는 나서서 불만을 제기할 분위기가 아니었다.

"그럼 먼저 실행범의 행적부터 시작하지. 무라타."

"네. 자폭 테러 실행범 네 명의 생전 아이디 기록을 추적 조사했습니다만, 오늘 오후 8시 50분 현재, 아직 접점은 발견하지 못했습니다. 특정 조직에 소속된 기록도 없습니다."

대테러 특수부는 줄곧 A등급이었지만, 4년 전 아나타 도진과 그

조직이 괴멸한 뒤로 단숨에 C등급으로 떨어졌다. 아나타 도진이 죽었으니 테러가 발생할 가능성이 적다고 판단한 것이다.

사태가 일변한 것은 무라사키야마 터미널 센터 폭파 사건이 일어났을 때부터였다. 죽은 아나타 도진의 재등장이 결정적이었다. 대통령, 센추리온, 그리고 공화국경찰은 완전히 체면을 구겼다. 대테러 특수부장인 가가와 데쓰오는 이때 좌천되었어도 이상하지 않았지만, 그러면 특수부의 등급 하락을 결정한 효도 국장도 책임 추궁을 면할 수 없다는 이유로 흐지부지됐다. 책임은커녕 대테러 특수부는 이 사건을 계기로 A등급으로 단숨에 뛰어올라 대통령의 특명을 받은 형태이기는 하지만 전례 없는 S등급이 되었다. 한마디로 A등급의 수사부에서도 마음대로 수사관을 발탁할 수 있다는 뜻이었다. 하지만 특별대우가 계속되면 고맙기는 했지만 다른 수사부의 질시를 사는 까닭에 썩 환영할 만한 조치는 아니었다.

"다음. 바이러스 메시지의 발신원은 찾았나, 아즈마?"

"저희도 추적 중이지만 현재 나도는 메시지가 너무 많아서 실마리를 찾기가 쉽지 않습니다."

"약한 소리 할 틈이 있거든 머리를 써. 뭔가 방법이 있을 테니. 다음. 폭발물 담당, 요코카와."

"사용된 폭탄이 실행범들의 복부에 들어 있었다는 점은 이미 보고드렸습니다만, 기폭 스위치를 가지고 있던 건 그중 한 명뿐이었다는 사실이 밝혀졌습니다. 스위치를 누르면 넷이 한꺼번에 폭발하도록 설계되어 있었던 모양입니다. 마지막으로 시설에 들어간 남자가 스위치를 가지고 있었습니다. 진정제를 복용한 뒤에는 스위치를 누르지 못하기 때문이겠죠."

"폭탄 재료의 입수처 및 제조방법은?"

"죄송합니다. 아직 조사 중입니다."

"너무 오래 걸리는 거 아닌가?"

"정말 희한할 정도로 흔적을 찾을 수가 없습니다."

"감탄하고 있을 때가 아닐 텐데."

반장들의 보고가 이어졌지만 딱히 새로운 것은 없었다. 오늘은 이쯤에서 마무리하자는 분위기가 짙어졌을 때였다.

"마지막으로 내가 한마디 하겠다."

다케스에가 헛기침을 했다.

"음, 지금부터 할 이야기는 다들 처음 들을 거라 생각한다. 가가와 부장님과 상의해 어느 정도 윤곽이 뚜렷해지면 알리기로 했는데, 오늘이 바로 그날 같군."

"대체 무슨 일인데 그렇게 뜸을 들입니까?"

어디선가 야유가 날아왔다. 대테러 특수부에서 다케스에 다음으로 고참인 무라타였다. 다케스에는 성내지 않고 노려보기만 했다. 그리고 다시 헛기침을 하며 말을 이었다.

"이야기는 두 달 전으로 거슬러 올라간다. 에가시라 반이 수사 중에 우연히 거부자 하나를 적발한 건 다들 기억할 거다. 녀석을 조사한 결과 거부자들 사이에서 흥미로운 소문이 돌고 있다는 사실을 알아냈다."

"소문……?"

"그 소문은 거부자를 구하기 위해 거부자 네트워크를 자유자재로 돌며 암약하는 영웅이 있다는 내용이었다."

거부자 마을 하면 외딴 곳에 세워진 원시적 공동체 이미지를 떠올리는 건 옛날 이야기였다. 이제 거부자들 사이의 네트워크는 사회 곳곳에 파고들었다. 열차에서 우연히 옆자리에 앉은 예쁜 여자가 거부자일 가능성도 현실에서 그리 드물지 않았다.

"그리고 그 영웅에게는 외견상 큰 특징이 있다. 한마디로 노화인간. 녀석은 HAVI를 받지 않은 채 나이를 먹었을 가능성이 지극히 높다."

반장들의 얼굴이 굳어졌다.

이 사실은 무엇을 의미하는가.

현대 범죄수사의 기본은 먼저 범행 내용을 파악하고 거기서 얻은 정보를 바탕으로 전 국민의 아이디를 검색해 피의자를 추려 압축한 다음, 철저하게 신변을 조사하거나 경우에 따라서는 임의로 참고인 조사를 해서 혐의를 입증해 체포하는 것이었다. 하지만 상대가 거부자일 경우에는 이러한 방법이 통하지 않았다. 아이디가 없기 때문이다. 거부자 네트워크를 찾아내기 어려운 이유가 바로 이것이었다.

하지만 노화인간이라면 거부자가 아니니 아이디를 가지고 있을 터였다. 어딘가에서 아이디를 사용하면 그 흔적을 추적할 수 있다.

"겉보기에 표가 날 정도로 노화가 진행됐다면 마흔은 넘었을 게 분명하다. 그래서 마흔 살이 넘어서도 HAVI를 받지 않은 사람들의 아이디를 추려봤다. 의외로 많더군. 전국적으로 1,856명이었고, 이들 모두 아이디 흔적을 훑어 신변 조사를 해서 하나씩 용의선상에서 제외했다. 수사관이 130명이 넘게 두 달 동안 매달린 작업이었다."

다케스에는 거기서 숨을 들이마셨다.

"그 결과 거주지가 확실하지 않은 남자 한 명을 찾아냈다."

회의실이 술렁거렸다.

"모니터에 주목. 바로 이 남자다."

회의실 앞 벽의 대형 모니터에 남자 얼굴이 나타났다. 운전면허증 사진이었다. 무표정하지만 사람을 끌어당기는 힘이 느껴지는 건 그윽한 눈빛 때문일까.

"이 남자의 이름은 니시나 겐. 스물다섯 살에 찍은 사진이다. 그이후의 사진은 아직 입수하지 못했다. 노화인간이니 지금은 겉모습도 상당히 달라졌다고 봐야 한다."

"이 남자가 부활한 아나타 도진이라는 겁니까?"

"아직 단언할 수는 없다. 하지만 거부자들은 소문의 영웅이 바로 아나타 도진이라 믿고 있다. 그리고……."

다케스에는 잠시 뜸을 들였다.

"니시나 겐의 어머니가 무라사키야마에서 세상을 떠났다. 그때 니시나 겐도 동행했다는 기록이 남아 있다. 스무 살 때의 일이다. 모자 사이는 돈독했다고 한다."

"한마디로……."

"니시나 겐에게 무라사키야마는 어머니를 잃은 곳이다. 대표적인 터미널 센터라는 사정을 제쳐두고라도 표적으로 삼을 이유는 충분하지."

"하지만 어머니를 보낸 곳이라면 오히려 건드리기 어렵지 않을까요? 어머니 무덤이나 마찬가지인데."

오시마가 말했다. 대테러 특수부에서 가장 신참이었다.

뭐라고 말하려던 다케스에를 제지하고 가가와가 대신 대답했다.

"그럴 가능성도 부정할 수 없지만, 그 사실을 어떻게 받아들이

느냐는 사람마다 달라서 예측할 수 없다. 우리가 해야 할 일은 우리라면 어떻게 받아들일 것인가를 생각하는 것이다. 속단은 배제하고 상상력을 최대한 발휘하도록."

오시마가 얼굴을 붉혔다.

"그리고 또 하나. 니시나 겐이 과거에 구입한 물품 이력을 훑어보니 거부자 마을에 깊이 관여했을 가능성이 크다. 목수나 농부도 아닌데 건축 자재나 목공 도구, 농작업에 관련된 비품을 오랜 기간에 걸쳐 대량으로 구입했다. 4년 전까지의 일이지만."

"4년 전이라면 아나타 도진의 영원왕국이 사라졌을 즈음이다. 우연이라기에는······."

회의실 분위기가 긴장으로 차올랐다.

"아이디의 동향은 어떻습니까?"

가가와가 신호를 보내자 다케스에가 자료를 보며 대답했다.

"아이디는 지금도 위치가 잡힌다. 주로 도내인데, 현재 과학수사부에서 니시나 겐의 아이디를 24시간 스캔하고 있지만 실시간으로 포착하는 건 아니라 반드시 시차가 생긴다. 감지될 때마다 현장으로 수사관들을 보내고 있지만 유감스럽게도 아직 발견하지 못했다."

"발견하면 체포할 겁니까?"

"아직 니시나 겐이 아나타 도진이라는 확증은 없다고 했잖나. 아무리 그래도 혐의도 없는데 체포할 수는 없지. 우선 집중적으로 감시하고 운 좋게 불법행위를 발견하면 현행범으로 체포한다. 그런 다음 취조실에서 천천히 이야기를 들어봐야지. 그렇죠, 부장님?"

가가와가 고개를 끄덕였다.

"계속 센추리온이 설치게 둘 수는 없지."

4

가토 다로의 손바닥은 그 딱딱한 덩어리를 놓치지 않았다. 지름이 10센티미터가 넘었다. 왼쪽 옆구리, 대장이었다. 옆으로 문지르자 다른 덩어리가 느껴졌다. 이쪽은 조금 작았지만 그래도 5센티미터는 될 것 같았다.

"아프세요?"

"묵직한 통증이 계속 느껴집니다."

진찰대에 누운 남자의 실제 나이는 89세. HAVI를 받은 지 67년이 지났다. 현재는 소매업에 종사하고 있었다. 남자는 두 손을 머리 뒤로 깍지 낀 자세로 복부 촉진을 받으며 불안한 듯 가토의 표정을 살폈다.

"네, 이제 됐습니다."

가토는 다시 책상에 앉았다.

남자는 옷매무새를 가다듬으며 환자용 의자에 앉았다. 안색이 좋지 않았다. 처음 진찰실에 들어온 순간에 직감했다. 죽을병에 걸린 사람의 얼굴이었다. 요새는 이런 쪽으로만 직감이 발달했다.

"종합진단장치로 검사해보는 게 좋겠습니다."

"역시 암이군요."

질문이 아니라 확인하는 투였다.

"종양이 있는 건 분명하지만 촉진만으로는 양성인지 악성인지 확실하게 알 수 없습니다. 종합진단장치의 데이터를 보고 최종 진단을 내릴 겁니다."

이런 말이 술술 나오는 자신의 모습에 진저리가 났다. 인간은 계속되는 비극에도 익숙해진다.

가토는 아이즈로 간호사를 불렀다.

'GDU 준비해줘요.'

"알겠습니다."

힘없이 고개를 떨군 남자에게는 아무 위로의 말도 건네지 않았다. 일시적인 희망을 준들 금방 절망으로 바뀔 테니까. 그런 희망은 무의미한 것을 넘어서 잔인할 뿐이었다.

베이지색 커튼을 열고 간호사가 나타났다.

"히로타 씨, 이쪽으로 오세요."

부드러운 미소에 남자는 힘없이 자리에서 일어났다. 뭔가 말하고 싶은 눈빛을 남기고 남자는 커튼 너머로 사라졌다.

99퍼센트, SMOC이리라. 앞으로 남은 시간은 3개월에서 6개월.

남자가 SMOC임이 확정되면 오늘 하루에만 다섯 명의 새로운 SMOC 환자가 나오는 셈이다. 공화국병원의 종양과에서는 원래 초진환자는 일주일에 하루만 보지만 올해는 주 2회로 늘렸다. 쏟아지는 환자들을 하루에 모두 진찰할 수 없기 때문이었다. 물론 외래환자가 모두 SMOC인 것은 아니었고 대부분은 기우로 끝났지만 그렇더라도 이 수치는 정상 범위에서 벗어나 있었다.

가토는 앞장서 SMOC 역학조사에 착수해 이미 보고서를 작성해서 내무성 후생국에 제출했다. 도출된 결론은 스스로도 믿기지 않는 것이었다. 하지만 SMOC 환자가 급증하고 있다는 건 조사 단계에서부터 이미 짐작한 바였다.

문제는 발병자들에게 특정한 경향이 있느냐였다. 만일 발병자들에게 어떤 공통점이 발견되면 SMOC의 원인 규명과 예방, 치료의 힌트가 될 것이었다.

하지만 수집한 데이터를 분석한 결과는 보기 좋게 그 기대를 저버렸다. SMOC 환자들에게 특정한 경향은 전혀 찾아볼 수 없었고 성별, 직업, 지역, HAVI를 받은 연령 등에 상관없이 발병률은 거의 일정했다. 한마디로 SMOC에 걸린 이들은 재수가 없는 것뿐이었고, 아직 걸리지 않은 사람들은 운이 좋은 것뿐이었다. SMOC와 무관한 건 어린아이뿐이었지만, 이건 다른 내장암도 마찬가지였기 때문에 SMOC에만 나타나는 특징적인 현상이라 볼 수 없었다. 아무튼 이 사실만으로는 대책을 세울 방도가 없었다. 게다가 발병률 자체는 시간이 경과함에 따라 확실히 높아졌다. 그 까닭도 메커니즘도 밝혀진 바 없었다. 가토도 '앞으로 계속 조사가 필요하다'는 말로 보고서를 마무리했다.

그래도 추가조사에 예산이 편성될지는 알 수 없었다. 과장이 아니라 최소 100만 명쯤 죽지 않으면 정부에서는 심각하게 받아들이지 않았다.

가토는 책상 위의 버튼을 눌렀다. 지금쯤 복도의 보드에 다음 환자의 번호가 표시되었으리라. 이번 환자가 오전 마지막 진료였다.

커튼을 열고 들어온 건 모자를 깊숙이 눌러쓴 남자였다. 안경 렌즈는 옅은 보라색이었다. 겉보기에는 안색도 나쁘지 않았다. 근육질의 몸도 튼튼해 보였다.

"앉으십시오."

환자가 들어오자마자 데스크 컴퓨터에 접속된 차트 보드가 환자의 아이디카드에서 자동으로 데이터를 읽어 들였다. 순식간에 완료 신호가 떴고 가토는 차트 보드를 들었다.

"오늘은 어떻게……."

첫머리에 적힌 그 이름을 보고 소스라치게 놀랐다.

앗!

가토는 고개를 들어 환자용 의자에 앉은 그 인물을 다시 자세히 보았다.

남자는 천천히 모자와 안경을 벗었다.

"니시나 겐."

"가토 박사님, 오래간만입니다."

감정의 단편조차 느껴지지 않는 겐의 목소리에서는 냉기마저 감돌았다.

"우연……은 아니지?"

4년 전과는 생김새도 달랐다.

무엇보다 표정이 굳어 있었다.

"여긴 어떻게 왔나? …… 또 그 마을에 와달라는 건 아니겠지?"

어색한 농담을 던졌지만 니시나 겐은 무시했다.

겸연쩍어진 가토는 눈길을 돌렸다.

"선생님은…… 아직 살아 있으면 기적이겠군."

"돌아가셨습니다."

"그래. 편히 가셨어야 할 텐데."

가르쳐준 대로 통상의 3배의 진통제를 투약했는지 묻는 것이었지만, 대답은 없었다.

"그래, 자네는 아직 그 마을에 있나?"

역시 대답은 없었다.

불편한 침묵이 돌아올 뿐이었다.

"왜 그런 눈으로 나를 보나?"

마음 깊숙한 곳까지 꿰뚫어보려는 듯한 눈빛이었다. 그 눈빛을 받으니 마음이 술렁거렸다. 그는 나를 비난하고 있다. 힐난하고 있다. 그런 기분이 들었다.

"볼일이 끝났으면 돌아가게. 옛 추억을 더듬자고 찾아온 건 아닌 모양이니. 아니면 정말 진찰을 받으러 온 건가? 여긴 종양과야. 자네도 선생님과 같은 증상이 나타났다면……."

"아닙니다. 다행히 그러진 않습니다."

"그래? 다행이군."

진심에서 우러나온 말이었다.

그때 아이즈로 연락이 왔다.

병원 사무국이었다.

가토는 의아해하며 연락을 받았다.

'무슨 일인가. 진료 중이야.'

'박사님, 지금 보시는 환자가 니시나 겐이라는 남자 환자죠?'

'그런데……?'

'그 환자를 가급적 오래 붙잡아두세요.'

'그게 무슨 소린가?'

'자세한 사정은 모르겠지만 경찰에서 긴급 협조 요청이 들어왔습니다.'

'경찰……?'

'부탁드립니다.'

'알겠네. 노력은 해보지.'

가토는 아이즈와 접속을 끊고 귀에서 빼서 보란 듯이 책상에 올려놓았다.

젠이 힐끗 아이즈를 보았다.

"자네 대체 무슨 짓을 한 건가?"

처음으로 얼굴에 감정이 어른거렸다.

"경찰이 자네를 쫓고 있어."

"아이즈로 연락이 들어왔습니까?"

"자네를 되도록 오래 붙잡아두라더군."

"저한테 그걸 알려주셔도 됩니까?"

"경찰에 신고하길 원하면 그렇게 하지."

"이만 가봐야겠군요."

젠은 다시 안경과 모자를 쓰고 자리에서 일어났다.

"약 처방은 안 할 걸세."

농담처럼 말하자 젠은 진지한 표정으로 대꾸했다.

"박사님의 도움을 받는 게 이걸로 두 번째군요."

"은혜를 갚으란 이야기는 안 하겠지만 병원에는 비밀로 해주게. 내 입장도 있으니까."

"압니다. 그럼 가보겠습니다."

말을 마친 젠은 커튼을 열고 나가려 했다.

"젠."

가토의 목소리에 젠은 커튼을 잡은 채 돌아봤다.

"대체 무슨 볼일로 찾아온 건가?"

"볼일은 끝났습니다."

그렇게 말하며 젠은 씩 웃었다. 좀 전까지의 험악한 분위기는 온 데간데없었다. 4년 전에 보았던 그 친근한 미소였다.

"끝났다니, 대체⋯⋯."

"건강하십시오."

니시나 겐은 커튼 너머로 사라졌다.

눈 깜짝할 사이에 기척이 사라졌다.

5

밖으로 나오자 눈이 부셨다. 태양은 남쪽 하늘 꼭대기에 떠 있었다. 바람도 불지 않았다. 푸른 하늘에는 보드라운 하얀 구름이 떠 있었다.

니시나 겐은 공화국병원 주차장으로 들어섰다. 발길이 향한 곳은 안쪽에 세워둔 한국산 봉고차였다. 차체는 거리에서도 눈에 띄지 않는 회색이었다. 차 유리는 검게 선팅해서 안이 보이지 않았다.

차에 다가가자 조수석 문이 천천히 열렸다. 겐은 살짝 벌어진 틈으로 잽싸게 올라탔다. 바로 문이 닫혔다.

시동을 걸어둔 채 기다렸는지 운전석에 앉은 가와카미 유키미는 주변을 세심히 살피며 바로 차를 출발시켰다.

주차장에서 큰길로 빠져나오자마자 속도를 올렸다. 역시 한국산답게 승차감이 쾌적했다. 겐은 안전벨트를 맸다.

"어떻게 됐어?"

유키미가 앞을 바라보며 물었다. 차를 운전할 때의 그녀는 무척 늠름했다.

"가토 박사는 상관없는 것 같아."

"그래? 다행이네."

겐은 모자와 안경을 벗었다.

"마을이 그렇게 된 건 네 탓이 아니야."

그때 계기판이 붉게 반짝이며 경고음이 울렸다. 긴급차량 접근 신호를 수신한 것이다.

"저 차로군."

반대편 차선에 헤드라이트를 하이빔으로 올린 경찰차가 보였다. 눈 깜짝할 사이에 다가와 날아가듯 스쳐 지나갔다. 돌아보자 경찰차는 브레이크램프를 켜고 방금 겐 일행이 나온 공화국병원으로 들어갔다.

겐은 다시 앞을 보며 말했다.

"지금 그 차, 날 잡으러 온 거야."

유키미의 눈길이 느껴졌다.

"내 아이디가 수배된 것 같아."

"왜 네 아이디가……?"

"공화국경찰도 앉아서 놀고만 있는 건 아니라는 거지."

2장 | 지도자의 그릇

1

펠리스 후지의 대통령 집무실은 서쪽 동 1층에 있었다. 원형의
방은 남북으로 둘로 나뉘어 후지 산이 보이는 북쪽은 응접실, 볕이
잘 드는 남쪽은 서재였다. 손님들 대부분은 응접실에서 맞이했고
서재에는 아무나 들이지 않았다.

하지만 이날 우시지마 대통령은 우격다짐으로 면담을 요청한 유
사 아키히토를 서재로 들였다. 유사 개인으로서는 펠리스 후지가
완성된 이래 처음 있는 일이었다.

서재도 응접실과 마찬가지로 방 모양에 따라 곡선을 그리는 벽
의 대부분은 창문이 차지했다. 유리가 아니라 부드러운 특수 소재
로 만들어져서 박격포가 날아와도 견딜 수 있게 설계되어 있었다.

창가에는 가죽으로 된 리클라이너 의자가 두 개 있었다. 각각 다
리 하나가 달린 둥근 탁자와 오토만이 딸려 있었다. 방 한가운데에

는 무지막지하게 넓은 집무용 책상이 있었고 뒷벽에는 커다란 삼일기가 걸려 있었다. 대통령이 대국민 담화문을 발표할 때는 이곳을 이용한다. 마지막 담화는 4년 전, 아나타 도진의 거점을 괴멸시킨 것을 공식 발표했을 때였다.

"옛날에도 이런 일이 있었지."

우시지마 대통령은 등받이에 기댄 채 다리를 오토만에 올려놓고 있었다. 유사를 보는 눈빛이 나른했다. 정신적으로 불안정해졌다는 소문도 돌았지만 지금 봐서는 딱히 그런 것 같지는 않았다. 아무도 가까이하지 않고 틀어박혀 있다고 들었기에 오늘도 중앙동의 비밀 구역에서 만나는 줄 알았는데, 집무실에는 꼬박꼬박 나오는 모양이었다. 하지만 표정이 둔해 보이는 게 마음에 걸렸다.

"내무성에서 좌천된 자네가 의원회관으로 날 찾아오지 않았나. 무슨 소릴 하려나 했더니 뜬금없이 자기를 참모로 삼으라고 했지."

"참모가 아니라 각하를 모시게 해달라고 부탁드린 걸로 기억합니다."

"그게 그거지."

대통령은 작게 웃었다.

"오늘은 무슨 일로 왔나?"

"각하, 공화국경찰의 효도 국장을 아십니까?"

"아네."

"어떻게 생각하십니까?"

"어떻게 생각하다니?"

"믿을 만한 인물이라 생각하십니까?"

"믿을 수는 없지. 간교한 여우, 아니 뱀 같은 사내야."

"그걸 아시면서 왜 가까이 두시는 겁니까?"

우시지마 대통령은 그 물음에 대답하지 않았다.

"자네와 효도 국장 사이에 무슨 악연이라도 있나?"

"딱히 그런 건 없습니다."

"자네는 효도 국장을 가까이 두지 말라고 하고, 효도 국장은 자네를 터미널 센터로 보내라고 성화더군. 그것만 봐서는 원수지간 같아."

"효도 국장이……."

하지만 그 이야기를 유사에게 털어놓는 우시지마 대통령은 대체 무슨 생각을 하는 것일까.

"자네도 적이 많군."

대통령은 웃으며 말을 이었다.

"자, 슬슬 본론을 말해보게. 설마 효도 국장 이야기를 하러 보자고 한 건 아닐 테니."

"송구스럽지만 한 말씀 드리겠습니다. 각하께서 취임하신 지 48년이 됐습니다. 그간 이룩하신 과업은 이루 말로 표현할 수 없을 정도입니다. 국민투표로 동결된 백년법을 시행할 수 있었던 것도 모두 각하의 덕입니다. 만일 백년법이 그 상태로 동결되었다면 지금쯤 일본공화국은 지구상에 존재하지 않았을 겁니다. 각하는 이 나라를 궁지에서 구하셨습니다."

"사람 추어올리는 재주는 여전하군. 하지만 속으로는……."

"자기보다 뛰어난 사람은 없다고 생각한다."

우시지마가 눈썹을 추켜올렸다.

"기억하고 있었나?"

"그 뒤로 마음에 깊이 새겨두었습니다."

"기특하군."

유사는 꼿꼿이 편 허리를 살짝 굽혔다.

"후세의 역사가들은 각하를 일본공화국의 초석을 세우신 분이라 평가할 겁니다. 그 초석 위에 이 나라가 새 시대를 열어가기 위해 각하, 대통령직을 새로운 세대에게 넘겨주시기를 간곡히 부탁드립니다."

우시지마는 졸린 눈으로 유사를 보았다. 전에도 이런 눈을 본 적이 있다.

"물론 당장 물러나시라는 말은 아닙니다. 먼저 퇴진 의사를 표명해주십시오. 그때부터 후계 경쟁이 시작될 겁니다. 그 경쟁에서 대통령에 적합한 인재가 최종으로 선발되었을 때 대통령직에서 물러나시면 됩니다. 그리고 종신 명예대통령이 되어 이 나라의 앞날을 지켜보시면 됩니다."

우시지마는 손가락 하나 까딱하지 않았다.

숨 막히는 침묵이 흘렀다.

지금 이 순간, 이 남자의 가슴속에 흐르는 생각은 무엇일까?

"그때,"

생각했던 것보다 훨씬 조용한 목소리였다.

"자네는 내가 황제도 될 수 있다고 했지. 진심으로 그렇게 생각했나?"

"진심이었습니다."

"잘도 그런 거짓말을……."

그 목소리가 너무 쓸쓸해서 유사는 변명하는 것조차 잊었다.

"어차피 날뛰기만 하는 망나니 소, 쉽게 조종할 수 있으리라 생각했겠지."

유사는 우시지마의 진의를 알 수 없었다. 이것도 연기인가, 아니면 진심을 말하는 것일까?

"각하, 저는 결코……."

"그렇다면!"

우시지마가 벌떡 일어났다. 그는 꼿꼿하게 서서 유사를 바라보며 삿대질을 했다.

"대통령을 그만두라는 말은 왜 꺼낸 건가?"

유사는 자신을 가리키는 그 손가락을 뚫어져라 보았다. 화를 주체하지 못해서인지 가늘게 떨리고 있었다.

연기가 아니었다.

"다시 묻겠네. 나는 자네 작품인가?"

유사는 우시지마의 얼굴을 보며 대답했다.

"아닙니다."

"나한테 질린 건가?"

"대체 무슨 말씀을……."

우시지마의 얼굴이 무섭게 일그러졌다.

지금까지 한 번도 본 적 없는 표정이었다.

그 표정이 갈기갈기 찢어졌다.

"이딴 것!"

그는 팔을 휘둘러 탁자를 엎었다. 오토만을 걷어찼다. 집무용 책상으로 달려가 읽던 자료와 펜, 앤티크 시계를 바닥에 내동댕이쳤다. 벽에 걸린 삼일기를 쥐어뜯어 짓밟았다.

유사는 망연자실한 표정으로 그 모습을 보았다. 실성, 이 말이 머릿속을 스치고 지나갔다.

우시지마 대통령은 삼일기를 밟고 서서 씩씩거리며 거친 숨을 내쉬었다.

"나는 공화국의 대통령이다."

그는 혼잣말처럼 중얼거렸다.

"하지만 정말 그런가?"

눈을 치켜뜨며 유사를 보았다.

"내가 아니라도 상관없었지 않나?"

"각하……."

"꼭 내가 아니더라도 네놈 마음대로 조종할 수 있는 꼭두각시면 아무나 좋았던 거잖아!"

"공화국민이 각하를 대통령으로 선택했습니다. 그만한 리더십이 있었기 때문입니다. 압도적인 득표율을 잊으셨습니까? 제 힘 따위는 언급할 가치도 없습니다."

"대통령이 되기까지, 아니, 된 뒤로도 난 아무것도 한 게 없어. 네놈 지시에 따랐을 뿐이지. 연설도, 정책도, 모두 그랬잖나. 그리고 네놈을 멀리하고 내 힘으로 해보려고 하자마자 이 모양 이 꼴이야. 국세가 기울기 시작했어. 초석? 그런 말에 내가 속을 것 같나!"

"각하, 부디 진정하십시오."

"하지만 난 대통령이야. 아무도 날 거스를 수 없어. 내가 '면제권을 박탈한다'고 한마디만 하면 네놈은 끝장이야. 상하 양원의 거의 모든 의원이 끝장나는 거지. 나에겐 그만한 힘이 있어. 하지만 그 힘을 내게 준 건 유사, 네놈이야. 내 스스로 쟁취한 힘이 아니라고."

그 모습은 측은하기까지 했다. 정신적으로 문제가 생겼다는 소문은 사실이었다. HAVI로 육체의 젊음은 유지했지만, 48년이라는 세월은 한 남자를 이토록 바꿔버린 것이다.

틀렸다.

이래서는 가망이 없다.

"난 네놈 작품이지. 네놈은 날 어떻게든 할 수 있어. 그래서 나에게 줬던 힘을 오늘은 빼앗으러 온 거지. 그렇지? 그런 거잖아, 똑바로 말해!"

유사는 내리깔고 있던 눈을 떴다.

"그럼 저도 한 말씀 드리겠습니다."

우시지마가 턱을 까닥했다.

"각하께서 이 나라의 비전에 대해 아무 말씀도 하지 않게 되신 지 벌써 오랜 시간이 지났습니다. 비전만 제시해주시면 저는 그것을 실현하기 위해 어떤 더러운 역할도 기꺼이 받아들일 준비가 되어 있습니다. 하지만 각하는 번번이 옛날 이야기만 하셨습니다. 앞으로 이 나라를 어떻게 이끌어나갈지 국민에게 비전을 제시하지 못하는 리더는 더 이상 리더라 할 수 없습니다."

우시지마의 얼굴은 핏기 없이 창백했다.

유사는 가슴 속 감정이 요동치는 걸 느꼈다.

"각하, 우리 시대는 끝났습니다. 이제 무대에서 내려갈 때가 됐습니다."

"그럼 자네 혼자 내려가게."

"제 면제권을 박탈하실 겁니까?"

"자네가 원한다면."

"부탁드립니다. 제 면제권을 박탈하십시오."

"나중에 가서 농담이었다고 해도 안 통해."

"농담으로 이런 말을 하겠습니까?"

"죽고 싶은 건가?"

"각하가 망가지는 모습을 더는 지켜보기 괴롭습니다."

"허풍도 늘었군."

"각하!"

유사는 더는 견딜 수 없었다.

"지금 이러고 있을 때가 아닙니다! 이 나라는 지금 존폐의 기로에 서 있단 말입니다."

"그게 내 탓이라는 소린가?"

"제 말은 그게 아닙니다!"

유사는 후려치듯 외쳤다.

"새 시대에 대응하려면 새로운 발상, 새로운 시스템, 새로운 규칙이 필요합니다. 유감이지만, 진정 유감이지만 지금 각하에게는 그러한 비전을 제시할 역량이 없습니다."

우시지마 대통령이 눈을 가만히 뜨고 유사를 바라보았다. 핏기 없는 얼굴은 마치 밀랍인형 같았다.

"말 잘했어."

모든 감정이 결여된 공허한 목소리였다.

그는 천천히 팔을 들어 유사를 가리켰다.

"내각 총리, 유사 아키히토."

유사는 그 눈을 피하지 않고 정면으로 맞섰다.

이미 각오한 바였다.

"자네의 면제권을……."

하지만 우시지마는 그 뒷말을 잇지 않았다.

유사의 반응을 살피듯 뜸을 들였다.

"박탈……."

거기서 씩 웃었다.

정신의 뼈대가 무너진, 그런 웃음이었다.

"하지 않겠다."

유사는 성난 눈빛으로 말했다.

"이제 사람의 마음을 가지고 노는 건 그만하시죠."

우시지마는 힘없이 팔을 떨궜다.

"진심이야. 면제권은 박탈하지 않을 거야. 자네는 살아야 해."

"왜……."

"자네에겐 아직 해야 할 일이 있네."

"할 일이라고요?"

우시지마는 이를 보이며 웃었다.

"그건……."

우시지마의 입에서 나온 말에 유사는 아연실색했다.

"나쁘지 않은 생각이지?"

유사는 반응을 보이지 않았다.

우시지마 대통령이 유사를 바라본 채 큰 소리로 외쳤다.

"총리가 돌아가신다는군!"

문을 열고 나기 비서실장이 나타났다. 옆으로 다가와 길을 안내하며 유사를 방에서 몰아내려 했다.

유사는 감정을 정리하지 못한 채 대통령 집무실에서 나왔다.

등 뒤에서 나기의 기척이 났다.

중앙동으로 가는 통로에서 유사는 걸음을 멈추고 돌아봤다.

"요즘 각하께서는 늘 저런 식이신가?"

대통령 비서실장 나기 사다카즈가 유사의 얼굴을 바라보며 흡족한 미소를 지었다.

"심기가 불편하시던가요?"

"왜 저렇게 되실 때까지 내버려둔 건가."

"무슨 말씀인지 모르겠습니다."

유사는 자신을 향한 적의를 똑똑히 느낄 수 있었다.

의혹이 확신으로 바뀌었다.

"하나 확인할 게 있네."

"말씀하십시오."

나기는 금방이라도 웃음을 터뜨릴 것 같았다. 자신이 유사보다 우위에 있음을 믿어 의심치 않는 표정이었다.

"각하께서는 공무를 보고 계신가?"

"아무리 총리님이시라도 그 질문은 각하에 대한 결례입니다."

"염려가 돼서 그런 거야. 각하께서는 공화국의 최고 권력자네. 그런 각하가 직접 정무를 보지 않으시고 간교한 측근에게 일임하시면 나라가 기울 수도 있으니까."

그 말을 들은 나기는 입을 삐죽였다.

"제가 그 간교한 측근이란 말씀이십니까?"

"대통령 관저를 팰리스 후지로 이전한 일과 센추리온 결성, 공화국경찰과의 유착, 모두 각하가 생각하신 일은 아닌 것 같네만. 필시 곁에서 부추긴 자가 있을 터."

호랑이의 위세를 빌린 여우라도 때로는 호랑이 등에 올라타 조종하는 법이었다.

"제가 그랬다는 겁니까?"

"목적이 뭔가?"

"대통령 각하의 보좌. 그것 말고 있습니까?"

"그럼 지금 각하의 상태는 어떻게 설명할 건가? 자네가 제대로 보좌했으면 저 지경까지 가시진 않았을 텐데."

"견해의 차이라고밖에 드릴 말씀이 없군요."

나기 사다카즈와는 우시지마의 참모로 일했을 때부터 알고 지냈지만 이토록 자신만만한 태도를 보인 건 처음이었다. 저 자신감은 어디에서 온 것일까? 소름이 끼칠 정도였다.

"대체 무슨 착각을 하는지는 모르겠지만 너무 설치지 않는 게 좋을 거야."

나기는 주눅 든 기색도 없이 당당하게 유사를 바라보았다. 그 도발적인 눈빛은, 지금 그 말을 그대로 돌려주겠다고 말하고 있었다.

2

공화국경찰 과학수사부에는 아이디 사용흔적을 찾아내는 최신 단말기가 다섯 대 설치되어 있었다. 지금도 각 단말기 앞에는 과학수사부의 오퍼레이터들이 앉아 모니터와 마주하고 있었다.

모니터 화면에는 자잘한 글자가 폭포처럼 흘러내렸고 오퍼레이터들은 이따금 키보드를 무시무시한 속도로 두드렸지만, 가가와 데쓰오는 무슨 작업을 하는 건지 도통 알 수가 없었다. 옆에 앉은 다케스에도 표정을 보아하니 같은 생각인 것 같았다.

한 오퍼레이터가 두 사람을 보았다. 단말기에서 떨어져 이쪽으로 다가왔다. 이 오퍼레이션의 책임담당자인 이케다 주임기술관이었다.

그는 어떻게 되어가느냐는 가가와의 물음에 피로한 기색이 뚜렷한 목소리로 대답했다.

"보시는 대로입니다."

"안 나오나?"

"안 나오네요."

"미안하네. 우리 실수로……."

가가와는 다케스에를 날카롭게 노려봤다.

다케스에는 몸을 움츠렸다.

"죄송합니다."

"나 원 참, 나 경찰차네 하고 온 사방에 광고하며 가는 얼간이가 어디 있나."

"하필 일반 차량이 하나도 없어서……."

"그래도 그건 아니지."

상대에게 감시한다는 걸 들키면 아무 의미가 없는데, 경찰이 아이디를 추적하고 있다는 사실을 일부러 알려준 꼴이었다. 실제로 그로부터 한 달이 지났지만 니시나 겐의 아이디는 전혀 흔적을 찾을 수가 없었다. 의도적으로 사용을 자제하고 있는 것이다. 하지만 거꾸로 생각하면 니시나 겐은 자신이 경찰에 쫓길 만한 사정이 있다는 걸 자각하고 있다는 뜻이기도 했다. 한마디로 혐의가 짙어진 것이다.

"그렇지만…… 조금만 일찍 찾았으면 그날 반드시 잡았을 겁니다. 시차가 너무 커요. 검색 속도를 더 높일 수는 없습니까?"

"구차한 변명은 집어치워."

"하지만 정말 조금만 일찍 알아내면……."

이케다가 사무적인 말투로 말했다.

"모르시나본데, 원래 이 시스템은 흔적을 쫓는 용도로 개발되었지 실시간으로 동향을 파악하는 경우는 상정되지 않았습니다. 이런 식으로 이용하는 건 어디까지나 예외입니다."

"그건 알지만, 어떻게 좀 안 될까요? 별로 어렵지도 않을 것 같은데."

"아이디카드의 트랜잭션이 전국에서 1초마다 몇 만 번씩 이루어지는지 아십니까?"

"그래도 컴퓨터를 이용하면 순식간에 할 수 있는 거 아닌가?"

"시시각각 축적되는 기록을 동시진행형으로 계속 검색하려면 현재보다 천 배 빠른 통신 속도와 백만 배 높은 정보처리능력이 필요합니다."

그 말에 가가와는 다소 호기심이 생겼다.

"그런 설비는 개발되지 않았나?"

"미국에서는 개발됐다고 들었습니다만, 한 대당 운용비용이 공화국경찰의 1년 예산과 맞먹습니다."

"1년 예산……."

그 말을 들으니 뭐라 할 말이 없었다.

"그래서 말인데."

이케다의 말투가 갑자기 데면데면해졌다.

"죄송하지만 슬슬 규모를 축소시키려 합니다."

"축소?"

"더 이상 이 오퍼레이션을 계속해도 시간과 인력 낭비일 것 같습니다. 분명 아나타 도진은 중요범죄자지만, 중요범죄자가 그 사람 하나뿐인 건 아니니까요."

"다른 데서 클레임이 들어왔나?"

"그런 셈입니다."

"그, 그래도……."

거품을 물며 항의하려는 다케스에를 가가와는 만류했다.

"알겠네. 하지만 앞으로 딱 일주일만 지금처럼 추적해줄 수 없겠나, 니시나 겐의 아이디를?"

"일주일……, 결과는 마찬가지일 겁니다."

이케다는 심술 맞게 웃었다.

가가와는 애써 평정을 유지하며 사정했다.

"대놓고 할 말은 아니네만, 이 수사는 대통령 각하의 특명으로 진행되고 있네. 제발 도와주게."

말이 끝나기가 무섭게 이케다 주임기술관의 얼굴에 불쾌한 빛이 번졌다.

"그렇게 말씀하시면 어쩔 수 없군요. S등급의 명령이시라니."

"말투가 그게 뭐야."

달려들려는 다케스에를 말리며 가가와는 고개를 숙였다.

"고맙네."

S등급으로 승격된 뒤부터 다른 부서와의 관계가 삐거덕거리기

시작했다. 얄궂게도 껑충 뛰어오른 등급 탓에 오히려 입지가 좁아진 것이다. A등급에 머물러 있었으면 좋았을 거라고 생각했지만, 이미 일어난 일이었다.

"그럼 그렇게 알고 가겠네."

가가와는 다케스에의 어깨를 툭 치며 말했다.

"가자."

출구로 걸어가던 중이었다.

"찾았습니다!"

오퍼레이터의 목소리가 들렸다.

"니시나 겐의 아이디를 찾아냈습니다."

가가와와 다케스에, 이케다는 그 단말기 앞으로 달려갔다. 전문가가 아닌 가가와와 다케스에는 모니터를 봐도 뭐가 뭔지 알 수 없었지만.

"장소는!"

이케다도 지금은 경찰의 모습으로 돌아왔다. 오랜만의 피의자 발견에 흥분을 감추지 못하는 모양이었다.

"R스퀘어 근처의 자동판매기입니다."

"바로 이 근처잖아!"

다케스에가 외쳤다.

"언제 나타났지?"

"3분 전입니다."

지금까지 시차는 아무리 짧아도 15분 남짓이었다. 3분, 이례적인 기록이었다. 거리가 가까워서 빨리 찾을 수 있었던 건가? 어쨌든 절호의 기회였다.

"아직 이 근처에 있을지도 몰라."

가가와는 머릿속으로 재빨리 대응책을 정리했다.

"투입할 수 있는 인원은 얼마나 되나?"

"125명입니다."

다케스에가 대답했다.

"좋아. 반경 500미터 안에 전원 투입하도록. 교통부에 연락해서 반경 1킬로미터 안의 도로는 모두 검문 시작하고. 한 명도 놓쳐선 안 돼. 노화인간을 발견하면 반드시 검문검색을 해서 아이디 데이터를 수집하도록. 니시나 젠, 이 녀석이 아나타 도진일지도 모르니까."

"니시나 젠이라는 걸 확인하면 어떻게 할까요?"

유력한 용의자이기는 했지만 구체적인 혐의가 드러난 건 아니었다. 하지만 이 기회를 놓칠 수는 없었다.

"참고인 조사를 요청하게. 경범죄로 걸리는 게 있으면 그걸로 연행하고. 좌우지간 놓치면 안 돼. 책임은 내가 진다."

"알겠습니다."

다케스에가 왼쪽 귀에 손을 댔다. 아이즈를 사용할 때의 버릇이었다.

"그래, 노화인간을 절대로 놓치지 마. 녀석이 아나타 도진이야!"

가가와는 불현듯 의구심이 느껴졌다. 뭔가 이상했다.

니시나 젠은 자기 아이디가 수배된 사실을 알고 있을 터였다. 그런데도 하필이면 공화국경찰 빌딩에서 엎어지면 코 닿을 곳에서 그립을 이용한 걸까? 그도 인간이니 무심코 실수를 저지를 수도 있다. 잠깐 정신을 놓을 수도 있다. 하지만 이번에는 의도적인 뭔가가 느껴졌다. 경찰을 가지고 노는 거라면……

가가와는 시계를 보았다. 아이디 발견 지점에 수사관들이 도착했을 시간이었다.

다케스에가 왼쪽 귀에 손을 댔다. 아이즈에 착신이 들어온 모양이었다.

"어떻게 됐어? 찾았나?"

다케스에는 초점이 맞지 않는 눈으로 뻣뻣하게 굳었다.

교신 중인 것이다.

"뭐라고!"

그의 외침이 실내에 쩌렁쩌렁 울려 퍼졌다.

"사실이야? 틀림없지?"

실제로 소리 내어 말하고 있다는 사실을 본인은 알아채지 못한 모양이었다.

"니시나 겐을 찾았어?"

가가와는 애가 탔다.

교신을 끝낸 다케스에가 귀에서 손을 뗐다. 얼굴에 당혹스런 빛이 뚜렷했다. 방금 들은 정보를 머릿속에서 아직 소화시키지 못한 눈치였다.

"다케스에!"

가가와는 그의 어깨를 붙잡고 흔들었다.

다케스에가 천천히 고개를 돌렸다.

"메시지랍니다."

"메시지……?"

"자동판매기 옆 벤치에 편지를 남겼답니다. 니시나 겐이 공화국 경찰 앞으로요."

3

웃통은 훌렁 벗었고 아래는 짧은 반바지 한 장만 걸쳤다. 팔굽혀
펴기 자세에서 왼쪽 다리를 크게 벌리고 왼쪽 팔은 허리에 올렸다.
몸을 받치는 건 두 다리와 오른팔뿐이었다. 그 오른팔을 굽혀 가슴
이 바닥에 닿을락 말락 할 때까지 몸을 낮췄다가 숨을 내쉬고는 다
시 올렸다. 이 동작을 같은 리듬으로 힘든 기색도 없이 반복했다.
스무 번을 마치자 이번에는 왼쪽 팔로 바꿨다.

"계속 그러고 있으면 안 질려?"

문에 기대 구경하던 사카자키 다카요가 혀를 내두르며 말했다.
니시나 겐은 별다른 반응 없이 하던 동작을 계속했다. 다카요를 등
진 채 다른 쪽 팔로 한손 팔굽혀펴기를 계속했다. 이어서 두 팔로
팔굽혀펴기를 했다.

"저 같은 노화인간은 날마다 꾸준히 관리해줘야 합니다. 나태해
지면 바로 체력이 약해지거든요."

약해지기는커녕 호흡 하나 흐트러지지 않았다. 팔, 어깨, 그리고
등. 언뜻 보기에는 불규칙적으로 배치된 근육의 굴곡이 피부 밑에
서 흡사 다른 생물처럼 꿈틀거리며 연동하여 하나의 커다란 힘으
로 한 남자의 육체를 움직이고 있었다.

"그나저나 겐."

다카요는 팔짱을 꼈다.

"너 언제까지 우리 집에 얹혀살 거니?"

겐은 팔굽혀펴기를 하며 대답했다.

"불편하세요?"

"그건 아닌데, 유키미가……."

"유키미가 왜요?"

다카요는 속이 편치 않았지만 표내지 않고 말했다.

"아니, 네가 유키미하고 대판 싸우고 쫓겨났다길래 이삼 일은 괜찮겠지 싶어서 집에 들인 거거든. 근데 벌써 3개월이나 지났어. 너희 벌써 화해했지?"

"안 했어요."

"거짓말. 저번에 유키미가 왔을 때 여기서 둘이 잤잖아."

젠은 동작을 멈췄다. 팔굽혀펴기 자세로 '알고 계셨어요?' 하는 눈빛을 보냈다.

"우리 집이 비디오방이야?"

다카요가 한껏 비아냥거렸지만 젠은 "비디오방, 오랜만에 듣는 말이네요." 하고 대꾸하더니 다시 팔굽혀펴기를 시작했다.

"내가 너보다 몇 십 년은 더 살았거든?"

젠이 마지막 팔굽혀펴기를 마치고 일어났다. 그리고 다카요를 돌아보며 꾸벅 고개를 숙였다.

"죄송해요. 이제 안 그럴게요."

그 얼굴에는 미워할 수 없는 매력과 더불어 묘한 색기가 흘렀다. 상기된 온몸에서는 금방이라도 김이 피어오를 것 같았다. 탄탄하고 두꺼운 가슴근육과 복근의 식스팩을 타고 흘러내리는 땀…….

"뭐 난 상관없는데…… 아, 그게 아니라!"

다카요는 허리에 손을 올리며 말했다.

"둘이 화해했으면 그만 유키미 집으로 돌아가라고!"

"하지만 다카요 씨는 불편하지 않으시다면서요."

"아까는 그랬지. 그랬는데……."

젠이 씩 웃으며 말했다.

"이 집이 편하더라고요. 샤워 좀 할게요."

창가에 널어둔 수건을 집는 그 건장한 뒷모습을 향해 다카요는 장난치듯 말했다.

"내가 씻겨줄까? 어릴 때처럼."

그러자 젠은 태연자약하게 대답했다.

"그러세요."

흥이 깨진 다카요는 "됐어, 유키미가 가만 안 둘 거야." 하고 대답했다.

"아쉽네요."

젠은 다카요의 앞을 지나 방을 나갔다. 땀의 열기가 짙게 풍겼다. 욕실은 좁은 복도 끝에 있었다. 2층에 있는 방은 다카요의 침실이었다.

"너 같은 남자가 여자를 불행하게 만드는 거야."

젠은 걸음을 멈추고 돌아봤다.

"여자는 그걸 행복이라 착각하지. 그래서 더욱 질이 나쁜 거고."

"그게 무슨 뜻입니까?"

"유키미도 대체 무슨 생각을 하는 건지. 자기 남자를 나 같은 여자하고 한 집에 살게 하다니."

젠이 곤혹스런 표정으로 고개를 갸웃거렸다.

"설마 그럴 리는 없겠지만."

"뭡니까?"

"유키미, 앞으로 3년 남았잖아. 자기가 죽고 나서 널 나한테 맡기려는 건 아니겠지? 란코가 유키미에게 그랬듯이."

잠시 침묵이 흘렀다.

"너무 깊이 생각하는 것 같네요."

"그치?"

다카요는 억지웃음을 지었다.

"그럼 난 가게에 있을게."

그러고는 휙 몸을 돌려 계단을 뛰어 내려갔다.

2층이 살림집이고 1층이 가게였다. 가게라 해봤자 죽은 남편과 힘을 합쳐 어렵게 마련한 작은 바였지만 지금 다카요에게는 이곳이 세상 전부였다. 가게는 작았지만 남편이 남겨준 독창적인 칵테일 덕에 단골손님도 제법 생겨서 나름대로 자리는 잡았다. 예전에 남편이 일하던 가게의 단골이 일부러 찾아오기도 했다. 그 외우기도 힘든 긴 이름이 카운터 사이로 오가는 광경은 그 무엇보다 다카요의 마음을 위로해주었다.

카운터에서 나와 의자에 앉아 멍하니 생각에 잠겼다. 가게에 내려오기는 했지만 개점 시간까지는 아직 멀었다. 팔굽혀펴기를 하는 겐의 뒷모습이 계속 눈앞에 어른거렸다.

'나도 참⋯⋯.'

쯧 하고 혀를 찼을 때 가게 문이 열렸다.

다카요는 현실로 돌아와 "죄송한데 영업은 7시부터⋯⋯."라고 말하다 숨을 삼켰다.

건장한 체격의 남자 셋이 들어왔다.

어두운 빛깔의 정장 차림에 넥타이까지 맸지만 손님 같지는 않았다. 어두컴컴한 눈동자는 싸늘했고 두 어깨에서는 노골적인 적의가 느껴졌다.

가운데 남자가 눈앞에 서서 다카요를 내려다보았다. 셋 중에서는 키가 가장 작았지만 그래도 겐보다는 컸다. 목이 이상하리만치 짧고 굵었다. 이런 걸 자라목이라고 하던가.

"니시나 겐을 불러와."

다카요는 흠칫했다.

겐이 이곳에 있는 건 유키미밖에 몰랐다.

"니시나 겐이 여기 있는 건 다 안다."

다카요의 팔다리에 본능적인 힘이 솟아올랐다. 망설임은 없었다. 남자를 올려다보며 쏘아붙였다.

"그게 누군데? 처음 듣는 이름인데?"

"시치미 떼지 마. 다 알고 왔으니까."

거짓말은 아닌 것 같았다. 그들은 이곳에 겐이 있다는 걸 확신하고 있었다.

"모른다면 모르는 줄 알아. 다시 확인하고 와, 그럼……."

남자의 손이 다카요의 머리채를 붙잡았다. 고통과 공포에 비명이 터져 나올 뻔했지만 애써 이를 악물었다.

남자가 다카요의 얼굴을 들여다보며 말했다.

"왜 가만히 있지?"

다카요는 남자를 노려봤다.

"소리를 지르면 니시나 겐이 달려올 테니까. 그걸 바라지 않는 거군."

남자가 나지막이 웃었다.

"보통내기가 아니로군. 허나……."

"그분한테 함부로 굴지 마."

남자가 다카요의 머리카락을 놓았다.

카운터 안에 겐이 서 있었다.

방금 내려왔는지 청바지에 셔츠를 걸친 차림이었다. 굵고 검은 머리카락에는 아직 물기가 남아 있었다.

"네가…… 니시나 겐이냐?"

자라목의 목소리가 미묘하게 달라졌다. 여유가 사라진 것이다. 다른 두 남자는 당혹스런 기색까지 보였다.

겐은 천천히 카운터를 지나 밖으로 나왔다. 남자들은 보이지 않는 벽에 부딪힌 듯 뒷걸음질쳤다.

"나한테 무슨 볼일이지?"

대조적으로 겐의 목소리는 지극히 자연스러웠다.

자라목이 과장되게 가슴을 내밀었다.

"같이 가줘야겠어."

"무슨 일입니까?"

"가보면 알 거야."

"거절한다면?"

"난 여기 니시나 겐이라는 남자가 있을 테니 데려오라는 명령을 받았을 뿐이야. 명령은 따라야 해."

"귀찮게 됐군."

"그러게 말이야."

다카요는 재빨리 자라목의 허리를 꽉 붙잡았다.

"겐, 도망쳐! 얼른!"

"이 년이!"

다음 순간 얼어붙은 정적이 주변을 에워쌌다.

자라목의 허리를 붙잡은 다카요가 조심스레 고개를 들자, 다카요의 머리 위로 쳐든 남자의 팔을 겐의 오른손이 꽉 붙잡고 있었다. 나머지 남자들은 자라목을 돕는 것도 잊고 입을 벌린 채 굳어 있었다.

"그분한테 함부로 굴지 말라고 했을 텐데."

여전히 가벼운 말투였지만 듣는 이를 소름끼치게 만드는 싸늘한 기운이 느껴졌다. 평상시의 겐이 아니었다. 다카요가 모르는 겐이 여기 있었다. 팔을 붙잡힌 남자도 새하얗게 질렸다.

겐이 눈빛으로 자라목을 제압한 채 말했다.

"다카요 씨, 카운터 안으로 들어가세요."

다카요는 자라목의 허리를 놓고 겐이 시키는 대로 했다. 남자들의 눈길은 계속 겐에게 못 박혀 있었다. 다카요는 선반에서 버번 병을 몰래 꺼내 보틀넥을 잡고 등 뒤로 감췄다. 겐이 위험할 것 같으면 이 병으로 녀석들을 내리쳐야지.

"여자에게 폭력을 휘두르는 남자는 질색이야."

"죄, 죄송합니다. 갑자기 달려드는 바람에……."

뜻밖에도 자라목이 순순히 사과했다. 말투도 어느샌가 존댓말로 바뀌었다.

"알면 됐어요."

겐이 웃음을 보이며 손을 놓았다.

자라목은 손목을 문지르며 꾸벅 고개를 숙였다. 호흡이 가빴다. 다카요는 이해할 수가 없었다. 겐 하나를 상대로 왜 저토록 동요하는 거지? 자기들은 숫자도 많고 덩치도 훨씬 더 큰데.

"다카요 씨, 이제 그건 내려놔요. 고마워요."

목소리는 여느 때의 젠이었지만 눈길은 여전히 남자들에게 고정되어 있었다.

다카요는 멋쩍은 웃음을 지으며 등 뒤에 숨겼던 술병을 제자리에 돌려놓았다.

"아까운 술 낭비하지 않아도 돼서 다행이네요."

젠은 장난스레 웃더니 다시 남자들을 보며 말했다.

"내 착각이면 미안하지만, 셋 다 거부자죠?"

말이 끝나자마자 남자들은 젠을 숭배하는 듯 바라보았다.

"역시 당신은……."

"아니야!"

평소의 그답지 않게 짜증스런 목소리였다.

"오해하지 마. 난 그저……."

"무례를 용서하십시오. 아무리 몰랐다 해도……."

세 남자는 깍듯이 고개를 숙였다.

"아니라니까 그러네요."

젠은 한숨을 쉬었다.

"아무튼 날 보자는 사람이 누굽니까?"

남자들은 그제야 고개를 들고 대답했다.

"부데 님이십니다."

"부데? 전 대장 부데 말입니까?"

"네."

"왜 날……."

"아까도 말씀드렸듯이 저는 그냥 데려오라는 말만 들었을 뿐 자세한 사정은 모릅니다."

"그래도 짐작은 갈 텐데요."

자라목은 난처한 듯 얼버무렸다. 아무것도 모르는 표정은 아니었다. 이내 단념한 듯 고개를 끄덕였다.

"아마 지금 와 계신 손님과 만나게 하려는 것 같습니다."

"손님? 그게 누굽니까?"

"거기까지는 모릅니다."

"그래도 봤을 거 아닙니까."

"지나가듯 봤습니다."

"남자예요?"

"네."

"어떤 남자던가요?"

"그게……."

"뭐든 좋습니다. 기억에 남는 점을 말해봐요."

"음, 키가 작고 마른 체격인데 머리가 유난히 컸습니다. 작은 안경을 끼고……."

"됐습니다."

겐이 낮은 목소리로 말을 잘랐다.

그리고 돌아보며 말했다.

"다카요 씨, 잠깐 나갔다 오겠습니다."

4

자라목은 차 안에서 자기소개를 했다. 남자의 이름은 사다. 하지만 거부자인 이상 가명이리라. 니시나 겐과 세 남자를 태운 차는 커다란 빌딩 지하주차장에서 멈췄다. 하지만 차에서 내린 건 겐과 사다뿐이었다. 나머지 둘은 차에 남았다.

"조금 걸어야 합니다."

사다가 앞장서 넓은 주차장을 가로질렀다. 일반용 엘리베이터가 아니라 직원 전용으로 보이는 출입구가 보였다. 안으로 들어가자 바닥과 천장에 다양한 금속 파이프가 깔린 공간이 펼쳐졌다. 조명은 켜져 있었지만 빛은 파이프의 납빛에 흡수되어 바닥까지 닿지 않았다. 어디선가 들리는 낮은 신음이 눅눅한 공기를 흔들었다.

"넘어지지 않게 조심하십시오."

30미터쯤 걸어 문을 열자 이번에는 좁고 환한 복도가 나왔다. 복도 끝으로 또 문이 보였다. 그 앞에 다시 지하로 이어지는 계단이 나왔다.

지하 2층으로 내려가자 파수꾼으로 보이는 남자 둘이 서 있었다. 한눈에도 보통내기가 아님을 알 수 있었다. 겐을 보고도 말없이 고개를 끄덕일 뿐이었다.

말없이 두 남자 사이를 지나 급탕실과 세면실 표시가 달린 문 앞을 지나 모퉁이를 돌자 커다란 철문이 나왔다. 경호원으로 보이는 남자 넷이 문을 막고 서 있었다. 그들은 겐의 얼굴을 보고 긴장한 표정을 지었다. 잠깐의 침묵이 흐른 뒤, 남자들은 사다를 보며 물었다.

"이 남자, 아니, 이분이……."

"맞습니다."

사다가 대답하자 남자들은 양쪽으로 길을 비켜서며 차려 자세를 취했다. 그들에게서 사다와 같은 냄새가 났다.

젠은 나지막이 물었다.

"사다 씨."

"네."

"아까 밖에 있던 사람들도 사다 씨 동료입니까?"

"아뇨. 그 둘은 손님이 데려온 사람들입니다."

"그렇군요."

사다는 조심스레 문을 두드렸다.

"실례합니다. 사다입니다."

"데려왔나?"

안에서 부데의 목소리가 들렸다.

"네. 여기 계십니다."

"들어와."

사다가 문을 열고 눈빛으로 들어가라는 신호를 보냈다.

젠은 안으로 들어갔다.

뒤에서 문이 닫혔다.

지하 방에는 창 대신 환기용 둥근 구멍이 두 개 있을 뿐이었다. 크림색 벽지는 싸구려인 듯 광택이 나지 않고 칙칙했다. 바닥도 비슷한 색의 합성수지 쿠션 시트였다. 그 밑은 콘크리트이리라. 방 한 가운데 놓인 소파는 전체 분위기와 어울리지 않게 호화로웠다. 직사각형 탁자 둘레에는 모두 여덟 명이 앉을 수 있었다. 그 밖에 비품이나 장식품은 찾아볼 수 없었다.

삼인용 소파에 앉아 있던 살진 남자가 싱글벙글하며 일어났다.

"니시나 겐, 와줘서 고맙네."

겐은 남자에게 다가가 인사 대신 포옹을 나눴다. 남자의 불룩한
배 때문에 동작이 영 어색해 보였다.

"오랜만입니다. 부데 씨, 살이 더 찌셨네요."

"우울한 소리 마. 겨우 잊고 있었는데."

그는 웃으며 불룩한 배를 문질렀다.

현재 거부자 네트워크는 공화국 전체를 망라했지만, 부데는 그
중 하나를 장악하고 있었다.

"갑자기 불러내서 미안하네. 실은 만나게 해줄 사람이 있어서."

부데는 안쪽의 일인용 소파에 앉은 남자를 가리켰다.

"소개하지. 이쪽은……."

"그러지 않으셔도 됩니다."

겐은 남자를 바라본 채 말했다.

남자의 얼굴에 웃음이 번졌다.

"오랜만이군, 겐."

"역시 당신이었군요, 가이."

목소리가 굳어졌다.

"뭐야, 서로 아는 사이야?"

겐은 부데를 돌아보며 말했다.

"이 사람을 만나게 하려고 절 부른 겁니까?"

"아니, 실은……."

부데는 난처한 듯 말을 흐렸다.

"자네와 상의할 일이 있어. 아주 중요한 일이지. 우리에게나, 자

네에게나."

"알겠습니다. 하지만 그전에 가이와 단둘이 이야기할 시간을 주십시오. 그가 무슨 말을 하느냐에 따라 부데 씨 이야기는 듣지 않고 바로 떠날지도 모르지만요."

부데가 가이와 서로 눈빛을 주고받았다.

"알았네. 끝나면 바깥의 부하들에게 알려줘. 나는 근처에서 대기하고 있을 테니. 무슨 일이 있어도 내가 올 때까지는 가지 말게."

"배려 감사드립니다."

부데는 불안한 표정으로 가이와 젠을 번갈아 보며 나갔다.

삭막한 방 안에는 가이와 젠, 둘만 남았다.

"가이, 살아 있을 줄 알았습니다."

목소리가 험악해졌다. 젠 스스로도 그렇게 느꼈다.

"일단 앉게."

가이는 차분하게 말했다.

젠은 가이와 가장 멀리 떨어진 일인용 소파에 앉았다. 그리고 직사각형 탁자 너머 맞은편 자리의 가이와 정면으로 마주 보았다.

"왜 내가 살아 있을 거라 생각했나?"

"지금은 마을을 습격한 게 센추리온이라는 걸 압니다. 아나타 도진의 영원왕국을 괴멸시켰다고 보도하는 걸 봤습니까?"

"봤네. 끔찍하더군."

"보도에서 흘러나온 영상 대부분은 영원왕국인 C1이 아니라 상관없는 C4에서 촬영한 것이었습니다. 주민들이 무참하게 살해당하는 영상은 모두 C4에서 찍었더군요."

가이의 눈빛이 어두워졌다.

"주민 대부분은 자다가 변을 당했을 겁니다. 아마 선생님도요."

젠의 마음속에서 격렬한 감정이 솟아올랐다.

가이는 아무 말도 하지 않았다.

"아픈 선생님은 거동조차 제대로 할 수 없었죠. 간호사 경력이 있는 한 여자가 자나 깨나 옆에 붙어 선생님을 돌봤습니다. 선생님의 용태에 항상 신경을 써야 했던 그녀는 밤에도 제대로 눈을 붙이지 못했을 겁니다. 가장 먼저 참극을 알아챘을지도 모르죠. 하지만 알아챘더라도 선생님을 두고 도망칠 수도, 선생님을 다른 곳으로 피신시킬 수도 없었겠죠."

젠은 솟아오르는 감정을 억눌렀다.

"잔인무도한 대원들이 문을 박차고 들이닥쳤을 때, 그녀는 주저 없이 자기 몸을 방패 삼아 선생님을 지켰을 겁니다. 하지만 센추리온은 그들에게 어처구니없을 정도로 엄청난 양의 총알을 퍼부었죠."

어금니를 악물었다.

"영상에는 그런 장면이 없었던 것 같은데."

"제가 실제로 본 건 모든 상황이 종료되고 시체도 거두어간 뒤의 마을이었습니다. 하지만 선생님의 침대와 바닥에 남아 있던 피의 양으로 봐서 선생님 혼자 변을 당한 건 아니었죠. 그건 누가 봐도 두 사람의 피였습니다."

젠은 심호흡을 하며 감정을 가라앉혔다.

"하지만 당신이 있던 방은 침대와 매트를 어지럽혀놓기는 했어도 핏자국은 없었습니다. 탄피도 없었고요."

"으흠."

"C1, C4, 습격당한 두 마을에서 당신은 두 번의 습격 모두 유일하게 살아남았습니다. 어째서일까요?"

"내가 배신했다는 건가?"

"제가 납득할 수 있도록 설명해주시죠."

가이는 겐의 눈빛을 피하지 않았다.

"C1은 센추리온에게 당한 게 아니야. 그전에 사라졌지. 이건 사실이야. 그래서 언론보도에서도 C1의 주민들이 살해되는 영상은 찾아볼 수 없었지. 교전 자체가 없었기 때문이야. 센추리온은 내가 C1을 떠난 직후에 들이닥쳤어. 내가 살아남은 건 순전히 우연일 뿐이야."

"그럼 C4 때는 어떻게 된 겁니까?"

"에리가 날 피신시켰네."

가이의 시중을 들도록 했던 마을 여자였다.

"일부러 학교까지 달려와 알려줬어. 들킨 것 같으니 빨리 도망치라고."

"에리가요……?"

그녀에게 그런 강단이 있었을 줄이야.

"나는 에리와 같이 산으로 도망치려 했어. 하지만 대원들이 곧바로 쫓아왔지. 에리는 나에게 풀숲에 숨으라고 하더니 녀석들을 향해 돌진했어. 날 살리려고 미끼가 된 거야."

가이의 목소리가 날카로워졌다.

"나는 그녀가 죽는 걸 못 봤어. 내가 들은 건 총성과 그 직후의 정적뿐이야."

겐은 가이의 표정을 뚫어져라 바라보았다.

"꼼짝도 할 수 없었어. 움직일 수가 없었지, 무서워서. 얼마 후에 커다란 헬기가 운동장에 착륙했어. 아마 그걸로 시체를 운반했겠지. 헬기가 떠난 뒤에 아무 소리도 들리지 않게 됐을 때 간신히 일어날 수 있었어."

"그리고 마을로 내려왔습니까?"

가이는 고개를 저었다.

"비웃을 테면 비웃게. 나는 그대로 산으로 도망쳤어. 죽기 싫다는 일념으로 밤새 넘어지고 또 넘어지며 달렸지."

"어디로요?"

"C2로."

"C2도 위험하다는 생각은 안 했습니까?"

"그때 나에게 다른 선택지가 있었겠나!"

가이의 목소리에 처음으로 감정 비슷한 것이 드러났다.

"다행히 C2는 무사했어. 한동안 거기서 테라마에게 신세를 졌지. 그 뒤로 여러 일들을 겪으며 지금에 이른 거고……."

그는 조용히 겐을 바라보았다.

"의심할 테면 의심하게. 하지만 이게 진실이야. 적어도 나에게는."

진실이라는 확증을 얻은 건 아니었지만, 적어도 더 의심할 구체적 근거는 없었다.

"알겠습니다."

가이의 표정이 누그러졌다.

"알아줘서 고맙네, 니시나 겐."

"하지만 도무지 이해가 가지 않는 점이 있습니다."

"뭔가?"

"왜 C4가 그런 일을 당해야 했던 겁니까?"

"거부자 마을은 항상 적발의 위험을 안고 있으니까. 거부자의 숙명이지."

"거부자 단속이란 신병을 구속한 뒤 거부자임을 확인한 다음 법에 따라 터미널 센터에서 강제로 안락사 시키는 겁니다. 애초에 그건 단순 학살이었습니다. 무엇보다 C4는 영원왕국이 아니었고요. 그런데도 언론에서는 마치……."

가이는 생각에 잠긴 듯 입을 다물었다.

"왜 선생님과 마을 사람들은 그렇게 끔찍하게 살해당했어야 했죠? 저는 도무지……."

"필요했으니까."

가이는 얼마간 지친 목소리로 말했다.

"필요했다고요……?"

"C1은 센추리온이 나설 것도 없이 사라졌어. 그래서 센추리온에게 새로운 활약의 장을 마련해줘야 했지. 언론보도에 이용하기 위해. 그런 이유일 거야."

젠은 말문이 막혔다.

"아마 C1에 남겨진 기록을 통해 다른 거부자 마을의 정보를 알았겠지. 그런 맥락에서는 기록을 처분하지 않은 내 책임도 있어."

"하지만 그 뒤에 C2도, C3도, C5도 적발되지 않았어요. 왜 C4만……."

"C1의 규모와 가장 근접했기 때문이 아닐까? 전국에 무수히 존재하는 거부자 마을을 적발하는 건 놈들에게 별로 중요하지 않아. 언론보도용 영상만 촬영할 수 있다면 충분했겠지. 그래서 다른 거부자 마을은 거들떠보지도 않은 거야."

"고작 그런 이유로…… 그 끔찍한 살육을 저지른 겁니까?"

"받아들이기 힘들겠지만 그렇게 생각하는 게 가장 현실적이야."

무거운 침묵이 흘렀다.

"자, 이제 부데를 부를까? 자네가 말도 없이 가버릴까 봐 안절부절못하고 있을 텐데."

"그전에 확인할 게 하나 더 있습니다."

가이의 눈가에 짜증스런 빛이 번졌다.

겐은 개의치 않고 말을 이었다.

"무라사키야마를 폭파한 아나타 도진은 당신이죠?"

가이는 겐을 빤히 바라보았다.

"왜 그렇게 생각하나?"

"누구나 그렇게 생각할 겁니다. 아나타 도진의 영원왕국을 세우고 폭탄 테러를 지휘한 전력이 있다는 사실을 아는 사람이라면."

"아나타 도진도 영원왕국도 이미 멸망한 지 오래야."

"당신이라면 4년 동안 테러조직을 다시 세우는 것도 불가능하지는 않았겠죠."

"과대평가야."

"당신이 공화국민에게 백년법 거부를 호소하며 무라사키야마를 폭파한 아나타 도진이죠? 아니, 영원왕국에서도 실질적인 아나타 도진은 바로 당신이었습니다. 그렇죠?"

"아니. 난 아나타 도진이 아니야."

가이는 씩 웃었다.

"자네지."

"가이, 전 진지하게 이야기하는 겁니다."

"나도 진지해. 아나타 도진은 니시나 겐, 자네야. 자네야말로 아나타 도진이 되어야 해."

겐은 눈을 감고 치밀어오르는 분노를 삭였다.

"가이."

"잠깐. 이 이야기는 부데와 같이 하는 게 좋겠어."

눈을 떴다.

"왜 부데 씨를……."

"자네와 상의할 일이라는 게 지금 이야기와 관계가 있으니까."

"설마, 부데 씨도 무라사키야마 폭탄 테러에 관여한 겁니까?"

"본인에게 직접 물어보게."

가이는 일어나 문으로 다가가더니 살짝 문을 열고 밖을 향해 뭔가 이야기했다. 그리고 바로 문을 닫고 소파로 돌아왔다.

이내 부데가 문을 열고 들어왔다.

"이야기는 다 끝났나?"

그는 싱글거리며 3인용 소파에 앉았다. 겐과 가이의 중간이었다.

겐은 소파 팔걸이에 팔을 걸치고 말했다.

"대체 당신들 무슨 생각을 하는 겁니까?"

"그게 무슨 소린가?"

"아나타 도진의 이름으로 무라사키야마 터미널 센터를 폭파해서 대체 뭘 이루려고 한 겁니까?"

"거기까지 알고 있다면 이야기가 빠르겠군."

부데는 당혹스런 기색 없이 말을 이었다.

"니시나 겐. 우리는 거부자야. 백년법이 존재하는 한 자유로운 삶은 불가능해. 예전에 비하면 네트워크도 형성됐고 고스트 아이디도 쉽게 입수할 수 있어서 살아남을 가능성은 그만큼 커졌지. 하지만 적발에 대한 공포에서는 벗어날 수 없어. 게다가 센추리온의 그 잔학성을 두 눈으로 똑똑히 본 뒤에는 더욱더. 자네는 이런 우리 심정을 모르겠지만."

반박하고 싶은 건 많았지만 지금은 가만히 듣기로 했다.

"그 때문에 백년법을 폐지하려는 거야. 어떤 수단을 동원해서라도."

"그래서 저하고 무슨 상의를 한다는 겁니까?"

"거부자들 사이에서 이런 소문이 도는 걸 아나? 거부자를 구할 영웅이 은밀하게 활약하고 있는데, 그 남자는 노화인간이라고."

"또 그 소리입니까?"

젠은 한숨을 내쉬었다.

"그 소문 때문에 피해가 이만저만 아닙니다. 경찰에 찍혀서 아이디까지 수배됐다고요."

"고생 많았겠군. 고스트 아이디를 하나 주겠네. 아, 돈은 필요 없네. 내 작은 성의야."

젠은 대답하지 않았다. 그들에게 빚지고 싶지 않았기 때문이다. 부데도 짐작했는지 더는 말하지 않았다.

"그나저나 그 이야기가 정말 소문인가?"

"그게 무슨 말입니까?"

"아니 땐 굴뚝에 연기 나지 않는다고 하잖나. 네트워크에서 은밀히 활동한다는 이야기는 사실 아닌가? 내가 모르는 데서."

"우연히 네트워크를 경유해 거부자 한 명을 숨겨준 적이 있을 뿐입니다. 그것도 어쩌다 보니 우연히 그리 됐을 뿐 거부자를 구하려는 마음에서 그런 건 아닙니다. 원래 구세주를 바라는 분위기인데 그런 에피소드가 등장했으니 눈 깜짝할 사이에 눈덩이처럼 불어나 소문이 된 거죠. 그게 진상입니다."

부데가 앞으로 당겨 앉으며 말했다.

"그럼 그 소문을 현실로 만들자고."

"대체 뭘 꾸미는 겁니까?"

"아까 말했잖나."

가이가 대신 대답했다.

"자네가 진짜 구세주, 아나타 도진이 되는 거야."

젠은 가이와 부데를 번갈아 보았다.

"장난으로 하는 소리는 아닌 것 같네요."

"물론 아니야."

"아니, 왜 접니까?"

"우선은 그 외모지."

가이가 대답했다.

"노화인간이 늙어가는 순간의 그 얼굴. HAVI를 받은 사람들은 절대로 갖지 못하는 얼굴이지. 게다가 자네는 C4에서 실질적인 리더로서 경험을 쌓았고, 그 눈으로 지옥을 봤어."

부데가 말을 받았다.

"스스로도 깨닫지 못했겠지만, 지금 자네에게는 그 존재만으로도 사람을 복종시키는 힘이 있네. 지도자가 되기에 이상적인 조건을 갖고 있지. 자네를 데리러 갔던 내 부하들의 태도를 보지 않았나."

"그럼 일부러⋯⋯."

"녀석들에게는 자네 정체를 밝히지 않고 데려오라고 했어. 거부자 중에 그 소문을 모르는 이는 없지. 그들 앞에 지도자의 후광을 내뿜는 노화인간이 나타나면 어떤 일이 벌어질지 자네 눈으로 확인하게 하고 싶었네."

"시대를 움직이려면 어마어마한 물결이 필요해. 수천, 수만, 수십만, 수백만 명의 힘을 하나로 집결시켜야 하지. 그러려면 핵이 필요하고. 자네가 그 핵이 되어주었으면 하네."

"전 테러리스트의 우두머리가 될 생각이 없습니다."

자리에서 일어나려는 젠을 가이가 붙잡았다.

"잠깐!"

그답지 않은 감정적인 목소리였다.

"자네는 우리가 아무리 용을 써도 가질 수 없는 걸 가지고 있어. 자네에게는 그 힘을 살릴 책임과 의무가 있네!"

젠은 한숨을 쉬고는 말했다.

"가이, 당신은 C1에 있을 때도 백년법 폐지를 위해 반복해서 폭탄 테러를 해왔습니다. 하지만 그건 어디까지나 대의명분이었고, '진심으로 백년법을 폐지할 생각은 없었다. 진정한 목적은 C1의 결속을 공고히 하려는 것이었다.' 분명 그렇게 말했죠?"

"그랬지."

"그럼 이번에는 무엇을 위한 테러입니까? 거부자 마을은 네트워크로 이어져 이제는 결속 운운할 차원의 문제가 아닐 텐데요."

"다른 목적은 없네. 백년법 폐지, 순전히 그 목적만을 위해 행동하는 거야."

"진심입니까?"

"난 그날 밤 생각을 고쳐먹었어."

가이의 하얀 얼굴이 붉그레해졌다.

"난 센추리온의 습격을 직접 겪었어. 그들은 날 구해준 에리를, 아니 에리뿐 아니라 마을 사람들을 벌레처럼 몰살했어. 자네가 느낀 분노를 나 역시 느끼고 있네. 아니, 자네보다 더!"

가이는 무릎에 올려놓은 주먹을 덜덜 떨고 있었다.

"어떻게 이런 야만적인 행위가 허용되는 거지? 모두 백년법 때문이야. 그런 법이 있기 때문에 우리는 인간임을 부정당하고 있는 거라고."

"저도 백년법에 찬성하는 건 아닙니다. 하지만 백년법을 없앤다고 모두 해결될까요? 더 큰 문제가 생길 뿐이라고요."

가이가 도발적인 눈빛을 지었다.

"자네가 말하는 더 큰 문제라는 게 뭔가?"

"백년법을 없앤다 치죠. 그럼 HAVI를 받은 사람은 언제 죽어야 합니까?"

두 사람의 표정은 변화가 없었다.

"백년법을 없애려면 인구폭발을 억제하기 위해 그와 동시에 HAVI 역시 폐지해야 합니다. 하지만 그랬다간 아직 HAVI를 받지 않은 사람들이 반발하겠죠. 왜 자기들만 늙어야 하냐고. 설령 반발을 잠재우고 백년법과 HAVI를 모두 폐지한다고 해도, 이미 HAVI를 받아 늙지 않는 사람들은 어떻게 해야 합니까? 그들에게만 영원한 삶을 허락하라는 겁니까? 그렇게 되면 역시 HAVI를 받지 못한 사람들의 반감을 사겠죠. 이내 HAVI를 받지 않은 사람들이 수적으로 우세해지면 늙지 않고 계속 살아가는 사람들에 대한 차별과 박해가 시작될지도 모릅니다. 같은 나라 사람끼리 서로 죽이는 시대가 오지 않는다는 보장도 없고요. 백년법은 이미 50년, HAVI는 150년의 역사를 가진 제도입니다. 결코 폐지하기 쉽지 않을 겁니다."

"그렇기 때문이야."

부데가 말문을 열었다.

"자네 말대로 평화로운 방법으로, 누구나 납득할 수 있도록 바꾸기는 어려워. 어찌 됐든 사회는 엄청난 혼란에 빠지겠지. 어차피 혼란스러워질 거라면 단기간에 빨리 끝내버리는 게 희생을 최소화하는 길이 아닐까? 그를 위한 가장 효율적인 수단이 바로 폭력이고."

"터미널 센터를 부수고 돌아다닌다고 백년법이 폐지되는 건 아닙니다."

"우리도 아네. 폭탄 테러는 양동작전이야. 진짜 표적은 따로 있지."

"양동……?"

가이가 고개를 끄덕였다.

"우리가 하려는 일은 백년법이나 HAVI를 포함한 사회 시스템 자체를 바꾸는 일이야. 자네가 말하지 않아도 어려운 일인 줄은 잘 알고 있네."

겐은 등골이 오싹해졌다.

"대체 당신들이 노리는 게 뭡니까?"

"다행인지 불행인지 모르겠지만, 현재 공화국에는 단번에 사회를 바꿀 수 있는 확실한 방법이 딱 하나 있어."

"……."

부데의 표정이 굳었다.

"한마디로…… 권력이 한 사람에게 집중되어 있을 경우 그 한 사람만 바꾸면 사회를 뿌리부터 바꿀 수 있다는 뜻이지."

겐은 아연실색했다.

"당신들의 최종 목표는⋯⋯."

가이는 의사를 확인하듯 부데를 보며 고개를 끄덕이더니 다시 겐을 보며 말했다.

"그래, 우시지마 대통령 암살이야."

3장 │ 쿠데타

1

니시나 겐은 턱을 괸 채 흘러가는 밤거리를 바라보았다.

'아무리 생각해도 제정신이 아니야.'

우시지마 대통령은 펠리스 후지에서 나오지 않는다. 대통령 관저가 난공불락의 군사요새 수준이라는 건 이미 널리 알려진 사실이었다. 근처까지 접근하기조차 불가능하리라. 드물게 바깥외출을 한다고는 하지만 대통령의 스케줄을 사전에 입수하기란 하늘의 별따기다. 운 좋게 정보를 손에 넣었다고 해도 대통령을 경호하는 이들은 이제 전속 근위병이 된 센추리온이었다. 쥐새끼 한 마리 들어갈 틈도 없으리라. 이런 상황에서 대통령 암살이란 만에 하나라도 성공할 가능성이 없는 헛된 꿈에 지나지 않았다.

하지만 그만한 거사를 아직 동료도 아닌 겐에게 털어놓는 경솔함. 이대로는 당국에 발각되는 것도 시간 문제였다. 부데는 그렇다

쳐도 C1의 2인자였던 가이가 그토록 경솔할 줄이야.

'하지만……'

가이가 데려왔다는 두 남자가 마음에 걸렸다. 아마 정규 군사훈 련을 받은 이들이 아닐까? 가이가 지난 4년 동안 어떤 조직을 만들 었는지는 모르겠지만 상당히 자신에 차 있는 건 확실했다. 그렇지 않다면 대통령 암살이라는 황당무계한 이야기를 꺼내지도 않았으 리라.

'그래도……'

썩 유쾌하지는 않았다.

지금 눈앞에 있는 조각들을 어떻게 맞춰봐도 껄끄러운 의구심이 남았다. 모두 눈곱만큼도 현실감이 없었다. 어느 하나 억지스럽지 않은 것이 없었다.

"무슨 생각을 그렇게 해?"

운전대를 잡은 유키미가 물었다. 노란 색안경은 야간 운전용이 었다. 반대편 차선에서 오는 차의 헤드라이트가 그녀의 옆모습을 비추었다.

"다카요네 집에서 나온 뒤로 한 마디도 없네."

목소리에서 가시가 느껴지는 건 기분 탓일까?

"지난 세 달 동안 다카요하고 무슨 일 있었어?"

"무슨 소리야?"

"난 괜찮아. 반쯤 각오한 일이니까."

"그러니까 뭘."

유키미는 화난 듯 입을 다물었다.

여자란 인종들은 분명히 말로 하지 않아도 자기 생각이 전해질

거라고 믿는다. 그래놓고 무슨 일인지 몰라서 쩔쩔매면 '둔감하다'
며 토라지니 갑갑할 따름이다.

"난 안 따라와도 돼."

무슨 말을 하는 건지 알 수가 없었다. 유키미가 다카요의 가게로
겐을 데리러 왔고 지금은 유키미의 집으로 가는 중이다. 오늘 밤부
터 다시 둘만의 생활이 시작된다. 이 상황 어디에도 따라간다는 말
이 들어갈 곳은 없었다.

"내 말은, 란코 때처럼 터미널 센터까지 안 따라와도 된다고."

그제야 3년 뒤의 일을 말하는 것임을 알았다.

"왜 갑자기 그런 이야기를 꺼내는데. 한참 나중 일이잖아."

"얼마 안 남았어!"

유키미가 언성을 높였다.

"3년은 금방이야. 지금은 알겠어. 란코는 몇 년 전부터 자기가
세상에 없을 때를 대비해 여러 가지로 준비했어. 나도 널 위해 할
수 있는 일은 전부 해둘 거야."

"난 됐으니까 자신을 위해 써. 돈도, 시간도."

"날 위해서는 이미 지나칠 정도로 썼어. 더 이상 날 위해서 살다
간 정신이 이상해질 것 같아."

유키미는 토해내듯 말했다.

"정말이지 지난 100년 동안 나, 나, 나, 나, 나밖에 모르고 살았
어. 이제 지긋지긋해. 아이라도 낳았으면 조금은 달랐을지도 모르
지만."

유키미는 안경 너머로 겐을 힐끗 보았다.

"난 이제 됐어. 남은 3년은 널 위해 쓸 거야. 그렇게 정했어. 난

그걸로 행복해."

"그러고 보니 다카요 씨가 그러더라."

"뭐라고?"

"난 여자를 불행하게 만든다고."

유키미가 의아스런 표정을 지었다.

"하지만 여자는 그걸 행복이라고 착각한다고."

"내가 착각에 빠졌다는 거야?"

"다카요 씨가 그랬다고."

"왜 지금 그 이야기를 꺼내는데?"

"운전 중에는 앞을 봐. 아무리 충돌방지 기능이 있어도 위험해."

"잊었어? 이래봬도 난 너보다 세 배는 오래 살았어. 인생 경험도
세 배야. 고작 40년밖에 안 산 풋내기 주제에 되바라진 소리 마."

"몰라봬서 죄송합니다."

"입만 살아선."

"아냐, 진심이야. 미안해."

유키미는 별안간 입을 다물었다.

"미안해. 정말 화났어?"

"겐⋯⋯."

"응."

"전에도 물어봤지만, 대체 네 목적은 뭐니?"

그 목소리에서는 체념의 기운이 느껴졌다.

"전에는 그 마을 사람들을 위해 힘내야겠다는 생각밖에 없다고
했어. 하지만 마을이 그렇게 되고 나서⋯⋯ 넌 달라졌어."

"그래?"

"넌 거부자 네트워크 속에서 많은 사람들을 구했어. 스스로 위험에 뛰어들다가 결국 아이디 수배까지 당했는데 아직도 멈추려 하지 않아. 마치 마을을 지키지 못한 것을 속죄하듯."

"그런 거창한 게 아니라……."

"하지만 동시에 넌 마을이 없어진 이유를 필사적으로 찾고 있어. 그건 증오할 상대를 찾는 것과 마찬가지야. 넌 주체할 수 없는 증오와 분노를 퍼부을 대상이 필요했던 거야. 내가 할 수 있는 일이라곤 발버둥치는 널 지켜보는 것뿐이었지. 그게 얼마나 괴로운 일인지 알아?"

"……."

"마을이 없어진 건 네 탓이 아니었어. 그 가토라는 의사 탓도, 가이라는 사람 탓도 아니었어. '누가 잘못한 게 아니라 커다란 시대의 탁류에 휘말려든 것뿐이다.' 네가 그렇게 말했을 때 난 조금 기뻤어. 이제야 네가 앞을 보고 살겠구나 싶어서. 하지만……."

잠시 침묵이 흘렀다.

"지금 네가 어디를 보고 있는지 솔직히 난 모르겠어. 네 눈에 비친 게 무엇인지도. 그러니까 지금 네 마음을 말해줘. 지금 네가 무슨 생각을 하고 있는지, 무엇을 하고 싶은지. 내가 이해할 수 있도록 말해줘."

"나도 잘 모르겠어."

"전에도 그렇게 얼버무렸지."

"얼버무린 게 아니라 내 감정을 솔직히 말한 거야."

차창 너머로 고층빌딩 숲이 보였다. 하얗게 빛나며 밤하늘을 향해 우뚝 서 있었다. 맨 꼭대기에는 빨간색 비행경고등이 반짝이고 있었다. 천천히 점멸하는 빛을 올려다보고 있으려니 무심코 말이 흘러나왔다.

"내 존재는 정말 아무것도 아니야. 작은 마을 하나 지키지 못하는데 무슨 수로 시대를 움직이라는 건지."

"시대를 움직인다고?"

"어?"

젠은 유키미를 홱 돌아봤다.

"지금 그랬잖아, 시대를 움직인다고."

"내가 그랬어?"

"그게 무슨 뜻이야?"

"글쎄……."

젠은 다시 창밖을 보았다.

"너, 진짜 이상해졌어. 다카요 때문이 아니라 그 가이라는 사람을 만나고 나서부터."

젠의 손에 땀이 배었다. 전혀 그럴 생각이 없었는데 그가 던진 말이 어느샌가 마음속에 뿌리를 내리고 있었다.

"유키미."

젠은 짐짓 가볍게 말했다.

"만일 내가 테러리스트 아나타 도진이고, 백년법을 폐지하기 위해 폭탄 테러를 지휘했고, 궁극적으로는 우시지마 대통령 암살을 꾸민다면 어떨 것 같아?"

"정말 너란 남자는!"

유키미는 크게 한숨을 내쉬더니 사거리에서 좌회전했다.

방금 말이 순전히 농담인 줄 안 모양이었다.

하긴 그렇겠지.

농담으로 들리는 게 당연할 테다. 하지만 마음 한구석으로는 그 허무맹랑한 계획의 실현 가능성을 찾고 있는 자신의 모습을 발견했다.

'위험하군.'

부데와 가이의 무모한 열정에 휩쓸려 냉정을 잃어가고 있는 것이다. 산속에서 길을 잃었을 때의 느낌을 떠올렸다. 이럴 때는 섣불리 움직여서는 안 된다. 움직이면 역효과가 날 뿐이다. 먼저 심호흡을 하고 마음을 가라앉힌 뒤 찬찬히 주변을 관찰한다. 그러면 분명 뭔가 힌트를…….

'이런…….'

순간 집으로 가는 길이 아니라는 사실을 눈치챘다.

"집으로 가는 거 아니었어?"

"그전에 너한테 보여주고 싶은 게 있어. 아마 아직 못 봤을 테니까."

여느 때와 변함없는 목소리였다.

"이 길은…… R스퀘어?"

"맞아."

R스퀘어는 도쿄 도민들의 휴식공간이었다. 평일 낮에는 그나마 낫지만 밤이 되면 연인들로 가득 찼다. 겐과 유키미도 연인이기는 했지만, 유키미의 표정을 보아하니 그런 목적은 아닌 모양이었다. R스퀘어는 공화국경찰 청사와 가깝기도 했다. 경찰의 주목을 받고 있는 겐의 입장에서 보면 그리 오래 머물고 싶은 곳은 아니었다. 지난번 일이 있은 지 얼마 지나지 않았으니 아직 검문을 하고 있을

가능성도 있었다.

혹시라도 그런 일이 생긴다면 뒷좌석에서 조용히 숨어 있을 수밖에 없겠군. 그런 생각을 하는 틈에 어느샌가 R스퀘어 앞에 도착했다. 유키미는 길가에 차를 댔다.

"여기 주차금지 구역인데?"

경찰의 주차위반 단속에 걸릴 수도 있었다.

하지만 유키미는 별로 개의치 않는 표정으로 말했다.

"안 내려도 돼. 여기서 보이거든. 저거 봐."

유키미의 시선을 따라가 보니 R스퀘어에 설치된 옥외 광고판이 보였다. 이벤트가 있을 때는 각종 연출에 사용되지만 지금은 별 맥락 없는 문자정보가 흘러나올 뿐이었다. 아이즈에 접속된 사람들의 눈에는 개인의 취향에 맞춘 광고가 보일 테지만, 아이즈를 켜면 자동으로 아이디카드와 접속되는 까닭에 아이디가 수배된 겐은 아이즈를 쓸 수 없었다.

"저게 어쨌는데?"

문자정보의 내용은 뉴스, 행정부의 슬로건, 잘 알려지지 않은 행사 알림에서 개인적인 메시지, 이를테면 애인에게 청혼하는 내용이나 생일 축하 메시지까지 이루 말할 수 없이 다양했다. 대부분의 사람이 아이즈를 사용하는 요즘은 옥외 광고판 문자정보로 주의를 끄는 일은 거의 불가능했기에 이렇게 된 것이다.

"잠깐만. 곧 나올 거야."

"나오다니, 뭐가?"

겐은 앞뒤 도로를 살펴봤다. 경찰차가 보이면 바로 뛰쳐나갈 작정이었다.

"아마…… 아니, 분명히 널 찾는 거야."

"그러니까 그게 무슨 말이냐고."

"난 어제 봤어. 그 메시지를 놓고 온 뒤에 어떻게 됐을지 궁금해서 와봤지. 때마침 아이즈를 벗고 있었는데 광고판에 저런 게 나오는 거야. 그때부터 한참 지켜봤는데 꽤 빈번하게 반복해서 나오더라고."

유키미는 옥외 광고판을 물끄러미 바라보고 있었다. 자기 할 말만 하고 겐의 질문에는 대답하지 않았다.

"나왔다, 저거야."

겐은 광고판으로 눈을 돌렸다.

R스퀘어의 자동판매기에서 매실소다를 산 NSN.KN에게

이야기를 나누고 싶다.

연락 기다리겠다.

지난번과 같은 방법으로 연락 바람.

가가와

2

"그럼 50년 만의 재회를 기념하며, 건배!"

유사 아키히토가 잔을 들자 제1차 생존제한법 특별준비실의 팀원들이 건배를 외치며 잔을 부딪쳤다. 웃음과 환성이 뒤섞인 시끌

벅적한 시간이 시작됐다.

도내 한 호텔의 꼭대기 층에 있는 레스토랑. 모임을 위해 룸 세 개를 빌렸다. 하지만 실제로는 그 가운데 스무 명을 수용할 수 있는 가장 큰 룸 하나만 이용했고 나머지 두 개는 휴게실이라는 명목으로 비워두었다. 총리가 은밀히 참석하는 자리이니 레스토랑도 기꺼이 룸을 내줬다. 예약자 이름은 후카마치 신타로. 물론 그간의 회포를 푸는 단순한 자리는 아니었다.

이날 다시 모인 사람은 모두 12명. 긴 탁자 가장자리에는 빈자리가 둘 있었다. 이 두 사람은 늦는다는 연락이 있었고, 도저히 시간을 낼 수 없어 불참한다는 사람이 세 명 있었다.

유사는 내내 웃음 띤 얼굴로 요리를 먹어가며 옛 부하들의 근황을 들었다. 후카마치처럼 내무성에 남은 이들도 많았지만, 공직을 떠나 대기업의 중역이 된 이가 있는가 하면 의대에 진학해 의사가 된 이도 있었다. 그 당시에는 미국 출장으로 일본에 없었던 이나모리는 그 뒤에 사업을 시작해 성공을 거뒀고, 이제는 재계의 유력인사가 되었다.

"설마 실장님과 다시 회식을 할 날이 올 줄은 몰랐습니다."

정에 약한 고노가 눈물을 글썽이자 해가 저물기만 하면 펄펄 날아다니는 스즈키가 신이 나 외쳤다.

"실장님이라뇨! 이제는 공화국의 총리신데, 총리님이라고 불러요!"

참고로 그녀는 꽤 독특한 이력의 소유자로, 특별준비실이 해체된 뒤로 한때 일러스트레이터로 활약한 뒤, 주얼리 디자이너로 순조롭게 실적을 쌓고 있다고 들었다. 오늘 착용한 액세서리도 죄다 자신의 작품이라며 당당하게 자랑했다.

"그리고 실장님이라고 하면 후카마치 씨하고 헷갈리잖아. 2차에서 실장님이셨으니까."

과거 흡연자 트리오 중 하나였던 기자키는 후카마치가 실장을 맡았던 제2차 특별준비실에도 참가했고 지금은 내무성 후생국에서 국장으로 있었다. 담배를 끊은 지 벌써 30년이 됐다고 했다.

문을 열고 거구의 남자가 들어왔다.

"아이고, 늦어서 미안. 세제조사회 보고가 길어지는 바람에."

늦는다고 연락했던 두 명 중 한 명인, 전직 유도선수 아라카와 신이었다. 내무성을 떠난 뒤 신시대당에서 하원선거에 출마해 당선됐다. 지금은 신시대당의 대표였다. 건장한 체격도 여전해서 아라카와에게 경호원을 붙이는 건 고무보트로 항공모함을 호위하는 격이라는 소리를 듣는 모양이었다.

항공모함 아라카와는 이마의 땀을 닦으며 함박웃음을 지었다.

"아, 요 앞에서 만났지 뭐야. 거기서 뭐 해? 어서 들어와."

아라카와의 재촉에 눈을 내리깔며 모습을 드러낸 이는 늘씬한 여자였다.

다치바나 케이.

얼음심장을 지닌 여자.

실내는 순간 정적에 휩싸였지만 이내 환성이 터져 나왔다. 그녀가 당시 도모나리 장관의 스파이였다는 사실과 마지막에 장관을 배신하고 유사를 도왔다는 사실은 모두가 알고 있었다. 박수가 쏟아지는 가운데 두 사람은 빈자리에 앉았다.

참가자들이 모두 모인 기념으로 다시 건배를 했다. 늦은 두 사람이 인사 겸 근황 보고를 했고, 먼저 아라카와가 열띤 어조로 정치가가 된 경위를 말했다. 이어서 다치바나가 스파이였던 사실을 다시금 사죄하고 지금은 변호사로 일한다는 사실을 이야기해 모두의 탄성을 자아냈다.

다치바나는 유사와 함께 우시지마 대통령의 스태프로 일했던 사실은 언급하지 않았다. 보고가 끝나 박수갈채가 쏟아질 때 순간 유사와 눈이 마주쳤지만 자리가 떨어져 있기도 해서 직접 이야기를 나누지는 못했다.

화기애애한 분위기 속에서 식사가 끝나자 후카마치가 일어나 말했다.

"2차는 이곳 바에서 하자고. 미리 빌려놨어."

"역시 내무성 차관이야. 준비가 철저하다니까."

유사가 놀리듯 말하며 자리에서 일어나자 다른 이들도 웃으며 일어나 뒤를 따랐다. 하지만 유사는 복도로 나가 자연스레 옆 휴게실 문을 열었다.

자그마한 4인용 룸은 커튼을 쳐놓아 밖이 보이지 않았다. 물론 밖에서도 안이 보이지 않았다.

잠시 후 노크 소리와 함께 후카마치가 들어왔다.

"다른 사람들은?"

"바에서 한잔씩 하고 있습니다."

"이런 수라도 쓰지 않으면 자유롭게 이야기도 나누지 못하다니."

관저로 불러내면 남의 눈에 쉽게 띄고, 엿들을 위험이 있었기에 섣불리 다른 곳에서 만날 수도 없었다.

"이제는 어머니 가게가 없어서 더 그렇죠."

"터미널 센터까지 모셔다 드렸나?"

"네."

후카마치의 어머니는 사흘 전에 생존가능기한을 맞이했다.

"힘들었겠군."

"당신 뜻대로 사신 분입니다. 후회 없는 인생이었을 겁니다."

"우리는 이제 익숙해졌지만, 이런 형태의 작별은 비정상적일지도 모르겠군."

후카마치가 미간을 찌푸렸다.

"사사하라 차관님이 그러셨지. 인류는 HAVI 같은 기술을 가져서는 안 되는 거였다고. 영원한 젊음을 얻을 수 있다는 사실을 알고 깊이 고민하지 않고 덥석 받아들였지. 하지만 그 결과 우린 엄청난 길로 들어선 건지도 몰라."

"갑자기 왜 그런 말씀을 하십니까? 총리님답지 않으십니다."

유사는 쓴웃음을 지었다.

"나도 이런저런 생각에 잠길 때가 있네."

후카마치는 그 말에 대꾸하지 않고 내무성 차관다운 얼굴로 말했다.

"보고드릴 게 있습니다."

유사도 다시 마음을 다잡았다.

"효도 국장의 동향이 심상치 않습니다."

"효도 국장이……?"

유사를 터미널 센터로 보내라, 즉 죽이라고 대통령을 부채질했던 남자다.

"조만간 뭔가 일을 꾸밀지도 모릅니다. 조심하십시오."

"알았네."

"그럼 아라카와를 데려오겠습니다."

후카마치는 고개를 숙이고 밖으로 나갔다.

50년 전에는 요직을 차지했던 정치가들도 대통령 특례법으로 면제권을 얻어 살아남았을 뿐 이제는 존재감마저 희미해졌다. 과거 2대 정당이었던 민권당과 공화당도 신시대당에 흡수되어 그림자조차 찾아볼 수 없었다. 그중에서 생존가능기한을 아직 10년 남겨둔 아라카와 신은 몇 안 되는 기대주 가운데 하나였다. 하지만 달리 말하면 아라카와를 의지할 수 있는 것도 앞으로 10년밖에 남지 않았다는 뜻이다.

당연히 아라카와가 신시대당의 대표에 취임한 것도 유사의 입김이 작용했다. 대통령의 권한이 커지자 의회의 권한은 축소 일로를 걸었기에 아무리 여당의 대표라도 그 영향력은 미비했다. 하지만 그렇기 때문에 팰리스 후지도 아라카와의 대표 취임에 도끼눈을 뜨지는 않았던 것이다.

하지만 신시대당의 대표에게는 대통령의 명운을 좌우할 수 있는 권한이 하나 있었다.

후카마치를 따라 들어온 아라카와의 얼굴에서는 환한 미소를 찾아볼 수 없었다.

유사는 단도직입적으로 말했다.

"아라카와, 자네에게 부탁이 하나 있네."

"대통령 임기연장 결의안 말씀이십니까?"

"짐작하고 있었나?"

임기연장 결의안은 정기국회 개회일에 신시대당의 대표가 발의

하는 것이 상례였다.

"그 발의를 정기국회 첫날이 아니라 폐회일에 해주게."

"이유는 뭐라고 할까요?"

"나는 우시지마 대통령의 업적을 기리는 의미에서 대통령에게 '국부' 칭호를 올릴 것을 의회에 제안할 작정이네. 그리고 폐회일에 각하를 모신 자리에서 그 제안을 만장일치로 결의하는 의식을 거행하고 싶네. 임기연장 결의도 그때 동시에 처리한다, 그렇게 말해주게."

"그리고 마지막 날 국회를 열지 않는 겁니까?"

"회의장을 물리적으로 폐쇄해 개회할 수 없게 해야지."

그렇게 되면 임기연장 발의를 하지 못한 채 국회는 폐회하고 대통령은 자동적으로 퇴진한다.

"하지만 우시지마 대통령이 받아들일까요? 항상 첫날에 하는 결의를 마지막 날에 한다고 하면 진의를 의심할 겁니다."

"받아들일 거야. 왜냐하면 '국부' 칭호를 올리도록 나에게 요구한 사람이 다름 아닌 대통령 자신이거든."

아라카와가 착잡한 표정으로 입을 다물었다.

그리고 고개를 저으며 말했다.

"모르겠습니다. 대통령의 의중을 도무지……."

"지금 대통령은 정상적인 판단력을 기대할 수 없는 상황이야. 그러니까 한시라도 빨리 퇴진시켜야 하네."

"만일 임기가 끝나고도 계속 대통령 자리에 앉아 있으려고 하면 어떡하실 겁니까?"

"법적 정통성을 잃은 이상 국가에 대한 반역자로 방위대를 동원할 수 있네."

원래 일본공화국 헌법에는 '공화국 방위대의 최고통수권자는 내각 총리'라 규정되어 있으며, 대통령이 사실상 최고 권력자가 된 뒤에도 이 조문은 그대로 남아 있었다. 즉, 헌법상 방위대의 최고통수권은 지금도 유사의 손안에 있었다.

"군을 움직이실 겁니까?"

아라카와는 절박한 목소리로 물었다.

하지만 우시지마 역시 지금은 센추리온이라는 사병을 거느리고 있었다. 양쪽이 군대를 동원한다면 그야말로 내전이 발발하는 셈이었다.

"자네가 무슨 걱정을 하는지 아네. 나도 내전만은 피해보려고 하지만 지금 상대에게 망설이는 모습을 보여선 안 돼. 우리가 내전을 두려워하는 걸 알면 그걸 물고 늘어질 테니까."

"위협을 할 거란 말씀이십니까?"

"정 사태가 위급해지면 내 목숨을 바쳐서라도 대통령을 저지하겠네. 비유가 아니라 실제로 그럴 생각이네."

"그런 결심까지 하신 겁니까?"

"하지만 내 생각엔 실제로 그럴 가능성은 크지 않네."

"이유를 여쭤봐도 되겠습니까?"

"대통령도 속으로는 퇴진을 바라고 있으니까."

아라카와의 눈이 휘둥그레졌다.

"생각해보게. 우시지마 대통령은 50년 가까이 국가 지도자로 살았어. 그리고 아무 일도 일어나지 않는다면 앞으로도 계속 그 자리에 있겠지, 영원히. 그 괴로움이 상상이 가지 않나?"

"……."

"대통령도 지쳤을 거야."

자기 입에서 나온 말이 생각지도 못하게 가슴 깊이 울려 퍼졌다. 지친 건 대통령만이 아니었다.

"대통령이 퇴진한 뒤에는 어떻게 하실 겁니까?"

유사는 기운을 북돋듯 크게 숨을 들이마셨다.

"한동안은 내가 대통령을 겸임할 걸세."

"법적으로 가능합니까?"

"가능해."

후카마치가 대신 대답했다.

"공화국 헌법에는 '대통령 권한은 총리가 대행한다.'고 적혀 있으니까."

"그런 조문이……."

이 역시 방위대의 지휘권과 마찬가지로 대통령직이 아직 명예직이었던 시절의 조문이 삭제도 개정도 되지 않고 계속 방치되었던 것이다. 그리고 총리 직무를 대통령이 대행할 수 있다는 문장은 어디를 찾아봐도 없었다.

"내가 대통령직을 겸임하고 대통령의 권한을 축소하는 법을 만든 뒤에 의회의 기능을 강화할 거야. 그 다음에 대통령 선거를 치러 새 대통령을 선출할 거고. 그리고 난 퇴장하겠네."

"총리님!"

후카마치의 얼굴이 창백해졌다.

"우시지마 대통령을 만든 건 나야. 그 책임은 무겁네."

"하지만……."

"낡은 피는 떠나야 해. 뒷일은 자네들에게 맡기겠네."

후카마치와 아라카와는 엄숙한 얼굴로 자세를 바로 고쳤다.

"그러려면 우시지마 대통령이 조용히 퇴진해야 해."

아라카와가 유사를 보며 말했다.

"일생일대의 도박이군요. 이 나라의 장래를 좌우할."

목소리가 굳어 있었다.

"자네 같은 친구도 겁을 먹을 때가 있나?"

"대통령에게 반기를 드는 셈이니까요. 하지만 총리님은 이날을 위해 절 당 대표로 삼으신 거겠죠."

"자네를 믿네."

유사는 오른손을 내밀었다.

아라카와는 그 손을 잡았다.

"어디에 있어도, 어떤 상황에 처하더라도 국가를 위해 행동하는 마음을 잊지 말라. 총리님이 특별준비실을 떠나던 날에 해주신 말씀입니다."

"그랬지."

아라카와는 힘차게 웃으며 고개를 숙이더니 밖으로 나갔다. 후카마치도 그 뒤를 따랐다.

또다시 방 안에는 유사 홀로 남겨졌다.

이걸로 괜찮은 걸까?

불안이 가슴을 스치고 지나갔다.

하지만.

'루비콘 강을 건넜으니 이제는 돌진하는 수밖에. 찰나의 망설임이 목숨을 앗아갈 수도 있다.'

노크 소리가 들렸다.

후카마치는 아니었다. 부드러운 소리였다.

"들어오게."

문이 열렸다.

당혹스런 표정으로 얼굴을 내민 건 다치바나 케이였다.

"부르셨습니까?"

바로 감이 왔다.

"후카마치가 그러던가?"

"네."

쓸데없는 짓은.

다치바나의 안색이 바뀌었다.

"후카마치 씨가 거짓말을 했군요."

다치바나는 문가에서 꼼짝하지 않았다.

"문을 닫아주겠나? 남들 눈에 띄는 건 원치 않네."

다치바나는 방 안으로 들어와 유사에게 등을 보이며 문을 닫았다. 몇 초 동안 그 상태로 있다가 마음을 바꿔먹은 듯 몸을 돌렸다.

다치바나와 유사는 2미터쯤 거리를 두고 있었다. 다치바나는 문 앞에서 꼼짝도 하지 않았고, 유사도 그녀에게 다가가지 않았다. 두 사람의 거리가 더 좁혀지는 일은 이제 없으리라.

"얼마 전에 우시지마 대통령이 보내신 편지를 받았습니다."

갑작스레 다치바나가 말문을 열었다.

"자네에게 편지를……?"

"친필 편지였습니다. 그런 걸 받아본 게 몇 십 년 만인지……."

우시지마 료이치라는 남자와 알고 지낸 지 50년이 넘었지만 그런 면이 있는 줄은 몰랐다.

"참 이상하죠? 절 기억하고 계시다는 게 기쁘더군요."

"물어도 될까? 무슨 내용이었는지."

다치바나가 살짝 입을 다물었다.

"아니, 지금 한 말은 잊어주게. 남의 편지 내용 같은 건 묻는 게 아니지."

"한 마디로 놀랐습니다."

유사의 말은 듣지 못했다는 양 다치바나가 말했다.

"놀랐다고?"

"망나니 소라는 별명을 가진 그 우시지마 료이치가 썼다고는 믿기지 않는 유약한 내용이었으니까요."

유사는 혼란에 빠졌다. 수십 년 전의 부하직원에게 유약한 내용의 친필 편지를 보내는 순수한 면이 우시지마 료이치에게 있었단 말인가? 누가 감히 상상이나 하겠는가. 크나큰 심경의 변화를 가져온 일이 있었다고 해석할 수밖에 없었다. 얼마 전의 광기가 그 탓이라면…….

"대통령이 뭐라고 하시던가?"

유사는 저도 모르게 물었다.

"저한테 만나러 와달라고 하시더군요."

"그래서 자네는 답장을 썼나?"

"아뇨, 아직……."

"어쩔 생각인가?"

이건 그녀의 사생활이다. 스스로도 알고는 있었지만 멈출 수가 없었다.

다치바나는 결연한 의지가 담긴 눈으로 유사를 쳐다보았다.

"만나뵈려고 합니다."

"갈 건가…… 팰리스 후지에?"

"그래도 될까요?"

"내 허락이 필요한가?"

"총리님이 가지 말라고 하시면 가지 않겠습니다."

"나에게 그런 말을 할 권리는 없네."

다치바나의 표정에 쓸쓸한 그늘이 드리웠다.

"그렇죠."

하지만 이내 미소로 그늘을 감췄다.

대화가 끊겼다. 불편한 침묵이 흘렀다.

별안간 다치바나가 장난스런 목소리로 말했다.

"그럼 먼저 일어나겠습니다. 후카마치 씨에게 한마디 해줘야겠어요."

문손잡이를 잡으려다 그 자리에 멈춰서 돌아봤다. 그리고 그때까지와 다른 눈빛으로 유사를 보았다.

가식을 벗어던진 눈빛.

마음의 속살이 드러난 눈빛이었다.

"실장님…… 정말 성공하셨군요."

가슴이 메어서 대답할 수가 없었다.

다치바나는 가만히 고개를 숙이고 밖으로 나갔다.

문소리만 남겨두고.

3

부데는 아까부터 한 마디도 하지 않았다. 카운터에서 술잔을 쥔 채 고개를 숙이고 있었다.

어딘가 권태로움이 섞인 분위기가 감도는 가게 안. 커튼 사이로 새어드는 빛 속에서 미세한 먼지가 천천히 떠돌고 있었다. 잔 속의 얼음이 조용히 움직였다.

부데가 만나고 싶어 한다는 전언이 사카자키 다카요와 유키미를 거쳐 겐에게 전달된 건 일주일 전이었다. 부데가 지정한 곳은 다카요의 가게. 아이디를 쓸 수 없는 겐은 대중교통을 이용할 수 없었다. 가게로 가려면 유키미에게 차를 얻어타는 수밖에 없었지만, 그녀 역시 출근을 해야 하기에 당장 시간을 낼 수 없어서 어젯밤에야 겨우 얼굴을 비쳤다. 사전에 시간 약속을 정할 여유가 없었기에 부데는 없었지만, 감시를 붙여놓은 것인지 겐이 도착하자마자 사다가 부데의 전언을 전달했다. 이틀 뒤 아침, 아무도 없을 때 이곳에서 만나자는 내용이었다.

그렇게 해서 지금 가게 안에는 겐과 부데, 단둘뿐이었다. 늦게까지 영업을 한 다카요는 요란하게 코를 골며 꿈나라로 떠났다. 밖에는 부데의 경호원들이 지키고 서서 아무도 들어오지 못하도록 눈을 부라리고 있었다.

일단 형식적인 인사를 나눈 겐은 카운터 안에 서서 부데가 마실 위스키 미즈와리를 만들었다. 다카요의 집에서 신세를 질 때 이따금 가게 일을 돕는다고 바텐더 일을 배웠기 때문에 대충 요령은 알고 있었다. 애당초 그랬기 때문에 부데와 가이에게 쉽게 위치가 발각됐겠지만.

부데가 문득 생각났다는 듯 고개를 들었다.

"자네는 안 마시나?"

"술은 잘 못 합니다."

"그래?"

부데는 잔을 들고 꿀걱 한 모금 마시더니 다시 카운터에 내려놓았다. 그리고 알코올이 섞인 숨을 내쉬며 말했다.

"가이와 연락이 안 돼."

"언제부터요?"

"2주 전, 아니 이제 3주가 됐군."

"지금까지는 어떻게 연락했습니까?"

"매번 그쪽에서 연락이 왔어."

"아이즈로?"

"그래."

거부자인 그들이 아이즈를 쓸 수 있는 건 고스트 아이디를 가지고 있기 때문이었다.

"그리고 우리가 연락하려고 해도 연결이 안 돼."

"경찰에 붙잡힌 게 아닐까요?"

거부자인 이상 그 가능성을 가장 먼저 생각해야 했다.

"그건 아니야. 만일 붙잡혔다면 나도 무사하지 못했을 테니까."

"가이가 일부러 연락을 끊었다고 생각하는 겁니까?"

부데가 고개를 들었다.

"자네는 어떻게 생각하나? 가이와 알고 지낸 세월은 자네가 훨씬 길잖아. 말해보게, 가이는 대체 무슨 생각을 하는 건가?"

"저도 잘 모르겠습니다. 가이는 자기 속내를 보이지 않는 사람이 에요."

"전에 셋이서 만났을 때 그는 백년법의 비인도성을 비난하며 눈물을 흘렸지. 그것도 연기였나?"

"어쩌면 진심으로 흘린 눈물일지도 모르죠. 하지만 그렇지 않을 가능성도 염두에 두는 게 좋을 겁니다. 앞으로도 가이와 같이 일할 거라면."

부데가 생각에 잠긴 듯 입을 다물었다.

"하나만 묻겠습니다."

"뭔가?"

"무라사키야마 테러는 어떻게 실행했습니까?"

말이 끝나자마자 부데는 눈길을 피했다.

"거부자에게 고스트 아이디를 주고 터미널 센터에 출두시켜, 그들의 몸을 폭탄 삼아 유서네이저를 파괴한다. 기가 막힌 작전이지만 동시에 냉혹하기 짝이 없는 수법입니다."

여전히 눈을 맞추려 하지 않았다.

"초의 소개로 당신과 만난 지 1년도 안 됐습니다만, 제 눈에는 당신이 그러한 테러를 주도할 만큼 냉혹한 사람처럼 보이지 않습니다."

부데가 입을 꼭 다물었다.

팽팽한 침묵이 내려앉은 다음 순간, 후 하고 숨을 내쉬는 소리가 들렸다.

"정말 가이의 말이 틀린 게 하나 없군."

그 표정은 방금 전까지와는 달리 홀가분해 보였다.

"분명 나는 테러 계획을 사전에 알고 있었어. 가이가 가르쳐줬지. 하지만 처음부터 끝까지 계획을 실행한 건 가이의 조직이야. 나는 네트워크를 장악하고 있지만 내가 다루는 건 정보뿐이지. 터미널 센터를 파괴할 수 있는 폭탄을 준비할 수도 자폭 테러 요원을 동원할 수도 없어. 정보상에게 무슨 능력이 있다고."

"그럼 아나타 도진을 자칭하는 바이러스 메일도?"

"난 관여한 바 없네."

"가이의 조직은 대체 어떤 규모입니까? 그만한 일을 단독으로 실행하려면 상상을 초월하는 조직일 텐데요."

"나도 모르겠어. 가이가 통 이야기를 안 하거든. 그게 서로를 위하는 일이라면서."

"그 뒤로 그때 말한 계획은 진전이 있었습니까?"

"대통령 암살 말인가?"

"목소리가 큽니다. 아무리 사람이 없다고 해도."

"아무것도 못 들었어. 지금까지도 중요한 이야기는 한마디도 하지 않았거든. 그때 내가 했던 이야기도 모두 가이에게 들은 말이고."

겐은 확신했다. 부데는 가이에게 이용당하고 있다. 그럼 가이는 부데를 이용해 무엇을 하려는 것일까.

"부데 씨를 위해서 하는 말입니다. 이 일에서 손을 떼요."

"역시 자네도 그렇게 생각하나?"

부데는 이 한 마디가 듣고 싶어서 겐을 찾아온 것이다.

"가이와 이야기하고 있으면 감정이 고양되며 당장이라도 세상을 바꿀 수 있을 것 같은 기분이 들어. 하지만 나중에 생각해보면 겁이 나. 까마득한 절벽에서 떨어지는 듯한 기분이랄까."

불안을 떨쳐버리려는 듯 부데는 미즈와리를 들이켰다.

"이봐, 겐. 가이는 진심으로 대통령을 암살하려는 걸까?"

"만일 그럴 작정이라면 그답지 않다고 생각합니다."

"왜 그렇게 생각하나?"

"터미널 센터의 폭탄 테러까지는 이해할 수 있습니다. 백년법을 폐지로 몰아넣기 위해 터미널 센터를 사용할 수 없게 만든다. 현실성은 둘째치고서라도 지극히 단순한 논리 아닙니까? 하지만 세상을 바꾸기 위해 대통령을 암살한다? 너무 멀리 갔습니다. 발상 자체도 너무 비약적이거니와 구체적인 계획도, 암살한 뒤의 비전도 없죠. 이런 계획에 꼭 필요한 치밀함은 눈 뜨고 봐도 찾아볼 수 없습니다. 하나에서 열까지 어설퍼요."

겐은 새 미즈와리를 카운터에 놓았다.

"요컨대 가이는 진심이 아니라는 건가?"

"제 눈에는 그렇게 보입니다."

"그럼 무엇 때문에 대통령 암살 같은 소리를……."

"가이가 무슨 생각을 하는지는 모르겠지만, 제가 아는 그는 이런 구차한 연극을 하는 사람은 아니었습니다. 그 점까지 포함해서 지금의 가이는 예전의 그가 아닙니다. 저는 그렇게 느꼈습니다."

겐이 무슨 말을 하려는지 짐작했는지 부데는 겁에 질린 표정으로 말했다.

"설마, 가이는……."

"시나리오를 쓰는 사람이 따로 있을지도 모릅니다. 빛이 닿지 않는 깊고 어두운 곳에서."

그리고 국내에서 무라사키야마의 테러를 포함해 이만한 규모의

쇼를 실행할 수 있는 조직은…….

부데는 술잔을 들고 다시 단숨에 들이켰다.

떨리는 손.

겁에 질린 눈빛.

"아직 빠져나올 수 있습니다, 분명."

부데는 매달리듯 젠을 보았다.

"정말 그렇게 생각하나?"

"포기할 단계는 아닙니다."

부데는 거듭 고개를 끄덕였다.

"자네하고 이야기하길 잘했어."

말을 마친 부데는 자리에서 일어났다.

"여기 여사장, 이름이 뭐라고 했지?"

"다카요 씨 말입니까?"

"그래. 잘 마시고 간다고 전해주게. 그리고 일전에 부하가 결례
를 범한 일도 사과한다고."

"그렇게 전하죠."

부데는 크게 한숨을 내쉬더니 허리를 꼿꼿이 폈다. 그리고 위엄에
찬 표정을 지었다. 젠의 눈길을 알아챈 부데는 쑥스러운 듯 말했다.

"약한 모습을 남에게 보일 수는 없잖나."

"전 괜찮고요?"

"자네는 특별하니까."

"그런 말을 들으면 솔직히 난처합니다."

"자네한테는 그런 면이 있어."

부데는 성큼성큼 걸음을 옮겨 문을 열었다. 밖에서 대기하던 경

호원들이 그를 맞이했다. 문이 닫히기 직전, 부데는 돌아보며 살짝 손을 들었다.

그것이 겐이 본 부데의 마지막 모습이었다.

4

"박사님 보시기엔 어떻습니까?"

가토 다로는 차트 보드에 표시된 데이터에서 눈을 뗐다.

공화국병원 안에 있는 가토의 개인 사무실. 넓지는 않았지만 책상 말고도 4인용 소파 세트 정도는 있었다.

그 소파, 가토의 맞은편에 갈색 양복 차림을 한 남자 하나가 앉아 있었다. 짧은 머리에 흡사 자를 대고 그린 양 짙고 굵은 일자눈썹.

가토의 동료이기도 한 가리야 다네히코다. 전공은 가정의학과.

"SMOC가 틀림없습니다."

목소리가 떨렸다.

"앞으로 얼마나 남았습니까?"

"3개월. 반년은 어려울 것 같습니다."

가리야는 신음을 흘리며 입을 굳게 다물었다.

"이분, 기스케 숙부님은 입원하실 겁니까?"

SMOC라면 입원해도 치료다운 치료는 받을 수 없다. 진통제 처방만 하고 평소처럼 생활해도 남은 수명에 큰 차이가 없다는 사실이 연구 결과 밝혀졌다. 하지만 입원하면 환자의 병세가 급변했을 때에 신속하게 대응할 수 있다는 이점이 있었다.

"본인은 입원을 원치 않으십니다."

"이분은 본인의 상태를 제대로 알고 그렇게 말씀하시는 겁니까?"

가리야는 무겁게 고개를 끄덕였다.

"SMOC일 가능성이 크다는 것도요?"

"아십니다. SMOC는 일단 발병하면 생존할 확률이 없다는 사실도요."

"이미 마음의 준비를 하셨군요."

"하지만 언젠가는 이곳 신세를 져야 할 겁니다. 그때는 잘 부탁드립니다."

가리야는 고개를 숙였다. 가토도 같이 고개를 숙였다.

"언제든 입원하실 수 있게 지시해두겠습니다."

"부탁드립니다."

말을 마친 가리야는 자리에서 일어났다. 가토도 배웅하기 위해 일어났다. 가리야는 문 앞에서 돌아보며 말했다.

"말씀드리지 않아도 아시겠지만, 이 일은 비밀로 해주십시오."

"압니다."

가리야는 가토의 얼굴을 보았다.

뭔가 하고 싶은 이야기가 있는 표정이었지만 다시 눈인사를 하고 방을 나갔다.

5

상어는 1억 년 전부터 그 모습과 습성을 유지해왔다고 한다. 변화하지 않고도 현대까지 살아남았다는 건 1억 년 전 시점에서 해양 생물로서 완성형을 이루었기 때문이다. 완성형은 항상 단순하다.

이와 마찬가지다. 손에 든 캔 커피를 바라보며 니시나 겐은 그런 생각을 했다. 손안에 쏙 들어가는 짧은 원통. 지극히 자연스럽게 쥘 수 있는 절묘한 굵기. 완성형은 항상 단순하고 아름답다. 과거에는 납작한 모양이나 병 모양의 용기도 나왔지만 10년도 버티지 못하고 자취를 감췄다. 살아남은 건 이 모양뿐이었다.

캔을 기울여 블랙커피를 한 모금 마시고 벤치 등받이에 몸을 기댔다. 하늘에는 비늘구름이 떠 있었다. 1억 년 전에도 이런 구름이 푸른 하늘에 떠 있었고 지금은 사라진 고대 생물들이 하늘을 올려다봤으리라. 과연 1억 년 후, 이 하늘을 보게 되는 건 누구일까.

R스퀘어.

'2049년 위기'의 발단이었으며 훗날 우시지마 대통령의 전설적인 연설을 낳은 곳이지만, 불과 1년 전에는 그 대통령을 비판하는 시위가 열려 경찰과 충돌해 사상자까지 낸 곳이기도 했다. 하지만 지금은 그런 일들이 모두 꿈이었던 양 고요했다.

정사각형에 가까운 널찍한 광장은 푸른 잔디로 뒤덮여 있었고 한가운데에는 은빛 조형물이 우뚝 서 있었다. 광장 둘레를 에워싼 인공 숲에는 옥외 광고판이 달린 탑 네 개가 솟아 있었다. 평일 오후 2시에 이곳을 찾는 이들은 거의 없었다. 치안이 악화된 탓에 이 시간대에 혼자 걸으면 강도 등 범죄에 휘말릴 가능성이 크다고 했다. 오히려 밤에는 커플들이 많아서 안전하다고 했다.

'생각보다 늦었군.'

정체 모를 낯선 기운이 갑자기 시야에 아른거렸다.

정면의 인공 숲에서 느닷없이 나타나 잔디밭을 가로질러 똑바로 그를 향해 달려오는 무리. 제복 차림의 경관들이었다. 언뜻 보기에 열 명은 되어 보였다.

점점 가까워지더니 어느 순간 옆으로 퍼져 멀찍이 겐을 에워쌌다. 일사불란한 움직임이었다.

포위망이 완전히 펼쳐지자 상사로 보이는 남자가 천천히 겐 앞으로 다가왔다. 남자는 2미터쯤 거리를 두고 걸음을 멈췄다. 허리에 찬 홀더의 커버를 벗겨 언제든 권총을 쏠 수 있는 자세를 취했다. 위협의 의미도 있는 것이리라.

"이봐, 거기서 뭐 하는 거지?"

낮지만 시원시원한 목소리였다.

겐은 부드럽게 말했다.

"언제부터 공화국경찰이 시민에게 반말을 하게 된 겁니까?"

남자의 눈에 분노가 스치고 지나갔지만, 찰나에 불과했다.

"실례했습니다. 경찰로서 직무상 검문을 하는 중입니다. 선생님께서는 여기서 뭘 하고 계신 겁니까?"

"보시다시피 커피 마시는 중입니다."

"이유가 뭡니까?"

"목이 말라서요."

어처구니없는 대답이었지만 남자는 별다른 반응을 보이지 않고 감정을 제어했다.

"15분쯤 전에 이 자동판매기를 이용한 사람을 못 보셨습니까?"

"봤습니다. 접니다."

"다른 이용객은?"

"없습니다."

"죄송합니다만 모자와 안경을 벗어주십시오."

"꼭 그래야 합니까?"

"확인할 게 있습니다. 선생님께서는 노화인간이죠?"

"그 표현은 썩 마음에 들지 않는데……."

겐은 모자와 선글라스를 벗어 옆에 내려놓았다.

남자의 낯빛이 바뀌었다.

"아이디 접속, 확인했습니다. 니시나 겐이 틀림없습니다!"

뒤에서 외치는 소리에도 남자는 겐을 뚫어져라 바라볼 따름이었다.

"이런 번거로운 일 하지 말고 처음부터 이름을 물어보지 그랬습니까. 숨길 생각은 없었는데. 내가 니시나 겐입니다."

겐이 자리에서 일어나자 주변을 포위한 경관들은 뒤로 물러났다. 반사적으로 총을 겨눈 이도 있었다.

하지만 남자는 상관답게 한 발짝도 움직이지 않고 위엄에 찬 자세로 가슴을 폈다.

"서까지 동행해 주셔야겠습니다."

"자동판매기에서 커피를 뽑는 게 범법행위인 줄은 몰랐네요."

"시치미 떼는 것도 그쯤 해두지, 니시나 겐. 아니, 아나타 도진."

"거절합니다."

남자의 얼굴이 굳어졌다.

"뭐야……?"

"난 아나타 도진이 아닙니다. 일전에 메시지로 분명히 말했을 텐데요."

"쓸데없는 저항은 그만둬. 넌 이제 도망칠 수 없으니까."

"날 체포하려고요? 무슨 혐의로?"

"넌 직무상 검문을 하려던 나를 폭행했어. 이 많은 목격자 앞에서. 공무집행방해죄로 현행범으로 체포한다."

남자는 승리에 도취한 듯 씩 웃었다.

하지만 주변의 경관들은 긴장의 끈을 놓지 않았다.

"경찰이 이래도 되는 겁니까? 나중에 문제가 될 텐데."

"마지막으로 말한다. 서까지 동행해. 자기 발로 가든지, 우리 손을 빌리든지."

"그보다 가가와 씨는 어디 계십니까?"

"가가와? 부장님 말인가?"

"글쎄요, 직함까지는 모르겠습니다. 저는 가가와라는 사람이 할 이야기가 있다고 해서 순순히 여기서 기다리고 있던 겁니다. 그런데 이게 뭡니까? 너무한 거 아닙니까?"

"허튼소리를…… 부장님이 일부러 이런 데까지……."

순간 남자의 눈동자가 멈췄다. 눈을 깜빡이지 않는, 아이즈 통신을 할 때의 특유의 표정이었다. 불과 몇 초 만에 표정이 원래대로 돌아왔다.

남자는 멋쩍은 표정을 지었다.

"부장님은 곧 오신다고 한다."

마지못한 목소리였다.

"잘됐네요."

겐이 싱긋 웃자 남자는 콧김을 내뿜으며 노려보더니 홱 몸을 돌렸다.

"가자."

"부장님이 도착하실 때까지 지키지 않아도…….'"

"도망칠 작정이었다면 진작 도망쳤겠지. 가가와 부장님이 그렇게 말씀하셨어!"

남자는 당혹스러워하는 부하들에게 버럭 소리치더니 성큼성큼 그 자리를 떴다. 다른 경관들도 남자를 따라 정면의 인공 숲 속으로 사라졌다.

젠은 다시 벤치에 앉아 모자와 선글라스를 썼다. 블랙커피를 한 모금 마셨다. 맛있었다.

인공 숲에서 남자가 나타났다.

아까 경찰들처럼 잔디밭을 가로질러 왔다. 땅딸막한 몸에 수수한 양복을 걸쳤고 각진 얼굴이 인상적이었다. 부리한 눈에 콧대도 낮았지만 발걸음은 가벼웠다. 남자는 잔디밭 위를 미끄러지듯 다가왔다.

가까이 와서도 젠에게 눈길조차 주지 않았다. 유유자적하게 자동판매기에서 음료수를 사서 옆자리에 앉았다. 블랙커피. 뚜껑을 따서 벌컥벌컥 들이켜더니 후 하고 한숨을 쉬며 하늘을 올려다보았다.

"아슬아슬했어."

그는 격의 없는 말투로 말했다.

"만일 오늘 자네 아이디를 찾지 못했으면 포기하기로 했거든."

"가가와 씨 되십니까?"

남자가 고개를 돌렸다.

"그렇다네."

"처음 뵙겠습니다. 니시나 겐입니다."

겐은 오른손을 내밀어 악수를 청했다.

가가와가 그 손을 잡았다.

"공화국경찰 대테러 특수부 부장 가가와 데쓰오라고 하네."

악수를 마친 그는 다시 앞을 보았다.

두 사람은 나란히 앉아 커피를 마셨다.

더없이 평화로운 오후였다.

"와줘서 고맙네."

"할 이야기가 있다고 하셨잖습니까?"

"함정이란 생각은 안 했나?"

"저는 사람을 의심할 줄 모르거든요."

가가와가 피식 웃었다.

"재미있는 친구로군."

"가가와 씨도 만만치 않습니다."

가가와는 뜻밖이라는 표정을 지었다.

"그런가?"

"보통 누가 이런 일을 합니까? 옥외 광고판으로 자기가 쫓는 사람에게 만나자고 하는 게 정상입니까?"

"따져보면 다 자네가 시작한 일 아닌가. 일부러 아이디를 사용해 우리 주의를 끌어 메시지를 보냈잖나."

"사실은 더 할 이야기도 없습니다."

"난 아나타 도진이 아니다, 그걸로 끝이라고?"

"그거 말고 뭐가 있습니까? 아무것도 모르는데."

"켕기는 데가 없다면 왜 아이디를 사용하지 않았지?"

"쓸 데가 없었으니까요."

"아이디 없이 어떻게 생활하나?"

"여자 집에 얹혀살았거든요."

"여자……?"

"옛날 말로 하면 기둥서방이죠. 어째서인지 제 뒤를 봐주는 여자가 끊이지 않거든요."

"부러울 따름이군."

"나름대로 힘든 점도 많습니다."

"그야 그렇겠지."

잠시 침묵이 흘렀다.

"초면에 이런 질문을 하기는 좀 그렇지만."

"뭡니까?"

"자네는 왜 HAVI를 받지 않았나?"

"처음 만나는 사람들은 대부분 그걸 궁금해하더라고요."

"그때마다 뭐라고 대답했나?"

"어쩌다 보니 그렇게 됐다고요."

"그게 이유가 된다고 생각하나?"

"제가 산 증인입니다."

가가와는 신음을 흘리더니 다시 커피를 마셨다.

"자네는 HAVI가 싫은가? 아니면 백년법이?"

"둘 다 탐탁지 않게 생각하고 있습니다. 특히 백년법은."

"탐탁지 않다……."

"가가와 씨는 그런 적 없습니까? 죄를 저지른 것도 아닌데 아직 남아 있는 생명을 법에 따라 끊는다, 더구나 그 법을 면제받는 이들이 일부 사람들 마음대로 자의적으로 정해지고요."

"역시 자네는……."

"아닙니다. 저는 아나타 도진이 아니에요. 그의 주장에 전적으로 찬성하는 것도 아니고요."

"어떤 점에 찬성할 수 없는 건가?"

"백년법을 없애면 더 큰 문제가 대두할 겁니다. 아나타 도진의 주장에는 그에 대한 답이 없습니다."

가가와는 작게 고개를 끄덕였다.

젠의 논리가 통한 모양이었다.

"그래도 자네는 백년법에 위화감을 가지고 있지. 그럼 어떻게 하는 게 좋다고 생각하나?"

"모르겠습니다. 얼버무리는 게 아니라, 정말 저도 모르겠습니다."

"자네가 수를 쓴다는 생각은 안 해. 나 역시 모르겠으니까."

"우리 인간은 스스로 감당할 수 없는 일에 손댄 건지도 모르겠습니다."

가가와가 캔 커피를 마셨다.

두 사람 사이에 전혀 어울리지 않는 분위기가 감돌기 시작했다. 피의자와 경찰이 아닌, 마치 동지를 만난 듯한 분위기.

"그나저나 자네……."

가가와의 말투가 딱딱해졌다.

"공화국병원에 갔었지?"

피의자를 대하는 경찰의 태도였다. 본론으로 들어간 것이다.

젠도 마음을 다잡았다.

"갔었습니다."

"가토 박사와 아는 사이인가?"

"가토 박사가 누굽니까?"

"공화국병원에서 자네를 진찰한 의사네."

"아, 그 선생님 이름이 가토였습니까?"

"주부후유자키 시의 노지마 진료소 알지?"

겐은 고개를 끄덕였다. 진료소에 아이디 기록이 남아 있으니 거짓말을 해도 소용없었다.

"자네는 그 진료소를 몇 차례 찾아갔었지. 그리고 가토 박사도 요청을 받고 그곳을 찾은 적이 있어. 때마침 자네가 마지막으로 진료소를 찾았던 시기와 일치하네."

"하지만 만난 적은 없다고 기억하는데요."

"자네 말대로 가토 박사가 노지마 진료소에 갔던 날, 자네가 진료를 받은 기록은 없었네. 하지만 가토 박사는 그날 돌아오는 길에 조난을 당했네. 본인 말로는 산속에서 아이즈가 고장 나서 길을 잃었다고 했어. 그 탓에 공화국병원에 하루 늦게 돌아왔고."

가가와는 의도적으로 말투를 바꿨다.

"그런데 가토 박사가 길을 잃었다는 지점에서 20킬로미터쯤 떨어진 곳에 거부자 마을이 있었네. 과거 시마 마을이라 불리던 폐촌을 거부자들이 다시 재건해 모여 살았지. 하지만 그 마을은 당국에 적발되어 사라졌어. 가토 박사가 조난을 당한 며칠 뒤에."

거기까지 알아냈다니, 겐은 내심 경악을 금치 못했다. 경찰을 너무 얕잡아 봤는지도 모른다.

"말해두지만 그 일에 우리 공화국경찰은 직접 관여하지 않았네. 실행한 건 다른 조직이야."

센추리온이라는 말은 하지 않았다. 센추리온이 습격한 건 어디까지나 아니타 도진의 영원왕국뿐. 대외적으로는 그렇게 알려졌기 때문이리라.

"하지만 그때 사망한 거부자들의 DNA 데이터는 나중에 입수했네. 그중에 자네 대학시절의 은사가 있더군."

정적이 흘렀다.

젠의 반응을 살피는 것이다.

"이게 대체 어찌된 일인가? 자네가 다니던 진료소를 찾은 가토 박사가 돌아오는 길에 자네 은사가 살던 거부자 마을 근처에서 꼬박 하루 동안이나 조난을 당했어. 그리고 얼마 전에 자네는 가토 박사를 찾아갔고."

"빙빙 돌리지 말고 하고 싶은 말을 하시죠."

"우연이라기엔 너무나 앞뒤가 딱딱 맞지 않나. 자네 생각은 어떤가?"

"글쎄요……."

"내 추측은 이래. 가토 박사는 아이즈 고장으로 길을 잃은 게 아니라 그 거부자 마을에 들른 게 아닐까. 이유는 모르네. 하지만 거기서 자네와 만났어."

"제가 왜 그런 데 있겠습니까?"

"자네는 그 거부자 마을을 위해 자재와 식량을 조달했어. 이건 내 추측이 아니라 자네 아이디 사용기록을 상세히 분석해 얻은 결론이네."

"저한테 한 푼 이득도 되지 않는 그런 일을 왜 합니까?"

"자네는 금전적 이익을 쫓아 움직이는 사람이 아니야. 은사님을 위해, 이유는 그걸로 충분하지 않을까?"

"동기라 하기에는 너무 약하군요."

"그럼 어떤 동기라면 만족하겠나?"

젠은 고개를 저었다. 그 수에 넘어가지는 않는다. 하지만 가가와
는 예상치도 못한 이야기를 꺼냈다.

"아무것도 없는 폐허에서 새로운 마을을 만든다. 그것만으로도
인생을 걸 만한 가치는 충분히 있지. 나라면 그랬을 거야."

"나라 세우기."

"그래, 나라를 세우는 일이지. 멋진 일이야."

젠은 입을 다물었다.

이 남자와 이야기하다 보면 하지 않아도 될 말까지 나올 것 같
았다.

"하지만 그 마을은 완성되기도 전에 적발됐지. 얼마나 원통했을
까?"

젠은 계속 침묵을 지켰다.

"도쿄에서 가토 박사를 찾아간 건 무엇 때문이지? 가토 박사 때
문에 마을이 그렇게 됐다고 생각했나?"

"그런 게 아니라……."

"가토 박사도 교묘하게 말을 흐리며 중요한 이야기는 하나도 해
주지 않더군. 자네한테 협박을 받은 건가 싶었는데, 보아하니 그런
건 아닌 모양이군."

젠은 가가와의 옆얼굴을 보았다.

"가토 박사가 경찰의 연락을 받은 직후에 자네에게 도망치라고
알려준 것 아닌가? 그래서 자네는 우리의 추적을 따돌릴 수 있었

지. 가토 박사는 자네를 감싼 거야."

"아닙니다!"

겐은 힘주어 말했다.

돌아본 가가와의 얼굴에 흡족한 표정이 번졌다.

지금 겐의 반응으로 모든 것을 알아챈 것이리라.

"걱정 말게. 그렇다고 가토 박사를 어쩔 생각은 없으니."

이 남자의 말은 믿어도 된다. 본능적으로 그렇게 느꼈다.

"내가 이해할 수 없었던 건 가토 박사가 자네를 감싼 이유인
데…… 이렇게 직접 만나보니 알 것 같군."

겐이 아무 말도 하지 않자 가가와는 밝게 웃으며 앞을 보았다.

"좋아. 자네가 무라사키야마를 폭파한 아나타 도진인지 아닌지
지금은 추궁하지 않겠네. 아니, 분명히 말하자면 자네는 아나타 도
진이 아니야. 그런 생각이 들기 시작했어. 가까이서 자네를 보고 직
접 대화를 나눈 내 감일 뿐이지만."

진심인가? 아니면 방심시키려고 일부러…….

"한편으로, 거부자 네트워크에서는 노화인간이 적극적으로 거
부자들을 돕는다는 소문이 돌고 있네. 아마 사실이겠지. 그 노화인
간은 니시나 겐, 바로 자네고."

"그것도 감입니까?"

가가와가 다시 웃음을 흘렸다.

"거부자를 돕는 건 중죄에 해당해. 하지만 내 상대는 테러리스트
야. 테러에 관여하지 않은 거부자는 내 관심 밖이지. 한마디로 자네
가 소문의 노화인간이라 해도 자네를 체포하지 않겠다는 뜻이네."

대범한 발언이었다.

"그럼 이제 저한테 볼일은 다 끝나셨군요?"

"하지만 자네는 할 말이 있지 않나?"

가가와가 자신만만하게 겐의 얼굴을 들여다보았다.

"그렇지 않으면 이런 위험을 감수하면서까지 일부러 날 만나려 하지 않았겠지. 자네한테 득 될 게 없으니까."

"그렇죠."

"대답할 수 있을지는 모르겠지만 궁금한 게 있으면 말해보게. 내가 대답할 수 있는 범위 안에서는 말해줄 테니. 그 대신, 자네가 가진 정보도 가능한 한 제공해주게."

"제가 가진 정보 같은 건……."

"물론 이 자리에서 자네가 한 이야기는 불문에 부치겠네. 법정 증인석에 서달라는 얘기도 안 해."

곧이곧대로 믿을 수는 없었다. 아무리 호인이라도 가가와는 경찰 쪽 사람이다. 하지만 다른 한편으로 자신에게 거절할 생각이 없음을 깨달았다.

"가가와 씨는 정말 속을 알 수 없는 분이네요."

"그 말 똑같이 돌려주지."

겐은 남은 커피를 들이켰다.

그리고 빈 깡통을 만지작거리며 말문을 열었다.

"가가와 씨도 무라사키야마의 폭탄 테러를 저지른 건 거부자들의 테러 조직이라 생각하십니까?"

"아나타 도진의 범행 성명이 발표된 이상 그렇게 생각하는 게 타당하겠지."

"애초에 아나타 도진의 테러 조직 같은 게 실제로 존재하는 걸까요?"

"무라사키야마가 당하지 않았나."

"분명히 4년 전에도 아나타 도진에 의한 폭탄 테러가 일어났습니다. 하지만 사용된 폭탄은 초보적인 수준이었고 기폭 방법도 원격조작이었죠. 희생자도 손에 꼽을 정도였고요. 그런데 이번에는 터미널 센터를 사용 불능 상태에 빠뜨릴 정도로 파괴력이 있는 폭탄, 더구나 자폭 테러입니다. 이만큼 본격적인 테러는 마음만 먹는다고 할 수 있는 일이 아니죠."

"4년 전의 아나타 도진은 이미 죽었고 그의 조직인 영원왕국도 사라졌어. 지금은 새로운 조직이 아나타 도진의 이름을 내건 게 아닌가?"

"그럼 그 새로운 조직은 뭡니까? 주체는 누구죠?"

"그 역시 거부자들이겠지."

"그 점이 영 이해가 가지 않는다는 겁니다."

"그렇다면……."

"물자 조달이나 행동에 제한이 있는 거부자들이 아무리 도당을 결성해 서로 도와 일을 꾸민다 해도 그만한 조직을 만드는 건 불가능에 가깝습니다. 거부자들 대부분은 하루하루 먹고사는 게 고작인 실정이거든요."

가가와는 젠의 마음을 꿰뚫겠다는 듯 쳐다보았다.

"오해하지 마십시오. 경찰을 잘못된 방향으로 이끌려는 의도는 없으니까요. 저는 정말 그렇게 생각합니다."

"거부자 네트워크를 완전히 파악한 입장에서 하는 말인가?"

"상상에 맡기겠습니다."

"그럼 무라사키야마를 폭파한 건 누구지?"

"그건 가가와 씨가 더 잘 아실 텐데요."

"그게 무슨 소린가?"

"강력한 폭탄, 자폭 테러, 그런 것이 가능한 조직을 아시잖습니까?"

"그걸 알면 이 고생을 하겠나."

"이를테면 공화국경찰. 마음만 먹으면 가능하지 않습니까?"

말이 끝나자마자 가가와가 실소를 흘렸다.

"그걸 말이라고 하나? 뭣 때문에 경찰이 테러리스트가 되어 자폭 테러를 하겠나."

"하지만 마음만 먹으면 실행 가능하지 않습니까?"

"그야 폭탄은 마련할 수 있겠지만 자폭 테러 요원까지는……."

순간 가가와는 입을 다물었다. 초점 없는 눈이 허공을 맴돌았다.

"왜 그러시죠?"

"아니……."

가가와는 억지웃음을 지었다.

"하지만 아나타 도진의 부활로 가장 체면을 구긴 건 공화국경찰이야. 녀석에 대한 원한은 뼛속 깊이 사무쳐 있다고."

"그러니까 의심 받을 일이 없겠죠."

"무엇 때문에!"

"체면을 구긴다는 손실을 감수하고도 남는 이득 때문이겠죠. 그게 뭔지는 저 같은 일반 시민이 알 재간이 없습니다만."

"말도 안 돼. 그런 일은……."

"센추리온은 어떻습니까?"

침묵이 흘렀다.

"영원왕국을 습격했을 때의 영상을 봤습니다. 그들이라면 못할 게 없을 것 같더군요. 자폭 테러 요원을 어떻게 모았는지는 상상도 가지 않습니다만."

가가와는 짜증스레 말했다.

"자네하고 이야기하다 보니 정신이 이상해지는 것 같군."

"그렇게 비현실적으로 들립니까?"

대답은 돌아오지 않았다.

"가능성이 없지는 않다, 그런 표정인데요?"

"아니, 말도 안 돼. 그런 일이 있을 리 없어. 아나타 도진은 실제로 존재해. 녀석이 무라사키야마를 폭파한 거라고."

가가와는 다시 겐을 보았다.

"할 말은 그것뿐인가?"

"하나 더 있습니다. 이게 본론이죠."

"……"

"어제 당신들이 테러리스트로 붙잡은 사람들은 테러를 실행한 범인이 아닙니다. 이용당했을 뿐이죠."

가가와가 미간을 찌푸리며 물었다.

"무슨 이야긴가?"

"분명 그들은 거부자가 맞습니다. 목숨을 살려달라고는 하지 않겠습니다. 하지만 누명을 쓴 채 죽는 건 너무 가혹합니다. 그리고 거부자도 아닌 민간인까지……."

"잠깐, 지금 무슨 소리 하는 건가? 알아듣게 말해."

예상치 못한 반응이었다.

"거부자 네트워크를 운영하는 그룹을 적발했잖습니까?"

"난 처음 듣는 이야기야. 이번 테러 사건과 관련된 피의자는 아직 한 명도 체포하지 않았어. 언론보도에서도 그런 소식은 듣지 못했고."

시치미를 떼는 것 같지는 않았다.

어떻게 된 일이지?

"지금 그 말이 사실인가?"

"그렇지 않으면 제가 이 자리에 나왔겠습니까?"

부데 일당이 붙잡혔다는 소식은 사다가 사카자키 다카요를 통해 전해왔다. 유키미가 다카요에게 연락을 받은 직후 그녀와도 연락이 끊겼다. 겐은 곧장 가게로 달려갔지만 다카요의 모습은 찾을 수가 없었다. 주변 주민들에게 물어본 결과 아마 사다를 미행했을 당국의 의심을 사서 같이 연행됐을 거라고 했다.

"단순한 거부자 단속이 아닌가? 아까도 말했지만 테러에 관여하지 않은 거부자는 내 관할 밖이라……."

"경관의 목소리를 똑똑히 들었답니다. 무라사키야마 폭탄 테러의 피의자로 체포한다고요. 그리고 연행된 여자는 거부자가 아닙니다."

"……."

"어쨌든 그 사람은 풀어주십시오. 이름은 사카자키 다카요. 그 사람은 상관없습니다. 제가 증언하겠습니다."

가가와는 꿈쩍도 하지 않았다.

"가가와 씨!"

"난 정말 모르는 일이네."

"당신은 대테러 특수부 부장 아닙니까. 가가와 씨가 모르는 데서 그런 일이 일어났다면……."

"공화국경찰 조직 자체가 비정상적으로 돌아가고 있다는 뜻이 겠지."

순간 가가와가 홱 고개를 돌렸다. 겐도 알아챘다.

정면의 인공 숲에서 다시 한 무리의 경관들이 나타났다. 아까보 다 머릿수가 많았다. 30명 이상. 게다가 손에는 방패와 진압봉을 들 고 머리에는 헬멧까지 썼다. 무장경찰대였다. 그들은 순식간에 겐 과 가가와를 포위했다.

가가와가 벌떡 일어나 말했다.

"난 이런 명령 내린 적 없는데. 다케스에가 시킨 건가?"

"내가 시켰어."

한 남자가 앞으로 나와 헬멧 바이저를 올렸다. 날카로운 눈에서 뿜어내는 살기는 사냥감을 노리는 맹수를 연상시켰다.

"다테미야…… 네놈이……."

다테미야라 불린 남자가 불온한 미소를 지었다.

"효도 국장님의 명령이시다. 니시나 겐을 국가반란방지법에 의 거해 긴급체포하라시는군."

"국가반란방지법이라고……? 혐의가 뭔데?"

"대통령 암살 미수."

"대통령 암살…… 잠깐."

가가와가 등을 돌렸다. 아이즈로 통신을 하는 것이리라. 그 뒷모 습에서 힘이 빠져나가는 게 느껴졌다.

이윽고 가가와는 겐을 돌아봤다.

생기를 잃은 얼굴이었다.

6

"별동대라니, 이게 어떻게 된 일입니까? 저는 전혀 들은 바가 없습니다."

분을 삭이지 못한 가가와가 따져 물었지만 효도 국장은 눈 하나 깜짝하지 않았다. 동그란 눈에 유쾌한 웃음을 지으며 입꼬리를 살짝 올렸다. 그 얼굴은 마치 장난거리를 발견하고 웃음을 참는 소년 같았다.

"진정하게. 센추리온과의 연계를 강화하기 위해 시범적으로 운영하는 것뿐이니까."

"그렇다면 그렇다고 말씀이라도……."

"시범운영이니까. 자네들, 정규 대테러 특수부와 성과를 비교해 연계 효과를 알아보는 게 이번 일의 목표야. 자네들이 알면 공정하게 비교할 수 없잖나. 예부터 이런 말도 있지 않나. 적을 속이려면 먼저 자기편부터 속이라고."

승리에 도취한 듯 호탕한 웃음이 울려 퍼졌다.

공화국경찰 청사 맨 위층.

효도가 국장에 취임한 뒤 마련한 국장실은 썰렁할 정도로 넓었다. 방문객이 들어와 국장 앞에 설 때까지 20미터나 걸어야 했다. 전면 창을 등진 국장용 책상도 전임자보다 두 배는 더 컸다. 예전에는 갖춰놓았던 소파 세트도 지금은 모습을 감춰서 방문객들은 모두 책상에 앉은 국장 앞에서 차려 자세를 취해야 했다. 가가와 역시 예외는 아니었다.

"할 이야기는 이제 끝났나?"

"하나 더 있습니다. 니시나 겐이 아나타 도진이라는 진술은 틀림 없습니까?"

아나타 도진을 쫓던 건 가가와의 대테러 특수부만이 아니었다. 효도 국장 직속의 별동대가 은밀히 편성되어 센추리온의 협조하에 활동하고 있었다. 다테미야 가즈히로가 이끄는 그 별동대가 무라사키야마 폭탄 테러의 실행범을 밝혀내 체포한 게 어제 일이다. 취조 결과, 실행범들은 아나타 도진 조직의 구성원이며, 아나타 도진의 정체는 니시나 겐이라는 사실이 밝혀졌다고 했다.

"의심하는 건가?"

효도는 불쾌한 기색을 노골적으로 비쳤다.

"니시나 겐 본인과 대화를 나눴을 때는 그런 느낌을 받지 못했습니다."

"자네가 잘못 본 게지. 그뿐이야."

가가와는 말문이 막혔다.

"어쨌든 이번 시범운영으로 센추리온과의 업무 연계가 무척 효과적이라는 사실이 입증되었네. 자네는 마음에 들지 않겠지만. 자신이 무능하다고 비판할 필요는 없네."

그렇게 말하더니 코웃음을 쳤다.

"구체적으로 어떻게 업무 연계를 한다는 겁니까? 후학을 위해 한 수 배우고 싶습니다."

"언젠가 정식 보고서가 나올 테니 그걸 읽어보게."

"시범운영은 이걸로 끝이라 생각해도 되는 겁니까?"

"그래, 끝났네."

"그럼 니시나 겐의 신병은 저희가……."

"아니, 조사는 그쪽에서 하기로 했네."

"이유가 뭡니까? 시범운영이 끝났다면……."

"시범운영이 끝나고 정식 운영할 테니까. 아나타 도진은 기념할 만한 첫 사냥감이 된 거지."

"그러면!"

가가와는 분을 참지 못하고 언성을 높였다.

"그럼 지금까지 저희가 해온 노력은 뭐가 되는 겁니까?"

"노력은 노력일 뿐이야. 실제로 성과를 낸 건 저쪽이고."

"니시나 겐과 접촉한 건 저희입니다. 배후조직의 규명은 그쪽에 맡긴다 해도 니시나 겐만큼은……."

"시끄러워!"

효도는 낯빛을 확 바꾸어 여자처럼 쇳소리를 냈다.

"계속 종알대면 대테러 특수부를 없애버릴 줄 알아!"

"없앤다고요……? 없애면 어떻게 되는 겁니까?"

"나는 조만간 공화국경찰을 대대적으로 개편할 작정이야. 센추리온과 합병할 생각이네. 그때 조직에 남고 싶으면 쓸데없는 소리 말고 주어진 명령에나 따르게. 알았나!"

가가와는 말을 잇지 못했다.

공화국경찰로 일한 지 50년이 지났지만 이만한 굴욕은 처음이었다.

효도는 가가와에게 삿대질을 하며 말했다.

"그 눈은 뭐지? 나한테 반항하는 건가?"

"아닙니다. 제가 어찌 감히……."

"그럼 물러가. 자네 면상을 보면 기분이 잡치니까."

가가와는 형식적으로 고개를 숙이고 나서 몸을 돌렸다.

문까지 20미터를 걷는 동안 분노도 슬픔도 아닌 감정이 가슴을 가득 채웠다.

*

"아무리 생각해도 이건 말이 안 됩니다!"

"우리는 지금까지 뭘 했던 겁니까!"

"우리가 무슨 어릿광대입니까?"

가가와의 이야기를 들은 대테러 특수부 고정 멤버들은 이구동성으로 분통을 터뜨렸다. 그럴 만도 했다.

하지만 시간이 지나 냉정함을 되찾은 가가와의 머릿속을 채운 건 분노보다 의문이었다. 이번 건은 너무나도 석연치 않았다.

그런 가가와의 심중을 대변하듯 차장인 다케스에가 혼잣말처럼 중얼거렸다.

"정말 센추리온과의 연계가 목적이었을까요?"

그답지 않은 침착한 말투에 모두 입을 다물었다. 자신에게 모두의 이목이 집중된 걸 깨달은 다케스에는 당혹스러운 표정으로 말했다.

"어? 내가 무슨 이상한 소리라도 한 거야?"

"그게 무슨 뜻이지?"

가가와가 물었다.

"아니, 뭔가 갖다 붙인 이유 같아서요, 센추리온과의 연계 강화라는 건. 게다가 별동대를 이끄는 건 더 도베르만, 다테미야라면서요. 그럴싸한 말로 둘러대며 대놓고 할 수 없는 일을 몰래 처리하는 게 아닐까…… 하는 생각이 들어서."

다케스에는 장난스레 말했지만 아무도 웃지 않았다.

"그러고 보니 국장님은 조만간 공화국경찰을 대대적으로 개편하겠다고 했어."

"보안성을 부활시킨다는 그 이야기 말입니까?"

대테러 특수부에서 잔뼈가 굵은 무라타가 말했다.

"그건 오래 전부터 돌던 이야긴데, 이제 시작하는 건가?"

"아니, 그게 말이죠."

뜻밖에도 신참인 오시마가 끼어들었다.

"보안성이 부활하면 그 수장은 보안장관입니다. 한마디로 내각의 일원으로 유사 총리의 지휘를 받게 되는 거죠. 우리 국장님은 그게 싫어서 내각에서도 팰리스 후지에서도 독립된 제3세력을 만들겠다는 속셈이랍니다."

"그 이야기는 어디서 들었나?"

"소문으로 들었습니다."

오시마는 헤헤 웃으며 얼버무렸다.

"제3세력이라."

"공화국경찰의 지위가 팰리스 후지 급으로 승격된다는 뜻인가?"

"그렇게 되면 우리 세상이 오는 건가?"

아즈마의 말을 분위기 메이커인 요코가와가 놓치지 않고 받아쳤다.

"우와, 없어 보인다. 정말 없어 보여."

"뭐야!"

여느 때의 가벼운 말장난은 한 귀로 흘려넘겼다.

다케스에도 듣는 둥 마는 둥 말했다.

"센추리온과의 연계도 그걸 위한 포석일까요?"

"하지만 합병한다 해도 우시지마 대통령이 그리 쉽게 센추리온을 놓아주진 않을 텐데. 애당초 제3세력이라니, 우시지마 대통령이나 유사 총리가 그런 걸 인정할 리가 있겠나? 잘못되면 양쪽에서 손을 잡고 달려들 텐데. 그렇게 되면 전부 물거품으로 돌아가는 거야. 형식상으로는 내무성의 일개 조직에 지나지 않으니까."

"국장님 입장에서는 일생일대의 도박이네요."

"진심으로 제3세력을 노리는 거라면 뭔가 승산이 있어서일 텐데……."

다들 한숨을 내쉬었다.

"제3이든 제4든…… 거기 휘둘리는 우리 입장도 좀 생각해주지 말입니다."

무라타가 한숨 섞인 목소리로 말했다.

"국장님 감투병은 알아줘야 한다니까요."

"그쯤 되면 정말 병입니다, 병."

"왜 그런 사람이 국장이 됐는지 몰라."

"그런 소리 마. 그래도 우리 대장인데."

"그런 놈도 국장을 하는데 나라고 못할 게 뭐람."

"앗, 국장님이다."

요코가와의 목소리에 모두 화들짝 놀라며 문을 쳐다봤다.

"거짓말입니다!"

조리돌림을 당하는 요코가와를 본체만체하며 무라타가 말했다.

"뭐, 쓸데없는 생각은 안 하는 게 좋습니다."

"별동대가 있든 없든 아나타 도진을 찾아낸 건 우립니다. 우리 임무는 다했다. 그걸로 족하지 않습니까? 그렇죠, 부장님?"

"그렇지……."

"어? 뭔가 석연치 않은 표정이십니다."

"정말 니시나 겐이 아나타 도진일까?"

요코가와를 손봐준 멤버들이 가가와를 돌아봤다.

"하지만 진술을 받아내지 않았습니까?"

"그렇다고는 하지만……."

만일에 니시나 겐이 아나타 도진이며 테러를 지휘했다면 대체 무엇 때문에 가가와 앞에 나타난 걸까? 붙잡힐 위험을 무릅쓰면서까지.

자기 조직원이 붙잡힌 걸 알고 선수를 치려던 걸까? 아니, 그건 너무 어설프다. 우리 수사상황을 알아보기 위해? 알아본다고 달라지는 게 있는 것도 아니다. 무엇보다 아나타 도진의 주장에 전적으로 찬성할 수 없다고 했을 때의 그 진지한 목소리.

"니시나 겐을 아나타 도진이라 단정하는 건 너무 억지스러운 것 같단 말이지……."

거꾸로 니시나 겐의 말이 전부 사실이라면…….

*

　가가와가 정보채취 모니터실을 찾은 건 영원왕국에서 도망쳐 나온 거부자를 강제로 정보채취 했을 때 이후로 처음이었다. 그때는 벽에 걸린 수많은 모니터 안에 정체불명의 영상이 꿈틀댔으며 유리벽 너머의 옆방에는 새하얀 빛이 가득 차 눈이 부셨다.

　그런데 지금은 모니터 화면은 모두 침묵했으며 유리벽 너머는 어두컴컴해서 아무것도 보이지 않았다. 방을 비추는 건 천장의 네모난 조명뿐이었다. 왠지 모를 쓸쓸한 분위기가 감돌았다.

　"내년 예산도 대폭 삭감된답니다. 이곳의 이용 횟수도 줄어들었으니 어쩔 수 없는 일이긴 하지만요."

　주임기술관인 사쿠라다가 피곤에 찌든 얼굴로 옆방을 바라보았다. 어두운 유리벽에 비친 건 굳은 표정으로 마주앉은 두 남자의 모습이었다.

　"역시 법원의 그 판결이 영향을 끼친 건가?"

　작년, 어느 폭행사건에 관련된 형사재판에서 강제 정보채취 한 정보는 증거로 인정하지 않는다는 판결이 나왔다. 피의자에게서 강제로 정보를 채취하는 것 자체로도 인권침해의 소지가 있는데, 고생해서 얻은 정보를 증거로 사용할 수도 없다니 수사관들의 발길이 멀어질 법도 했다.

　"하지만 설령 재판에서 증거로 채택되지 못하더라도 배경 정보를 얻는 건 수사상 중요한 일이야. 정보를 이용할 길은 얼마든지 있을 텐데."

　사쿠라다가 기운 없는 표정으로 말했다.

"맞습니다. 그런데 문제는 법원의 견해가 아니라 채취하는 정보의 정확도입니다."

"하지만 정확도도 그만하면 뛰어나지 않나. 아나타 도진의 영원 왕국의 실체를 밝혀냈을 때도 크게 활약했고."

"그건 이 시스템을 완벽하게 이용할 수 있는 인재가 있었기 때문에 가능했던 일입니다. 안타깝게도 현재 과학수사부에는 그만한 수준의 기술관이 없습니다."

"4년 전에 우리 사건을 담당했던 그 친구는 어떻게 됐나? 이름이 뭐였더라……."

"오다기리 말씀이시죠?"

"그래, 오다기리 기술관. 그 친구라면……."

"오다기리는 죽었습니다."

생각지도 못한 대답에 가가와는 말을 잇지 못했다.

죽었다면 생존가능기한이 지났다는 건가? 하지만 아무리 HAVI를 받았더라도 대략적인 나이는 분위기로 알 수 있다. 오다기리 기술관은 어린 축에 속한다고 생각했는데…….

말을 잇지 못하는 가가와를 보고 사쿠라다는 괴로운 듯 말했다.

"1년 전쯤에 병으로……."

"병……?"

"SMOC라고 들어보셨습니까?"

"아니."

"최근에 늘어난 모양입니다. 예후가 좋지 않은 암인데 진단을 받고 세상을 떠날 때까지 정말 순식간이었습니다."

"그랬군. 정말 뭐라고 해야 할지. 아까운 인재를 잃었어……."

"오다기리도 억울해서 눈을 못 감았을 겁니다. 생존가능기한이 50년도 넘게 남은 상태였으니까요. 그만한 재능이 있었으니 살아 있었다면 분명 엄청난 일들을 해냈을 텐데……."

사쿠라다가 의기소침해진 건 예산삭감이나 법원 판결이 아니라 우수한 부하직원을 잃은 비통함 때문이었다.

"이 시스템의 메인 오퍼레이터였던 그녀가 세상을 떠난 뒤로 채취하는 정보의 정확도가 서서히 떨어졌습니다. 그 때문에 시스템 자체의 신뢰성을 잃게 됐고 사용 횟수도 줄어들었죠. 그렇게 된 일입니다."

"하지만 자네나 다른 기술관들도 특수정보채취관 자격을 가지고 있지 않나."

"저희는 오다기리의 발끝에도 못 미칩니다. 애초에 법원에서 그런 판결을 내린 것도 제가 채취한 정보에 오류가 있었기 때문이니까요."

사쿠라다는 자조하듯 웃으며 아련한 눈빛으로 유리벽 너머를 보았다. 그 너머로 미소를 지으며 인사하는 오다기리 기술관의 모습이라도 보이는 듯.

"개인의 능력에 지나치게 의존하는 시스템은 언젠가 파국을 맞이할 숙명을 지녔습니다. 그걸 더 일찍 깨달았어야 하는데."

사쿠라다는 가가와를 돌아보며 안쓰럽다는 듯 웃었다.

"죄송합니다. 모처럼 오셨는데 하소연이나 하고. 저한테 하실 말씀이 뭡니까?"

가가와는 자세를 바로 하며 말문을 열었다.

"기억하는지 모르겠지만, 4년 전에 여기서 자네와 대화하던 도중에 인간 조작 이야기가 나왔었지?"

"인간 조작……?"

"진짜 기억 위에 덧씌움으로써 인간을 조작하는 게 가능하다는……."

"아…… 그 얘기군요."

"과학수사부에서 연구를 진행한다고 들었는데 그 뒤로 실용화 단계에 들어섰나?"

"갑자기 그건 왜 물으십니까?"

"이를테면…… 테러 조직의 조직원을 체포해서 그 기술을 이용해 스파이로 만들 수도 있지 않나? 본인의 의지와 상관없이 스파이가 되는 것이니 실용화만 된다면 특히 조직범죄 소탕에 큰 도움이 될 텐데."

"그게, 저도 자세한 건 모릅니다."

사쿠라다는 얼버무리듯 말했다.

"실용화 단계에 접어들었다면 뭔가 움직임이 있었을 텐데, 없는 걸 보면 아직 그 단계는 아닌 모양입니다."

지당한 의견이었다.

"혹시나 해서 묻는 건데."

가가와는 가장 궁금했던 질문을 던졌다.

"그 기술을 이용하면 상관없는 사람을 자폭 테러 요원으로 만들 수도 있나?"

사쿠라다는 부자연스러울 만큼 반응을 보이지 않았다.

"이론적으로는 가능하지?"

"대체 무슨 생각을 하시는 겁니까?"

사쿠라다의 눈빛이 가가와를 꿰뚫을 듯 날카로웠다.

"자폭 테러라면 아나타 도진, 그는 분명 이미 체포됐다고 들었습니다만."

"그렇지⋯⋯."

"아나타 도진이 그 기술을 썼다는 겁니까?"

"뭐랄까, 갑자기 그 생각이 나더라고. 그래서 자네 의견을 들어보고 싶어서."

"우리 기술이 유출됐다고 의심하시는 겁니까?"

"아니, 그런 건 아니야."

가가와는 웃으며 얼버무렸다.

"그나저나 가가와 부장님은 지금 이 나라의 체제를 어떻게 생각하십니까?"

"체제?"

갑자기 화제가 바뀌었다.

"나라는 정체 상태에 있는데 총리와 대통령은 대립각을 세울 뿐 상황을 타개할 방법을 내놓지 못하고 있습니다. 뭔가 큰 변화를 꾀해야 할 시기가 온 게 아닐까요?"

"그러고 보니 그런 소문이 돌더군. 우리 국장님이 제3세력으로 대두하려 한다고."

"제3세력이요?"

"내각부, 대통령부를 잇는 제3세력에 공화국경찰을 올려놓으려 한다는군."

"그것도 나쁘지 않죠. 이두보다 삼두가 훨씬 안정적인 데다 필요할 때는 역동성을 창출할 수 있으니까요."

"그럼 자네는 국장님을 지지하는 건가?"

"우리 국장님이잖습니까. 멍텅구리 상사라도 따르는 수밖에요."

"그야 그렇지만……."

가가와는 맥 빠진 웃음을 흘렸다.

"가장 큰 문제는 국장님이 그 문제를 깊이 생각하지 않는다는 점입니다. 국장님 머리에는 자기가 권력을 잡는 것밖에 들어 있지 않아요. 잡은 뒤에 어쩔 것인가, 무엇을 하고 싶은가, 분명 아무 생각도 없을 겁니다. 그 똘마니인 다테미야도 마찬가지고요."

그 목소리에서 강한 경멸의 뜻이 느껴졌다.

"잘했든 못했든 이 나라를 50년 동안 다스린 우시지마 대통령과 유사 총리에 비하면 조무래기죠. 어디 내놓기도 부끄러운 조무래기입니다."

말을 마치자마자 사쿠라다는 눈을 홱 돌렸다.

"가가와 부장님, 아까 그 이야기 말입니다만."

"무슨 이야기 말인가?"

"거짓 기억을 덧씌움으로써 자폭 테러 요원을 만든다는……."

"아……."

"그 일에 관심을 가지고 있다는 걸 남들에게 들키지 않는 게 좋을 겁니다."

사쿠라다는 애써 태연자약한 목소리로 말했다.

가가와는 온몸의 신경이 순식간에 곤두서는 걸 느꼈다.

"뭔가…… 아는 게 있는 건가?"

"그리고 다른 기술관이나 동료들에게도 물어보지 마십시오. 특히 다테미야가 알아채면 일이 복잡해집니다."

가가와는 말없이 사쿠라다의 얼굴을 바라보았다.

사쿠라다는 여전히 눈을 맞추지 않은 채 작게 중얼거렸다.

"제가 말씀드릴 수 있는 건 여기까지입니다."

7

자그맣고 썰렁한 방. 창문이 없다. 이곳도 지하이리라. 벽과 바닥과 천장은 모두 푸르스름한 흰색이라 계속 보고 있으면 현기증이 날 것 같았다. 포인트가 될 만한 건 문과 천장 네 곳에 달린 조명과 환기구, 방 한가운데에 놓인 소박한 원탁과 의자 두 개였다.

그중 하나에 니시나 겐이 앉은 뒤로 제법 시간이 흘렀다. 시계가 없어서 실제로 시간이 얼마만큼 흘렀는지는 알 수 없었다. 한 시간은 지난 것 같지만 지금 자신의 시간감각은 믿을 수 없었다.

문 쪽에서 기척이 났다.

천천히 문을 열고 들어온 건 작고 여윈 남자였다.

주름 하나 없이 빳빳한 양복은 선민의식을 나타내는 것 같았다. 지성의 칼날이 번뜩이는 눈빛은 아직도 쇠하지 않았다. 하지만 그 얼굴을 덮은 표정에는 떨쳐낼 수 없는 피로의 빛이 뚜렷했고 눈에 띄게 큰 머리는 희끗희끗했다.

남자는 문을 닫고 탁자 너머 겐의 정면에 섰다. 갖가지 감정이 응축된 듯한 눈동자가 겐을 바라보았다.

말없이 남자를 올려다보던 겐이 불현듯 환한 미소를 지으며 말했다.

"이제 됐습니다, 가이. 당신이 정장이 어울리는 신사라는 건 잘 알았어요."

가이의 얼굴에 수치심이 언뜻 비쳤다 사라졌다.

"앉아도 되겠나?"

"그걸 왜 저한테 묻습니까? 이곳에서는 저보다 당신이 강자인데요."

"아니, 지금 이 순간만큼은 자네가 강자야. 왜냐하면 나는 참회하러 이곳에 왔거든."

젠은 고개를 갸웃거렸다.

"앉아도 되겠나? 사실대로 말하면 서 있기 힘들어서 그래."

젠은 앉으라는 손짓을 하며 물었다.

"몸이 안 좋습니까?"

"천벌을 받은 게지."

가이는 빈 의자에 앉았다. 그리고 젠을 바라보았다.

"지금 있는 곳은 어떤가?"

"쾌적하더군요. 감방 같지 않아요."

"감방이 아니야. 자네는 공화국에서 가장 안전한 장소에 있는 셈이지."

R스퀘어에서 무장경찰대에 체포된 뒤 호송차에 실린 것까지는 기억이 났다. 약을 쓴 것인지 정신을 차렸을 때에는 침대에 누워 있었다. 호텔 방 같은 곳이었다. 널찍한 싱글침대는 푹신했고 작은 책상과 전등, 옷장은 물론 화장실까지 갖춰져 있었다. 호텔과 결정적으로 다른 점은 안쪽에서 문을 열려고 해도 꿈쩍도 하지 않는다는 점이었다.

"이곳은 어딥니까? 창문이 하나도 없어서 짐작도 안 가네요."

"방공호 안이네."

가이가 순순히 대답했다.

"방공호?"

"그래. 공화국 대통령 관저, 팰리스 후지의 지하 방공호 안이야."

"제가 지금 팰리스 후지에 있는 겁니까?"

놀라울 따름이었다. 최신식 유치장에 있는 줄 알았는데.

"그럼 제가 지금 쓰는 방은 유사시에 대통령이?"

"스태프용이네. 대통령 전용실은 따로 있다는데 나도 아직 본 적은 없어."

"마음이 놓이네요. 대통령 방이라고 생각하면 긴장돼서 밤에 잠도 설치겠습니다."

너스레를 떨었지만 가이의 표정은 여전히 굳어 있었다.

"자네는 어떻게 그렇게 침착할 수 있나?"

"그래 보입니까?"

"자신이 처한 상황을 이해하지 못하는 건 아닐 텐데."

"칭찬 감사합니다만, 솔직히 잘 모르겠습니다. 분명히 아나타 도진으로 체포되었는데 유치장이 아니라 팰리스 후지의 지하 방공호에 있다고 하지 않습니까? 감옥이라기에는 너무 편안한 방에 감금되었다 싶었는데, 오늘에야 겨우 조사가 시작되는 줄 알았더니 양복을 빼입은 당신이 나타나 참회하러 왔다는군요. 이 상황을 어떻게 이해하면 됩니까?"

"자네라면 이미 눈치챈 줄 알았는데."

겐은 땅이 꺼져라 한숨을 내쉬었다.

"전부터 말하려고 했는데, 저를 너무 과대평가하시는 것 같습니다. 전 그렇게 똑똑한 놈이 못 됩니다."

"하나 분명히 말할 수 있는 건, 이 방공호는 자네를 지키기 위한 것이 아니라 자네를 밖으로 내보내지 않기 위한 곳이라는 사실이야. 영원히."

"영원히……?"

"부질없는 희망을 갖지 않도록 미리 말해두지. 앞으로 자네가 조사를 받을 일은 없을 거야. 왜냐하면 자네 진술은 이미 완성되었으니까."

"날조했다는 뜻입니까?"

"그리고 자네는 법정에 서지도 않을 거야. 재판 직전에 아나타도진으로 죽었으니까. 이곳이 아닌 유치장 안에서 스스로 목숨을 끊은 거지."

으스스한 침묵이 흘렀다.

"적어도 공식적인 기록에는 그렇게 남겠지."

"그 시나리오는 당신 작품입니까?"

가이는 힘없이 고개를 저었다.

"난 말단에 지나지 않아. 자네를 도울 힘도 없지. 그래서 참회하러 왔네. 자네가 죽기 전에 모조리 털어놓고 용서를 구하려고."

"그래도 됩니까? 저한테 털어놓았다 당신이 위험에 처하는 거 아닙니까?"

"자네는 이 상황에서도 날 걱정해주는 건가?"

"그런 거창한 게 아닙니다. 그냥 마음에 걸려서요."

가이는 슬픈 눈빛을 지었다.

"허가는 받았네. 나 같은 버러지가 뭐라 말한들 그들은 꿈쩍도 하지 않을 테니까. 지금 우리가 나누는 대화도 도청되지 않을 거야. 한마디로 자네가 여기서 나갈 가능성은 제로에 가깝다는 뜻이네. 그러니까 무슨 말을 해도 상관없다는 거지."

"그들이 누굽니까?"

"지금 이 나라를 움직이는 게 누구라고 생각하나?"

"우시지마 대통령과 유사 총리겠죠."

"아니야."

단정적인 어조였다.

"20년 전이라면 몰라도 지금 유사 총리는 팰리스 후지의 뜻대로 움직일 뿐이야. 그럼 그 팰리스 후지를 움직이는 건 누구일 것 같나?"

"대통령이겠죠."

"명목상으로는 그렇지. 하지만 우시지마 료이치는 어차피 기운만 남아도는 사내야. 유사 아키히토가 그를 조종하는 동안에는 자신의 힘을 효과적으로 발휘했지만 그가 떠나자마자 헛돌기 시작했지. 그 사실에 초조해하는 대통령의 빈틈에 파고들어 농락하고 조종하여 실질적인 팰리스 후지의 지배자가 된 남자가 따로 있네."

"설마 당신은 아니겠죠?"

"대통령 비서실장 나기 사다카즈, 그를 아나?"

"자기 고향인 이노야마를 억지로 주도로 삼은 사람 말입니까?"

"그래. 한마디로 표현하면 속물이지."

가이는 처음으로 미소를 보였다.

"지금 총리인 유사 아키히토가 의원 시절의 우시지마 료이치의 브레인이었다는 사실은 아나?"

"그야 상식이니까요."

"유사 아키히토가 우시지마 사무소의 일원이 된 건 2048년. 그때까지 실질적인 브레인 역할을 했던 게 보좌관이었던 나기 사다카즈네."

가이는 거기서 말을 끊더니 괴로운 듯 숨을 몰아쉬었다.

"괜찮습니까?"

고개를 끄덕이더니 다시 천천히 이야기를 시작했다.

"나기 역시 유사와 마찬가지로 전 내무성 관료였네. 자기 그릇을 과대평가하며 실소를 자아내는 이들은 어디나 있게 마련이고, 그역시 그런 타입이었어. 정계 진출을 꿈꾸었지. 먼저 정치가의 보좌관에서 시작하자고 마음먹고 여기저기 지원했지만 모두 퇴짜를 맞았지. 절망에 빠진 나기를 구해준 게 당시 정치 신인이었던 우시지마 료이치야."

"잘 아시는군요. 꼭 옆에서 지켜본 사람처럼."

가이는 겐의 대꾸를 무시하고 말을 이었다.

"나기 입장에서는 우시지마가 내민 손이 마지막 생명줄처럼 보였을 거야. 정신없이 그 손을 잡고 다시는 놓지 않으리라 다짐한 것도 무리는 아니었지. 내무성 관료였으니 나름대로 능력은 있었어. 열심히 일했으니 도움도 됐지. 어느샌가 그는 우시지마 사무소의 브레인이 되었어. 하지만 이내 자기 능력의 한계를 절감하게 됐어. 우시지마에게 창당을 권유한 것까지는 순조로웠지만, 그 뒤는 오산의 연속이라 완전히 막다른 골목에 몰리고 만 거야. 전략을 다시 세워야 할 시점이었지만 나기에게는 아무런 타개책이 없었어. 고립무

원의 상태에 홀연히 나타난 게 바로 유사 아키히토였지. 우시지마는 유사에게 모든 걸 걸어보기로 했어. 나기는 브레인의 자리에서 물러날 수밖에 없었지. 한마디로 내쳐진 거야. 그때 그의 심정이 어땠겠나."

"분했겠죠."

"특히 유사가 자신과 같은 내무성 출신이고 과거 후배였다는 사실이 그의 자존심에 이중으로 상처를 줬어. 게다가 능력 면에서도 확연한 차이가 있었지. 그의 마음에는 패배감과 열등감이 동시에 깊이 새겨졌어. 그렇지만 우시지마의 곁을 떠날 생각은 꿈에도 하지 못했지. 오히려 매달렸어. 그에게 우시지마는 마지막 생명줄이었거든. 그 생명줄을 잃는 건 무엇보다 큰 공포였으니까."

"내쳐졌기 때문에 집착한다는 겁니까? 그 심정을 모르는 건 아니지만……."

"무분별한 집착이 때로는 결실을 맺는다는 걸 보여주는 예지. 우시지마가 대통령에 취임하자 유사가 총리가 되었고 그 대신 나기에게 다시 기회가 돌아왔어. 비서실장으로 대통령을 보좌하게 된 거야. 대통령은 그 뒤에 유사 총리와 반목해 팰리스 후지로 옮겨가지만 그 일을 꾸민 것도 나기였어."

"왜 그런 겁니까?"

가이는 모르겠느냐는 표정으로 말했다.

"당연히 유사 아키히토를 골탕 먹이려던 거지."

"브레인 자리를 빼앗긴 걸 계속 마음에 담아뒀던 겁니까?"

"남자의 복수심만큼 무서운 건 없으니까."

"아무리 그래도 50년 전 일이잖습니까. 전 아직 태어나지도 않은 시절이군요. 그때부터 지금까지 계속 원한을 간직하고 있었다면 정말 대단한 집념이라고밖에……."

"HAVI를 받은 이들에게 50년은 눈 깜짝할 새에 흘러가지."

"그 나기라는 사람이 이번 시나리오를 쓴 겁니까?"

"또 한 사람, 공화국경찰 국장 효도 가쓰라."

"그렇다면……."

젠은 식은땀이 흐르는 걸 느꼈다.

"무라사키야마를 폭파한 것도 당신이 아니라……."

가이는 허를 찔린 듯 작은 눈을 부릅떴다.

"이럴 수가, 설마 했는데……."

젠은 웃음을 터뜨렸다.

"한마디로 펠리스 후지와 공화국경찰이 작당하고 국민을 기만한 겁니까? 아나타 도진이 부활한 것처럼 꾸며서 폭탄 테러까지 저질렀고요. 그런 겁니까?"

가이는 괴로운 얼굴로 고개를 끄덕였다.

"엄청난 음모로군요. 아니면 삼류 연극이라 해야 할까요. 테러리스트를 잡아야 할 경찰이 실은 테러의 주범이었다. 게다가 대통령 부까지 합세하다니."

가이의 표정에 미세한 변화도 없었다.

"무엇 때문에…… 아니, 그전에 하나만 가르쳐주시죠. 왜 제가 그런 국가적인 음모에 휘말려야 합니까?"

"이콘이지."

가이는 작은 목소리로 대답했다.

"이콘……, 성상(聖像) 말입니까?"

"아나타 도진은 가공의 테러리스트야. 그 허상에 현실성을 입히려면 그에 맞는 이콘이 필요했어. 대중의 이목이 집중될 만한 카리스마를 갖춘 이콘. 애당초 아나타 도진은 등장했을 때부터 그 점이 부족했어."

"1999년에 사형당한 그 남자 말이군요."

가이는 뜻밖이라는 듯 눈썹을 추켜올렸다.

겐은 말을 이었다.

"아나타 도진은 그 남자의 일그러진 바람 그 자체였습니다. 하지만 체포된 그가 자신이 바로 아나타 도진이라 주장했지만 믿는 사람은 얼마 없었죠. 이미 사람들의 머릿속에 아나타 도진의 이미지가 만들어져 있었기 때문에요."

"잘 아는군. 어머니에게 들었다고 했지, 아버지 이야기를."

겐은 뜻 모를 미소를 지었다.

"자네 말대로 아나타 도진의 이미지는 그 남자가 짊어지기에는 너무 버거웠어. 그 후로 많은 사람들이 아나타 도진을 자칭했지만 이콘에 걸맞은 이는 끝내 나타나지 않았지."

"C1의 비터도 말입니까?"

"추하게 죽은 그 몰골을 보고도 그가 진짜 아나타 도진이었다고 믿는 사람이 있겠나?"

"……."

"시간의 심판을 견디지 못하는 건 가짜야. 우리 공화국에서 아나타 도진의 이름은 특별한 무게를 지니지. 그 이콘이 되기 위해서는 존재만으로 사람들을 수긍하게 할 뭔가가 필요해. 비터에게는 그게 없었어. 하지만 니시나 겐, 자네는 그걸 가지고 있지."

"전혀 반갑지 않은 말이군요."

겐은 냉정하게 받아쳤다.

"그렇겠지. 그 때문에 자네는 이용당하고 살해될 테니까."

"아나타 도진이라는 테러리스트를 날조해 테러를 연출하고 절 테러리스트로 체포했다. 이 시나리오의 결말은 뭡니까? 아나타 도진을 퇴치하여 국민의 지지를 얻고 잘 먹고 잘 살았다는 식으로 끝나는 건 아닐 텐데요."

"물론 아니지. 고작 국민의 지지를 얻자고 이런 위험한 일에 발을 담그겠나."

"그럼……."

"자네는 아까 '펠리스 후지와 공화국경찰이 작당하고'라고 말했지만 그 표현은 정확치 않아. 작당한 건 효도 국장과 나기 비서실장, 그 둘이지. 효도는 자기가 키운 부하를 이용해 무장경찰대를 움직였고, 나기는 우시지마 대통령의 명령이라는 명목으로 센추리온을 조종했지. 아마 대부분의 경찰들도, 그리고 대통령 본인조차 비밀리에 진행되는 진짜 계획은 알아채지 못했을 거야."

"그러니까 대체 그 계획이 뭡니까? 이런 짓을 한다고 대체 뭐가 달라지냐고요!"

겐이 버럭 소리쳤다. 더는 분노를 주체하기 어려웠다.

"부데 씨에게 대통령 암살을 제안한 것도 계획의 일부였습니까?"

"그래."

"부데 씨 일당이 적발된 것도 그 시나리오에 있던 일이고요?"

가이는 고개를 끄덕였다.

"처음부터 속일 작정이었군요, 우리를."

침묵이 흘렀다.

"당신 때문에……, 당신은 그런 걸 보고도 아무런 느낌도 안 듭니까?"

"아무 느낌도 안 들면 자네를 찾아오지 않았겠지. 자네가 죽기 전에 모조리 털어놓고 싶었네. 지금 내가 할 수 있는 일은 고작 그 정도야."

"사람들은 어디 있습니까? 다카요 씨는요? 만나게 해주십시오."

"유감이네만 그들은 이미 터미널 센터로 이송됐어."

거부자인 까닭에 테러 관여 여부에 상관없이 터미널 센터 이송은 피할 수 없었다. 예상했던 일이긴 하지만…….

"다카요 씨는…… 설마…….

"그 민간인 여자는 살아 있네. 그쪽에서도 처치곤란해하는 모양이야."

"그녀는 착오로 연행된 거 아닙니까? 풀어주면 되잖아요."

"그럴 수 없네."

"이유가 뭡니까!"

가이는 잠깐 침묵한 뒤에 말문을 열었다.

"그들의 시나리오는 아직 절반밖에 진행되지 않았어. 결말을 맞이할 때까지는 밖에 내보낼 수 없네."

겐은 심호흡을 했다.

"대체 앞으로 무슨 일이 일어나는 겁니까?"

"이미 시작됐네. 아무도 막을 수 없어."

8

일반적으로 국민이 팰리스 후지를 방문할 수 있는 건 대통령이 보낸 '초대장'을 받은 경우에 한한다.

초대장은 손바닥 크기의 직사각형으로, 팰리스 후지의 직원이 집으로 직접 배달한다. 언뜻 보기에는 무늬 없는 플라스틱 판처럼 보이지만, 집어 들면 아이디카드와 자동으로 접속되고 본인 인증을 마치면 대통령이 만나고 싶어 한다는 내용의 메시지가 뜬다. 이때 초대장은 팰리스 후지와도 특별회선으로 연결되어 있다. 초대를 받아들일 경우 특정한 곳에 손으로 서명을 하면 즉시 수락 의사가 팰리스 후지에 전달된다. 그 다음에는 이 초대장의 통신기능을 이용해 팰리스 후지의 담당자와 연락하여 날짜와 교통수단 등 세세한 사항을 조정하면 된다.

다치바나 케이에게 정식 초대장이 날아온 건 대통령의 친필 편지를 받은 지 2주가 지난 어느 날이었다. 승낙의 뜻을 전하기는 했지만 스케줄 문제도 있어서 실제로 팰리스 후지를 찾은 건 12일 뒤였다.

그날, 약속시간인 오후 5시 정각에 팰리스 후지에서 나온 차가 집 앞에 멈췄다. 운전기사가 모는 리무진이었다. 경찰차 두 대도 같이 따라왔다. 옷장에서 가장 고급스러운 정장을 꺼내 입은 다치바나는 이웃 주민들의 눈길을 받으며, 문을 열어준 운전기사에게 가볍게 인사를 건네고 차에 올라탔다.

리무진은 빨간불에 한 번도 걸리지 않고 고속도로를 지나 한 시간 뒤에 팰리스 후지에 도착했다. 석양이 하늘을 뒤덮고 있었다. 조명이 켜진 현관에서 그녀를 맞이한 건 대통령 비서실장 나기 사다카즈였다.

잘 벼린 칼날을 연상시키는 예리한 모습은 50년 전이나 지금이나 여전했다. 하지만 그와 비슷한 성향인 유사 아키히토는 인간적인 정열까지 있었던 데 비해, 나기에게서 느껴지는 건 날카로움뿐이었다. 갑자기 길에서 뱀과 마주쳤을 때 느낄 법한 그 혐오감은 본능적이라고밖에 표현할 수 없었다.

다치바나 케이는 그런 감정을 꾹 억누른 채 태연한 표정을 지었다. 그리고 '얼음심장의 여자'에 걸맞은 미소를 지으며 인사를 건넸다.

"오랜만에 뵙네요."

나기는 서글서글하지만 인간적인 온기는 느껴지지 않는 미소로 답했다.

"먼 길 오시느라 고생하셨습니다. 각하께서 기다리고 계십니다. 이쪽으로 오시죠."

정면 현관 앞의 돌계단을 올라가면 눈부신 원형 홀이 나온다. 다치바나가 이곳에 발을 들이는 건 물론 처음이었다. 하지만 생각보다 호화롭지는 않았다.

말없이 앞서 걷던 나기의 걸음이 다소 빨라졌다. 붉은 카펫을 밟는 걸음마다 감출 수 없는 짜증이 묻어 있었다.

"대체 무슨 생각을 하는 건지……."

다치바나는 혼잣말처럼 중얼거린 그 말이 자신을 향한 것인지, 아니면 우시지마 대통령에게 한 말인지 알 수 없었다. 하지만 적어도 이 남자가 그녀를 환영하지 않는다는 사실만은 분명했다. 50년 전과 마찬가지로.

나기가 안내한 곳은 집무실이 아니라 비밀구역이었다. 좁은 계단을 올라가 육중한 문을 두드렸다.

"각하, 다치바나 씨가 오셨습니다."

대답 대신 분주한 기척이 새어나왔다.

나기가 문손잡이를 잡지도 않았는데 문이 열렸다.

우시지마 대통령이 모습을 드러냈다.

트레이드마크인 하얀 정장 차림이었다.

하지만 늘 입던 그 정장이 왠지 어색해 보였다.

우시지마는 함박웃음을 지으며 다치바나의 두 손을 꼭 잡았다.

"어서 오게."

맞닿은 손의 감촉을 통해 위화감의 정체를 깨달았다.

여윈 것이다.

"들어오게."

우시지마는 다치바나의 어깨를 끌어안고 안으로 들였다.

나기를 바깥에 남겨두고 문이 닫혔다.

"각하, 오랜만에 뵙습니다. 이렇게 초대해주셔서 감사합니다."

다치바나는 공손한 태도로 고개를 숙였다.

"오늘은 격식 차릴 필요 없네. 다시 만나 정말 반갑네. 이렇게 와줄 줄은 몰랐어."

우시지마의 눈이 촉촉했다.

다치바나는 내심 놀랐다. 그리고 변했구나, 생각했다.

표면적인 것이 아니라 근본적인 뭔가가 변한 느낌이 들었다. 변했다기보다 꺾였다고 표현해야 할까. 예전에는 분명 강하게 느껴졌던 굳은 심지를 지금은 어디서도 찾아볼 수 없었다. 과거 위풍당당했던 모습을 생각하면 지금의 모습은 측은하기까지 했다.

"여기서 이러지 말고 저쪽으로 가지."

지금 있는 곳도 이야기를 나누기에는 충분한 공간이었지만, 우시지마는 더 안쪽 방으로 안내하며 말했다.

"지금 식사를 준비하고 있네. 그때까지 여기서 이야기나 나누지."

식당 앞에 있는 방인 그곳에는 낮은 탁자 둘레에 큰 소파가 놓여 있었고, 천장에는 빛이 흘러 떨어질 듯한 샹들리에가 달려 있었다. 한 걸음 내딛자 편안한 느낌이 다리를 타고 올라왔다.

"이곳에 외부인을 들인 건 십수 년 만이로군. 총리도 아직 들어온 적 없는 곳이야."

소파에 앉자 온몸이 빨려 들어가는 듯한 느낌이었다. 우시지마가 맞은편에 앉았다. 메이드가 음료수를 가져왔다. 작은 잔에 담긴 식전주였다. 한 모금 마시니 달콤한 향기가 입안에 가득 퍼졌다.

하지만 우시지마는 잔을 든 채 입에 대지 않았다. 아련한 눈빛으로 다치바나를 바라볼 뿐이었다. 이렇게 온화한 표정의 그를 본 적이 있었던가.

"50년 만이군."

"대통령에 취임하시기 전이었으니 그렇게 되는군요."

"지나고 나니 눈 깜짝할 새였어. 하룻밤의 꿈보다도 짧은 세월이었지."

안쪽 문을 열고 아까와는 다른 메이드가 식사 준비가 되었음을 알렸다.

대통령의 에스코트를 받아 안으로 들어가자 만찬회가 열릴 법한 식당이 나왔다. 실내에는 모차르트의 디베르티멘토가 흘렀고, 한가운데에 열 명은 거뜬히 앉을 수 있는 탁자가 있었다. 그 양쪽에 의자 두 개가 마주 보고 놓여 있었다. 조명을 최소한으로 줄이고, 대신 은은한 촛불로 우아한 분위기를 더해주었다. 두 의자에서 한 걸음 떨어진 곳에 시중을 들 급사가 공손히 대기하고 있었다. 자리로 다가가자 자연스럽게 의자를 빼주었다.

"항상 여기서 식사를 하시나요?"

"요새는 그러고 있네. 이곳은 안전하니까."

"외롭지 않으세요?"

"이제는 나에게 그런 감정이 있는지조차 모르겠어."

코스 요리가 전채부터 시작됐다. 각 음식의 양은 적었지만 종류가 다양해서 편안하게 즐길 수 있도록 배려한 요리사의 마음 씀씀이가 느껴졌다. 하지만 우시지마는 나이프와 포크를 들기는 했지만 음식은 거의 입에 대지 않았다.

"안 드세요?"

"난 신경 쓰지 말고 들게."

"어디 편찮으신 데라도……."

"요새 살이 좀 쪄서 식사 조절 중이네."

단순히 식이요법만으로 이렇게까지 여윌 리는 없다고 생각했지만, 다치바나는 내색하지 않고 미소로 대답했다.

"그 말씀을 들으니 마음이 놓이네요."

주요리를 비우고 디저트가 나올 때까지 무난한 이야기, 주로 다치바나의 근황에 대한 이야기를 나눴다. 정치에 관한 화제는 입에 올리지 않았다. 우시지마는 간간이 웃음을 터뜨리기도 했다.

"만일 자네 형편이 좋지 않으면 내가 도우려 했는데, 그럴 필요는 없을 것 같군."

"말씀만으로도 감사합니다."

탁자 위에는 어느샌가 커피잔을 제외한 모든 그릇이 자취를 감추어 차분한 분위기가 다시 감돌고 있었다. 급사들이 짧아진 초를 재빨리 갈았다. 그녀들이 할 일을 마치고 나가자 문이 닫혔다.

대체 무슨 일이 있는 걸까.

다치바나는 진심으로 걱정되기 시작했다.

우시지마는 눈을 내리깔며 말했다.

"기분 나쁜 이야기를 들었네."

"기분 나쁜 이야기라니요?"

긴 침묵이 흘렀다.

"각하?"

대통령의 눈빛이 금방이라도 무너질 것처럼 흔들렸다.

그리고 떨리는 목소리로 말했다.

"유사가…… 날 죽이려 했네."

9

'뉴스 속보 1'

공화국경찰과 센추리온의 합동수사반이 테러리스트 아나타 도진을 체포했다. 무라사키야마 터미널 센터의 폭탄 테러에 관여한 사실을 인정하고, 우시지마 대통령 암살 계획에 대한 진술을 시작한 모양이다.

'뉴스 속보 2'

아나타 도진의 진술에 따르면 우시지마 대통령 암살 계획은 그가 세운 것이 아니라 한 정부 고관이 극비로 의뢰한 일이라고. 공화국경찰에서는 국가반란방지법 적용도 염두에 두고 신중하게 수사를 진행할 방침이라 밝혔다.

'뉴스 속보 3'

아나타 도진, 유사 아키히토 총리가 우시지마 대통령 암살을 사주했다고 자백. 이 진술을 바탕으로 공화국경찰은 유사 총리를 소환해 조사할 방침이다.

'뉴스 속보 4'

우시지마 대통령 암살 계획에 관한 일련의 보도에 대해 유사 총리는 침묵을 지키는 중. 경찰의 참고인 출석 요구도 무시. 기자회견 예정도 없다고 밝힘. 설명할 책임을 회피하는 유사 총리에게 비난이 빗발칠 것이 예상된다.

'뉴스 속보 5'

익명의 관계자 말에 따르면 관저에 틀어박힌 유사 총리는 정신적으로 큰 타격을 입고 신경쇠약 증세를 보이는 모양이다. 공화국경찰에서는 불의의 사태를 막기 위해 신병을 보호하는 것도 검토 중이라 밝혔다.

'뉴스 속보 6'

유사 총리의 신병 확보에 관한 최종 법적 절차가 완료되었다고 한다.

공화국경찰에서는 법원의 허가를 받는 즉시 총리 관저로 직원을 파견할 방침을 확인했다.

'뉴스 속보 7'

법원, 유사 총리의 신병 확보 허가. 공화국경찰에서 급히 파견한 경찰 차량이 총리 관저를 향해 이동 중. 총리 관저에서는 아직까지 아무 반응도 보이지 않고 있다.

10

"총리님, 보도 보셨습니까?"

수화기 너머에서 후카마치의 원통한 목소리가 들렸다.

유사 아키히토는 책상 위 모니터에서 연이어 흘러나오는 뉴스 속보를 좇으며 대답했다.

"지금 보고 있네."

"선수를 뺏겼습니다."

총리 관저와 각 부처의 차관실은 직통 회선으로 연결되어 있었다. 재해나 도청에 대한 대비책도 철저하게 마련되어 있어서 아이즈나 다른 통신기능이 마비되어도 이 회선만은 살아남을 수 있었다. 하지만 평상시에 이 회선을 이용하는 일은 거의 없었고, 해마다 몇 차례 있는 형식적인 재해 훈련 때나 확인하는 정도였다.

"참고인 출석 요구를 받으셨습니까?"

"그럴 리가."

"총리님이 대통령 암살을 사주했다는 걸 기정사실화하고 단번에 승부수를 띄운 거군요."

"그쪽에서 언론도 장악한 건가?"

"현재로서는 아직 증거는 없습니다. 하지만 나라 전체가 대통령 암살 사주라는 대사건에 흥분하고 있습니다. 완전히 저들의 손에 놀아난 거죠."

"이 일에 각하의 의사가 개입됐나?"

"모르겠습니다. 대통령의 의사를 무시하고 이런 일을 저지를 리는 없을 테지만……"

유사 역시 위화감을 느끼고 있었다. 애초에 대통령의 성격을 생각하면 이번 일은 너무 비열했다. 그를 제거하고 싶었다면 면제권을 박탈했으면 되는 일이다.

"어쨌든 말도 안 되는 이유로 순순히 붙잡힐 수는 없습니다. 일단 몸을 피하십시오. 제가 알아서 준비하겠습니다."

"잠깐."

유사는 후카마치의 말을 막았다.

"일부러 언론에 정보를 흘려서 자신들의 동향을 우리에게 시시각각 알리는 걸 보면 그걸 노리는 건지도 모르네. 지금 도망치면 죄를 인정하는 셈이나 마찬가지야. 적어도 국민들은 그렇게 생각하겠지. 그리고 총리가 자취를 감추면 나라는 혼란에 빠질 걸세."

"총리님……."

"나는 여기서 한 발짝도 움직이지 않겠네. 자네도 섣불리 행동하지 말게. 나에게 무슨 일이 생기면 뒷일을 부탁하네."

잠깐의 침묵이 흘렀다.

"그 말을 듣는 게 이번이 두 번째입니다."

후카마치의 목소리에서 결연함이 느껴졌다.

유사는 미소를 지었다.

"이번에도 기우로 끝날 걸세."

"믿겠습니다."

유사는 직통 회선의 수화기를 내려놓았다.

11

"거짓말입니다. 총리님이 그런 짓을 꾸밀 리가 없습니다."

다치바나 케이는 자신의 입장을 잊고 있었다.

"대체 무슨 근거로 그런 말씀을 하시는 겁니까?"

우시지마 대통령은 뜻밖이라는 표정을 지었다.

"체포된 아나타 도진이 그렇게 증언했네. 유사 총리가 비밀리에 접근해 대통령 암살을 사주했다고."

"테러리스트, 아나타 도진이 붙잡혔다고요?"

그런 뉴스는 금시초문이었다. 만일 사실이라면 온 나라가 떠들썩해질 만한 특종일 텐데.

"지금쯤 보도가 나갔을 거야."

정체 모를 거대한 뭔가가 움직이고 있다. 다치바나는 제 의지와는 상관없이 자신이 지금 그 한가운데에 서 있다는 사실을 공포에 가까운 감각으로 확신했다.

"그 진술을 믿을 수 있는 겁니까?"

"그게 무슨 뜻인가?"

"각하는 그 아나타 도진이란 테러리스트를 만나보셨습니까?"

"아니."

"그러면 어떻게 그 증언이 진실이라 확신하십니까?"

"보고가 올라왔네. 공화국경찰의 효도 국장에게서."

"그분이 직접 보고하신 겁니까?"

"나는 나기에게 들었네. 팰리스 후지로 들어오는 정보는 모두 나기를 거치게 되어 있어."

"그래도 되는 겁니까?"

대통령이 미간을 찌푸렸다.

"제가 보기에 그분은 각하의 신임을 받을 자격이 없는 분입니다."

순간적으로 입 밖으로 튀어나온 말에 다치바나는 간담이 서늘해졌다. 명백한 실언이었다.

하지만 철회할 생각은 없었다.

오히려 마음을 굳게 먹었다.

"각하, 총리님과 만나십시오. 만나서 총리님에게 직접 진실을 들으셔야 합니다. 이토록 중요한 일을 남에게 들은 보고만으로 판단하셔서는 안 됩니다."

주제넘은 발언이었지만 대통령은 뜻밖에도 냉정하게 듣고 있었다.

"과연 '얼음심장의 여자'답군."

다치바나는 숨을 삼켰다.

"그걸 어떻게······."

"물론 유사한테 들었네."

그 울림에서 다치바나는 어렴풋한 변화를 감지했다.

"각하께서는 사실 유사 총리님을 믿으시는 게 아닌가요?"

"왜 그렇게 생각하나?"

"면제권을 박탈하셨습니까?"

대통령은 말없이 다치바나를 바라보았다.

"진심으로 유사 총리님을 제거하실 생각이 있으셨다면 진작 그렇게 하셨을 겁니다. 그런데 지금까지 그러지 않으신 건 각하가 아직 총리님을 믿고 계시기 때문입니다. 제 말이 틀렸습니까?"

우시지마는 눈을 감았다.

오랜 시간이 흐른 것처럼 느껴졌다.

우시지마는 천천히 눈을 뜨고 아득한 곳을 바라보았다.

"그는 나에게 황제가 될 재목이라고 했어."

"기억합니다. 저도 그 자리에 있었으니까요."

"그랬지. 그립군."

"네…… 마치 어제 일 같습니다."

우시지마가 느닷없이 웃음을 흘렸다.

"왜 그러십니까?"

"그때 자네 얼굴이 정말 볼만했지. 유사가 내 밑에서 일하고 싶다고 했을 때 내가 조건을 하나 걸었지. 기억하나?"

"저도 같이 오라고 하셨죠."

다치바나는 미소를 머금었다.

"설마 그런 말씀을 하실 줄은……."

"몰랐나?"

기분 탓인지 우시지마의 말투가 가벼워진 것 같았다.

"유사는 최고의 군사였어. 모든 일에는 때가 있다, 아무리 교묘하고 정당한 술책도 시대의 흐름을 거스르는 일이라면 성공을 거둘 수 없다, 때를 기다렸다가 때가 됐다고 판단되면 주저 없이 행동으로 옮겨라. …… 이 말을 입버릇처럼 되풀이했어."

"두 분이 자주 토론을 벌이셨죠."

우시지마가 씩 웃었다.

"솔직하게 말하게. 으르렁대며 싸웠다고."

다치바나는 지난 과거를 그리워하듯 고개를 끄덕였다.

"멱살을 잡으셨던 적도 있었죠."

"그랬지. 자네가 말리지 않았으면 주먹까지 날아갔을 거야."

"두 분 다 보통 고집이 아니시니까요."

"아니. 그 친구도 나도 진지하게 이 나라의 앞날을 걱정했거든. 백년법 시행이야말로 부활의 대전제라 믿었지. 그래서 백년법 시행을 위해서라면 수단과 방법을 가리지 않았어. 유사가 나한테 이런 말을 했네. 국가를 지키는 일은 항상 깨끗할 수만은 없다고. 누군가가 손을 더럽혀야 할 때도 있다, 아무도 나서지 않는다면 자기가 기꺼이 손을 더럽히겠다고. 설령 제 한 몸이 단죄를 받는다 해도 나라가 기우는 걸 지켜보는 것보단 낫다고. 그때였네. 내가 그 친구에게 운명을 맡겨야겠다고 결심한 건."

우시지마는 힘없이 한숨을 쉬었다.

"독선이라 해도 할 말은 없네. 하지만 우리는 결코 사리사욕을 위해 살지 않았네. 순수하게 이 나라를 위해……."

감정이 북받쳤는지 우시지마는 끝까지 말을 잇지 못했다.

"압니다, 각하."

"뜨거운 시대였어."

속삭이는 듯한 그 말은 마치 통곡과도 같았다. 대통령의 몸이 더욱 움츠러든 것처럼 보였다. 하지만 얼굴에는 웃음을 머금었다. 약한 모습을 보이지 않으려는 그 모습에 가슴이 아렸다.

대통령은 한숨을 깊이 내쉬었다.

"그 친구와 술잔을 기울이면서 그때 이야기를 즐겁게 추억하며 여생을 보낼 수 있다면 얼마나 좋을까."

"총리님도 각하와 같은 심정일 겁니다."

대통령이 눈을 부릅떴다.

"그러면 왜 나를 해치려 한 건가!"

우시지마는 온몸을 지배하는 분노로 힘을 쥐어짜 외쳤다.

"전에도 나에게 퇴진을 요구했어. 그때 나는 분명히 거절했고. 당연하지. 남이 시켜서 대통령에서 물러날 생각은 없어. 하지만 나도 그렇게까지 아둔한 자는 아니야. 내 시대가 끝났다는 건 잘 알고 있네. 그래서 다음 국회 폐회일에 스스로 퇴진 의사를 밝힐 작정이었네. 하지만 유사는 그조차 기다리지 않고 나를 제거하는 길을 택했어! 날 믿지 않은 게야!"

다치바나는 조용히 우시지마를 바라보았다.

"진정 유사 총리님이 그런 무모한 짓을 벌일 분이라고 생각하십니까?"

대통령은 미동도 하지 않았다.

"설령 각하의 퇴진을 꾸민 게 사실이더라도, 테러리스트 따위와 손을 잡다니요. 다른 사람은 몰라도 유사 아키히토만큼은 절대로 그럴 리 없습니다. 정치적인 위험이 너무 크기 때문이죠. 그리고 아무리 신출귀몰한 아나타 도진이라 해도, 이 삼엄한 경비를 뚫고 각하를 암살하는 건 너무나도 비현실적입니다. 논리를 숭상하는 그 현실주의자가 그런 점도 고려하지 않았을까요? 아까도 말씀하시지 않았습니까, 그는 최고의 군사라고."

우시지마의 얼굴에서 노기가 조금씩 가셨다.

다치바나의 말에 마음을 열기 시작한 것일까.

"당장 총리님과 만나 이야기해보십시오. 그러면 모든 게 명확해질 테니까요."

아직 대답이 없었다.

뭔가 이상했다.

아무리 그래도 반응이 너무 느렸다. 우시지마 대통령의 얼굴은 냉정해졌다기보다는 풀어진 것 같았다.

순간 대수롭지 않게 흘려 넘겼던 한 마디가 다치바나의 가슴을 무겁게 짓눌렀다.

아까 우시지마 대통령이 '여생'이라고 했다.

그건 무슨 뜻이었을까?

대통령의 남은 임기를 가리키는 건가?

하지만 문맥상으로는 앞뒤가 맞지 않았다.

"나는……"

느닷없이 우시지마 대통령이 두 손으로 탁자를 내리쳤다. 그리고 그 반동을 받은 듯 후들거리며 자리에서 일어났다.

"각하…… 괜찮으십니까?"

다치바나의 목소리에도 반응하지 않았다. 눈의 초점이 맞지 않았다. 눈길이 허공을 헤맸다. 자신이 무엇을 하는지도 모르는 표정.

전후좌우도 구분하지 못하는 상태에 빠진 것이다. 탁자에서 떨어져 후들거리는 걸음으로 두세 발짝 내딛더니 그대로 힘없이 쓰러졌다.

12

"유사 총리의 실각?"

니시나 겐은 제 귀를 의심했다.

"고작 그런 일 때문에 있지도 않은 테러리스트를 날조해 폭탄 테러를 자행한 겁니까?"

가이는 태연하게 대답했다.

"한 나라의 총리야. 실각시키려면 국민이 수긍할 만한 이유가 있어야 하네. 그러려면 최소한 이 정도 스케일과 충격이 필요하지. 과거 어느 독재자도 그랬다지 않나, 대중이란 작은 거짓말보다 큰 거짓말에 더 쉽게 속는 법이라고. 왜냐하면 일상에서 작은 거짓말은 종종 하지만, 큰 거짓말은 두려워서 못 하니까."

"하지만 실제로 폭탄 테러까지 저지를 필요가 있었을까요? 희생된 사람들도 한둘이 아닌데……."

"말했잖나. 아나타 도진이라는 가공의 테러리스트에게 확고한 현실성을 부여하기 위해서는 현실의 테러 사건이 반드시 필요했다고."

"미쳤군요."

"대규모 테러로 국민의 공포와 분노를 선동하고, 아나타 도진에 대한 확고한 인식을 심어준 뒤에 그 아나타 도진과 유사 총리의 연결고리를 폭로한다. 그러면 아나타 도진을 향한 국민들의 분노는 고스란히, 아니 몇 배로 불어나 유사 총리에게 쏟아질 거다. 저들 나름대로 짜낸 책략이야."

가이의 눈에 조롱의 빛이 어른거렸다.

"왜 그렇게까지 해서 유사 총리를……."

"단순한 논리지. 나기에게도 효도에게도 유사 총리는 가장 큰 걸림돌이니까. 일찌감치 처리해두는 게 좋을 테니까. 유사 총리를 제거한다는 점에서 두 사람의 이해관계가 일치한 셈이지."

"어떻게……."

"특히 나기 사다카즈에겐 묵은 원한을 풀 둘도 없는 기회였겠지."

"어린애 장난입니까? 사람이 여럿 죽어 나갔다고요."

"저들은 자기들도 목숨을 걸고 벌인 일이라고 반박하겠지. 발각되면 사형을 면치 못할 테니까."

"당신은 아무렇지도 않습니까? 그런 놈들의 꼭두각시가 되었는데요."

"꼭두각시라……."

가이는 코웃음을 쳤다.

"그래, 다를 바 없지."

"전 아직도 이해 못 하겠습니다. 어째서 당신 같은 사람이……."

"아까 자네가 그러지 않았나. 과대평가는 이제 접어두라고."

가이는 괴로운 듯 미소를 지었다.

"나에겐 자네가 생각하는 만큼의 지성도 배짱도 없어. 비대해진 자아를 주체하지 못하고 시대에 거스르다, 결국 시대에 발목을 붙잡혀 흘러가는 대로 살다 보니 어느샌가 이 모양 이 꼴이야. 단지 그뿐이야. 언급할 가치도 없는 하찮은 인간이지."

13

가토 다로의 아이즈에 가리야가 보낸 긴급 연락이 들어온 건, 외래진료가 끝난 뒤 담당 환자들의 회진을 마치고 모니터실에서 야간근무 간호사들과 잡담을 나누고 있을 때였다.

"잠깐 실례."

가토는 왼쪽 귀를 가리키며 복도로 나갔다.

"기스케 숙부님이 쓰러지셨습니다."

가토는 숨을 삼켰다.

각오했던 일이지만 덜컥 겁이 났다.

"상태는 어떤가?"

"간신히 의식은 있습니다. 지금 그쪽으로 모시는 중입니다. 한 시간…… 아니, 50분 뒤에 도착 예정입니다."

"알았네."

가토는 모니터실로 돌아가 말했다.

"다들 주목."

간호사들은 하던 일을 멈추고 가토를 보았다.

"기스케 숙부님이 쓰러지셨네. 지금 이쪽으로 오시는 중이야. 사전에 일러둔 대로 신속히 맞이할 채비를 갖추도록."

"저기……."

다쿠마 간호사가 조심스레 손을 들었다.

"전부터 궁금했는데, 대체 기스케 숙부님이 누군가요? VIP라는 건 알겠는데 설마 또 연예인은 아니겠죠?"

가토는 잠시 생각에 잠겼다 입을 열었다.

"어차피 알게 될 일이니 지금 말해두지. 기스케 숙부님은 대통령 우시지마 료이치야."

이 사실을 알고 있던 건 가토와 병원장뿐이었다.

"대통령이 SMOC에 걸린 건가요?"

"목소리 낮추게. 공식 발표가 있을 때까지는 외부로 유출하면 안 돼. 그랬다간 단순히 옷 벗는 걸로 끝나지 않을 거야."

"자, 잠깐만요."

"또 뭔가!"

"지금 유사 총리도 체포되지 않았나요?"

"아직 체포는 되지 않은 걸로 아는데……."

"하지만 뉴스에서는 시간문제라고 했어요. 이런 상황에서 우시지마 대통령까지 돌아가시면……."

말하지 않아도 알고 있었다.

과거 반세기에 걸쳐 이 나라를 다스려온 두 지도자가 동시에 역사의 무대에서 자취를 감추는 것이다. 나라 한가운데에 별안간 거대한 진공이 생겨나는 셈이다. 하지만…….

"그런 건 정치가들이 알아서 하겠지. 지금은 곧 이곳에 도착할 환자 생각만 하게!"

14

"각하가 SMOC라고? 24시간 각하를 곁에서 모시는 비서실장이 란 사람이 어떻게 그것도 알아채지 못했나!"

효도 가쓰라는 저도 모르게 언성을 높였다.

팰리스 후지와 공화국경찰 사이에 핫라인이 놓인 건 센추리온과의 연계가 시작된 4년 전. 이 역시 재해나 도청에 완벽히 대응했다.

"주치의가 아무 말도 안 했어. 날마다 제출하는 일지에도 적지 않았고. 각하가 입단속을 시킨 모양이야."

대통령 비서실장 나기 사다카즈는 당황한 기색이 역력한 목소리로 말했다.

"가망이 없나?"

"의사 말로는 3개월도 채 안 남았다는군. 난, 난, 앞으로 어쩌면 좋지?"

나기의 당황한 모습은 우스울 정도였다.

지금까지 대통령의 권위를 업고 호가호위한 주제에 대통령이 쓰러지자마자 이 꼬락서니는 뭔가. 왜 우시지마를 대신해 대통령이 되겠다는 생각은 못 하는 걸까. 한번 여우는 영원히 여우, 호랑이는 되지 못하는 것이리라.

하지만 난 다르다.

효도는 얼굴에 번지는 미소를 주체할 수가 없었다.

유사를 파멸의 구렁텅이에 빠뜨리자마자 우시지마도 그 뒤를 따르듯 죽을병으로 쓰러지다니. 이게 하늘의 뜻이 아니면 뭐란 말인가. 천재일우란 바로 이런 기회를 말하는 것이리라.

"지금 각하를 수행하는 게 누군가?"

"주치의인 가리야 박사와 소에지마, 다카기가 같이 있네."

소에지마는 비서관, 다카기는 홍보수석이었다.

"그리고 쓰러졌을 때 같이 있던 여자가 옛 부하인데 마침 초청을 받아 팰리스 후지에 있었네. 각하는 그 여자와 식사 중에 갑자기 쓰러지셨고."

"식사 중이었다니 다행이군."

"그게 무슨 뜻인가?"

"각하는 지금 공화국병원에 계신가?"

"그런데……."

"알았네. 그쪽은 우리가 손을 써두지."

"손을 쓴다고? 무슨 짓을 하려는 건가?"

"지금 팰리스 후지의 주인은 당신이지?"

"주인은 아니지만……."

"대통령 부재 시에 직무를 대행하는 게 당신 역할이잖아."

"그건 그런데……."

효도는 결단을 내렸다.

지금이 승부를 걸 때다.

승리의 여신이 그에게 미소 짓고 있었다.

"다시 한 번 확인하겠네."

"……?"

"각하께서 센추리온의 지휘권을 나에게 일임한다고 한 게 맞나?"

저도 모르게 목소리가 떨렸다.

"뭐라고?"

나기는 아직 알아채지 못한 듯했다.

"우시지마 대통령께서 쓰러지시면서 센추리온의 지휘권을 공화국경찰 국장인 효도 가쓰라에게 넘기겠다고 대통령 대행인 자네에게 말씀하신 게 맞느냔 말이야."

"무, 무슨 소린가. 각하께서는 그런 말씀을 하신 적이……."

아둔한 놈!

효도는 버럭 고함을 지르고 싶은 마음을 억누르며 타이르듯 말했다.

"아니, 말씀하셨네. 각하께서는 틀림없이 그렇게 말씀하셨어. 센추리온의 지휘권을 공화국경찰 효도 국장에게 이양하겠다고."

한동안 침묵이 흘렀다.

나기는 그제야 효도의 의도를 파악한 모양이었다.

'그래, 잘 생각해.'

여기서 한 걸음을 내딛느냐 머물러 있느냐에 따라 우리 운명은 크게 바뀔 테니. 갖은 고생 끝에 유사를 끌어내렸는데, 이대로 가다간 당신은 우시지마 대통령을 따라 저승길에 올라야 한다고. 그게 싫으면 나와 같이 승부수를 던지자고. 우리 앞을 가로막는 자는 이제 없으니.

"마, 맞아."

나기가 미덥지 못한 목소리로 말했다.

"분명히 그렇게 말씀하셨지? 센추리온의 지휘권을 나에게 이양하겠다고."

"그래, 그러셨어."

효도는 씩 웃었다.

"그래, 됐어. 이제 편안히 눈을 감으실 수 있겠군."

말을 마친 효도는 연결을 끊었다.

일본공화국에는 부통령이 없다. 지금까지 우시지마 대통령과 유사 총리의 양두체제로 국정을 이끌어왔다. 대통령에게 무슨 일이 생겼을 때는 총리가 역할을 대행하는 것이 암묵적인 합의였다.

우시지마는 이제 끝났다.

남은 건 유사뿐…….

효도는 책상에 설치된 지령 시스템을 켰다.

"효도다. 총리의 신병을 확보했나?"

이날을 위해 편성한 특별팀이 총리 관저에 도착했을 때였다. 특별팀은 센추리온과 무장경찰대로 구성됐고, 효도의 심복인 다테미야 가즈히로가 선두에 섰다. 나라의 중점이 되는 이 임무를 아무에게나 맡길 수는 없었다. 물론 모든 팀원들에게 무장을 시킨 상태였다. 명분이 무엇이든 이것이 쿠데타라는 사실을 효도는 잘 알고 있었다.

"5분 전에 총리 관저에 돌입했습니다. 저항은 없었습니다. 유사 총리는 집무실에 있습니다."

다테미야가 아이즈로 보낸 정보가 음성으로 출력됐다. 그의 목소리도 신호로 변환되어 다테미야의 아이즈에 전달됐다.

"용케 도망치지 않고 버텼군. 내가 허가할 때까지 유사 총리는 그대로 관저에 붙잡아둬. 다른 직원들도 모두. 외부와의 접촉은 철저히 차단하도록. 아이즈도 모조리 압수하고."

"알겠습니다."

효도는 다테미야와의 통신을 끝내고 공화국경찰 홍보부에 연락해 말했다.

"서둘러 생중계 준비를 하도록. 대국민 긴급 회견을 실시한다."

"30분 뒤에 준비하겠습니다."

"20분 안에 끝내."

효도는 접속을 끊고는 한숨을 크게 내쉬며 등받이에 몸을 기대었다.

끝났다. 그는 승리를 확신했다.

15

"C4가 센추리온의 습격을 받았을 때 당신은 무엇을 봤습니까?"

가이의 눈가에 고뇌가 번졌다.

"에리가 자신을 희생해 적을 유도한 덕에 살아남았다고 했죠, 그게 사실입니까?"

"에리가 날 보호하려다 죽은 건 사실이네. 하지만 난 도망치지 못했어. 그들이 선수를 쳐서 도주로를 제압했거든."

"그런데 살려뒀군요. 이유가 뭡니까?"

"그런 명령을 받았으니까. 날 찾아내면 죽이지 말고 생포하라는 명령을."

겐은 강한 의문이 들었다. 언론보도 영상만 봐서는 센추리온은 C4의 주민이라면 발견 즉시 벌집을 만들어놨었다.

가이도 겐의 의문을 알아챘는지 설명을 덧붙였다.

"센추리온은 광란의 살인집단이 아니야. 고도의 훈련을 받은 통제된 정예 부대지. 그 사실을 오인해서는 안 되네. 그들이 거부자들을 무차별로 죽인 건 주어진 명령에 충실히 따른 결과일 뿐이야. C4 습격 당시에도 저항하지 않는 미성년자는 모두 보호했어. 아이들은 후에 시설로 보내졌고. 언론에는 보도되지 않았지만."

"아이들이 살아 있습니까?"

"살아 있네. 나와 같이 헬기를 타고 이동했어."

아이들이 살아 있다. 그 사실이 젠의 마음에 조금이나마 위안이 되었다.

하지만 아직 의혹이 완전히 해소된 것은 아니었다.

"당신을 죽이지 말라는 명령을 받았다면, 그들은 당신이 C4에 잠복하고 있다는 걸 알았던 겁니까?"

가이가 고개를 끄덕였다.

"왜 당신만……."

"내 본명을 아는가?"

"모릅니다."

"미츠타니 고키치라고 하네. 한때 내무성에서 일했지."

아닌 게 아니라 가이에게서는 엘리트 분위기가 느껴졌다.

"현 대통령 비서실장 나기 사다카즈는 그 시절 내 동료였어."

16

RJR 순환선을 달리는 차에는 퇴근길 직장인들이 많았다. 빈 좌석은 찾아볼 수 없었다.

가와카미 유키미는 천장에 달린 손잡이를 잡고 있었다. 넋이 나간 듯한 그녀의 눈길이 향한 곳은 차창 너머로 흘러가는 도심의 야경이었다.

마음을 새하얀 상태로 유지하는 데도 꽤 익숙해졌다. 이를테면 오늘 같은 밤, 이렇게 전철을 타고 있을 때 거리에 흩뿌려진 무수한 빛 중에서 하나를 골라 그곳에 신경을 집중한다. 그 빛이 시야에서 사라지면 재빨리 다음 빛을 정해 다시 눈으로 좇는다. 이런 동작을 반복하는 동안에는 아무 생각도 하지 않을 수 있었다.

위험한 건 빛에서 빛으로 이동하는 순간이었다. 순간 방심하면 정신이 돌아와, 그때 일이 어마어마한 속도로 뇌리에 떠올랐다. 한 번 이렇게 되면 도저히 주체할 수 없었다. 왜 바짓가랑이를 잡고 늘어져서라도 겐을 말리지 않았던 걸까. 왜 그렇게 보내버린 걸까. 꼬리에 꼬리를 물고 이어지는 후회에 잠식당할 것만 같았다. 하지만……

'다카요 씨는 나 때문에 말려든 거잖아. 다카요 씨라도 구해야지.'

그렇게 말하는 겐을 왜 말리지 못했을까. 앞으로 3년밖에 곁에 있지 못하는 여자에게 날 위해 가지 말라고 애원할 자격은 없었다.

뉴스 속보에서 아나타 도진으로 알려진 겐의 얼굴이 화면에 나타났을 때는 온몸의 힘이 쭉 빠져서 몸을 제대로 가누지도 못했다. 울 수도 화낼 수도 없었다. 그저 끝없는 공허가 가슴을 채울 따름이었다.

하지만 유키미는 믿었다. 니시나 겐이 이 세상 어딘가에 살아 있는 한 반드시 다시 만날 날이 올 것임을.

그래서 유키미는 오늘도 출근해 일을 했다.

"국민 여러분께 알려드립니다."

별안간 아이즈에 메시지가 들어왔다.

순간 시야에 빨갛게 '비상'이라는 신호가 떴다.

모든 아이즈에 기본으로 장착된 기능으로, 이것이 작동하면 설령 접속을 차단한 상태에서도 지진이나 재해 정보를 수신해 위험을 알려준다.

다른 승객들도 신호를 받은 모양이었다. 다들 무슨 일인가 굳은 표정을 짓거나 서로 얼굴을 마주 보았다.

"지금부터 공화국경찰에서 중대 발표를 하겠습니다. 이대로 아이즈로 들으시거나, 근처에 모니터가 있으면 그쪽을 주목해주십시오."

차 안에는 같은 공중영상이 몇 겹으로 연결된 도미노 모니터가 도입되어 있었다.

그 안에 한 남자가 나타났다.

공화국경찰의 제복 차림으로, 어깨와 가슴에 달린 화려한 견장과 장식이 고위 인사임을 말해주었다. 남자는 묵직한 책상 앞에 앉아 살짝 두 손을 모으고 카메라를 정면으로 응시하고 있었다. 앳된 얼굴이었지만 평생 주눅이 들거나 겁을 먹은 적이 없었을 것 같은 생김새였다.

남자가 살짝 고개를 숙여 눈인사를 했다.

"공화국경찰 국장 효도 가쓰라입니다."

여자 같은 새된 목소리였다.

몇몇 승객들이 실소를 터뜨렸다.

"공화국 국민 여러분, 이미 언론보도를 통해 들으셨겠지만 공화국 총리 유사 아키히토는 우시지마 대통령 암살 사주 혐의를 받고 있으며, 현재 저희 경찰이 국가반란방지법에 의거해 관저에서 참고인 신분으로 조사를 하고 있습니다. 혐의가 입증되는 즉시 체포할 예정입니다."

거기까지 말하고 남자는 물을 마셨다.

"하지만 이 긴급 회견의 목적은 그 사실을 전하기 위한 건 아닙니다. 더욱 안타까운 소식을 전해드리게 되어 가슴이 아픕니다."

다시 한 박자 쉬고 말을 이었다.

"오늘 오후 8시경, 우리가 경애해 마지않는 우시지마 대통령께서 팰리스 후지에서 쓰러져 도내의 병원으로 이송되셨습니다. 현재로서는 생명에 지장은 없습니다. 자세한 상황은 차후에 말씀드리겠지만, 주치의는 당분간 공무에 복귀하기는 어렵다는 소견을 내놓았습니다. 원래 이러한 상황에서는 유사 총리가 대통령 직무를 대행해야 하지만, 앞서 말씀드렸듯 유사 총리는 국가에 대한 중대한 범죄 혐의를 받고 있는 까닭에 사실상 직무대행은 불가능합니다. 하지만 국가를 운영, 유지하고 국민의 생명과 재산을 지키기 위해서라도 정치적 공백이 있어서는 안 될 일입니다. 그래서 우시지마 대통령께서는 병상에서 저, 효도 가쓰라를 지명해 총리를 대신해 직무를 대행할 것을 강력하게 요청하셨습니다. 저는 부족한 사람입니다만, 이 긴급 사태에 주저하지 않고 이 한 몸을 바칠 각오입니다. 하지만 헌법상으로는 이러한 사태에 대처할 수 있는 제도가 없는 것이 사실입니다. 그래서 저는 어쩔 수 없이 비상수단을 동원하기로 했습니다."

남자는 숨을 깊이 들이마셨다.

"우시지마 대통령의 뜻을 받들기 위해 대통령께서 공무에 복귀하실 때까지만 공화국 헌법을 일시적으로 정지할 것을 이 자리에서 선언합니다."

차 안은 완전한 침묵에 휩싸였다.

"국민 여러분은 혼란에 빠지거나 당황하지 말고 평소처럼 생활하시고, 공화국경찰의 지시를 받았을 경우에는 반드시 협조해주시기 부탁드립니다. 다시 말씀드리지만 이건 우시지마 대통령께서 복귀할 때까지의 잠정 조치입니다. 어디까지나 한시적으로 실행하는 특례임을 명심하시고 협조 부탁드립니다."

화면이 사라지기 직전에 남자의 미소를 본 것 같았다.

긴급 방송이 끝나자마자 차 안이 술렁거렸다.

"헌법 정지? 그게 무슨 소리야?"

태평한 여자 목소리가 들렸다.

일행인 남자가 대답했다.

"한마디로 이 나라를 움직여온 운영체제가 멈춘다는 얘기지."

"멈추면 어떻게 되는데?"

"글쎄……."

열차가 멈추고 문이 열렸다.

승객들은 아무 일도 없었던 것처럼 삼삼오오 내렸다. 유키미도 인파를 따라 내렸다.

계단을 내려가 개찰구를 지났다.

여느 때와 같은 거리 풍경이 눈앞에 펼쳐졌다.

17

가리야 박사와 교대한 가토 다로는 무거운 걸음으로 특별실을 나왔다. 애초에 퇴근을 할 생각은 없었지만 의사가 환자보다 먼저 쓰러질 수는 없었다. 휴식도 업무의 일환이었다.

과거 인기 배우였던 도노 마코토가 입원했던 병실. 공화국 대통령이 입원한다면 돔 형태의 전천 모니터를 갖춘 이곳밖에 없었다. 가리야에게 우시지마 대통령의 상태를 들은 뒤로 두 개밖에 없는 병실 중 하나를 이날을 위해 비워뒀다.

대통령의 병세는 일단 안정되었다. 하지만 호전된 건 아니었다. 이 상태 그대로 변화가 없을 뿐이었다. 머지않아 더욱 악화되어 위독해지리라.

대통령을 수행하는 팰리스 후지의 고관들은 우왕좌왕할 뿐 아무 도움도 되지 못했다. 이송 중에 대통령의 손을 잡고 있었다는 그 여자가 훨씬 강단 있어 보였다. 누군지는 모르지만 여의사 중에 흔히 찾아볼 수 있는 유형이리라.

모니터실에 들어서자 분위기가 뭔가 심상치 않았다. 다쿠마와 미나미다, 기나시, 세 간호사가 곤혹스런 표정으로 두런두런 이야기를 나누고 있었다.

"뭘 그렇게 쑥덕거리나? 대통령을 따라온 그 미녀 이야기야?"

"아, 선생님. 아이즈로 들어온 긴급 속보, 못 들으셨어요?"

"아, 그러고 보니 아까 빼놓고 깜빡했네."

가토는 가운 주머니에서 아이즈를 꺼내 귀에 걸며 물었다.

"무슨 일 있었나?"

"방금 긴급 회견이 있었는데요."

"대통령의 입원 소식이 벌써 발표됐나? 설마 SMOC라는 사실도 밝힌 건 아니겠지?"

"아뇨."

주임간호사인 미나미다가 대답했다.

"생명에 지장이 없다고만 발표됐어요."

"지금 그게 문제가 아니에요."

다쿠마가 말했다.

"헌법이 정지된대요."

"헌법? 공화국 헌법 말인가?"

다쿠마는 진지한 표정으로 고개를 끄덕였다.

"네."

가토는 그 말을 웃으며 흘려들었다.

"그럴 리가. 공화국 헌법을 정지한다는 게 말이 돼?"

"하지만 분명히 그렇게 말했어요."

"누가?"

"공화국경찰의…… 이름은 까먹었는데 높은 사람이요."

"공화국경찰에 그런 권한은 없어."

"하지만 분명히 그렇게 말했어요!"

가토의 얼굴에서 웃음기가 가셨다.

"사실인가?"

"사실이라니까요, 그렇죠?"

미나미다와 기나시가 고개를 끄덕였다.

"아니, 경찰이 헌법을 정지시켜서 어쩐다는 거야?"

"그걸 잘 모르겠어요. 들어보니까 경찰이 대통령 직무를 대행한다는 것 같던데…… 국민들에게 경찰의 지시를 반드시 따르라고 했어요."

"그건 계엄령이나……."

등줄기가 오싹해졌다.

그제야 사태의 심각성을 실감한 것이다.

"박사님, 갑자기 표정이 왜 그러세요? 헌법이 정지됐다는 게 그렇게 큰일인가요?"

가토는 세 간호사의 얼굴을 보며 말했다.

"큰일이고 뭐고…… 어제까지 존재했던 일본공화국이 이 순간 지상에서 송두리째 사라졌다는 뜻이야."

"네? 여기 있잖아요."

다쿠마가 발로 바닥을 톡톡 치며 말했다.

"지금 우리가 서 있는 곳은 어제까지의 일본공화국이 아니야. 전혀 다른 나라라고."

18

후카마치는 내무성 차관실 안에서 정신없이 서성이고 있었다.

대체 무슨 일이 일어난 것일까. 유사 총리가 체포된 이때 우시지마 대통령까지 쓰러지다니. 우연의 일치인지는 둘째치고라도, 효도 가쓰라는 굴러들어온 이 기회를 최대한 활용할 작정인 모양이었다. 상대방은 건곤일척, 일생일대의 승부를 걸었다. 이 상황에서 조금의 망설임이라도 보이면 승산은 없다.

"가가와! 제발 대답해!"

왼쪽 귀에 건 아이즈는 무섭게 깜빡이면서 엄청난 속도로 접속을 시도했다. 트래픽이 급증했는지 아까부터 계속 접속이 되지 않았다.

"후카마치?"

연결됐다.

"가가와, 대체 어떻게 된 일인가? 공화국경찰이 쿠데타를 일으키다니."

"우리도 난리가 났어. 다들 국장님이 미친 게 아니냐며 수군거리고 있다고."

경찰 내부도 일치단결해 봉기한 건 아닌 모양이었다. 그렇다면 상대도 완벽한 태세를 갖춘 건 아니다. 준비를 마치지 못한 상태로 그냥 출발한 것이다. 하지만 오히려 타이밍을 우선해 행동에 옮기는 이 신속 정확한 실행력은 우습게 볼 게 아니었다.

"내부에서 효도를 제거하려는 움직임은 없나?"

"불가능해. 무장한 센추리온이 국장 주변에 버티고 있거든. 근처에 가까이 가지도 못해."

"경찰 조직 전체가 쿠데타를 지지하는 건 아니지?"

"당연하지."

하지만 시간이 지나면 지날수록 쿠데타 지지파가 늘어날 우려가 있었다. 그전에 조치를 취해야 했다. 완전히 시간싸움이었다.

"다시 연락하겠네."

후카마치는 가가와와 통신을 끊고 아라카와에게 연결했다. 과거 부하직원이자 지금은 신시대당의 대표였다.

적의 주전력은 사실상 센추리온이었다. 국내에서 센추리온에 대항할 수 있는 군사력은 공화국 방위대밖에 없었다.

이번에는 금방 연결이 됐다.

"아라카와, 효도의 회견은 봤나?"

"봤습니다. 엄청난 일을 저질렀더군요."

"기쿠가와 국방장관에게 연락해, 방위대를 보내서 경찰 청사를 포위하라고 해."

"네?"

"기쿠가와는 자네 후배잖나."

"그게 아니라⋯⋯."

"모르겠나? 그들의 주력 부대는 센추리온이야. 그에 맞설 수 있는 건⋯⋯."

"무슨 말씀인지는 압니다. 하지만 그럴 순 없습니다."

"뭐라고!"

"방위대를 움직이려면 유사 총리님의 출동 명령이 필요합니다."

"그건 나도 알아. 지금 총리님과 연락이 닿지 않으니 자네한테 부탁하는 게 아닌가."

"아무리 국방장관이라도 총리의 허가 없이 군을 움직일 권한은 없습니다. 그건 헌법 위반입니다."

"지금은 비상시국이 아닌가. 그런 소리를 할 때가 아니야. 대통령이 쓰러졌다지만 솔직히 알 게 뭔가. 녀석들이 독을 먹였을 가능성도 있다고. 그렇지 않으면 왜 기다렸다는 듯 이 타이밍에 입원하겠나!"

"차관님, 진정하시고 제 말 좀 들어보십시오. 우리도 똑같이 헌법을 위반하면 그들의 헌법 정지를 시인하는 꼴이나 마찬가지입니다. 공화국 헌법의 효력이 완전히 정지되면 이 나라는 더 이상 근대국가의 틀을 유지할 수 없습니다. 다른 나라들이 군사적으로 개입할 구실을 주면 안 됩니다. 그런 사태만은 막아야 한다고, 총리님이라면 그렇게 말씀하실 겁니다!"

후카마치는 걸음을 멈추고 천장을 올려다보았다.

"이렇게 부탁하는데도 안 되겠나?"

"총리님이 지금 저들의 수중에 계시다는 사실을 잊으시면 안 됩니다. 총리님의 명령을 날조해 이번에는 방위대를 자신들의 목적을 위해 움직이려 할지도 모릅니다. 대통령을 고의로 입원시킨 걸 보면 그러고도 남을 놈들입니다. 센추리온에 방위대까지 가세하면 그 시점에서 쿠데타는 성공입니다."

후카마치는 입을 앙다물고 크게 숨을 들이쉬며 아이즈를 빼서 바닥에 내던졌다. 부드러운 카펫에 내동댕이쳐진 아이즈가 창가로 굴러갔다.

방위대를 움직일 수 없다면 더는 방법이 없다. 만사휴의.

"그런 놈이 이 나라의 지도자라니……"

효도 가쓰라의 교만한 웃음소리가 귓가에 들리는 듯했다.

19

긴급 회견을 마친 효도 가쓰라는 마음이 후련했다.

우시지마 대통령이 복귀할 날은 영영 오지 않는다. 사실상 헌법 정지 상태가 이대로 지속되리라. 병명이 SMOC라는 사실은 대통령이 사망할 때까지 밝히지 않을 생각이었다. 그러면 국민들은 대통령이 언젠가 복귀할 것이라 믿겠지. 헌법 정지 상태를 받아들이기 쉬워지는 것이다.

앞으로 바빠지겠군.

효도는 끓어오르는 흥분을 주체할 수 없었다.

우시지마 대통령의 목숨은 앞으로 얼마 남지 않았다. 지금 권력을 완전히 장악해야 한다. 경찰조직 내부의 불만분자들을 죄다 쓸어내고 국회를 협박한 다음 마지막으로 방위대를 수중에 넣는다. 그리고 대통령이 하야하면 바로 국회를 해산하고 새 질서에 따른 새 정권을 수립한다. 그날이 바로 내가 이 나라의 정점에 서는 날이다.

"국장님."

책상 스피커에서 비서관의 목소리가 들렸다.

"총통이라고 부르라 했을 텐데. 공화국경찰은 이제 내무성의 일개 조직이 아니야."

"죄송합니다, 총통님. 센추리온의 기타자와 대령님이 긴히 드릴 말씀이 있다고 하십니다."

"들여보내."

이내 국장실, 아니 총통실의 문을 열고 검은 군복 차림의 기타자와 대령이 성큼성큼 들어왔다. 그리고 책상 앞에 서서 경례를 붙였다. 효도는 앉아서 경례를 받았다.

"때마침 잘 왔네. 그렇지 않아도 자네와 할 얘기가 있었는데. 공화국경찰은 머지않아 '통치부'로 개명하게 될 걸세. 자네는 통치부의 부총통이 되는 거고. 앞으로도 센추리온은 이 나라의 중추가 되는 거야. 나쁜 이야기는 아닐 텐데."

효도는 선웃음을 지었지만 기타자와 대령은 낯빛 하나 바꾸지 않았다.

"아까 회견 내용이 사실입니까?"

이야기의 흐름을 무시한 질문이었다.

"물론이네."

"각하는 어디 계십니까?"

"못 들었나? 공화국병원에 계시네."

"그럼 나가보겠습니다."

"거기 서."

서둘러 나가려는 기타자와를 효도는 황급히 불러 세웠다.

"어디 가는 건가?"

"우리는 대통령 직속 부대입니다. 우리의 최고사령관은 우시지마 대통령, 단 한 분뿐이십니다. 각하의 지시를 받아야 합니다."

"일부러 본인을 찾아가지 않아도 비서실장인 나기가 있잖나."

"우리의 최고사령관은 대통령 단 한 분뿐이라 말씀드렸을 텐데요. 나기 비서실장은 각하의 전령이지 사령관이 아닙니다."

"병원으로 찾아가도 소용없네."

"그게 무슨 말입니까?"

"각하께서는 위중한 상태라 지시를 내리실 수가 없어. 그래서 각하께서는 나에게 센추리온의 지휘권을 이양하셨네."

기타자와가 눈을 가늘게 뜨며 되물었다.

"센추리온의 지휘권을 당신에게?"

"그래. 앞으로는 내 명령이 곧 각하의 명령이라 생각하게. 나기 비서실장이 우시지마 대통령에게 직접 지시를 받았으니. 못 믿겠으면 팰리스 후지에다 물어보게."

기타자와 대령이 천천히 숨을 들이마시며 나지막하게 대답했다.

"됐습니다."

효도의 얼굴에 흡족한 표정이 번졌다.

"말이 잘 통하는 친구로군."

"다시 확인하겠습니다. 현재 우시지마 대통령은 지령을 내릴 수 없는 상태이십니다. 틀림없습니까?"

"틀림없네. 그러니까 우리 공화국경찰이 전면에 나서 공화국의 치안을 유지한다. 센추리온은 우리를 전적으로 지원하도록. 이것이 각하의 명령이다!"

"알겠습니다."

기타자와 대령이 다시 경례를 붙였다.

그 눈빛이 싸늘하게 빛났다.

"대통령 지령 0호, 발동합니다."

20

"나기는 내가 영원왕국에 있던 걸 알아냈어. DNA 흔적이 남아 있었다는군. 지금은 그런 것까지 알아낼 수 있는 모양이야."

"어떻게 당신의 DNA가 조사 대상에 들어 있던 겁니까?"

"나, 미츠타니 고키치가 수배 대상이었기 때문이지. 아이디 위조 혐의로."

"당신은 영원왕국에서 가이로 살기 전부터 고스트 아이디를 만들었던 겁니까?"

"고스트 아이디를 팔아 얻은 수익으로 영원왕국의 기반을 닦았지. 아니, 수배범이던 나에게 필요한 시설을 만들었다고 해야겠군."

가이는 냉소를 머금었다.

"그 무렵이었어, 비터가 나에게 다가온 건. 내가 전면에 나서지 않아도 되도록 그를 구슬려 아나타 도진으로 만들었지. 그렇게 만들어진 게 아나타 도진의 영원왕국이야. 사라진 경위는 예전에 말했던 대로고."

"나기 사다카즈는 당신이 영원왕국에 있다는 사실을 알고……."

"그는 C2에서 C5까지 모든 거부자 마을의 존재를 파악하고 내가 그중 한 곳으로 이동했을 가능성이 크다고 판단했어. 그래서 C4가 센추리온의 공격대상으로 정해졌을 때, 관료 시절의 내 사진을 주면서 '이 남자를 보면 죽이지 말고 데려오라'고 명령했지. 물론 우시지마 대통령의 이름으로. 그래서 나는 사살당할 위기에서 간신히 목숨을 건질 수 있었던 거야."

"왜 나기 사다카즈는 당신을 살려준 겁니까? 옛정으로?"

"나기는 그런 감상적인 남자가 아니야. 이유는 많았지만, 한마디로 패자인 나에게 승자인 자신의 모습을 과시하고 싶었던 거지. 그리고 내 안에 솟아날 굴욕에 자신이 유사 아키히토에게 받은 굴욕을 투사하여 그것을 비웃음으로써 자신이 승자임을 다시금 확인하려던 거야. 천박한 것도 그쯤 되면 측은지심이 들 정도지. 나도 남말 할 처지는 아니지만."

"하지만 당신은 그 뒤로도 C2에 나타나 테라마에게 몸을 의탁하지 않았습니까."

"알리바이를 위해서였어. 나기는 가능한 한 나를 이용할 속셈이었어. 자네가 지적한 대로 자기 꼭두각시로 삼은 거지. 앞으로도 내 이용가치를 유지하려면 거부자 마을과 접점을 끊는 건 현명한 일이 아니었지. 그래서 날 산속으로 돌려보낸 거야. 감시 두 명을 붙여서."

"그게 그 경호……."

순간 겐은 말을 끊었다.

문 밖이 소란스러웠다.

화난 목소리가 오가고 있었다.

"이 소란도 당신들 계획의 일부입니까?"

가이는 겁에 질린 표정으로 고개를 저었다.

"아무것도 들은 바 없네. 이곳은 팰리스 후지야. 소란이 일어날 리 없잖나."

"불의의 사태가 일어난 모양이군요."

문을 열고 검은 군복 차림의 남자들이 쏟아져 들어왔다.

모두 무장하고 있었다.

21

총리 관저 집무실.

여느 때라면 끊임없이 방문객들이 오가거나, 하얗게 질린 비서관이 뛰어들어오거나, 질책의 소리가 울려 퍼지는 등 분주한 분위기가 지배하는 공간이지만, 지금은 모든 움직임이 멈춰 있었다.

커다란 일인용 소파에 앉은 유사 아키히토의 뒤에는 공화국경찰 무장경관 두 명이 서 있었다. 유사가 외부와 연락을 취하거나 수상한 낌새를 보일까 눈에 불을 켜고 지키고 있었다. 묵직한 문 옆에는 검은 군복을 입은 센추리온 대원들이 대기하고 있었다. 두 손에 날렵한 총기를 쥐고 총구를 위로 세운 채 차려 자세를 하고 있었다.

유사의 맞은편, 탁자 너머 소파 팔걸이에 편안히 팔을 올린 채 다리를 꼬고 있는 이는 공화국경찰 무장경찰대를 이끄는 다테미야 가즈히로였다. 과거에 후카마치가 '효도 가쓰라의 충실한 광견'이라 평했던 남자였다. 날카로운 눈빛과 눈동자의 움직임에서 동물적인 본능이 느껴졌다.

"언제까지 이러고 있을 작정인가?"

"총통님의 명령이 있으실 때까지입니다."

유사가 물어도 천연덕스럽게 웃으며 같은 대답을 반복할 따름이었다.

"총통이라, 거창한 이름을 붙였군."

"헌법이 정지된 지금, 효도 가쓰라는 이제 한낱 경찰국장이 아니니까요."

다테미야의 얼굴은 지극히 진지했다. 총통이라는 우스운 호칭에 전혀 위화감을 느끼지 않는 모양이었다.

"효도 정권이라……. 설령 수립되더라도 오래가지는 못하겠군."

"패자의 질투는 꼴사나울 뿐입니다, 유사 아키히토 씨."

다테미야는 총리가 아니라 '씨'라고 힘주어 말했다.

"이제 승패는 갈렸습니다."

"섣부른 판단이군."

다테미야는 신이 난 듯 눈썹을 추켜올렸다.

"보기보다 끈질기시군요."

"역사를 공부하게. 지도자의 그릇이 못 되는 인물이 운과 시류의 도움을 받아 어쩌다 권력을 잡을 수도 있는 법이야. 하지만 그렇게 잡은 권력이 오랫동안 지속된 예는 찾아볼 수 없어."

다테미야의 태도는 여전히 여유로웠다.

"역사는 어차피 과거의 사례집에 지나지 않습니다. 앞으로 우리가 쌓아나가야 하는 건 과거 어느 시점에도 존재하지 않는 미래죠. 전례가 없다면 우리가 만들면 됩니다."

"그럴 그릇이 아니라는 건 인정하는 모양이지?"

다테미야는 말문이 막힌 듯했다.

얼굴을 붉히며 꼬았던 다리를 풀었다.

"참 말이 많으신 분이군."

"우리는 더욱 겸허한 자세로 역사를 대해야 해."

"그 말, 그대로 돌려드리지."

애써 분노를 참는 표정이었다.

"알겠습니다."

별안간 문가에 서 있던 센추리온 대원의 목소리가 울려 퍼졌다.

다테미야가 의아한 표정을 지었다.

"무슨 일인가?"

대답이 돌아오기 전에 문을 열렸다. 돌진하듯 안으로 들어온 이는 기타자와 대령이었다. 센추리온의 무장대원이 그 뒤를 따랐다. 모두 열 명이 넘었다.

"대령님, 여긴 어떻게…… 대체 무슨 소란입니까?"

기타자와 대령은 다테미야를 무시하고 유사가 앉은 소파 옆에 섰다. 대원들도 대령을 따라 한 줄로 늘어서 총구를 위로 세운 채 차려 자세를 취했다. 문가에 서 있던 대원도 어느샌가 합세해 있었다. 모두 한꺼번에 바람을 가르듯 경례를 붙였다. 넋이 나갈 만큼 절도 있는 동작이었다.

"유사 총리님께 보고드립니다."

기타자와가 굵직한 목소리로 말했다.

"대통령 지령 0호의 발동으로 지금부터 센추리온은 총리님의 지휘를 받습니다."

정적이 집무실을 뒤덮었다.

다테미야도 말문이 막힌 모양이었다.

"그게 무슨 뜻이지? 내가 알아듣게 설명해주겠나?"

유사의 물음에 기타자와 대령은 손을 내렸다. 대원들도 그를 따랐다.

"우시지마 대통령께서는 센추리온 설립과 동시에 0호 지령을 발령하셨습니다. 만에 하나라도 대통령께서 지휘봉을 잡기 어려운 상황이 닥치면 누가 어떤 말을 하더라도, 다른 누가 직무를 대행하더라도, 진행하는 모든 작전을 중지하고 어떠한 일이 있더라도 유사 총리님의 지휘하에 들어가 그 지시를 따르라고요."

"유사시에는 나에게 센추리온을 일임하신다, 분명히 그렇게 말씀하셨나?"

"네."

상상조차 못했던 일이다. 유사의 가슴에 형언할 수 없는 감정이 솟아올랐다.

"헛소리 집어치워!"

다테미야가 버럭 소리쳤다.

기타자와는 여전히 다테미야의 존재를 무시하고 물었다.

"총리님, 지시를 내려주십시오."

유사는 자리에서 일어났다.

상황 파악은 끝났다. 그리고 자신이 해야 할 역할도.

분명히 승패는 갈렸다.

아무도 예상치 못했던 형태로 맥없이.

유사는 우두커니 선 다테미야와 무장경관 두 명을 보며 말했다.

"먼저 이자들을 구속하게. 그리고 국가반란방지법에 의거해 효도 국장의 신병을 확보하도록."

"신속하게 명령을 이행하겠습니다."

이내 기타자와는 짤막하게 뭐라고 말했다. 정렬한 대원들이 순식간에 다테미야와 두 무장경관을 포위하고 총구를 들이대고 있었다. 앗, 하는 소리조차 나오지 않을 정도로 눈 깜짝할 새에 일어난 일이었다.

유사는 유유히 집무용 책상으로 돌아가 직통 회선 수화기를 들었다.

"후카마치? 그래, 난 별일 없네. 방위대? 한심한 소리 말게. 그보다 당장 효도 국장을 해임시키고 후임으로 적절한 인물을 발탁하게. 연공서열과 상관없이 가급적 현장의 신임이 두터운 인물로. 그걸로 이 사건을 매듭짓자고. 자세한 이야기는 나중에 하겠네. 서두르게."

말을 마친 유사는 수화기를 내려놓았다.

대원들의 총구에 에워싸인 다테미야는 아직도 망연한 표정이었다. 무슨 일이 일어났는지 파악하지 못한 듯했다.

그 모습에 유사는 안쓰러움마저 느꼈다.

"그러니까 내 말했잖나. 오래가지는 못할 거라고."

22

    공화국에서 경찰국장 효도 가쓰라가 일으킨 쿠데타가 불꽃처럼 하늘로 쏘아 올리자마자 산산이 흩어져 단번에 수습되어가던 즈음.
    멀리 떨어진 미국의 HALLO 본부에서는 모든 가입국 정부를 대상으로 긴급 권고를 내리고 있었다.

4장 | 진정한 위기

1

"박사님, 일어나세요!"

"아얏, 알았어. 일어나면 되잖아!"

가토 다로는 다쿠마 간호사의 거친 손길에 잠에서 깨어 졸린 눈을 비비며 당직실 침대에서 내려왔다.

"좀 더 부드럽게 깨울 수는 없겠나?"

볼멘소리를 하며 옷걸이에 걸린 가운을 입으려던 순간이었다.

"아, 가운은 안 입으셔도 돼요."

가토가 돌아보며 물었다.

"대통령의 병세가 갑자기 안 좋아진 게 아닌가?"

"그게 아니라 총리 관저에서 긴급 호출이 왔어요."

"총리 관저에서?"

"곧 관저에서 보낸 차가 도착할 테니 서둘러 준비하세요."

"총리 관저는 쿠데타로 발칵 뒤집히지 않았나?"

"쿠데타는 이제 진압됐대요. 아까 유사 총리가 회견을 열고 원래 대로 돌아갈 거라고 했어요. 헌법 정지 선언도 무효래요."

"오, 경사스런 일이로군."

가토는 고개를 돌려 시계를 보고는 무심코 얼굴을 찌푸렸다.

"아이고, 벌써 2시야? 점심도 못 먹었네."

"무슨 말씀이세요. 지금 오전이에요."

"오전 2시…… 그럼 아직 새벽이잖아! 왜 이런 시간에……."

"전들 아나요. 어쨌든 오라니 가야죠. 불만은 총리님한테 가서 말하세요."

"너무 급작스럽잖아. 난 대통령 곁을 떠날 수 없는 몸인데……."

"자고 계셨으면서."

둘러댈 말이 없었다.

"그럼 전 분명히 전했습니다. 저희도 대통령 각하 간호로 바쁘다고요."

다쿠마는 나가려다가 가토를 돌아보며 말했다.

"그리고 박사님, 요새 말이 좀 걸어지셨어요. 총리 관저에서는 공손하게 구세요."

문이 닫히자 가토는 한숨을 내쉬며 거울에 비친 제 몰골을 보았다. 이 꼴로 총리 관저에 갈 수는 없었다. 사무실로 돌아가 사물함 안에 걸어둔 양복으로 갈아입기로 했다. 언제 가리야 박사에게 연락이 올지 모르기 때문에 아이즈는 잊지 않고 왼쪽 귀에 걸었다.

인적 없는 복도를 걸어가며 이 상황을 나름대로 정리해보았다. 설마 쿠데타 수습 과정에서 니시나 겐을 몰래 도망치게 해준 일이 발각된 건 아니겠지? 그랬다면 총리 관저가 아니라 경찰에서 차를 보냈겠지. 한밤중에 사람을 불러내는 걸 보면 어지간히 중요한 일일 텐데, 일개 의사한테 대체 무슨 볼일이란 말인가. 대통령의 병세를 보고하라는 건가? 아니, 보고라면 이 시간에 꼭 받아야 하는 건 아닐 터였다.

5분도 채 지나지 않아 차가 도착했다는 연락이 왔다. 서둘러 현관으로 나가 차에 올라타자 뒷좌석에 이미 먼저 타고 있는 사람이었다. 고급 양복을 빼입은 남자였다. 같이 호출을 받은 사람인가 생각했는데 문이 닫히자 남자가 입을 열었다.

"오랜만입니다, 가토 박사님. 내무성 차관 후카마치입니다."

"아, 차관님이셨군요."

차 안이 어두워서 누군지 알아보지 못했다. 후카마치와는 후생국 회의에서 한 번 마주친 적이 있다.

"가토 박사님, 늦은 시간에 죄송합니다. 번거로우시겠지만 관저에 도착할 때까지 이걸 좀 봐주십시오."

후카마치는 딱딱한 목소리로 그렇게 말하며 텍스트 보드를 내밀었다. 가토가 건네받은 보드를 켜자 적절한 밝기의 크림색 화면에 검은 문자가 나타났다. 영문 보고서였다. SMOC라는 글자가 눈에 들어왔다.

*

총리 관저에는 심상치 않은 기운이 감돌았다. 정문 옆에는 장갑차가 버티고 있었고, 부지 안 여기저기에 검은 군복을 입은 군인이

서 있었다. 효도가 날조한 대통령 명령으로 움직이던 센추리온이 막판에 유사 총리의 편을 들었다는 이야기는 사실인 모양이었다.

차가 관저 현관에 도착했다.

마중 나온 직원이 차 문을 열어주었다.

가토는 간신히 제 발로 내렸다. 하지만 발끝은 아직 차가웠다. 얼굴도 핏기가 가셔 새하얄 것이다. 그 보고서를 읽은 탓이었다.

"박사님, 그럼 나중에 뵙겠습니다."

후카마치 차관이 텍스트 보드를 들고 먼저 들어갔다.

"이쪽으로 오시죠."

가토는 직원의 안내를 받아 천장이 높은 홀을 가로질러 폭이 넓은 계단을 올라갔다. 그들이 가고 있는 회의실은 2층에 있다고 했다.

직원이 연 문을 지나 웅성거리는 회의실로 들어갔다. 널찍한 방 한가운데에 타원형 회의 탁자가 있었다. 이미 대부분의 자리에 사람들이 앉아 있었다. 탁자에 놓인 명패를 보니 관료뿐 아니라 공화국의 행정을 책임지는 사람들이 거의 모두 모인 것 같았다.

쿠데타 소동으로 다들 제대로 눈을 붙이지 못한 듯 눈이 충혈되어 있었다. 하지만 당혹감과 불안이 섞인 표정을 보아하니 모두들이 회의의 내용을 사전에 통보받지 못한 모양이었다. 알고 있다면 저렇게 태평한 표정을 지을 리가 없었다.

유사 총리가 문을 열고 들어왔다. 후카마치 차관도 함께였다.

참석자들이 모두 자리에서 일어나 총리를 맞이했다.

"앉으시오. 촌각을 다투는 일이라 바로 본론부터 말하겠습니다."

총리는 서둘러 자리에 앉더니 다른 사람들이 앉기도 전에 이야기를 시작했다.

"쿠데타 뒤처리로 정신이 없을 텐데 불러내서 미안합니다. 대통령의 병세도 궁금할 테지만, 내일 아침까지 결단을 내려야 하는 긴급한 사안이 생겨서 그 일 먼저 이야기하겠습니다. 내무성의 후카마치 차관이 자세한 설명을 해줄 겁니다."

후카마치가 말을 받았다.

"지금부터 4시간쯤 전, 어제 오후 11시 25분, 미국 HALLO 본부에서 내무성 후생국으로 긴급 연락이 들어왔습니다. 자료를 작성할 시간이 없어서 구두로 전달하는 점, 양해 부탁드립니다."

아까부터 발언자의 목소리가 잘 들린다 했더니 탁자에 마이크와 스피커가 달린 모양이었다.

"여러분도 SMOC라는 질병을 아실 겁니다. 온몸의 장기에 동시 다발로 암이 발생하는 질병으로, 한번 발병하면 현대의학으로는 치료가 불가능하다고 알려져 있습니다. 전 세계에서 급증하는 추세이며, 국내에서도 내무성 후생국이 얼마 전부터 역학조사를 실시하기 시작했죠."

여기까지 말하고 가토 쪽을 힐끗 보았다.

"이 SMOC의 발생 메커니즘에 관해서는 전혀 밝혀진 바가 없었습니다만, 이번에 HALLO의 연구자들이 그 원인을 거의 밝혀냈다고 합니다. 그 원인은 HAV, 인간 불로화 바이러스입니다."

잠시 공백이 생겼다. 그 말이 무엇을 뜻하는지 청중의 뇌가 이해하기를 기다리듯. 하지만 늘어선 정부 유력 인사들의 표정은 사태의 심각성을 전혀 이해하지 못한 듯했다.

"HALLO에 따르면 SMOC는 변이한 인간 불로화 바이러스가 불가피하게 일으키는 현상이라고 합니다."

"불가피하게? 그게 무슨 뜻인가?"

한 장관이 질문을 던졌다.

"HAVI를 받아 체내에 인간 불로화 바이러스를 주입한 이들은 언젠가 모두 SMOC에 걸린다는 뜻입니다."

"우, 우리도 해당되는 건가?"

얼빠진 목소리가 튀어나왔다.

"예외는 없습니다."

순식간에 실내가 웅성거리기 시작했다.

이제야 사태의 심각성을 실감한 모양이었다.

"그런 어처구니없는 일이 있나!"

"치료법 연구는 어떻게 되어가는 건가?"

"아니, 뭔가 착오가 있는 거야."

"맞아. 증거 있나, 증거!"

"조용!"

유사 총리가 크게 소리치자 실내가 쥐 죽은 듯 조용해졌다.

"아직 설명이 끝나지 않았습니다. 끝까지 듣고 나서 꼴사납게 굴든지 하시죠. 그리고 이 건에 관해서는 모든 사실관계를 HALLO 본부에 확인했습니다. 근거 없는 허위 정보가 아니에요."

장관들은 떨떠름한 표정으로 입을 다물었다.

유사 총리가 눈짓을 했다.

후카마치가 고개를 끄덕이며 말을 이었다.

"여기서부터는 이 분야의 전문가께서 설명해주실 겁니다. 소개합니다. SMOC 역학조사의 총책임자이자, SMOC의 국내 최고 권위자인 공화국병원의 가토 박사님입니다."

지명을 받은 가토는 고개를 숙였다.

"가토 박사님은 오시는 길에 HALLO 보고서를 읽으셨습니다. 설명 부탁드립니다."

가토는 조용히 심호흡을 하고 나서 운을 뗐다.

"가토입니다. 단도직입적으로 HALLO 보고서의 요점만 말씀드리겠습니다. 먼저 첫 번째는 좀 전에 들으셨다시피, HAVI를 받은 이들에게는 반드시 SMOC가 발병한다는 것입니다. 그 발병 시기는 HAVI를 받고 난 뒤에 시간이 얼마가 지났는지에 전혀 영향을 받지 않습니다. 한마디로 HAVI를 받은 지 100년이 지났든 하루가 지났든 같은 확률로 발병한다는 뜻입니다. 이건 제가 정리한 역학조사 결과와도 일치합니다."

후카마치가 손을 들었다.

가토는 고개를 끄덕였다.

"저도 보고서를 읽어봤습니다만 그 점이 도무지 이해가 가지 않더군요. SMOC의 원인이 인간 불로화 바이러스라면, 보통은 체내에 인간 불로화 바이러스가 존재하는 시간이 길수록 발병률도 높아져야 하는 게 아닙니까?"

"그 말에도 일리가 있지만 현실의 데이터는 그렇지 않습니다. HALLO의 조사방법에서도 문제점은 찾지 못했습니다."

"그러면 이 현상을 어떻게 이해해야 합니까?"

"보고서에도 있지만, 지상에 존재하는 인간 불로화 바이러스가 본디 유전자에 프로그래밍되어 있었듯 한꺼번에 변이를 시작했다, 그렇게 해석하는 수밖에 없습니다."

"그런 일이 가능합니까?"

"가능, 불가능의 단계를 넘어 이미 현실에서 일어난 일입니다. 우리가 지금 맞닥뜨린 문제는 이 현상을 사실로서 받아들일 각오가 되어 있는가, 그뿐입니다."

후카마치가 매서운 표정을 지었다.

"알겠습니다. 죄송합니다. 말씀하십시오."

"그럼 이어서 말씀드리겠습니다. 두 번째 요점은 앞으로 SMOC가 어떻게 확산되어갈 것인가 하는 문제입니다. HALLO는 이 문제에 대해 슈퍼컴퓨터를 이용해 시뮬레이션을 했습니다. …… 침착하게 들어주십시오."

가토는 다시 심호흡을 했다. 다리가 후들거렸다.

"시뮬레이션에 따르면 앞으로 SMOC 환자는 기하급수적으로 증가할 겁니다. 그 결과, 현시점에서 HAVI를 받은 사람 마지막 한 명이 SMOC로 사망하기까지는…… 16년이 걸립니다."

회의실은 찬물을 끼얹은 듯 조용해졌다.

"한마디로 지금 체내에 인간 불로화 바이러스를 이식한 사람은 16년 뒤에 모조리 사망한다는 뜻입니다. 하나도 남김없이."

아무도 입을 열지 않았다.

"한번 HAVI를 받은 사람에게서 인간 불로화 바이러스만 제거하기란 불가능합니다. 인간 불로화 바이러스는 유전자와 완전히 결합하기 때문입니다. HALLO에서는 만일 인간 불로화 바이러스만 제거하는 특수한 바이러스를 개발했을 때, 그것이 어떠한 효과를 가져올지도 슈퍼컴퓨터로 예측했습니다. 그에 따르면 억지로 인간 불로화 바이러스를 제거하면 육체의 노화가 급격히 진행되어 며칠 안으로 죽음에 이른다는 결론이 나왔습니다. 한마디로 사태는 절망적입니다."

후카마치가 또 손을 들어 질문했다.

"인간 불로화 바이러스를 제거하지 못한다면 암세포를 직접 없애는 치료약은 개발할 수 없습니까?"

"가능성이 아예 없는 건 아닙니다만, 기존의 항암제가 SMOC에 전혀 효과가 없는 점을 고려하면 지금 당장 개발에 착수해도 16년 안에 완성할 확률은 0.1퍼센트도 되지 않을 겁니다. 기억해야 할 사실은, 우리가 16년 뒤에 한꺼번에 죽음을 맞이하는 게 아니라, 서서히 죽어간다는 점입니다. 16년 뒤에 완성해도 의미가 없죠. 지금 살아 있는 사람들은 대부분 죽고 난 다음일 테니까요. 적어도 절반 이상이 생존한 상태가 아니면…… 그러면 기다릴 수 있는 건 10년이 한계입니다. 그때까지 효과적인 치료약을 개발할 확률은 거의 없다고 말씀드릴 수밖에 없습니다."

손을 드는 사람은 아무도 없었다.

"이상으로 설명을 마치겠습니다."

"박사님."

유사가 말문을 열었다.

"SMOC를 연구해온 전문가로서 이번 HALLO의 보고서가 신뢰할 만하다고 생각하십니까?"

가토는 유사를 바라보며 말했다.

"제 지식, 경험과 모순되는 점은 없습니다. 조사방법이나 시뮬레이션 조건 설정에도 문제점은 보이지 않았습니다. 신뢰할 만하다고 봅니다."

"박사님 개인 의견은 어떠십니까?"

"요 몇 해 사이 SMOC의 증가가 비정상이라고 생각했지만, 설마하니 이런 결과는 예상하지 못했습니다. 충격이라고밖에 드릴 말씀이 없습니다. 받아들이기 힘든 사실이지만 우리에게 다른 선택지는 없습니다."

유사는 심각한 얼굴로 고개를 끄덕였다.

"가토 박사님, 설명 감사드립니다. 이런 시간에 오시게 해서 죄송합니다. 이 일은 공식 발표가 있을 때까지 비밀로 해주십시오."

"알겠습니다."

"밖에 차를 대기시켜 놓았습니다. 병원까지 모셔다 드리겠습니다."

가토는 눈인사를 하고 회의실을 나왔다.

바깥은 믿을 수 없을 만큼 고요했다.

다리가 여전히 후들거렸다.

2

가토 박사가 떠나자 유사는 다시 회의실을 둘러보았다. 장관도 차관도 모두 하얗게 질려 있었다. 연신 눈을 깜빡이며 땀을 닦는 이도 보였다.

"이제 이 시간에 회의를 소집한 까닭을 아시겠죠? 이대로 아침이 밝으면 전국에서 수많은 국민들이 새로 HAVI를 받겠지요. SMOC로 고통 받는 국민들이 더는 늘어나지 않도록 즉시 HAVI 운용을 중지할 것입니다. 이에 대해 이견은 없으리라 생각합니다."

모두 말없이 고개를 끄덕였다.

"그리고 또 하나 생각해야 할 게 백년법입니다. 앞으로 SMOC에 의해 국내 인구는 빠르게 감소할 것입니다. 인구감소는 사회 곳곳에 균열을 불러올 테고요. SMOC 환자가 아닌 건강한 국민을 터미널 센터로 보내는 건 국력을 낭비하는, 말 그대로 자살행위입니다. 또한 전국 각지에 있는 십수만 규모의 거부자들도 더는 범죄자 취급을 해서는 안 됩니다. 그들 역시 귀중한 인적 자원이니까요. 이미 백년법의 존재의의는 사라졌습니다. 백년법 동결 및 거부자의 복권을 내각회의 결정사항으로 삼아 즉시 실시하려 합니다."

이에 장관들은 찬성의 뜻을 밝혔다.

산업성 차관이 손을 들어 질문했다.

"전국의 터미널 센터도 폐쇄하는 겁니까?"

"혼란을 피하기 위해 일단 폐쇄해야겠지만 언젠가는 다시 열 날이 오겠지요. 그러니 유지보수는 계속 할 것입니다."

"백년법을 동결하는데 왜 터미널 센터가 필요합니까?"

"그건 제가 말씀드리겠습니다."

후카마치가 나섰다.

구로카와 내무장관이 노골적으로 싫은 내색을 했다. 후카마치의 상사인 자신이 완전히 제삼자 취급을 받는 상황이 못마땅한 것이리라.

하지만 후카마치는 그런 걸 신경 쓸 상황이 아니라는 듯 말을 이었다.

"SMOC는 일단 발병하면 생존 가능성이 없습니다. 죽을 때까지 극심한 통증과 싸워야 합니다. 그래서 환자 중에서 원하는 이들에게는 터미널 센터를 이용할 권리를 인정하는 방향으로 검토하려

합니다."

실내가 술렁거렸다.

"자유의지에 의한 안락사를 허용하자는 겁니까?"

"국민의 논의도 거치지 않고?"

"이런 민감한 사안을……."

이구동성으로 당혹감을 나타냈다.

후카마치가 논란을 일축하듯 말했다.

"이건 인도적인 견지에서 행하는 시책이 아닙니다. 어디까지나 현실적인 대처방법으로 필요하다고 보는 바입니다."

술렁이던 분위기가 잠잠해졌다.

모두가 후카마치를 주목했다.

"앞으로 SMOC 환자가 증가하면 입원시설이 절대적으로 부족해질 겁니다. 치료비도 천문학적인 숫자를 기록하겠죠. 치료비를 낼 여력이 없거나 입원할 수 없는 환자들은 자포자기하여 범죄를 저지를지도 모릅니다. 언제가 되었든 SMOC 환자의 급증은 사회를 혼란에 빠트릴 요인으로 작용할 것이며, 어떤 식으로든 그에 대처해야 합니다. 하지만 그렇지 않아도 인구감소의 영향으로 시장이 축소되고 세수도 급감할 텐데, 이 나라에 그 부담을 견딜 여력은 없습니다. 죽어가는 이들에게 막대한 사회 자원을 쏟아붓기보다는 조금이라도 다음 세대를 위해 활용하는 것이 현실적인 선택이라 여겨집니다."

"병에 걸려 제 구실을 못하는 인간은 돈 쓰지 말고 빨리 죽으라는 건가!"

구로카와 장관이 탁자를 세차게 내리치며 소리쳤다.

"맞습니다."

후카마치가 눈 하나 깜짝하지 않고 대답하자 다른 장관들도 덩달아 웅성거렸다.

"그건 너무 절망적이지 않나."

"국민을 뭐라고 생각하는 건가!"

"국민은 쓰고 버리는 부품이 아니라고!"

"치료약 개발에 전력을 다해야 해. 해보지도 않고 포기하는 게 말이 되나?"

"중요한 건 반드시 치료약을 개발하겠다는 의지입니다. 마음을 굳게 먹어야 합니다."

"옳으신 말씀! 하면 된다!"

하지만 팔짱을 끼고 가만히 듣고 있던 유사가 고개를 든 순간, 모두 입을 다물었다.

"여러분, 저는 이렇게 생각합니다. 큰 책임이 수반되는 결단을 내려야 할 때에는 감정론이나 정신론, 낙관적 예측은 되도록 배제하고 임해야 옳다고 말입니다."

유사는 자리에 모인 사람들의 얼굴을 하나씩 바라보며 말을 이었다.

"가토 박사도 지적했듯 우리 모두가 사망하기까지의 기간은 16년입니다. 우리에게 남은 시간은 그 절반도 없다고 생각해야 합니다. 치료약 개발에 희망을 걸고 싶은 심정도 이해는 가지만, 0.1퍼센트 이하의 확률에 국가의 존망을 거는 사치는 우리에게 허락되지 않습니다."

거기서 말을 끊고 자신의 말이 모든 이들의 마음에 스며들기를 기다렸다.

"앞서 회견에서도 밝힌 것처럼, 나는 대통령 대행을 겸할 것입니다. 이에 따라 방위대뿐 아니라 센추리온도 내 명령 하나로 움직이게 됩니다. 혼자 짊어지기에는 너무 큰 권력이지만, 나는 이 권력을 쥐고 있으려 합니다."

사실상의 독재 선언에 실내는 정적에 휩싸였다.

"앞으로는 현시점에서 HAVI를 받은 이들은 16년 뒤에 모두 사망한다는 것을 전제로 국정을 운영하려고 합니다."

"구체적으로 어떤 정책을 펼칠 생각이십니까?"

법무성 차관이 질문했다. 이미 필요한 법 정비로 관심이 기운 표정이었다.

"먼저 급감하는 인구를 조금이라도 보충하기 위해 신생아 출생 수를 늘릴 것입니다. 물론 부모는 자식이 성인이 되기 전에 사망할 테니 국가가 책임지고 양육하는 제도를 정비해야겠지요. 그리고 각 분야의 인재를 육성해 기술, 지식, 그리고 문화를 계승해야 합니다. 대학을 졸업한 뒤가 아니라 십대 때부터 전문가를 양성해야 합니다. 특히 행정 분야의 인재는 자연스레 모여들기를 기다릴 여유가 없습니다. 우수한 인재를 우리가 적극적으로 골라서 단기간에 한 사람 몫을 해내도록 키워내야 합니다. 쉽지 않은 일이라는 건 알지만 해야만 하는 일입니다."

장관들은 모두 멍한 눈을 하고 있었지만 차관들의 눈동자는 이글이글 타오르기 시작했다.

"목적은 오직 하나, 16년 후에도 공화국을 존속시키는 것입니다. 그 목표를 최소한이나마 달성해야 대대로 이 나라를 이루고 지켜온 선조들을 뵐 낯이 있지 않겠습니까. 우리 세대에서 일본이라는 나라를 끝내는 사태만은 절대로 막아야 합니다."

법무장관이 찡그린 얼굴로 말했다.

"하지만 국민들이 받아들이겠습니까?"

"물론 이대로 일방적으로 밀어붙이면 극심한 반발에 부딪히게 되겠지요. 그러면 결국 계획은 도중에 틀어지게 될 테고 시간과 국력만 소모하고 말 겁니다. 그래서 나는 새로운 국가 운영방침을 한시라도 빨리 문서로 만들어 제시하고, 국민의 심판을 기다리고자 합니다."

"심판이라면……."

"국민투표."

아, 하는 소리가 터져 나왔다.

"앞으로 16년, 아니, 실질적으로는 10년 동안 이 나라가 나아가야 할 길을 공화국민들이 직접 선택하게 할 작정입니다. 국가의 미래와 다음 세대를 위해 기꺼이 불이익을 감수할 것인가, 아니면 다음 세대를 외면하고 남은 시간과 사회 자원을 낭비할 것인가."

외무장관이 더는 못 참겠다는 듯 말했다.

"그런 중대한 사안을 너무 졸속으로 처리하는 것 아닙니까? 조금 더 논의를 해보고……."

"우리에겐 그럴 시간이 없습니다. 여러분이 내일 발병하지 않는다는 보장은 어디에도 없지요."

유사의 말에 외무장관은 입을 다물었다.

"그리고 국민투표에 중요한 사안을 하나 더 추가하려 합니다. 즉, 20년이라는 기간을 전제로, 대통령과 총리 대신 독재적인 권한을 행사할 수 있는 독재관 한 명을 두기로."

"독재……."

"나 역시 언제 SMOC로 목숨을 잃을지 모르는 운명입니다. 무슨 일이 생기더라도 국가 운영에 지장이 없도록 법안 정비를 해두려는 것이죠."

"그, 그래도 독재는……."

법무성 차관 역시 당황한 기색이 뚜렷했다.

"일시적으로 국력이 저하되는 상황은 피할 수 없습니다. 하지만 피해를 최소한으로 줄이고 단기간에 국가를 재건하려면 결정을 내리기까지 시간이 걸리는 의회민주주의는 적절치 않습니다. 즉시 결정을 내려 정책에 반영할 수 있는 체제를 정비해두어야 합니다."

"아무리 그래도 일부러 독재관까지 만드는 건……."

"논의만 계속되고 결정이 늦어지면, 더구나 그 결정도 애매모호하게 끝난다면 이 나라는 정말 멸망할지도 모릅니다."

"그래도 독재는 위험성이 너무 큽니다."

"저도 압니다. 역사적으로 볼 때 독재정권하의 국가가 흔들리는 건 권력을 계승할 때입니다. 그렇기 때문에 독재관은 후임자를 제2후보까지 지명해두기로 정하겠습니다. 단, 이 후임자 후보는 독재관의 혈육은 될 수 없습니다. 세습제가 아니라는 사실을 처음부터 명시해둬야 합니다. 그리고 이 지위 자체를 20년 뒤에 폐지해 의회민주주의로 회귀할 것을 못 박아두겠습니다."

"왜 20년입니까?"

"아무리 세습을 막아도 독재체제는 20년이 한계입니다. 그 이상 지속되면 여러분 말대로 위험성이 훨씬 더 커지지요."

"솔직히 지금까지도 실질적으로는 우시지마 대통령의 독재정치였지만, 어디까지나 의회가 대통령의 임기연장을 승인하는 형태를 취했기 때문에 형식적으로나마 민주주의를 지켜왔습니다. 하지만 지금 총리님의 계획이 실행된다면 그 형식조차 사라지게 됩니다."

이 반론에는 후카마치가 대답했다.

"독재임을 명시하는 데 의미가 있습니다. 원래는 피해야 할 것임을 마음에 깊이 새기기 위해서라도, 어설프게 민주주의의 가면을 쓰는 것보다 훨씬 폐해가 적지 않을까요?"

"만일 국민투표에서 부결되면 어쩌실 겁니까?"

국방성 차관이 물었다.

유사는 허리를 꼿꼿이 펴고 말했다.

"우리나라는 지금도 얼마 남지 않은 국력을 허비할 테고, 국세는 결정적으로 기울겠지요. 한편, 독자 모델로 HAVI를 운용해온 중국과 한국은 우리나라만큼 피해를 입지는 않을 겁니다. 마음만 먹으면 쇠퇴한 우리나라를 병합하는 건 식은 죽 먹기겠지요."

다시 산업성 차관이 발언했다.

"역시 국민투표에 부치는 건 위험하지 않을까요? 공화국 국민의 현실인식 능력에 환상을 품어서는 안 됩니다. 그들은 과거 백년법을 동결시킨 전력이 있습니다."

"바로 그렇기 때문입니다."

유사가 대답했다.

"그때, 감정에 휩쓸려 동결이라는 판단을 내린 탓에 그 뒤에 무슨 일이 벌어졌는지 국민들은 기억할 것입니다. 이번에는 전보다 이성적인 판단을 내리리라 기대합니다."

"그건 각하가 앞서 말씀하신 낙관적 예측이 아닙니까?"

"그럼 국민투표를 거치지 않고 그 정책을 실행할 수 있다고 생각하십니까?"

대답은 없었다.

아무도 입을 열지 않았다.

"이건 낙관적 예측이 아닙니다. 피할 수 없는 도박이지."

*

집무실 소파에 털썩 주저앉은 유사는 비서관이 내온 커피를 마시며 창밖을 보았다. 하얗게 동이 터오고 있었다.

'옳은 결정을 한 것일까……'

방금 끝난 긴급 내각회의를 머릿속에서 거듭 떠올려보았다. 어쩌면 너무 서둘렀는지도 모른다. 하지만 사태는 그만큼 절박했다. 교지불여졸속(巧遲不如拙速)이라 했다. 잘못된 점을 찾으면 즉시 궤도를 수정하면 된다. 시간을 허비하는 것이야말로 지금 가장 피해야 할 일이었다.

노크 소리가 들렸다. 예상대로 후카마치였다. 한눈에도 고단해 보였다. 유사가 앉으라고 하자 고개를 꾸벅 숙이고 소파에 앉았다.

"HAVI 운용 중지 및 터미널 센터 임시폐쇄 통지가 끝났습니다."

"수고했네. 이제 내가 회견에서 국민들에게 발표할 일만 남았군."

"이러한 조치를 취하게 된 이유도 설명하실 겁니까?"

"고민 중이야. 언젠가는 알아야 할 사실인데……."

"극심한 혼란에 빠지겠죠. 자신이 16년 안에 SMOC로 사망한다는 사실을 알게 되면."

"삶과 죽음에 대한 생각이 근본부터 송두리째 바뀔 거야. 폭동이 일어나도 이상하지 않은 상황이지."

"하지만 천천히 알리면 훗날 정부가 정보를 은폐했다는 소리가 나올 겁니다. 처음부터 죄다 공개해야 한다고 생각합니다. 설령 사회 혼란을 불러일으키더라도."

"자네 말대로 정부가 국민의 신뢰를 잃으면 국민투표에 영향을 미칠 수도 있네. 일시적인 혼란은 피할 수 없겠지만 장기적으로 보면 공개하는 게 현명하겠군."

"언젠가는 해외에서 정보가 들어올 테니까요."

유사는 고개를 끄덕였다.

"알았네. SMOC 건도 포함해 숨기지 않고 공개하지."

"그리고 아까 가가와 국장이 새로운 보고를 올렸습니다."

"공화국경찰의 새 국장 말인가? 마땅한 인재가 있어서 그나마 다행이야."

가가와 데쓰오는 국장에 임명된 지 한 시간도 채 지나지 않아 공화국경찰을 완전히 장악했다.

후카마치가 침통한 표정으로 말했다.

"펠리스 후지에서 나기 비서실장이 자살했습니다."

"그런가, 역시……."

나기 사다카즈와는 오랫동안 알고 지낸 사이였지만, 그의 부고를 듣고도 이상하리만치 아무 생각이 들지 않았다. 몸도 마음도 지친 탓일까.

"각하께서 충격을 받으셨겠군."

"그리고 구속된 효도는 나기 비서실장에게 모든 책임을 전가할 작정인지, 자기는 명령에 따랐을 뿐이라고 진술했습니다. 헛된 발버둥이죠."

"그쪽은 알아서 처리하게. 가가와 국장의 보고는 그걸로 끝인가?"

"하나 더 있습니다. 팰리스 후지의 지하 방공호에 갇혀 있던 민간인 두 명도 무사한 것을 확인했고, 쿠데타에 가담한 것으로 추정되는 거부자 한 명을 구속했답니다."

"민간인? 팰리스 후지에?"

"둘 중 한 명이 아나타 도진으로 공표된 남자였습니다. 나머지한 명은 일련의 소동에 말려든 여자로, 남자의 지인인 모양입니다. 두 사람 다 나기가 팰리스 후지로 이송하라 지시했겠죠. 진상이 밖으로 새어나가지 않도록 말입니다."

"아나타 도진……."

유사는 기억을 더듬었다.

"이름이…… 니시나 겐이었지. 분명 노화인간이라고 했지?"

"뭔가 마음에 걸리는 점이라도 있으십니까?"

"노화인간이라면 HAVI를 받지 않았을 터. 즉, SMOC 발병 가능성이 없다는 뜻이야."

"그야 그렇지만……."

"니시나 겐이 어떤 인물인지 조사하게."

"어쩔 생각이십니까?"

"아나타 도진의 이름을 뒤집어썼을 정도니 뭔가 특별한 능력이 있을지도 모르지. 앞으로 우리나라는 인재를 유연하게 활용해야 하네. 만일 유능한 인재라면 재야에 묻혀 있게 둬서는 안 돼."

3

거리 분위기가 바뀌었다.

니시나 겐은 문가에 기대 차창 너머로 흘러가는 풍경을 바라보며 그런 생각을 했다.

눈앞을 가득 채운 건 잿빛 빌딩 숲이었다. 그 사이사이를 지나는 고가도로. 머나먼 하늘에 흐릿하게 지표 여기저기서 바늘처럼 솟아오른 초고층 타워 빌딩이 서 있었다. 지금 확인할 수 있는 것만 해도 네 개나 된다.

이것이 현재의 도쿄. 일본공화국의 수도. 전쟁으로 폐허가 된 지 150년. 그 뒤로도 지진이나 홍수 등 자연재해와 경제위기를 거듭 겪으며 만신창이가 되었지만, 그럼에도 끈질기게 살아남았다.

'하지만 이번은……'

차 안에 승객은 얼마 없었다. 승객이 많은 시간대도 아니었지만 이용객 수 자체가 줄었다고 들었다. 출근길 지옥철도 옛말이었다. 요즘 전철의 주된 역할은 사람보다 물자를 실어 나르는 것이었다. 열차 끄트머리에 화물전용 차량이 달린 모습도 이제는 흔하게 볼 수 있었다.

은근슬쩍 차 안을 둘러봤지만 모자를 깊이 눌러쓰고 선글라스를 낀 겐이 아나타 도진으로 체포됐던 남자라는 사실을 알아챈 승객은 없는 것 같았다. 그날 이후로 열흘도 채 지나지 않았지만, 이제 겐이 맨얼굴을 드러내도 아무도 거들떠보지 않을 것 같다는 생각마저 들었다. 그들의 관심은 이미 아나타 도진에게서 떠난 지 오래였다.

공화국경찰 국장과 대통령 비서실장이 우시지마 대통령이 병으로 쓰러진 일을 기회 삼아 일으킨 쿠데타는 눈 깜짝할 사이에 실패로 끝났지만, 며칠 동안 국내의 화제를 독점하며 역사적인 일대 사건으로 기억되어야 했다. 게다가 무라사키야마 터미널 센터의 폭탄 테러까지 그들의 자작극이었다니, 정부 당국에게는 치명적인 스캔들이었다. 장차관의 목이 날아가는 건 물론, 유사 총리나 우시지마 대통령의 책임을 추궁하는 목소리가 나와도 이상하지 않았다. 하지만 하룻밤이 지나 이른 아침에 열린 두 번째 총리 회견으로 쿠데타 소동은 사람들의 머릿속에서 흔적도 없이 사라졌다.

회견에서 유사 총리는 쿠데타와 대통령의 병에 대한 이야기는 일체 꺼내지 않은 채, HAVI 시행 중지와 터미널 센터 폐쇄를 급작스럽게 발표했다. 그 이유로 인간 불로화 바이러스가 SMOC를 발생시킨다는 HALLO의 긴급 보고를 들었다. 그리고 나아가 슈퍼컴퓨터가 산출한 끔찍한 예측을 발표했다. 이미 HAVI를 받은 사람은 16년 안에 SMOC가 발병해 하나도 남김없이 사망한다는 내용이었다.

천지가 무너지는 듯한 이 충격적 사실을 대하는 국민들의 반응은 한마디로 표현하자면 '반신반의'였다. 절반이나마 믿은 것은 SMOC로 사망한 사람들의 이야기를 보고들을 기회가 늘어난 까닭이리라. 뭔가 상황이 심상치 않다는 걸 느낀 사람도 적지 않았던 것이다. 나머지 절반, 의심하는 마음은 단순히 사실이라 인정하기 싫다는 이유에서였다. 그래도 아직 이 시점에서는 대놓고 부정하는 목소리는 나오지 않았다.

회의파가 동요를 보이기 시작한 건 그로부터 사흘 뒤. 정식 총리 회견에서 앞으로의 국가 운영방침에 관한 국민투표를 실시한다는 발표가 있은 다음부터였다.

국민들이 옳고 그름을 판단할 설문은 단 두 가지.

첫 번째는 현재 정책을 하나에서 열까지 재고하여 다음 세대의 부담을 최소한으로 줄이는 일. 그걸 위해 지금 세대는 상당한 부담, 아니 희생을 강요받게 된다. 이것만으로도 감정적인 저항은 피할 수 없었지만, 만일 슈퍼컴퓨터가 내린 결론이 옳다면 이러한 정책 변경이 합리적 판단임을 인정하지 않을 수 없었기 때문에 대놓고 반대하기는 어려웠다.

문제는 두 번째 설문이었다.

독재 권한을 가진 독재관을 20년이라는 기한을 정해놓고 설치 한다는 것이었다. 유사 총리는 이미 대통령 대행을 겸임하고 있었 지만, 백년법이 동결된 현재, 대통령 특례법도 의미를 잃었고, 그 권력기반은 대폭 축소됐다. 게다가 총리는 대통령만큼의 카리스마 가 없었다. 의회가 총리의 발목을 잡아끌려고만 하면 얼마든지 가 능한 일이었다. 하지만 만일 그런 사태가 벌어지면 정책 결정은 늦 어질 테고 얼마 남지 않은 시간을 낭비하게 된다. 그걸 피하기 위해 서는 한정된 기간이나마 독재 권력이 필요하다는 게 이 설문의 취 지였다.

회의파는 바로 이 점을 중점적으로 공격했다. 어찌 보면 정석이 라 할 수 있는 음모론을 들고 나온 것이다. 그 내용인즉슨 다음과 같다. 유사 총리는 권력에 눈이 멀었다. 독재자가 되기 위해 그 기회를 호시탐탐 노려왔다. 그러다 우시지마 대통령이 병으로 쓰러진 이 기회를 놓치지 않고 자신의 권력욕을 충족시키려 한다. 쿠데타 소동은 국민의 눈을 돌리기 위한 책략이다. 쿠데타의 진정한 배후는 바로 유사 총리일지도 모른다. 유사 총리는 공화국을 자기 것으로 만들려는 사리사욕 덩어리다. HAVI를 받은 이들이 모두 SMOC에 걸린다는 건 그 목적을 달성하기 위한 새빨간 거짓말이며, 독재관이 되고 나서 '그건 착오였다'라고 변명할 속셈이다. 속으면 안 된다.

HALLO가 보낸 긴급 보고는 이미 전 세계에서 파문을 일으키고 있었다. 냉정하게 생각해보면 유사 총리의 음모일 가능성은 전혀 없었다. 그런데도 일부 사람들은 이 음모론에 얼씨구나 달려들었다. 유사 총리를 믿지 못해서라기보다, 음모가 있는 편이 훨씬 나았던 것이리라. 이를테면 그 안에 사악한 의도가 숨어 있더라도, 누군가가 세상을 조종하고 있다고 생각하는 게 훨씬 마음이 놓이기 때문이다. 왜냐하면 만일의 상황에는 그 누군가가 모든 것을 정상인 상태로 되돌려 주리라 기대할 수 있기 때문이다. 아무도 제어할 수 없는 상황만큼 무서운 것은 없다. 거기서 벗어나기 위해서라면 약간의 모순을 눈감아주는 건 별 문제가 되지 않는 듯했다.

이때 신기한 현상이 일어났다.

유사 총리의 인기가 하락하면서 그때까지 인기가 주춤했던 우시지마 대통령의 명성이 급격히 높아진 것이다. 공식적으로 발표하지는 않았지만, 대통령의 병이 SMOC로 추정됨에 따라 우시지마 정권이 막을 내릴 날이 가까워졌다는 건 확실시되었다. 그런 까닭인지 얼마 전까지 쏟아지던 횡포와 권력 남용에 대한 비판은 슬그머니 사그라졌고, '2049년 위기'를 비롯해 공화국을 구한 영웅적 행위와 그 뒤 경제발전에 기여한 공로가 재평가되기 시작했다.

"백년법 시행이 다가왔을 때도 이런 분위기였어."

한 승객의 목소리가 젠의 귓가에 들렸다. 선글라스 너머로 보니 좌석에 앉은 남녀가 이야기를 나누고 있었다.

"결국 백년법은 50년도 못 가서 사라지네."

열차가 멈췄다.

*

니시나 젠은 카운터를 등진 채 다시 가게 안을 둘러봤다.

탁자와 의자는 모두 엎어져 나뒹굴고 있었고, 바닥에는 깨진 병 조각인 듯 보이는 유리조각이 흩어져 있었다.

"요새는 다들 신경이 잔뜩 곤두서 있어."

사카자키 다카요는 카운터 안에서 성가신 듯 유리잔을 닦고 있었다.

"특히 생존가능기한이 많이 남은 사람들이 심하지. 발표가 나기 직전에 HAVI를 받은 사람들은 더 처참하고. 그런가 하면 갑자기 몸 상태가 나빠져서 시술 일정을 미루는 바람에 목숨을 건진 사람도 있는 모양이니, 무엇이 운명을 가르는 것인지 도무지 알 수가 없다니까."

"이건 왜 안 치우는데요?"

다카요가 하던 일을 멈추고 쏘아봤다.

"몇 번을 치웠는데. 하지만 금세 또 난장판이 벌어져. 그래서 쓸데없는 저항은 그만두기로 했지."

"이러다 손님 끊겨요."

다카요는 입구를 보며 말했다.

"왔는데?"

유키미가 문을 열고 들어왔다. 일할 때 입는 세련된 정장 차림이었다. 가게의 참상을 알아채고 아연실색해 우두커니 서 있었다.

"이게 뭐야…… 또 경찰들이 들이닥쳤어?"

"그러지 마. 떠올리기도 싫은 기억이니까."

부데 패거리가 적발되었을 때 그 자리에 있다 휘말렸던 다카요는 끔찍하다는 듯 고개를 절레절레 저었다.

"술 취한 손님끼리 싸움이 붙어서 이렇게 됐대."

유키미가 겐의 옆자리에 앉으며 물었다.

"왜 안 치우는데?"

다카요는 대답은커녕 지긋지긋하다는 듯 콧바람을 내뿜었다.

유키미는 당혹스러운 표정으로 겐을 보며 물었다.

"내가 뭐 기분 상할 말 했어?"

겐은 그 까닭을 설명했다.

유키미는 그제야 이해가 간다는 얼굴이었다.

"늘 마시던 그거?"

유키미가 고개를 끄덕이자 다카요가 셰이커를 집어 들었다. 익숙한 손놀림으로 순식간에 칵테일을 만들어서는 술잔에 부어 카운터에 놓았다.

"자, 러블리 점핑 크래시 16세."

유키미는 웃음을 흘리며 한 모금 마셨다. 옆에서 보기에도 몸과 마음이 해방되는 표정이었다.

"여전히 바쁜 모양이야."

"그럭저럭."

목소리에 힘이 없었다.

"힘들어?"

"그보다 고객을 만나도 허구한 날 SMOC와 국민투표 이야기뿐이라 좀 지긋지긋하네."

다카요가 호기심을 보이며 물었다.

"부자들은 어쩔 작정이래?"

유키미는 잠시 생각에 잠겼다 대답했다.

"크게 둘로 나뉘어. 하나는 지금까지 모아둔 돈으로 갖가지 예방법과 치료법을 시도해보고 조금이라도 오래 살겠다는 사람. 나머지 하나는 SMOC로 죽는다는 이야기는 전혀 믿지 않고 지금까지처럼 자산을 불릴 일만 생각하는 사람."

"그럼 국민투표는 어쩔 거래?"

"물론 반대표를 던지겠대. 여러 면에서 자유가 제한되니까 살기 힘들 것 같다고."

"그건 그래. 총리 말대로 되면 꿈도 희망도 없는 세상이잖아."

"SMOC에 걸리면 어차피 살 가망이 없으니까 쓸데없이 돈 낭비하지 말고 터미널 센터에 가서 죽으라니, 그게 뭐야. 그런 몰인정한 나라는 언젠가 망할 거야. 국민 개개인을 좀 더 소중히 여겨야지."

"내 생각은 달라."

겐이 보인 반응이 뜻밖이었는지 유키미와 다카요의 눈이 휘둥그레졌다.

"유사 총리의 계획은 분명히 희망도 없고 겉으로는 비정해 보여. 하지만 방향성은 맞게 잡았다고 생각해."

두 사람은 여전히 얼빠진 표정이었다.

"생각해봐, 그렇잖아. 그 예측이 정확하다면 앞으로 SMOC 환자는 상상을 초월하는 속도로 증가하겠지. 하지만 동시에 의료종사자는 줄어들 거야. 그들도 SMOC로 죽을 테니까. 병원은 환자로 가득한데 의사와 간호사는 하나도 없는, 마지막에는 그런 상황이 올 수도 있어. 그때 가서 후회해도 소용없잖아. 다른 분야도 마찬가지야. 전기, 수도, 도로, 그런 인프라를 16년 뒤에도 제대로 굴러가게 하려면 아직 사람이 살아 있을 때, 하는 데까지 준비해둬야지."

"그럼 국민투표에서 찬성표를 던질 거야? 독재정권이 탄생하는 거야."

젠은 유키미를 보며 고개를 끄덕였다.

"단기간에, 게다가 인구가 점점 줄어가는 상황에서 준비를 진행하려면 강압적인 방법을 쓰는 건 어쩔 수 없어. 당연히 불평불만도 나오겠지. 하지만 그런 데 시간을 빼앗기면 중요한 일은 하나도 진행하지 못한 채 끝나버릴지도 몰라. 다음 세대를 위한다면 어느 정도 개인의 자유를 제한해도 참아야 하는 게 아닐까?"

"젠…… 너 변했구나."

"그래?"

"전에는 남의 아픔을 이해하는 따뜻한 사람이었는데. 하지만 지금은 너무 매정해."

"그건 아마 내가 바뀐 게 아니라 상황이 바뀌었기 때문일 거야."

"그래도…… 개인의 자유를 앗아가면서까지 이 나라를 존속시켜서 뭐가 남는데? 지금 살아 있는 사람들이 인간답게 생활할 수 있도록 하는 게 훨씬 중요하지 않을까?"

"16년 뒤에 이 나라를 맡아 이끌어가야 하는 건 지금은 아직 어린 아이들이야. 그 아이들을 위해 우리가 할 수 있는 일을 조금이라도 더 하는 게 어른인 우리의 책임 아닐까?"

"그건 그렇지만······."

유키미는 여전히 수긍하지 못하겠다는 표정이었다.

"하지만 넌 살 수 있잖아. HAVI를 받지 않았으니까."

다카요가 말했다.

"저도 16년 뒤엔 예순이에요. SMOC가 아닌 다른 병에 걸려서 둘보다 먼저 죽을지도 모르고."

다카요의 얼굴이 굳어졌다.

"그런 소리 마."

"그래."

유키미도 거들었다.

"우리보다 먼저 죽다니, 그건 절대로 용납할 수 없어."

"하지만 실제로 일어날 수 있는 일이야."

"쉽게 말하지 마!"

"쉽게 한 소리는 아닌데······."

분위기가 무거워졌다.

유키미는 고개를 휙 돌린 채 아무 말도 하지 않았다.

다카요도 다시 묵묵히 술잔을 닦기 시작했다.

문이 열리는 소리가 들렸다.

젠은 내심 안도의 한숨을 내쉬며 고개를 돌렸다.

낯익은 남자가 서 있었다.

허름한 양복과 땅딸막한 체형. 각진 얼굴에 부은 눈.

"가가와 씨……."

젠의 모습을 보자마자 가가와는 함박웃음을 지었다.

"니시나 젠, 이제야 만났군."

가게에 들어서자마자 가가와는 걸음을 멈췄다.

가게 안의 상황을 알아챈 모양이었다.

그는 다카요를 보며 말했다.

"아직도 안 치웠나?"

"쫓겨나기 싫으면 가만있어요."

이 두 사람은 처음 만난 사이가 아닌 모양이었다.

"가가와 씨, 여기 오신 적이 있습니까?"

"몇 번 왔었어."

그렇게 말하며 가가와는 젠의 옆자리에 앉았다. 유키미와 가가
와가 젠을 에워싼 모양새였다.

"자네는 그날 이후로 한 번도 안 온 모양이더군."

"주변이 정리되는 데 시간이 좀 걸렸습니다."

"가가와 씨, 오늘도 매번 마시던 그거?"

다카요의 물음에 가가와는 고개를 끄덕였다.

완전히 단골손님과 주인의 대화였다.

투명한 소다가 나왔다. 장식이라고는 라임 한 조각이 전부였다.

유키미가 젠을 쿡 찌르며 물었다.

"젠, 이분은 누구셔?"

"아, 미안. 소개할게. 공화국경찰 대테러 특수부 부장."

"아니, 지금은 국장이야. 어찌된 영문인지 나도 모르겠지만 아무튼 얼마 전에 경찰국장이 됐네."

가가와가 곧바로 정정했다. 표정은 득의양양했지만 왠지 미워할 수 없는 구석이 있었다.

"경사로군요. 승진 축하드립니다."

"아이고, 고맙네."

젠이 정식으로 축하의 말을 건네자 가가와는 자기가 말을 꺼냈으면서 쑥스러워 어쩔 줄 몰라 했다. 정말 미워할 수 없는 사람이라니까. 젠은 그런 생각을 했다.

"새롭게 국장님이 되신 가가와 씨. 이쪽은 가와카미 유키미, 제 파트너입니다."

"아, 그……."

순간 가가와가 아차 하는 표정을 지었다. 먹여 살려주는 여자, 라고 하려다 간신히 입을 다문 것 같았다.

"그 뭐요?"

"아니, 아무것도 아닙니다. 만나서 반갑습니다."

유키미가 인상을 찌푸리며 물었지만 가가와는 간신히 수습했다.

"이곳엔 어떻게 오셨습니까?"

젠이 재빨리 화제를 바꿨다.

"아, 그게…… 처음에는 신임 경찰국장으로서 사카자키 씨에게 사죄를 하러 왔네. 사카자키 씨를 오해해 체포한 건 설령 내가 관여한 일이 아닐지라도 경찰의 실수였으니까."

"다카요 씨는 용서했어요?"

"처음 이 사람 얼굴을 봤을 때는 좀 괴롭혀주고 싶더라고."

"그런 소리 자주 들어. 괴롭히고 싶은 얼굴이라고."

가가와는 너스레를 떨며 웃었다.

"어찌나 굽실거리며 비는지, 불쌍해서 용서해줬어. 나쁜 사람은 아닌 것 같기도 하고."

"그런 일이 있었군요."

"그 뒤로도 종종 손님으로 찾아오더라고. 혹시 나한테 관심 있어요?"

"네?"

가가와는 괴상한 비명을 질렀다.

"그럴 리 없지. 겐을 찾으러 온 거죠?"

"저요?"

가가와가 고개를 끄덕였다.

"다시 한 번 자네와 이야기를 나누고 싶어서. 그때는 도중에 방해꾼이 나타났잖나. 연락을 하려고 했는데, 자네 아직도 아이즈를 끼지 않지? 이제 아이디도 쓸 수 있는데."

"아이즈 없는 생활에 적응됐거든요."

"그럼 오늘도 겐을 만나러 오셨어요?"

유키미가 물었다. 가가와는 진지한 표정으로 말했다.

"실은 조금 더 급한 볼일로 왔네. 오늘 만나지 못했으면 사카자키 씨에게 전언을 부탁하려고 했어."

목소리도 낮아졌다.

"자리 비켜드릴게요."

유키미가 그렇게 말했지만 가가와는 상관없다고 했다.

"볼일이 뭡니까?"

"두 개야. 하나는 보고. 미츠타니 고키치, 자네가 가이라 부르던 남자가 입원 중에 병원에서 숨을 거뒀네. SMOC였어."

차가운 뭔가가 가슴을 스치고 지나갔다.

"그렇군요. 가이가……."

"참 얄궂은 일이야. 그가 바라던 백년법 폐지가 SMOC로 인해 실현됐는데, 본인이 그 병으로 목숨을 잃다니."

"가이는 정말 백년법 폐지를 바랐을까요?"

가가와가 의아한 눈빛을 지었다.

"미츠타니 고키치는 내무성 시절에 논문 한 편을 썼어. 훗날 M문서라 불리며 세상에 나돌았던 문서였지. 그 내용을 아나?"

"대충 압니다."

"그는 자신의 논문이 틀리지 않았음을 증명하기 위해 불로불사 사회를 이루어내려 했어. 우리는 그가 아나타 도진의 영원왕국을 세운 것도 그 시뮬레이션을 실행하기 위해서였다고 보네."

"가이가 그 사실을 인정했습니까?"

"아니……."

가가와가 말끝을 흐렸다.

"그저 히죽거릴 뿐 긍정도 부정도 하지 않았어. 이미 제정신이 아니었는지도 모르지."

"펠리스 후지에서 저와 만났을 때는 그런 끔찍한 욕망은 남아 있지 않았습니다."

"자네는 영원왕국을 이끌던 시절의 그를 알지? 자네 눈에 가이라는 남자는 어떻게 비쳤나?"

겐은 잠시 생각에 잠겼다 대답했다.

"당신들은 가이에게서 괴물을 보았는지도 모르지만, 제 눈에 비친 그는 남보다 두뇌회전이 빠르고 조금 더 열등감이 강한 평범한 사람이었습니다."

"우리가 그를 과대평가했다는 건가?"

"어쩌면 영원왕국을 세운 당초에는 아까 가가와 씨가 말씀하신 그런 목적이 있었는지도 모르죠. 하지만 진심으로 이 나라의 멸망을 바라는 괴물은 아니었습니다."

가가와가 심각한 표정으로 입을 다물었다.

"그리고 나머지 볼일은 뭡니까?"

가가와는 퍼뜩 고개를 들며 눈을 깜빡였다.

"아, 자네를 만나고 싶어 하는 사람이 있네."

"사죄는 이제 됐습니다. 이제 신경 안 씁니다."

"아니, 그런 게 아니야. 나도 자세한 건 모르지만 경우에 따라서는 자네의 힘을 빌려야 할지도 몰라."

"또 아나타 도진이 되라는 건 아니겠죠?"

"아니라니까."

가가와가 손사래를 쳤다.

"정당한 명분이 있는 이야기네."

"정당한 명분?"

짚이는 데가 없었다.

호기심이 고개를 쳐들었다.

"누굽니까? 저를 보자는 사람이."

가가와가 작게 헛기침을 했다.

"공화국 총리 겸 대통령 권한대행 유사 아키히토야."

4

"대통령의 병세는 현 단계에서 바랄 수 있는 최선의 상태에 있습니다."

가리야 박사가 조용히 말했다. 잠도 제대로 자지 못하는지 표정에서도 고단함이 묻어났다.

"박사님과 다른 스태프들의 헌신적인 노력에 진심으로 감사드립니다."

유사 아키히토는 정중히 고개를 숙였다.

가토 다로도 긴장한 표정을 풀지 않고 말했다.

"치료하지 못해서 죄송하다는 말은 않겠습니다. 이게 저희의, 아니, 인류의 한계입니다."

공화국병원.

가토 다로의 개인 사무실.

우시지마 대통령이 소강상태에 접어들었다는 연락을 받고 유사는 병원을 찾았다. 대통령을 만나기 전에 다시 한 번 가토의 의견을 듣기 위해 만남을 청한 것이었다.

"앞으로 얼마나 버틸 수 있겠습니까?"

"언제 갑작스럽게 변해도 이상하지 않은 상태입니다. 각하의 생명력과 기력에 달렸죠."

"대화를 나누는 건 가능합니까?"

"네, 가능합니다. 날마다 병문안을 오는 여자분과도 이따금 대화를 나누시는 모양이니까요."

다치바나 케이다. 그녀는 일을 쉬면서 날마다 대통령 병실을 찾아왔다. 대통령이 강하게 원한 일이었다.

"그분은 저희에게도 고마운 존재입니다. 환자에게 가장 중요한 건 자신을 걱정하는 사람이 항상 곁에 있는 일이니까요. 그분은 각하의 마음에 버팀목이 되고 있습니다. 자, 그럼 병실로 가시죠."

자리에서 일어나는 가토에게 유사가 말했다.

"박사님, 그전에 드릴 말씀이 하나 더 있습니다."

유사는 가토가 다시 앉을 때까지 기다렸다 말문을 열었다.

"HAVI를 받은 이들은 16년 안에 모두 사망한다는 HALLO의 예측 결과 말인데, 정말 잘못되었을 가능성은 없습니까?"

이 점을 한 번 더 확인하고 싶었다.

하지만 가토는 무정하게 대답했다.

"가능성이 아예 없지는 않습니다. 하지만 지금 그에 대해 생각하는 건 아무 의미가 없습니다."

"박사님의 생각은 변함없으시다는 겁니까?"

"저도 뭔가 잘못되었기를 날마다 빌었습니다. 하지만 현장에서 일하는 저희가 현실을 외면할 수는 없습니다."

"항간에서는 미국이 고의로 거짓 정보를 흘려서 큰돈을 벌려는 것이라는 소문까지 돕니다."

"현실을 직시하지 않으려는 이들에게 음모론은 마약이나 다름 없죠."

"그런 이들도 받아들이게 해야 합니다. 위기가 눈앞에 닥쳤다는 것을요."

"3년만 있으면 모든 게 확실해지겠죠. 슈퍼컴퓨터의 계산으로는 3년 뒤부터 발병률이 급격히 상승한다고 하니까요."

"그때 가서 허둥대면 늦습니다. 하지만 안타깝게도 인간이 위기에 대비할 필요성을 인정하는 건 대부분 위기에 휩쓸리고 나서죠."

가토는 동정에 찬 눈빛을 보냈다.

"여러 모로 고충이 많으십니다."

"여기 절 이해해주는 사람이 한 명 있다는 사실만으로도 큰 위로가 됩니다."

"황송할 따름입니다."

유사는 미소로 답했다.

"그럼 각하의 병실로 가실까요?"

유사도 자리에서 일어났다.

복도에 나가자마자 대기하던 여섯 명의 경호원들이 소리 없이 유사와 가토를 호위했다.

국민투표 실시를 발표한 뒤로 총리 암살을 예고하는 발신인 불명의 성명이 연이어 각 언론사에 도착했다. 대부분은 악질적인 장난이었고 경찰에 붙잡힌 자도 있었지만, 개중에는 단순히 무시할 수 없는 종류의 것들도 섞여 있었던 까닭에 유사의 신변에는 여느 때 이상으로 엄중한 경호가 붙었다. 센추리온을 경호원으로 붙이는 안도 검토했지만, 너무 위협적인 경호는 국민들에게 쓸데없는 경계심을 불러일으킬 수 있었기에 국민투표 전에는 삼가야 한다는 의견이 있었다.

대통령 병실 앞에도 경호원 네 명이 지키고 있었다. 경호원들은 유사와 가토를 보고 옆으로 비켰다.

가토가 앞으로 나서자 문이 자동으로 열렸다. 실내는 어두웠다. 사람의 형체가 다가왔다. 불빛을 받은 그 얼굴은 다치바나 케이였다. 과하지 않은 광택이 있는 실용적인 디자인의 회색 정장 차림이었다. 그 모습은 한 자루의 칼을 연상시켰다. 미리 이야기를 들었는지 유사를 보고도 눈썹 하나 까딱하지 않았다.

"방금 전에 일어나셨습니다."

특별실 천장에 달린 돔에는 커다란 소용돌이 모양의 은하가 떠 있었다. 자세히 보니 조금씩 움직이고 있었다. 마치 하늘에 뜬 구름처럼. 그 은하가 성큼 다가와 병실 전체를 환하게 밝혔다.

병실 한가운데에 놓인 침대에 우시지마 료이치가 누워 있었다.

딴사람처럼 여윈 모습이었다.

다치바나 케이가 그의 귓가에 뭐라고 속삭이자 눈을 떴다.

탁한 눈동자가 유사를 보았다.

"자넨가."

금방이라도 꺼질 것 같은 그 목소리를 듣는 순간, 감정이 방울방울 피어올랐다.

우시지마 료이치의 육신이 스러져가고 있었다. 그것이 뜻하는 무게가 새삼 온몸을 짓눌렀다.

유사는 대통령에게 얼굴을 가까이 대고 말했다.

"각하, 보고드릴 일이 많습니다."

"모두 맡기겠네. 자네 뜻대로 하게."

욕망도, 집착도 전혀 느껴지지 않는 메마른 목소리였다.

유사는 가토와 다치바나를 보며 말했다.

"잠시 각하와 단둘이서 이야기하고 싶네."

다치바나의 안색이 바뀌었다. 직감으로 유사의 의도를 알아챘는지 비난에 찬 눈빛으로 그를 보았다. 하지만 아무 말도 하지 않았다. 하고 싶은 말은 많지만 자신이 나설 자리가 아니라고 생각하고 참는 것이다.

가토는 떨떠름한 표정으로 말했다.

"너무 오래 계시지는 마십시오."

"압니다."

유사가 대답하자 가토는 말없이 고개를 숙이고 나갔다.

다치바나는 아직 그 자리에 서 있었다. 우시지마 료이치를 지켜야 한다는 사명감이 그녀를 이곳에 묶어두는 것 같았다.

"케이, 이 친구 말대로 해."

우시지마의 말이 떨어지자 그제야 한숨 섞인 목소리로 "네." 하고 밖으로 나갔다.

유사는 문이 완전히 닫히자 침대 옆 의자에 앉았다.

"나기 일은 미안하게 됐네."

"쿠데타 건은 벌써 들으셨습니까?"

"그 사람의 기량을 알려면 가까이 둔 사람을 보라고 했던가. 나는 기준 미달이야."

"하지만 저는 각하의 배려 덕에 목숨을 건졌습니다."

우시지마가 눈을 돌려 쏘아보았다.

"0호 지령 말인가?"

"각하의 깊은 뜻에 진심으로 감복했습니다."

"그만하게. 자네한테 그런 말을 들으면 바보 취급 받는 것 같으니까."

"결단코……."

"센추리온은."

우시지마의 눈동자에 천장의 은하가 담겼다.

"나기가 하도 끈질기게 졸라대서 별 생각 없이 가벼운 마음으로 만든 조직이야. 하지만 완성된 조직은 내 생각보다 훨씬 위험했지. 언젠가 문제가 될 소지가 있다고 생각했어. 그래서 그 0호 지령을 내린 걸세. 나한테 무슨 일이 생겨도 자네한테 맡겨두면 문제없을 거라고 생각했어."

"그 정도로 절 믿어주셨다니…… 저는 각하의 참뜻을 이해하지 못했습니다. 용서하십시오."

우시지마의 얼굴은 불안할 정도로 평온했다.

"50년 전, 자네의 권유로 대통령 출마를 결심했을 때 나는 진심으로 나라를 위해 이 목숨을 바칠 작정이었네. 그런데 정신을 차려 보니 이 모양 이 꼴이야. 이보게……."

"……네."

"나는 어디서 길을 잘못 든 걸까?"

유사는 가슴 속에서 끓어오르는 뭔가를 느끼고 고개를 숙였다.

"죄송합니다."

내가 조금 더 잘 보좌했더라면, 아니 애초에 당신을 대통령 자리에 올려놓지 않았더라면…….

"역사는 나를 좋게 평가하지 않겠지."

"최근 국민들 사이에서 각하를 칭송하는 목소리가 높습니다. 각하가 이 나라를 '2049년 위기'에서 구해낸 것을 국민들은 잊지 않았습니다. 반대로 저는 독재를 꿈꾸는 비정한 폭군이라며 엄청나게 욕을 먹고 있죠."

"국민투표를 실시한다고 들었네."

"그 일로 각하께 부탁드리고 싶은 일이 있습니다."

우시지마의 눈빛이 날카로워졌다.

"죽어가는 내가 무엇을 할 수 있겠나."

"아뇨, 꼭 하셔야 합니다. 공화국의 미래가 걸린 일입니다."

우시지마의 눈동자에 작은 빛이 깃들었다. 희미하지만 과거 '망나니 소'라 불리던 시절의 모습을 방불케 하는 눈빛이었다.

"말해보게. 무슨 일을 하라는 건가?"

유사는 천천히 운을 뗐다.

"이건 지금의 각하만이 할 수 있는 일입니다."

우시지마의 얼굴에 미소가 감도는 것 같았다.

"자네는 정말 악마로군."

약하지만 왠지 즐거운 듯한 목소리였다.

유사도 웃음으로 답했다.

"처음이군요. 각하께서 절 칭찬해주신 건."

5

오후 7시 50분.

네 대의 조명탑에 에워싸인 R스퀘어는 한낮처럼 환했다. 생각보다 사람이 많았다. 회장은 청중들로 꽉 차서 빈자리를 찾아볼 수 없었다.

중앙에서 한층 강렬한 빛을 받은 것은 은빛 조형물 앞에 마련된 특설 무대였다. 무대 전체를 에워싸는 반원형 돔 지붕은 배경과 하나가 되었고, 그 위로 삼일기가 높게 걸려 있었다. 무대 한가운데에는 폭이 넓고 높이는 낮은 연단이 있었다. 투명한 빛깔에 빛을 반사하지 않는 특수 소재로 만들어져서 언뜻 봐서는 알아보기 어려웠지만, 광장을 향한 모든 면에 방탄막을 쳐놓았다. 무대와 청중 사이는 폭 20미터의 무인 구역으로, 센추리온이 경비를 섰다. 청중을 공연히 자극하지 않기 위해서인지 눈에 띄는 무기는 소지하지 않은 복장으로 열중쉬어 자세를 하고 있었다. 일반 시민이 들어갈 수 있는 건 이 구역의 동쪽까지였고, 광장 서쪽은 출입금지 구역이었다. 그래도 모여든 청중의 수가 수만 명은 될 것 같았다.

"마치 전설의 연설회를 재현한 것 같네."

옆에 선 유키미가 말했다.

"거기 갔었어?"

니시나 겐의 물음에 유키미는 고개를 저었다.

"생중계로 봤어."

우시지마 대통령의 특별 연설회가 열린다는 소식이 들린 건 겨우 사흘 전이었다. 그럼에도 청중이 이만큼 모여든 건 대통령의 인기 때문이라기보다는 죽음을 앞둔 최고 권력자의 모습을 마지막으로 한번 보고자 하는 호기심 때문이 아니었을까. 주변 사람들의 표정을 보고 있으려니 그런 생각이 절로 들었다. 하지만 연설회장에는 나들이 나온 편안한 분위기가 아니라 열에 들뜬 병적인 분위기가 감돌고 있었다.

"유사 총리하고 무슨 이야기를 했어?"

겐은 4시간 전에 관저를 찾아 유사 총리와 단둘이 만났다. 직접 대화를 나눈 건 고작 15분 남짓한 시간이었지만.

"그냥 세상 돌아가는 얘기."

"그걸 말이라고 해? 일부러 관저로 불러내 놓고 무슨 세상 돌아가는 얘기야."

15분 동안의 회견은 총리가 질문하고 겐이 그에 답하는 형태로 이루어졌지만 그 내용은 거의 기억에 남지 않았다. 제아무리 겐이라도 총리 앞에서는 긴장이 됐다.

"유사 총리는 음험하고 냉혹한 사람이라던데, 정말 그래?"

"그런 느낌은 못 받았어. 오히려 놀랄 정도로 순수하고 뜨거운 분이던데?"

그것만은 인상에 남아 있었다. 하지만 동시에 광기의 냄새를 맡은 것도 사실이다. 애초에 미치지 않고서 한 나라를 짊어지는 건 불가능할지도 모른다. 과연 나에게 그런 광기가 있을까.

큰 파동이 회장을 덮쳤다. 거인의 신음 같은 나지막한 술렁거림이 일었다.

특설 무대.

연단 너머에 언제 어디서 나타났는지, 어느샌가 우시지마 대통령이 서 있었다.

앉아 있었다. 아마 전동 휠체어에 앉은 것이리라.

"세상에……."

유키미가 겁에 질린 듯 손으로 입을 막았다.

주변 사람들도 숨을 삼키며 무대를 바라보았다.

"소문대로 SMOC였어."

뒤에서 그런 소리가 들렸다.

옥외 광고판에 우시지마 대통령의 모습이 비쳤다. 얼굴을 가만히 고정한 채 눈 하나 깜빡이지 않고 앞을 보고 있었다. 그 눈빛에서 뿜어나오는 음산한 기운은 소름이 돋을 정도였다. 하지만 피골이 상접한 흙빛 얼굴에는 숨길 수 없는 '죽음'이 새겨져 있었다.

회장의 조명이 서서히 어두워졌다.

빛은 무대와 옥외 광고판에만 남았다.

사회자는 없었다.

유사 총리나 다른 유명 인사의 인사말도 없었다.

소개 한마디 없이 느닷없이 우시지마 대통령이 말문을 열었다. 대통령의 목소리는 광장에 설치된 스피커 말고도 아이즈를 통해서도 전달됐다.

"이 위기를 현실로 받아들이고 싶지 않은 여러분의 심정은 잘 압니다."

이 말로 연설을 시작한 우시지마 대통령은 걸핏하면 말을 멈추고 호흡을 가다듬으며 더듬더듬 말을 이어갔다. 빈말로도 알아듣기 쉬운 연설은 아니었다. 하지만 그 때문일까, 내뱉는 말 한 마디 한 마디에서 듣는 이의 가슴 깊숙한 곳에 파고드는 범상치 않은 무게가 느껴졌다.

자기변호도, 정당화도, 거창한 위협도 없었다. 그저 누구도 부정할 수 없는 사실과 현재를 살아가는 이의 책무만을 담담하게 이야기했다. 미사여구를 철저하게 배제한 그 말 덩어리는 잘 단련된 나신을 연상케 했다.

수만 청중들은 기적 같은 정적 속에서 숨죽이고 있었다.

지난 반세기에 걸쳐 이 나라를 다스린 남자의 생명이 이제 몇 시간도 남지 않았다. 누구의 눈에도 그렇게 비쳤다. 입에서 나오는 말들이 그 시간을 더욱 갉아먹었다. 하지만 연설을 중단시키려는 사람은 없었다. 그 행위가 어떤 신성한 것에 대한 모독인 것처럼 느껴졌기 때문이다.

농밀한 시간이 흐른 뒤, 청중들이 불현듯 정신을 차렸을 때에는 대통령의 침묵이 부자연스러우리만치 길게 이어지고 있었다.

옥외 광고판에 비친 우시지마 대통령은 눈을 감고 있었다.

머리를 오른쪽으로 살짝 기울인 채 고개를 숙이고 있었다.

연설은 아직 끝나지 않았다.

이대로 끝날 리 없었다.

청중은 다음 말을 기다리고 있었다.

입 밖으로 나올 그 말을 아무 의심 없이 기다렸다.

하지만 대통령의 입에서 그 말이 나올 기회는 영영 사라졌다.

어딘가 먼 곳에서 구슬피 흐느끼는 여자 목소리가 들리는 것 같았다.

6

뉴스를 전해드리겠습니다.

국민투표 투표 시간이 앞으로 얼마 남지 않았습니다. 공화국 선거위원회에 따르면 오후 5시 현재 투표율은 79퍼센트로, 지난번보다는 높지만 1회 국민투표보다는 다소 낮다고 합니다. 그렇지만 최종으로 90퍼센트를 넘을 것이 확실시되어 국민들의 높은 관심을 짐작케 합니다.

공화국에서 국민투표 실시는 이번이 세 번째입니다.

첫 번째는 2048년. 생존제한법, 이른바 백년법 시행 찬반을 둘러싼 투표로, 이때는 큰 차로 동결이 확정되었습니다.

하지만 이 결정이 계기가 되어 이듬해 전국에서 폭동이 일어나며 국내는 혼란에 빠졌습니다. '2049년 위기'가 바로 그것입니다. 당시 정부는 이 위기에 대처하지 못하고 무능한 모습만 보였습니다. 무능한 정부에 실망한 국민들 사이에는 구세주의 등장을 갈망하는 목소리가 날로 커져갔습니다. 그 기대에 부응하듯 나타난 이가 얼마 전 서거한 우시지마 료이치 전 대통령입니다.

두 번째 국민투표는 우시지마 대통령이 취임한 2050년으로, 공화국 정치체제를 쇄신하고 대통령 권한을 강화하는 것에 대한 찬반 여부를 묻는 것이었습니다. 이것이 가결됨에 따라 신속하고 효율적인 국정 운영을 할 수 있게 되었고, 이후 새 백년법이 시행되었으며 그 뒤로 경제발전이 이어졌습니다.

세 번째로 시행되는 이번 국민투표의 쟁점은 두 가지입니다.

하나는 SMOC에 의한 인구급감이라는 사상 최악의 위기를 앞두고 공화국의 생존을 최우선 과제로 삼기 위해 기성세대에게 불이익을 강요하는 정책에 대한 찬반.

다른 하나는 제한된 시간 안에 신속한 정책 결정과 실행을 하기 위해 20년이라는 기간을 설정해 독재 권력을 인정하는 독재관을 두는 것에 대한 찬반.

특히 두 번째 항목에 대해서는 격렬한 논의가 이어졌습니다. 반대파는 독선적인 권력을 한번 쥐면 20년이라는 기간은 무시할 게 불 보듯 뻔하다고 주장하는 반면, 찬성파는 각종 정책을 효율적으로 수행하기 위해서는 독재관의 존재가 반드시 필요하다고 주장하고 있습니다.

국민투표란 공화국의 운명을 맡기는 길을 국민 스스로가 선택하는 일입니다. 과거 두 차례에 걸친 국민투표 결과는 좋든 나쁘든 이 나라의 역사를 좌우했습니다.

과연 이번 국민투표에서는 어떤 선택이 이루어질까요?

…… 방금 투표가 종료됐습니다.

투표 결과는 즉시 전국 각지에서 집계되어 공화국 선거위원회에 보고됩니다.

최종 결과는 내일 오전 10시, 유사 총리 겸 대통령 권한대행이 직접 발표할 예정입니다.

결과 발표도 전국에 생중계될 예정입니다.

7

하루 일과를 마치고 사무실로 돌아와서도 가토 다로는 집에 돌아갈 마음이 들지 않았다.

가운 차림으로 창가에 서서 거리의 불빛을 내려다보았다. 저 불빛의 수만큼 많은 인간의 삶이 있다. 희로애락이 있다. 저 멀리 보이는 빌딩 창문의 빛 하나가 사라졌다.

노크 소리가 들렸다.

"들어오세요."

다쿠마 간호사였다.

"선생님, 아직 여기 계셨어요?"

"무슨 일인가? 환자한테 무슨 일이라도 생겼어?"

"아니, 그게 아니라……."

다쿠마는 고개를 숙인 채 말끝을 흐렸다.

그러고 보니 그녀는 낮 근무였다. 이미 근무시간이 끝난 지 오래였다.

"무슨 일인가? 자네답지 않게."

다쿠마는 고개를 들고 말했다.

"잠깐 이야기 좀 할 수 있을까요?"

"그러지."

다쿠마는 문을 닫고 안으로 들어와 가토 옆에 섰다.

두 사람은 나란히 밤거리를 바라보았다.

"국민투표는 어떻게 될까요?"

다쿠마는 애써 남의 일처럼 말했다.

"내일 발표가 날 때까지 기다려봐야지."

"선생님은 어디에 투표하셨어요?"

"찬성에. 자네는?"

"저도요."

"그럼 백 퍼센트네. 가결은 떼놓은 당상이겠어."

다쿠마는 살며시 미소를 지었다.

"하지만 어찌됐든 SMOC 환자는 계속 늘어나겠죠."

"그 점을 명심하고 준비를 서둘러야지."

다쿠마는 가토를 향해 몸을 돌렸다.

어느샌가 웃음이 사라졌다.

"우리도 SMOC에 걸리는 거죠? 확실히."

"HALLO의 예측이 정확하다면 그렇겠지."

"모두 죽는 거죠? 저도, 선생님도……."

다쿠마의 눈에 눈물이 고였다.

"미성년자들은 살아남을 거야. 그리고 그 윗세대 중에도 HAVI를 받지 않은 이들은 SMOC에 걸리지 않을 거고."

가토가 다쿠마를 돌아봤다.

"그들이 생명을 이어가는 거야."

"눈물이 나요."

다쿠마는 눈물이 그렁그렁한 눈으로 억지웃음을 지으려 했다.

"울고 싶으면 울어."

"선생님."

"그래."

"등 좀 빌려주세요."

가토는 놀란 표정을 지으며 물었다.

"가슴이 아니고?"

"등이 좋아요."

쓴웃음을 지으며 몸을 돌렸다.

"자."

다쿠마의 온기가 느껴졌다.

유리창에 비친 두 사람의 모습이 보였다.

다쿠마가 가토의 등에 매달리듯 손을 얹고 이마를 대고 있었다. 뺨에는 눈물이 흘렀다.

"다쿠마……."

작은 오열은 이내 통곡이 되어 가토의 가슴에 울려 퍼졌다.

*

그 시각, 공화국경찰 청사 꼭대기 층의 경찰국장실에도 같은 밤 거리를 바라보는 이들이 있었다.

국장실의 새로운 주인인 가가와 데쓰오.

그리고 센추리온의 기타자와 대령.

HALLO에서 파멸에 이를 거란 예측을 발표했지만, 그것이 직접 적인 계기가 된 폭동이나 혼란은 현재로서는 보고된 바 없었다. 실제로 폭동이 일어나는 건 아마 국민투표 결과가 발표된 다음일 것이라는 게 전문가들의 한결같은 의견이었다.

경찰 당국으로서는 예상되는 혼란에 어떻게 대처하고 치안을 어떻게 유지할 것인지가 긴급한 과제였다. 더구나 장기적으로는 경찰 인원도 SMOC로 줄어들 것이었다. 그중에 앞날을 맡길 인재를 육성하는 한편 치안 유지에 힘을 쏟기란 쉬운 일이 아니었다. 철저하게 효율성을 추구해야 했다. 그러한 맥락에서 센추리온의 기동력과 전투력은 귀중한 자원이었다.

가가와는 정식으로 센추리온과의 연계 강화를 제안하여 유사 총리의 인가를 얻었다. 오늘밤도 좀 전까지 기타자와와 함께 간부회의에 참석했다.

어두운 빛깔의 양복을 입은 기타자와는 뒷짐을 지고 밤하늘을 바라보고 있었다. 공화국의 운명을 좌우할 역사적인 밤인데도 여느 때보다 어깨의 힘이 풀린 것처럼 느껴지는 건 군복을 입지 않아서 일까.

가가와는 편안해 보이는 기타자와의 얼굴을 보며 말했다.

"드디어 내일 이 나라가 나아갈 길이 정해지는군요."

"다소의 혼란은 피할 수 없겠지만, 대부분의 공화국민은 평정심을 유지할 것이라 기대합니다."

이런 식으로 말하는 기타자와의 모습을 본 건 처음이었다.

"우리의 생명이 다해도 인류가 멸망하는 건 아닙니다. 일본공화국이 사라지는 것도 아니고요. 아직 미래가 있습니다. 미래가 있는 곳에는 희망이 있죠. 희망이 있는 한, 인간은 인간답게 살 수 있습니다."

"대령님이 이렇게 낭만주의자이신 줄은 몰랐습니다."

"보기와는 다르다는 말을 하고 싶으신 겁니까?"

기타자와가 낮은 목소리로 너스레를 떨었다.

가가와는 작게 웃음을 흘리고 다시 표정을 다잡았다.

기타자와도 심호흡을 하며 자세를 바로 했다.

"대령님, 공화국경찰에 협조해주셔서 진심으로 감사드립니다. 지금까지의 일은 다 잊고 앞으로는 얼마 남지 않은 생, 서로 힘을 합쳐 조국을 위해 일하십시다."

"바라는 바입니다, 가가와 국장."

기타자와가 경례를 붙이려는 걸 보고 가가와는 재빨리 오른손을 내밀었다. 기타자와는 뜻밖이라는 표정을 지었지만 군인답게 절제된 미소를 지으며 그 손을 잡았다.

*

기분 좋은 나른함과 해방감, 보드라운 어둠에 감싸여 니시나 겐은 유키미의 숨소리를 듣고 있었다. 좀 전까지 가쁘게 내쉬던 숨이 지금은 잠잠해졌다.

지금 겐과 유키미에게는 이 자그맣고 어두운 침실의 좁은 침대가 세상 전부였다. 밖에서 무슨 일이 일어나든 그들과는 상관없었다. 앞으로도 영원히. 서로 사랑하며 살아간다, 그것만으로 충분하지 않은가. 진심으로 그런 생각이 들었다.

"저기, 겐……."

어둠을 타고 유키미의 목소리가 들렸다.

"나, 할 얘기가 있어."

겐은 팔꿈치를 대고 상반신을 일으켰다.

유키미는 축 늘어져 천장을 올려다보고 있었다. 땀에 젖은 굴곡진 몸은 푸르스름한 빛을 띠고 있었다. 호흡에 맞춰 천천히 몸이 오르락내리락했다.

"오늘 병원에 다녀왔어."

"병원은 왜?"

유키미는 겐을 보려고 하지 않았다.

"마음 한구석에서 나와는 상관없는 일이라 생각했어. 다른 사람은 몰라도 난 괜찮을 거라고. 나한테 닥친다 해도 나중 일일 거라고. 하지만…… 인생이 그렇게 만만한 게 아니더라."

유키미의 눈동자가 눈물 속으로 가라앉았다.

두려운 직감이 겐의 몸을 꿰뚫고 지나갔다.

아무 말도 나오지 않았다.

유키미가 고개를 돌려 그를 보았다.

한 줄기 눈물이 뺨을 타고 흘러내렸다.

"나 말이야······."

서글픈 미소가 번졌다.

"······SMOC래."

8

총리 관저.

유사 아키히토는 집무용 의자에 앉아 눈을 감고 있었다.

창문으로 새어 들어오는 빛을 느꼈다.

아침.

고요한 아침이다.

쿠데타가 일어난 뒤로 쏜살같이 지나간 시간의 흐름이 이제야 조금씩 제자리로 돌아온 것 같았다. 그동안 잠도 제대로 자지 못했다. 그런데도 졸린 줄 모르겠는 건 신경이 온통 곤두선 까닭이리라.

예전에도 이런 아침을 맞이한 적이 있다. 2048년 국민투표가 실시되었을 때였다. 제1차 생존제한법 특별준비실의 실장으로서 백년법 시행을 위해 온 힘을 다했지만 결과는 유사의 기대를 배반했다.

그날부터 반세기가 지나, 다시금 국민의 심판을 받는 아침이 찾아왔다.

'해야 할 일은 모두 했다······.'

두 설문의 취지를 각종 언론을 통해 끊임없이 설명하며 국민의 이해를 구했다. 결국에는 죽음의 문턱에 선 우시지마 료이치를 강단에 세우면서까지 찬성표를 호소했다. 우시지마의 카리스마와 죽음을 눈앞에 둔 사람만이 자아낼 수 있는 설득력에 승부수를 띄운 것이다. 전국에 생중계된 우시지마의 연설은 분명 많은 국민들의 심금을 울렸다. 하지만 전 국민이 지켜보는 가운데 생을 마감할 줄은 유사도 상상하지 못했다. 이 극적인 죽음은 국민들의 마음을 세차게 뒤흔들었다.

유사는 이 상황을 어떻게 이용할지 생각했다.

대통령이 서거했으니 훗날 정식으로 국장을 치르겠지만, 그와는 별개로 우시지마 료이치 개인의 장례를 치러야 했다. 아무리 강렬한 인상을 남긴 죽음도 일단 장례를 치르고 나면 마음이 정리가 되는 까닭에 금방 빛을 잃는다. 그러한 사태를 방지하기 위해 우시지마의 장례를 국민투표 직후로 미뤘다. 이번에도 다치바나 케이는 유사를 원망하겠지만, 이렇게 하면 우시지마의 연설을 지켜본 사람들의 마음에는 생생한 인상이 영원히 남을 것이며, 투표할 때도 그의 마지막 메시지를 떠올릴 수밖에 없으리라.

그럼에도 유사는 두 설문이 모두 가결될 확률은 50대 50이라 봤다. 전문가의 예상도, 출구조사 결과도 무의미했다. 2048년 국민투표에서 예상에 크게 빗나가는 결과가 나왔을 때의 충격은 아직도 잊을 수가 없었다.

'우리 국민들을 믿게.'

그리운 음성이 귓가에 울려 퍼졌다.

'사사하라 차관님……'

그가 곁에 있는 듯했다.

눈을 떴다.

익숙한 집무실 풍경.

아무도 없었다.

그 혼자였다.

허공을 향해 중얼거렸다.

"이게, 과연 잘한 일일까요……."

순간 이상야릇한 감각에 휩싸였다.

자신이 누구이며 이곳이 어디인지 분간이 가지 않았다.

'나는…….'

특별준비실의 실장.

어제까지 후카마치, 다치바나, 다른 팀원들과 함께 백년법 시행을 위해 달려왔다.

오늘 그 결과가 나온다.

시행 여부를 정하는 국민투표 결과가 발표된다.

우시지마 료이치와 함께 쌓아온 정권도, 지난 50년 동안의 일도, 모두 하룻밤의 꿈…….

"……!"

컴컴한 나락으로 떨어지는 공포를 느끼며 벌떡 몸을 일으켰다.

주변을 둘러보며 확인한다.

이곳은 공화국의 총리 관저.

총리 집무실.

일본공화국의 총리?

대통령 권한대행?

내가?

유사 아키히토가?

언제부터?

입술 사이로 웃음이 새어나왔다.

한참을 웃다 보니 마음이 맑아졌다.

망설임이 사라졌다.

나는 일본공화국 총리 겸 대통령 권한대행 유사 아키히토.

'자네의 진짜 임무는 지금부터잖나.'

"……맞습니다."

노크 소리가 들렸다.

비서관이 공화국 선거위원회 사이온지 회장의 도착을 알렸다.

공화국 선거위원회 본부는 내무성 제2행정국에 있다. 원래는 선거위원회 회장이 선거관리과장의 집계 결과를 받은 뒤에 결과를 기록한 봉투를 들고 대통령 관저로 가지만, 지금은 총리인 유사가 대통령 권한대행이므로 총리 관저로 찾아온 것이다. 물론 내무성에서 이곳까지 오는 길에 일어날 수 있는 만일의 사태에 대비해 경찰차의 호위를 받으며 왔다.

정장을 빼입은 사이온지 회장이 옻칠한 그릇을 공손히 받들고 들어왔다. 그릇 위에는 비단처럼 광택이 도는 커다란 봉투가 놓여 있었다.

유사는 정중하게 고개를 숙인 뒤 두 손을 뻗어 봉투를 집어 들었다.

"고생 많으셨습니다."

사이온지 회장이 빈 그릇을 왼손에 들고 한 발짝 물러났다. 이미 결과를 알 테지만 애써 무표정을 유지했다. 그리고 별다른 말 없이 밖으로 나갔다.

유사의 손에 들린 봉투.

이 안에 공화국민의 뜻이 담겨 있다.

공화국의 운명이 걸려 있었다.

대기하고 있던 비서관에게 말했다.

"회견 준비는?"

"끝났습니다."

"그럼 가지."

유사는 봉투를 두 손으로 들고 집무실을 나왔다.

기자회견장은 관저 안에 있었다. 그 옆에 마련된 대기실에 후카마치의 모습이 보였다. 국민투표를 관할하는 내무성 차관 자격으로 입회한 것이리라.

"기자들은 모두 모였나?"

"30분 전부터 대기하고 있습니다."

"가위는."

"연단에 준비해두었습니다."

"잘 벼려 놨겠지?"

"물론입니다."

묻지 않아도 될 일까지 확인하는 건 신경이 곤두섰기 때문임을 스스로도 느끼고 있었다. 후카마치도 유사의 마음을 헤아린 듯 일일이 대답했다.

"총리님, 준비 다 됐습니다."

회견을 총괄하는 스태프가 말했다.

유사는 후카마치를 보며 말했다.

"다녀오겠네."

"다녀오십시오."

대기실에서 짧은 복도를 지나 회견장 가장자리로 나갔다. 그곳에서 유사는 일단 걸음을 멈췄다.

눈앞에 지금까지 셀 수 없을 정도로 올랐던 무대가 보였다.

보라색 배경.

그 위에 게양된 삼일기.

그리고 연단.

기자석도 언론 관계자들로 가득 차 있었다.

무수히 늘어선 중계 카메라.

저 렌즈 너머에서 온 국민이 주목하고 있다.

이미 회견의 진행자가 무대에 올라 있었다.

유사의 신호를 기다리고 있었다.

유사는 힘주어 고개를 끄덕였다.

진행자가 기자석을 향해 알렸다.

"오래 기다리셨습니다. 유사 대통령 권한대행이 도착하셨습니다. 그럼 시작하겠습니다."

유사는 무대에 올랐다.

강렬한 조명이 터졌다.

삼일기에 경례.

연단에 서서 다시 고개를 숙였다.

그리고 정면을 보았다.

"공화국 대통령 권한대행 유사 아키히토입니다."

유사는 천천히 말하며 봉투를 들어 올렸다.

"이 안에 국민투표 최종집계 결과가 담겨 있습니다. 지금부터 개봉하겠습니다."

동작 하나하나를 확인하듯 봉투에 가위를 갖다 댔다. 두꺼운 봉투를 자르는 소리가 숨소리 하나 들리지 않은 회장 안에 크게 울려 퍼졌다.

유사는 가위를 내려놓았다.

봉투에서 내용물을 꺼냈다.

반으로 접힌 두꺼운 종이가 나왔다.

종이를 펼쳐,

그 안에 적힌 숫자와,

글자를,

보았다.

숨을 들이마시며 고개를 들었다.

"발표하겠습니다."

마지막 장 | 공화국민에게 고함

지금도 똑똑히 기억한다.

전국에서 모인 536명의 남녀와 함께 막중한 책임을 짊어지게 되었던 그날을. 그들 대부분은 스무 살 전후의 학생이었고, 최연소자는 열네 살의 중학교 남학생, 최연장자는 당시 마흔넷이던 나였다.

우리는 밤낮을 가리지 않고 행정과 입법 실무를 익혔다. 제대로 쉴 시간조차 없었다. 탈락자들도 적잖이 나왔다. 하지만 약한 소리는 통하지 않았다. 시간과의 싸움이기도 했기 때문이다. 실제로 나를 담당했던 지도교관 중 한 사람이 SMOC로 쓰러졌다. 지금 각 분야의 중추에서 활약하는 이들도 정도의 차이는 있을지언정 비슷한 경험을 했으리라.

HAVI를 받은 이들은 16년 안에 모두 사망한다, 그 무시무시한 경고가 처음 세상에 알려졌을 때 믿지 않은 사람도 많았다. 부정하지는 않아도 남의 일처럼 느꼈던 사람들도 있었으리라.

하지만 당시 총리였던 유사 아키히토는 사태의 심각성을 정확히 파악했다. 위기를 인정하고, 곧바로 현실을 인식한 대응방안을 마련하지 않으면 공화국에 미래는 없다는 점을 반복해서 국민에게 호소했다. 이미 SMOC로 생명의 불꽃이 꺼져가던 우시지마 대통령도 국민 앞에 나타나 유사 총리에 대한 지지를 호소했고, 그 연설을 하던 중에 조용히 숨을 거뒀다. 이 뒤숭숭한 분위기 속에서 마침내 그 국민투표일을 맞이했다.

당시 유권자들은 대부분 HAVI를 받은 사람들이었다. 유사 총리가 제안한 정책이 가결되면 그들은 크나큰 희생을 감수해야 했다.

무엇을 위한 희생인가.

공화국의 미래를 위해.

지금 현재 이 땅에서 살아가는 우리를 위한 희생이었다.

국민들에게는 또 다른 선택지도 있었다. 유사 총리의 정책을 부결하고 다음 세대는 생각하지 말고 생명이 다하는 날까지 자유롭게 살아가는 것. 그 경우 공화국은 멸망의 구렁텅이로 떨어지겠지만 누가 그 선택을 비난할 수 있겠는가. 인간은 누구나 자유롭게 살기를 바라지 않는가.

하지만 선인(先人)들은 공화국의 미래를 위해, 우리 세대를 위해 자신들을 희생하는 현실을 선택했다. 유사 총리의 정책을 수긍하고 받아들인 것이다.

유사 아키히토를 좋게 평하지 않는 이들이 지금도 많다는 사실은 나도 잘 안다. 초대 독재관이었던 그의 대담하고, 때로는 강압적인 정책은 근시안적인 시각에서 벗어나지 못한 이들의 격렬한 비판을 받았다. 그들은 그를 독선적이며, 냉혹하고, 비정하며, 편협한데다 인권을 무시한다고 비난했다.

유사 독재관은 자신의 평판이 땅에 떨어지는 것에 겁먹지 않았다. 그 역시 시간과의 싸움이라는 점을 잘 알고 있었기 때문이다.

나는 그런 그의 마지막 나날을 보좌관으로서 곁에서 지켜보았다. 그때의 경험이 얼마나 값진 보물이었는지 말로는 다할 수 없다.

광신적인 민주주의자의 흉탄에 쓰러지면서 유사 독재관은 나에게 이런 말을 남겼다. 국력이 아무리 쇠퇴하더라도 전기, 통신, 수도, 도로, 철도망의 유지 보수만큼은 게을리해선 안 된다. 라이프라인과 물류는 국가를 움직이는 양대 바퀴다. 이 두 바퀴가 돌아가는 한, 국가는 절대 멸망하지 않는다고. 종교와 사상, 주의, 철학, 삶의 보람, 인생관, 가치관, 그러한 정신적인 가치는 국민 개개인에게 맡겨두면 된다. 국정을 맡은 자의 책무는 국민이 인간다운 삶을 꾸리기 위한 물질 기반을 정비하는 일이다. 왜냐하면 그 일을 할 수 있는 건 오로지 국가뿐이기 때문이다. 마지막에 그 목적이 달성된다면 그 과정에서 어떠한 악평도 두려워해서는 안 된다.

떠올려보라.

실제로 지난 20년 동안 대규모 정전으로 사회가 혼란에 빠진 적이 있었던가. 수도꼭지에서 물이 나오지 않은 적이 있었던가. 물류가 중단된 적이 있었던가. 내 기억으로 우리나라의 인프라는 일관되게 제 기능을 다하며 우리 생활을 뒷받침해주었다.

하지만 결코 그것을 당연한 일이라 생각해서는 안 된다. 지금은 이미 떠난 사람들의 숭고한 희생과 헌신적인 노력이 있었기에 우리는 지금도 문명을 향유할 수 있는 것이다.

그래도 여러분은 이렇게 말할지 모른다.

이 나라는 아직 밑바닥에서 벗어나지 못했다고.

그러하다.

일본공화국은 멸망의 위기에서 간신히 벗어났을 뿐이다. 언제 꺼질지 모르는 약한 존재다.

하지만 지금, 선인들이 자신의 운명을 깨달았을 때 어떻게 행동했는지 다시 한 번 떠올리길 바란다. 미래에 절망해 자포자기하지 않고 이성과 긍지를 잃지 않고 질서정연하게 다음 세대를 위해, 우리를 위해 모든 것을 바치지 않았는가. 그 선인들에게 부끄럽지 않은 나라를 만드는 것이야말로 우리가 그들에게 보답할 유일한 길이 아니겠는가.

독재관 제도는 오늘로서 막을 내린다. 내일부터는 의회민주주의가 부활할 것이다. 공화국은 새로운 총리와 대통령의 인도하에 새 출발한다. 그러나 진정한 주역은 국민 한 사람 한 사람이다.

국민 여러분에게 호소한다.

자학적이고 냉소적인 말에 취하기 전에 직접 그 다리로 땅을 딛고 일어서라. 허무주의에 빠질 틈이 있으면 한 발짝이라도 걸음을 내디뎌라. 그 머리를 써서 새 지평을 개척하라. 우리의 눈앞에는 끝없는 공백으로 가득한 미개척지가 펼쳐져 있다. 당신도 할 수 있는 일을 찾을 수 있을 것이다. 우리나라는 많은 것을 잃었지만 젊음만은 되찾지 않았는가.

선인들의 숭고한 용기와 결단이 지금 우리의 초석이 되어 우리의 기운을 북돋아준 것처럼, 앞으로 우리가 한 올 한 올 짜낼 건국의 이야기도 언젠가는 새로운 전설이 되어 후세 사람들의 마음을 밝히고 우리나라의 역사를 지탱해나가리라 믿는다.

일본공화국 제4대 독재관 니시나 겐

백년법 2

초판 1쇄 발행 2014년 7월 30일
개정판 1쇄 발행 2016년 6월 24일
개정 2판 1쇄 발행 2022년 2월 21일

지은이 야마다 무네키
옮긴이 최고은
펴낸이 이범상
펴낸곳 (주)비전비엔피 · 애플북스

기획편집 이경원 차재호 김승희 김연희 고연경 박성아 최유진 황서연 김태은 박승연
디자인 최원영 이상재 한우리
마케팅 이성호 최은석 전상미 백지혜
전자책 김성화 김희정 이병준
관리 이다정

주소 우)04034 서울시 마포구 잔다리로7길 12 (서교동)
전화 02)338-2411 | **팩스** 02)338-2413
홈페이지 www.visionbp.co.kr
인스타그램 www.instagram.com/visioncorea
포스트 post.naver.com/visioncorea
이메일 visioncorea@naver.com
원고투고 editor@visionbp.co.kr

등록번호 제313-2007-000012호

ISBN 979-11-90147-95-8 04830
         979-11-90147-93-4 (SET)

· 값은 뒤표지에 있습니다.
· 잘못된 책은 구입하신 서점에서 바꿔드립니다.

도서에 대한 소식과 콘텐츠를
받아보고 싶으신가요?